Cause céleb'

DU MÊME AUTEUR

LE JOURNAL DE BRIDGET JONES
Albin Michel, 1998

Helen Fielding

Cause céleb'

ROMAN

*Traduit de l'anglais
par Claudine Richetin*

Albin Michel

Titre original :

CAUSE CELEB

© Helen Fielding, 1994

Traduction française :

Editions Albin Michel S.A., 1999
22, rue Huyghens, 75014 Paris

ISBN 2-226-10901-3

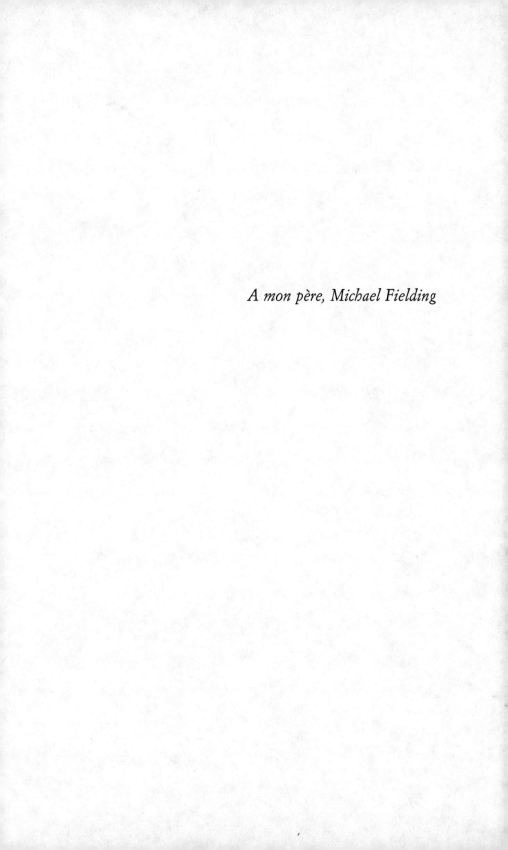

A mon père, Michael Fielding

1

Je trouvais extraordinaire que quelqu'un comme Henry puisse réellement exister, extraordinaire qu'un individu puisse être transplanté dans un environnement si différent du sien et subir aussi peu l'effet du monde qui l'entourait. On aurait dit qu'il était enduit d'une couche complètement imperméable, comme la peinture dont on recouvre les bateaux avant de prendre la mer.

Henry était en train de tartiner du Gentleman's Relish qu'il puisait dans un pot de chez Fortnum et Mason sur un morceau de pain sans levain.

— Je me lève ce matin, j'en croyais pas mes yeux : une famille de huit devant ma case, qui voulaient rapprocher leur tente de la rivière. J'ai dit au type : Je croyais qu'on était dans un camp de réfugiés, pas dans un camp de vacances, mais vas-y, mon vieux, te gêne pas. T'occupe pas de la malnutrition, choisis ton panorama, tant qu'à faire.

Henry ressemblait à Jésus et avait trente-trois ans.

On prenait le petit déjeuner tôt à Safila, juste après l'aube. C'était un moment calme, l'heure où la chaleur n'était pas encore intolérable, et le silence n'était rompu que par le coq et Henry, qui était incapable de la fermer sauf quand il dormait. Henry m'agaçait particulièrement ce matin-là, parce que je le soupçonnais d'avoir commencé une relation amoureuse avec Sian, l'une de nos infirmières particulièrement vulnérable sur le plan affectif. Elle était assise à côté de lui, précisément, et le couvait d'un regard dégoulinant. Sian était une brave fille qui nous avait rejoints deux mois auparavant, après avoir, rentrant plus tôt que prévu d'une garde de nuit à l'hôpital de Derby, trouvé son mari au lit avec un chauffeur de taxi. Ils étaient mariés depuis dix-huit mois. Elle suivait maintenant une thérapie par correspondance.

Betty, comme d'habitude, parlait de bouffe.

— Vous savez, ce que j'aimerais *vraiment* manger en ce moment, c'est du biscuit roulé à la confiture arrosé de crème anglaise. Ecoutez, je vous le dis. Pour être honnête, je pourrais me passer du biscuit et me contenter de la crème. Ou alors du pudding au pain beurré ? Oh, délicieux, avec des raisins secs et un peu de muscade. Je me demande si Kamal pourrait nous faire du pudding au pain beurré si on fabriquait un four avec cette boîte à biscuits ?

Il était cinq heures et demie du matin. Je me suis levée de table, je suis sortie en soupirant. Curieux comme les petites irritations de la vie vous occupaient l'esprit, là-bas, vous en faisant oublier les horreurs. J'ai rempli mon gobelet dans la jarre à eau et je suis allée me laver les dents à l'extrémité de la butte.

Notre campement était derrière moi, avec ses cases rondes en terre, les douches, les latrines et la cabane où nous prenions les repas. Devant moi s'étendait le bassin sablonneux qui abritait le camp de Safila, comme une grande plaie dans le désert, l'empreinte d'un pied géant sur une plage géante. La lumière était très douce à cette heure-là, le soleil pâle, décollant à peine de l'horizon. Regroupées autour de tertres et de sentiers descendant vers le confluent des deux rivières, se dressaient les huttes abritant les réfugiés. Cinq ans plus tôt, au moment de la grande famine de 85, ils étaient soixante mille, et il en mourait une centaine par jour. Aujourd'hui, il en restait vingt mille. Les autres avaient repassé la frontière du Kefti pour y retrouver la montagne et la guerre.

Un souffle de vent chaud a fait frissonner les herbes sèches. J'étais préoccupée par un autre problème que celui d'Henry ce matin-là. La rumeur circulait d'une invasion de criquets, là-bas, au Kefti, menaçant les récoltes. Il y avait souvent des histoires affreuses de ce genre dans le camp. Difficile de savoir à quoi s'en tenir. Nous avions entendu parler d'une nouvelle vague de réfugiés qui affluaient vers nous. Des milliers peut-être.

Des bruits commençaient à monter du camp à présent, des chèvres qu'on emmenait paître, des rires, des jeux d'enfants. Des sons rassurants. Naguère, les cris montant vers nous avaient été ceux de la faim et de la mort. Je me suis mordu le gras du pouce, m'efforçant d'oublier. Impossible de repenser à cette période. J'ai entendu des pas venant de la cabane. Henry traversait le campement et se dirigeait vers sa case. Il portait son tee-shirt préféré, celui qui arborait une inscription présentée comme un questionnaire à choix multiple pour les bénévoles humanitaires.

(a) Missionnaire ?
(b) Mercenaire ?
(c) Marginal ?
(d) Cœur brisé ?

Henry avait coché (b), ce qui était une plaisanterie car sa famille possédait à peu près la moitié du Leicestershire. Et moi ? J'étais un mélange de (c) et (d), et affligée, en prime, d'une crédulité chronique.

A Londres, durant l'été 1985, j'étais tombée amoureuse folle, ce qui est la plus horrible calamité qui puisse arriver à une femme. J'avais rencontré Oliver, l'objet de mes obsessions délirantes, à une représentation de gala du *Gloria* de Vivaldi au Royal Albert Hall, en présence du prince Michael de Kent. J'étais ce qu'on appelait une « puffette », c'est-à-dire une publiciste dans une agence de pub, plus précisément Ginsberg et Fink. Je me baladais en minijupe, passais les réunions à croiser et décroiser mes jambes gainées de collants noirs, et ensuite je me plaignais de ce que les gens ne s'intéressaient pas à ce que j'avais dans la tête. Curieux comme à vingt-cinq ans vous vous inquiétez de ne pas être prise au sérieux et considérez comme évident d'être un objet sexuel. Plus tard, vous considérez comme évident d'être prise au sérieux et vous vous inquiétez de ne pas être un objet sexuel.

Le P-DG de notre entreprise, sir William Ginsberg, aimait à organiser de petites soirées réunissant des artistes et des gens de talent de toutes origines, ne révélant jamais à l'avance qui seraient les autres invités. Pour les béotiens dans mon genre, ces sauteries étaient un vrai cauchemar. Vous n'osiez demander à personne ce qu'il faisait dans la vie, de peur qu'il ne s'agisse de l'auteur de *L'Amour au temps du choléra* ou de l'un des Beach Boys.

J'étais déjà allée à trois dîners chez sir William. Je n'étais pas sûre qu'il se rappelle vraiment qui j'étais. Nous étions plusieurs jeunes filles parmi les employés et il en invitait toujours une ou deux pour donner un peu d'animation. Je passais la soirée dans un état de terreur angoissée, parlant le moins possible. Mais j'aimais bien rencontrer ces gens intéressants et créatifs. Je voulais faire partie de leur monde. La soirée Vivaldi était la première réception d'envergure à laquelle j'étais invitée et j'étais surexcitée.

Sir William avait organisé avant le concert une petite soirée cocktail pour une centaine d'invités dans l'un des salons de réception du Royal Albert Hall. Nous devions ensuite assister au concert dans quinze loges louées aux frais de l'entreprise, avant un dîner placé réservé à une douzaine de privilégiés tandis que le reste d'entre nous pouvait aller se faire voir.

J'étais arrivée délibérément en retard à l'Albert Hall, passant par les toilettes afin de vérifier mon apparence avant de m'enfoncer dans les profondeurs du corridor rouge menant au salon Elgar. Après avoir cherché mon nom sur une liste, un planton en uniforme avait poussé la porte de chêne sombre ouvrant sur un océan de lumière. La pièce était dorée et scintillante, les invités en cravate noire éparpillés sur un escalier monumental au centre de la salle, ou appuyés sur les balustrades dorées de la mezzanine. Au-dessus d'eux, des lustres de cristal tintaient doucement dans un léger voile de fumée montant en volutes.

J'étais fascinée. On aurait dit que toutes les marionnettes de *Spitting Image*[1] étaient réunies dans la pièce : Frank Bruno, Jeffrey Archer, Anneka Rice, Neil Kinnock, Terry Wogan, Melvyn Bragg, Kate Adie, Koo Stark, Bob Geldof, Nigel Kennedy, Richard Branson. Affolée, j'ai passé la salle en revue, cherchant quelqu'un du bureau, sans résultat. C'était bizarre d'être dans une pièce pleine de gens célèbres, j'avais l'impression de connaître tout le monde, mais personne ne me connaissait. Je me suis dirigée vers la table où l'on servait à boire, captant au passage des bribes de conversations.

— Franchement, je dois dire, ça ne saute pas aux yeux...

— Tu comprends, l'ennui, avec Melvyn...

— Jérôme, tu as le portable ?

— Tu sais, moi, j'ai toujours maintenu qu'il en faisait trop...

— J'ai un vrai problème avec *Tosca*...

— ...le problème de Melvyn... il n'en fait pas assez...

— Jérôme...

J'ai senti une main sur mon bras.

— Mm ! La plus belle fille du monde. Dieux du Ciel, vous avez l'air absolument divine. Mon cœur ne va pas résister cette fois, je le jure. J'en suis absolument certain. Faites-moi une bise, ma chérie, allez !

C'était Dinsdale Warburton, l'un de nos plus importants auteurs et ancien pilier du théâtre anglais. Dinsdale venait d'écrire ses Mémoires pour notre maison d'édition. Il avait un visage torturé, était pédé comme un phoque et d'une gentillesse à toute épreuve.

---

1. Equivalent de l'émission *Les Guignols* (N.d.T.).

— Ouah ! Mais ma chérie, voyons ! (Les sourcils de Dinsdale se rejoignaient presque sous l'effet de l'horreur.) Vous n'avez rien à boire ! Mais nous allons vous trouver un verre ! Nous allons vous trouver un verre immédiatement !

Puis son regard a repéré quelque chose derrière moi.

— Oh ! Le plus beau garçon du monde. Cher ami, cher ami. Vous avez l'air absolument divin. Vous savez, j'ai adoré ce que vous avez fait l'autre soir. Vous respiriez l'intelligence et le *raffinement !*

Oliver Marchant était le rédacteur en chef et le présentateur d'une émission à succès du moment sur Channel Four, intitulée *Soft Focus.* Il était précédé d'une réputation de séducteur mais je n'imaginais pas qu'il serait beau à ce point-là ! Dinsdale me parlait :

— Avez-vous déjà rencontré cette merveille, ma chérie ? Connaissez-vous Oliver Marchant ?

J'ai été prise de panique. Comment devait-on répondre à ce genre de question à propos des gens célèbres ? Oui, je vous ai déjà vu à la télé ? Non... en d'autres termes, je n'ai jamais entendu parler de vous. « Oui, je veux dire... non. Je suis désolée... » Pathétique.

Oliver m'a pris la main.

— Et qui est-ce ?

— Ah. La plus jolie fille du monde, mon cher ami, une vraie déesse.

— D'accord. Mais elle s'appelle comment, Dinsdale ? a dit Oliver.

Dinsdale a semblé décontenancé pendant un instant. Je ne pouvais absolument pas croire qu'il avait oublié mon nom. Nous travaillions ensemble très régulièrement depuis deux mois.

— Je m'appelle Rosie Richardson, ai-je dit sur un ton d'excuse.

— Ravi de faire votre connaissance... Rosie Richardson, a dit Oliver.

Il était grand, mince et brun dans un complet marine et il portait une cravate ordinaire, pas un nœud papillon, un peu desserrée. J'ai remarqué très nettement la façon dont ses cheveux noirs tombaient sur son col et l'ombre de barbe sur son menton.

— Rosie, ma chérie. Je vais tout de suite vous chercher un verre. Je suis parti. Vous devez *mourir* de soif, a dit Dinsdale avant de s'éclipser d'un air déconfit.

Je me suis retournée vers Oliver, en grande conversation à présent avec un présentateur du journal télévisé. Le type, grisonnant, était accompagné de sa fille, une toute jeune adolescente.

— Comment ça va, mon vieux ? a dit le présentateur en tapant sur l'épaule d'Oliver.

— Oh, c'est toujours la même merde, tu sais. Comment va, Sarah ?

Oliver, au mieux de son charme, a adressé quelques mots à la fille, qui avait l'air encore plus intimidée que moi. Il m'a jeté un regard en souriant comme pour dire : J'en ai pour une minute, attendez.

— Salut, Sarah, a dit Oliver avec gentillesse comme la fille et son père se préparaient à partir. Et bonne chance pour tes examens. (Il lui a fait un petit geste de la main.) La salope, m'a-t-il dit à mi-voix en regardant s'éloigner la gamine. Elle en meurt d'envie.

J'ai ri.

— Alors, vous vous amusez bien ?

— A vrai dire, ça me paraît très étrange. Je ne me suis jamais trouvée dans une pièce avec tant de célébrités. Tout le monde a l'air de se connaître. On se croirait dans un club. Est-ce qu'ils se connaissent vraiment tous ?

— Vous avez raison. Je m'étais toujours figuré que c'était plutôt une sorte de nouvelle aristocratie, mais en fait vous avez raison. Les adhésions sont plus ouvertes. C'est le club des célébrités. La seule qualification requise pour entrer est d'être coté en Bourse, a-t-il ajouté en jetant autour de lui un regard méprisant.

— Non, non, c'est vous qui avez raison, c'est tout à fait comme l'aristocratie, ai-je dit avec enthousiasme. Vous savez, avec propriétés à la campagne, chasses privées, et c'est même devenu héréditaire : regardez Julian Lennon, Kiefer Sutherland.

— Et nous sommes justement sur un territoire de chasse au coq de bruyère, a dit Oliver, qui englobe aussi tous les salons chic et les remises de prix imaginables. Mais en fait, ça ressemble davantage à un club qui aurait un règlement propre. L'essentiel est de connaître les formalités. Le moins célèbre doit attendre que le plus célèbre lui tende la main.

Sur ce, lady Hilary Ginsberg, la femme de sir William, l'a interrompu, démolissant sa théorie.

— Oliver, quelle joie de vous voir ! Comment ça se passe pour le Lorca ?

L'espace d'un instant, Oliver est resté interdit. Il ne la reconnaissait pas.

— Hilary Ginsberg, je suis si contente que vous ayez pu venir, a-t-elle dit en hâte, me tournant le dos afin de m'exclure. Avez-vous déjà rencontré Martin ?

Lady Hilary avait la manie pathétique de parsemer ses conversations des noms de personnalités connues. Je m'étais souvent penchée avec elle sur ses listes d'invités qui faisaient penser à une sorte d'indicateur Dow Jones de la célébrité, où artistes, acteurs, écrivains et journalistes montaient ou descendaient selon la mode, la volonté divine ou leur propre avidité d'exposer leur image. Lady Hilary semblait avoir adopté cet indicateur comme aune de référence pour sa vie tout entière. Je l'avais entendue une fois expliquer, sans ironie aucune, pourquoi il n'était pas particulièrement judicieux de se vanter de connaître tel ou tel. Même ses amies les plus intimes n'étaient invitées aux dîners de sir William que si leur cote était en hausse.

Oliver était en train d'exposer la théorie du club des célébrités au romancier à qui lady Hilary l'avait présenté. J'ai alors remarqué avec un frisson de plaisir que Noël Edmonds s'était joint au groupe ainsi que Damien Glit, un critique littéraire avec qui j'avais travaillé, plus connu sous le nom de Damien Git.

— Vous en mettez deux dans une pièce pleine de gens anonymes, ils vont se retrouver en deux minutes, qu'ils se soient ou non déjà rencontrés — à condition que le plus célèbre prenne l'initiative, poursuivait Oliver. (Tout le monde riait à présent.) Allons, Martin, vous êtes une célébrité maintenant, reconnaissez que c'est vrai.

En finissant sa phrase, Oliver a cherché mon regard et l'a soutenu.

— Mon *Dieu,* mais c'est une idée tout à fait stupéfiante. Vous ne pourriez pas nous faire une émission là-dessus, par hasard ? a dit Damien Glit.

Oliver a été sauvé par la sonnerie nous appelant à gagner nos loges. Sir William a surgi derrière nous en nous rameutant d'une voix de stentor :

— Allons, allons, venez, dieux du Ciel, nous sommes en retard, très en retard. Nous allons manquer les trompettes.

Et, saisissant Oliver et le romancier par les coudes, avec des airs de vieille poule couveuse, il les a entraînés, et lady Hilary s'est retrouvée en plan avec l'air d'une dinde qui viendrait de pondre un œuf et l'aurait cassé.

J'ai suivi le mouvement mais à cet instant Dinsdale est arrivé avec mon verre.

— Ma chérie, excusez-moi. Je suis consterné, je suis traumatisé. Je suis d'une négligence abominable.

C'était vraiment un amour.

— N'y pensez plus, ai-je dit.

Oliver était assis derrière moi dans la loge. J'ai passé la totalité du concert dans un état d'excitation sexuelle presque insupportable. J'avais l'impression de sentir son haleine sur ma nuque et le dos de ma robe décolletée. A un moment, sa main a frôlé ma peau comme par accident. J'ai failli jouir.

Quand la musique s'est arrêtée et que les applaudissements ont cessé, je n'ai pas osé le regarder. Je suis restée plantée dans la salle de l'Albert Hall qui se vidait tandis que tout le monde quittait les loges, essayant de me calmer. J'ai entendu quelqu'un descendre les marches derrière moi.

C'était lui. Il s'est penché pour m'embrasser la nuque. En tout cas, j'espérais que c'était lui.

— Je suis désolé, a murmuré Oliver. Il fallait absolument que je le fasse.

Je me suis retournée, essayant de lever un sourcil.

— Je pourrais dévorer une pizza, a-t-il chuchoté passionnément. Pourquoi ne vous transformez-vous pas en pizza ?

— Parce que je n'ai pas envie qu'on me dévore.

— Je ne voulais pas dire dévorer... pas exactement.

C'est comme ça que l'obsession a commencé, avec un enchaînement d'événements qui devaient conduire sûrement, mais indirectement, à une case de terre en Afrique. Il y a des gens, surtout en période de famine critique, qui vous manifestent un respect quasi religieux quand vous dites que vous êtes engagé dans l'aide humanitaire. En fait, la raison pour laquelle j'ai commencé à m'intéresser à l'Afrique, c'est que je suis tombée amoureuse. Voilà à quel point je suis vertueuse, si vous voulez le savoir. Si Oliver m'avait demandé de sortir avec lui ce soir-là, je n'aurais probablement jamais entendu parler du Nambula. En l'occurrence, sir William nous a interrompus.

— Oliver, Oliver, où diable êtes-vous passé ? Allons, venez, c'est l'heure de manger !

Naturellement, mon patron a fait comme si je n'étais pas là. Oliver s'en est sorti avec assez d'élégance, mais il me fallait quand même admettre qu'il s'était laissé enlever sans trop de résistance pour aller dîner avec l'heureuse élite, après m'avoir embrassée dans le cou, sans même faire mine de me demander mon numéro de téléphone.

Pendant la semaine qui a suivi la sortie Vivaldi, j'ai été dans un état incroyable de fébrilité amoureuse, convaincue qu'Oliver allait tenter de découvrir qui j'étais et me téléphoner. Après tout, pourquoi m'aurait-il embrassée dans le cou si je ne l'intéressais pas ? J'ai commencé à m'inventer des scénarios. Mon préféré, c'était celui où j'étais convoquée à son bureau avec d'autres gens. A la fin de la réunion, au moment où tout le monde sortait, il me rappelait, fermait la porte, me plaquait contre le mur et m'embrassait sur la bouche, avec la langue et tout.

J'en avais un autre où il m'invitait finalement à prendre un verre. A la fin de la soirée, quand nous nous disions au revoir dans la rue, il s'approchait de moi et m'embrassait sur la bouche, avec la langue et tout. Puis il m'entraînait au pas de course vers ma voiture, ouvrait la portière côté conducteur et me poussait au volant. J'étais anéantie, blessée. Inutilement, car, comme on va le voir, il faisait le tour de la voiture et s'installait côté passager.

— Démarre, disait-il en bouclant sa ceinture.

— Où va-t-on ? questionnais-je faiblement.

— Chez toi, grognait-il d'une voix gutturale.

— Mais, mais..., protestais-je.

— Ecoute-moi, disait-il, je suis assez connu. Je n'ai pas l'intention d'être vu dans la rue avec une érection de la taille d'un peuplier de dimension respectable. Et maintenant démarre !

Mais Oliver n'appelait pas. Il n'appelait pas. J'ai imaginé toutes les manières possibles de le contacter. Je me suis mise à organiser des sorties anormalement fréquentes avec une amie qui avait travaillé avec lui quatre ans auparavant. Je regardais *Soft Focus* trois fois par semaine. J'ai téléphoné à l'attaché de presse de *Soft Focus* pour avoir la liste des émissions des trois mois à venir pour voir si par hasard l'une d'elles aurait un rapport lointain avec l'un de nos auteurs. J'allais voir des expositions le dimanche. Je me suis mise à lire des articles effroyablement ennuyeux dans les pages artistiques, sur les peintres tachistes de l'Europe de l'Est. Rien à faire. Zéro. Le bonheur amoureux n'était pas en vue.

2

J'étais couchée nue, sans rien d'autre sur moi qu'un drap. Mon corps était un objet parfait, propre et soyeux. Oliver s'agenouillait sur le lit, soulevait doucement le drap et me regardait. Il me touchait les seins comme si c'étaient des objets d'art fragiles et rares, passait la paume de sa main en une généreuse caresse sur mon ventre, je retenais mon souffle. « Bon Dieu, Rosie, soufflait-il, j'ai trop envie de te baiser. »

C'est alors que la porte s'est ouverte et Hermione Hallet-McWilliam est entrée en trombe dans mon bureau.

— Vous avez fini de rédiger cette note ? Sir William la réclame.

En dépit de ses excellentes relations, Hermione n'était pas aidée question manières.

— J'ai presque fini, Hermione, ai-je dit d'un air dégagé en me tournant vers l'ordinateur.

— Je ne vois pas ce que vous avez pu fabriquer, a-t-elle dit. Je vous ai demandé de faire ça il y a plus d'une heure. (Puis elle a décroché le téléphone et a composé un numéro.) Candida. Salut. C'est moi. Dis-donc, tu vas à Larkfield ce week-end ? Mais c'est absolument *génial*. Ophélia vient avec Héro et Perpétua. Oh, assez habillé, je dirais. Tout à fait. Je suis d'accord. Non, tu as tout à fait raison. Bon, tu dis bonjour à Lucrétia de ma part. Salut.

Un de ces jours elle va téléphoner à quelqu'un qui s'appellera Beelzebub.

Soudain j'étais toute douceur et rayonnement dans un peignoir bleu pâle. Le soleil inondait ma cuisine où nous étions assis à table. C'était notre premier petit déjeuner ensemble.

— Etonnant comme les gens peuvent être différents les uns des autres, non, Oliver ? disais-je.

— Comment ça, chérie ?

— Moi, par exemple, j'aime bien les pains aux raisins tout frais pour le petit déjeuner. Mais toi, tu préfères peut-être du muesli ou des œufs brouillés avec du saumon fumé, ou alors du pain bagel avec un choix de fromages, disais-je en ouvrant mon frigo immaculé pour révéler tout un assortiment de mets tentants.

— Rosemary ! (Hermione était devant moi, l'œil furibard.) Je ne vous le redemanderai pas deux fois. Puis-je avoir immédiatement la note de sir William, je vous prie ?

Sous le regard insistant d'Hermione, je me suis retournée vers l'ordinateur et me suis mise à taper la note écrite qui était sur le bureau. C'était une nouvelle tentative de sir William, une de plus, pour accroître sa notoriété.

23 juillet 1985

Destinataires : tous les membres du département communication.

De : Sir William Ginsberg.

Sujet : développement d'image professionnelle.

Nous cherchons par tous les moyens à sensibiliser le public à l'image de notre compagnie, et à la mienne en tant que président, en matière d'engagement social. Dans le cadre du dernier concert de soutien à Live Aid, il est extrêmement important que l'on voie la part prise par Ginsberg et Fink.

J'ai ressenti tout à coup comme un frémissement signalant la naissance d'une idée. Mon sang n'a fait qu'un tour, je me suis emparée de la liste des émissions prévues de *Soft Focus,* que j'avais au milieu d'une pile de papiers sur mon bureau. Je l'ai parcourue. Voilà ce qu'il me fallait !

Emission 25 : Dans le sillage de Band Aid et Live Aid, Soft Focus étudie le nouveau phénomène de société qu'est l'aide humanitaire en relation avec la culture populaire et examine la participation des différents domaines du monde artistique susceptibles d'apporter leur soutien dans la lutte contre la famine en Ethiopie.

Il devrait être possible de faire participer sir William à cette émission. Ce qui impliquerait, évidemment, un important travail de concertation avec le producteur.

— Des livres ! (Sir William a abattu le poing sur son grand bureau d'acajou.) Excellente idée. Il faut leur envoyer des livres. Nous en avons partout dans la maison, nous ne savons plus qu'en faire. Envoyons-les-leur par avion. Ça tombe comme mars en carême. Excellent point de vue pour un programme culturel.

— Vous ne croyez pas que les Ethiopiens préféreraient qu'on leur envoie à manger ? ai-je demandé.

— Non, non. Des livres. C'est exactement ce qu'il faut. Tous les gugusses de ce foutu cirque médiatique envoient de la nourriture. Il leur faut de la lecture en attendant de manger.

— En fait, bien que naturellement l'aide alimentaire soit la préoccupation la plus urgente, il pourrait y avoir quelque chose d'intéressant pour nous dans cette idée de livres.

Eamonn Salt, l'attaché de presse de l'association SUSTAIN, se grattait la barbe. Sir William en a fait autant.

— Vous croyez ? ai-je demandé.

— Oui, bien sûr. Nous nous efforçons de sortir de l'optique déshumanisante de l'indigène africain dans cette opération de lutte contre la famine, poursuivait Eamonn de sa voix monocorde. Il s'agit maintenant d'introduire la notion de l'Africain cultivé, de l'Africain intelligent qui a soif de connaissance, afin de remplacer ce que nous appellerons le mythe du sauvage sous-alimenté. Votre idée pourrait très bien contribuer à accroître l'intérêt du public, même si nombre de mes collègues ne seront pas d'accord. C'est une autre école de pensée. Même si bien entendu, nous avons à affronter ce que la réticence populaire appellera gaspillage de ressources ou aide humanitaire de luxe. Je suis sûr que vous avez déjà entendu ces discussions.

— Excellent. Des discussions. Des livres. Voilà exactement ce qu'il nous faut pour convaincre l'équipe de *Soft Focus,* a dit sir William.

— Mais les Ethiopiens pourront-ils lire nos livres s'ils sont en anglais ? ai-je demandé.

— Eh bien... mais n'oubliez pas que la famine sévit dans tout le Sahel. La meilleure chose que vous puissiez faire est de les envoyer dans les camps situés à la frontière entre Abouti et Nambula. Il y a là-bas des réfugiés du Kefti qui sont très cultivés. Les Keftiens ont un excellent système d'enseignement basé sur le modèle britannique.

— Où se trouve le Kefti ? ai-je demandé.

— C'est une province sécessionniste de l'Abouti, mitoyenne du Nambula, en Afrique du Nord. Les Keftiens ont entrepris une guerre d'indépendance assez sanglante contre le régime marxiste de l'Abouti depuis environ vingt-cinq ans. Ils ont une culture très élaborée. La famine du Sahel les a probablement frappés davantage que tous les autres, car il est impossible aux organisations d'aide humanitaire de leur apporter de la nourriture, à cause de la guerre et d'autres raisons diplomatiques. Il y a en ce moment un exode massif du Kefti par la frontière nambulane. Une malnutrition extrêmement sévère...

— Et si on leur envoyait une aide alimentaire avec quelques livres dedans ? ai-je suggéré.

— Sacrée bonne idée, a opiné sir William. Excellent. Bien vu, petite.

23

Mue par un zèle inhabituel, j'ai commencé à lancer un appel en direction des membres du personnel pour trouver la nourriture, j'ai rassemblé les livres destinés au pilon, pris des contacts avec des compagnies aériennes pour financer un vol. J'ai appelé *Soft Focus* afin de fixer un rendez-vous une semaine plus tard entre sir William, Oliver Marchant et moi. Une vision d'Afrique, de tribus, de tambours, de feux et de lions dansait et scintillait à l'horizon. Je pensais à Geldof, je pensais à l'engagement, au sens de la vie, je pensais aux travailleurs humanitaires, passionnés, pauvres, désintéressés, se sacrifiant pour sauver des milliers d'Africains reconnaissants. Mais surtout je pensais à Oliver.

3

— Où est passé mon Kit-Kat ?

Devant le baraquement, Henry lançait autour de lui des regards indignés. Le personnel avait fini de déjeuner et vaquait dans la résidence en se préparant à se rendre au camp. Sian s'est précipitée vers Henry.

— Mon foutu Kit-Kat. Je l'avais laissé dans ce foutu frigo et quelqu'un me l'a barboté.

Sian lui parlait à voix basse, essayant de le calmer.

— Henry, tu ne vois pas clair, espèce d'idiot, lui ai-je crié. Il est sous les antibiotiques. Retournes-y et regarde un peu mieux.

— Dis donc ! a-t-il dit en faisant demi-tour et en haussant des sourcils expressifs. Si tu savais comme *j'adore* quand tu te mets en colère !

Et il est rentré nonchalamment dans la cabane, Sian sur ses talons.

Le soleil commençait à cogner à présent. Les premières volutes de fumée s'élevaient au-dessus du camp et des silhouettes se déplaçaient lentement le long des allées et à travers la plaine : un gamin menant un âne qui portait deux grandes outres de peau gonflées d'eau, une femme, une pile de bois à brûler sur la tête, un homme en djellaba blanche qui marchait avec un bâton en travers des épaules, les bras paresseusement accrochés au bâton. D'ici quelques heures, la lumière serait d'un blanc aveuglant et la chaleur vous enfermerait dans sa nasse. De quoi imaginer qu'on allait suffoquer et s'arrêter de respirer.

Betty, faisant crisser le gravier, s'est approchée de moi d'un air important :

— Je ne voudrais pas vous déranger avant que vous n'ayez vraiment commencé la journée, a-t-elle dit. Pourtant... (Elle écarquillait les yeux en me désignant sa montre.) Il est six heures. Mais je me demandais si je pouvais vous dire un petit mot en privé.

Betty était rondelette, la cinquantaine largement passée. Je savais très bien de quoi elle voulait me parler : Henry et Sian. Elle n'oserait pas aborder le sujet de front. Elle n'allait pas me dire : « Je crois que vous ne devriez pas laisser votre adjoint entretenir des relations intimes avec les infirmières. » Elle allait me raconter je ne sais quelle histoire à propos de quelqu'un dont je n'avais jamais entendu parler, qui avait dirigé un camp de réfugiés à Zanzibar, à moins que ce ne soit au Tchad. Et cette personne, quelle surprise, aurait laissé les assistants coucher avec les infirmières et — devinez quoi ? — il en aurait résulté une épidémie de sida, un tremblement de terre ou un raz de marée, à la suite de quoi il aurait été décidé que chacun devait désormais dormir seul dans sa case.

— Est-ce que nous pourrions remettre ça à plus tard ? ai-je demandé, me rappelant soudain ma brosse à dents que je me suis empressée de lui brandir sous le nez. Quand j'aurai fini de me laver les dents ?

J'ai terminé mon brossage et regagné ma case sur le sable crissant. J'avais une foule de choses à faire ce jour-là. J'étais l'administratrice du camp, dont j'assurais l'organisation pour l'association humanitaire SUSTAIN qui nous employait tous. Il y avait juste quatre ans que j'étais à Safila. Après avoir été administrateur adjoint pendant les deux premières années, j'avais pris la responsabilité de la direction avec Henry comme adjoint. J'avais à superviser l'approvisionnement en nourriture, médicaments et équipement médical, les véhicules, l'eau potable, l'alimentation ainsi que le personnel, ce qui semblait occuper plus de temps que tout le reste.

J'ai poussé le panneau de fer-blanc qui servait de porte pour entrer dans ma case. A Safila, mon logement était constitué d'un dôme de bois et de terre d'environ six mètres de diamètre, avec un sol de terre battue recouvert de nattes de joncs. Ça sentait la poussière. J'avais un lit de fer équipé d'une moustiquaire, un bureau, des étagères pour mes livres et mes dossiers, deux fauteuils de métal avec des coussins de mousse au motif floral absolument hideux et une table basse en formica. Tout était couvert de sable. Il s'insinuait entre vos dents, dans vos oreilles, vos poches, votre petite culotte. J'aimais bien cette case, même si, je crois, son charme tenait surtout au fait que c'était un lieu personnel.

Je dis personnel, mais deux minutes plus tard quelqu'un tapotait timidement à la porte. Betty passa la tête dans l'entrebâillement avec un petit sourire entendu. Elle est entrée sans permission, m'a embrassée et s'est posée lourdement sur le lit. Branle-bas dans le plafond, le plafond étant un grand drap de toile destiné à retenir les bestioles qui, sinon, tombaient du toit de chaume.

— Bonjour, les petites bêtes, a dit Betty en levant les yeux.

Oh ! Non, non et non ! C'était quand même un peu tôt pour avoir Betty chez moi.

— Vous vous faites du souci, Rosie, non ? Eh bien, vous savez, je crois que vous avez raison.

Nous y voilà, ai-je pensé. Henry et Sian.

— Ça me rappelle quand Judy Elliot dirigeait le camp de Mikabele en 74. Elle avait eu plusieurs arrivées de réfugiés en piteux état et avait envoyé un message au quartier général pour demander un renforcement de l'aide. Elle s'était fait rappeler à l'ordre pour excès de zèle. Deux mois plus tard, il y a eu une vague massive de réfugiés, avec plus de cent morts par jour pendant les pires moments, et naturellement elle n'avait les moyens ni en personnel ni en équipement pour faire face.

Donc, ce n'était pas Henry et Sian. C'étaient les saute-relles.

— Qu'avez-vous entendu dire ? Vous croyez qu'il y a du vrai ?

Depuis quatre ans que j'étais à Safila, il y avait eu plu-sieurs alertes à la famine, avec menace de hordes de réfugiés prêts à franchir la frontière, amenant avec eux le choléra, la méningite, l'éléphantiasis et Dieu sait quoi, mais jamais, depuis tout le temps que j'étais à Safila, aucune n'avait été suivie d'effets désastreux. Nous nous demandions parfois si ce n'était pas une ruse des réfugiés pour obtenir plus d'aide alimentaire.

Betty a eu un petit mouvement de la tête, vexée.

— Il ne faut pas croire que je veux vous dire ce que vous avez à faire, ma petite Rosie. Vous savez que j'ai la plus grande admiration pour tout ce que vous faites, la plus grande admiration. Mais vous savez, il faut toujours écouter la voix de l'Africain, la voix de l'Afrique.

J'ai eu une envie soudaine de mordre Betty, ou en tout cas de lui donner des coups de poing sur la figure pendant un certain temps.

— Je suis inquiète, moi aussi, mais nous ne pouvons donner l'alarme si nous n'avons aucun élément concret sur lequel nous appuyer. Avez-vous entendu dire des choses que je ne connaîtrais pas ?

— Ce sont eux, les indigènes, qui sont notre baromètre, vous le savez bien. Et les Dents du Vent, comme les Afri-cains les appellent... (Elle s'est arrêtée, attendant mon approbation.) Les Dents du Vent peuvent être effroyables. Elles volent tout le jour, vous savez. Des kilomètres et des kilomètres, elles couvrent des milliers de kilomètres.

— Je sais, c'est ce qu'ils disaient hier à la distribution, mais vous avez entendu autre chose ?

— Quand Mavis Enderby était en Ethiopie en 58, il y a eu une invasion de sauterelles qui a dévoré assez de grain pour nourrir un million de gens pendant un an. Bien sûr, ce qui m'inquiète le plus, comme je le disais à Linda, ce

28

sont les récoltes. Les essaims couvrent des kilomètres et des kilomètres, ils cachent le soleil, noirs comme de la suie.

— JE SAIS, ai-je dit, plus fort que je n'aurais voulu. (C'était idiot de s'énerver, ce n'était pas le moment de commencer à se disputer avec Betty.) Est-ce que quelqu'un vous a dit autre chose ?

— Elles peuvent manger leur poids en une journée, vous savez, c'est vraiment très inquiétant, avec la moisson toute proche, et elles se déplacent tellement vite, par immenses nuages...

J'avais trop à faire ce matin-là, il fallait absolument que Betty s'en aille pour que je puisse réfléchir.

— Merci, Betty, ai-je dit. Je vous remercie beaucoup de votre soutien. Tout cela est extrêmement inquiétant, mais vous savez bien... quand on peut partager ses soucis... Et maintenant il faut vraiment que je continue, merci d'être venue m'en parler.

Ça a marché. Magnifique. Elle a pris ça pour un encouragement, a baissé les yeux avec une modestie affectée et s'est précipitée pour me serrer dans ses bras.

— Bon, nous ferions mieux de descendre au camp si nous voulons être rentrées à temps pour accueillir le nouveau docteur de Linda, a-t-elle dit en m'embrassant encore une fois avant de partir.

C'était mon deuxième problème. Nous avions un nouveau médecin qui arrivait ce jour-là, un Américain. Betty partait dans trois semaines et il devait la remplacer. Nous avions prévu un déjeuner spécial pour l'accueillir. Linda, une de nos infirmières, plutôt réservée de nature, avait apparemment travaillé avec ce type au Tchad deux ans plus tôt, mais ne voulait rien nous dire à son sujet. Elle se contentait de nous laisser très clairement entendre qu'elle correspondait avec lui et prenait des airs effarouchés à chaque fois qu'on parlait de son logement. J'espérais qu'il ne poserait pas de problème. Compte tenu de son petit nombre, notre groupe était étroitement lié et son équilibre précaire. Il était facile de le perturber.

Je me suis assise sur le lit pour réfléchir à ce que m'avait dit Betty. Malgré ses petites manies agaçantes, c'était un excellent médecin et elle connaissait parfaitement son métier dans le contexte africain. On aurait juré qu'elle y travaillait depuis le début du dix-neuvième siècle. Il y avait une terrible logique dans ces rumeurs. Le Kefti venait de connaître sa première vraie période de pluie depuis plusieurs années. L'ironie veut qu'en Afrique les premières pluies faisant suite à une longue sécheresse constituent les conditions idéales pour l'éclosion des sauterelles. Et comme, effectivement, elles se déplacent très vite, une invasion en période de moisson est l'une des seules choses, en dehors d'une guerre, qui peut provoquer instantanément un exode massif de populations.

Je me suis levée, j'ai sorti un dossier pour commencer à le parcourir. Nous nous efforcions de faire fonctionner un système d'alerte préventif pour le Kefti, mais ça n'était pas très efficace, parce que personne n'avait le droit d'y pénétrer. SUSTAIN nous interdisait d'y aller parce que c'était une zone de guerre, et le gouvernement du Nambula nous interdisait d'y aller parce qu'ils voulaient maintenir de bonnes relations avec les Aboutiens et que les Keftiens étaient en guerre contre l'Abouti. Tous les renseignements que nous possédions se trouvaient dans ce dossier. Il contenait essentiellement les courbes des prix du blé sur les marchés frontières, les graphiques de poids et mensurations d'enfants et les pointages de mouvements de population à la frontière. Rien d'extraordinaire. C'était seulement pour vérifier.

Il me fallait à tout prix décider rapidement de l'action à mener, parce que Malcolm devait arriver à onze heures avec le nouveau médecin. Malcolm était le responsable local de SUSTAIN pour l'ensemble du Nambula. C'était une tête de mule, mais si nous devions donner l'alarme, il fallait profiter de sa visite. J'ai décidé de descendre au camp pour parler avec Muhammad Mahmoud. Lui saurait ce qu'il en était. Je commençais à paniquer. J'ai bu un verre d'eau pour essayer de me calmer.

Quand je suis sortie dans la lumière, j'ai vu Henry en grande conversation intime avec Sian, devant sa case. Il lui prenait le menton de manière tout à fait courtoise. Elle a vu que je les regardais, a rougi et est rentrée comme une flèche dans la case. Henry s'est contenté de hausser les sourcils en rigolant — l'arrogance de ce type !

— Henry Montague, ai-je dit sévèrement. Allez dans votre chambre.

Il a souri d'un air épanoui. Henry avait un sourire presque trop large pour son visage, la bouche ouverte, très classe. Il était toujours élégant, et sa frange noire en bataille sur le front avait dû être la grande mode quand il avait quitté Kensington. J'essayais constamment de la lui faire relever avec une pince.

— Je te dirai deux mots plus tard, ai-je lancé. En attendant, tu peux porter dans la Toyota les deux glacières qui sont dans le baraquement. Je veux descendre au camp et revenir avant l'arrivée de Malcolm.

— Oh, là, là ! Dites donc ! Madame Efficacité ! a-t-il dit en me prenant la taille d'une façon qui ne dénotait pas le moindre respect.

Inutile de lui parler de son histoire avec Sian pour le moment. Il rejetterait toute critique ou conseil de prudence comme un jeune chien fougueux se débarrasse des gouttes d'eau en sortant d'une mare.

Nous sommes partis dans la camionnette Toyota. Silence amical. J'avais décidé de ne pas parler des sauterelles à Henry avant d'en avoir discuté avec Muhammad. Muhammad Mahmoud ne faisait pas partie des responsables officiels du camp. Il était seulement beaucoup plus intelligent que tous les autres, nous y compris. Impossible de parler en conduisant, de toute façon. La concentration était indispensable, même si vous ne teniez pas le volant. Secoué et brinquebalé comme dans une essoreuse, il fallait être à la fois décontracté et assez vigilant pour réagir quand vous

31

étiez projeté hors de votre siège et que votre tête heurtait le plafond.

— Dis donc ! J'espère que tu as un bon soutien-gorge là-dessous, ma vieille, a beuglé Henry.

Il disait ça à chaque fois, s'imaginant toujours qu'il venait d'y penser.

Nous approchions du camp, la piste tortueuse descendait à pic dans le sable à présent, surplombant les cases, l'arche de plastique blanc de l'hôpital, les toits de jonc cubiques qui abritaient la clinique, le point de distribution des rations, le marché, l'école. Au cours des quatre dernières années, la misère avait graduellement fait place à un système de relations sociales entre les réfugiés, dont nous faisions également partie. C'étaient en gros des relations satisfaisantes. Nous nous apportions mutuellement quelque chose, les expatriés volontaires et les réfugiés. Nous allions à leurs fêtes la nuit, avec les tambours, les feux, nous nous laissions prendre par le charme de l'Afrique de nos rêves d'enfants. Nous leur donnions les médicaments, la nourriture et les soins médicaux dont ils avaient besoin. Nous descendions la rivière en pirogue, jouions avec leurs enfants, y puisant un sentiment d'aventure, et notre énergie, notre enthousiasme naïf à être en Afrique leur faisaient plaisir.

— En sortant du tunnel de notre désespoir nous avons découvert que non seulement nous étions capables de vivre, mais aussi de danser, m'avait dit un jour Muhammad, dans son langage absurdement poétique.

Nous avions traversé une crise ensemble et à présent nous étions heureux. Mais les réfugiés dépendaient totalement de l'aide alimentaire de l'Occident. Ce qui les rendait vulnérables.

— Bon Dieu ! a hurlé Henry comme deux gamins s'élançaient devant la Toyota, mimant l'effroi.

Ils n'avaient pas à faire ça. Au bas de la pente, nous sommes entrés dans la partie principale du camp, suivis d'une bande de gamins qui couraient en faisant de grands signes et criant : « Hawagda ! » homme blanc.

Quand j'ai poussé la portière et sauté de la camionnette, la chaleur m'a frappée au visage comme le souffle d'un four que l'on ouvre. Les gamins nous entouraient. Dieu, comme ils étaient beaux, ces gamins ! Les plus hardis couraient autour de nous avec des cris et des rires, et les timides, comme tous les enfants du monde, une jambe repliée derrière l'autre, se frottaient les yeux et se fourraient ensuite les doigts dans la bouche, ce que les aides sanitaires leur répétaient depuis cinq ans de ne pas faire. Deux d'entre eux portaient des lunettes de paille imitant nos lunettes de soleil. Je me suis penchée et je les ai mises sur mon nez pour faire mine de les essayer. Ils ont tous hurlé de rire comme si c'était la chose la plus drôle du monde.

Nous déjeunions généralement à midi, mais j'avais demandé à toute l'équipe d'être de retour à la cantine vers onze heures et demie afin d'accueillir Malcolm et le nouveau médecin pour déjeuner. A dix heures et quart, j'avais fini ce que j'avais à faire et je m'apprêtais à aller voir Muhammad pour discuter avec lui, quand il y eut un problème à la clinique d'ophtalmo de Sian. Certains patients s'étaient mis à réclamer cinq sous nambulans pour se faire retourner les paupières. Ils disaient que les gens de Wad Denazen, un autre camp de réfugiés plus important, à quatre-vingts kilomètres de là, se faisaient payer cinq sous pour qu'on leur examine les yeux de cette manière.

— Ils disent que ça devrait être la même chose ici, m'a dit Sian, désespérée.

— Ça ne m'étonne pas de Wad Denazen, ai-je dit.

Il y avait là-bas une équipe de soignants italiens qui donnaient dans la démagogie et la sensiblerie. Les Français ne valaient pas grand-chose, mais les Italiens étaient encore pires.

— Que dois-je faire ? C'est affreux qu'ils nous demandent de l'argent alors qu'on essaie de les aider.

— Dites-leur que s'ils ne veulent pas se faire examiner les yeux, vous ne pourrez pas voir ce qui ne va pas et qu'ils deviendront aveugles. Et qu'ils mourront, ai-je répondu. Dans des souffrances terribles.

— Je ne peux pas leur dire ça, a dit Sian, les yeux écarquillés.

— Soyez ferme, c'est tout. Ils ne comptent pas vraiment sur cet argent. Ils font seulement une tentative.

— Mais c'est affreux de...

— Ils sont humains, c'est tout. Vous essaieriez aussi, si vous étiez aussi pauvres qu'eux.

J'ai regardé son visage bouleversé. En fait, elle n'essaierait peut-être pas. Mon Dieu. Je me rappelais mon arrivée, au début. Tant de choses m'avaient fait tomber de haut. J'aurais voulu prendre le temps de lui parler, mais il me fallait continuer.

Quelqu'un est arrivé en courant de l'hôpital pour dire qu'ils avaient un besoin urgent de sérum IV qui, on ne sait pourquoi, était dans l'autre camionnette, dont Sharon seule avait la clé. Sharon était une grosse fille de Birmingham, avec une vision pragmatique de la vie, qui était déjà à Safila à mon arrivée. Elle était extraordinaire avec les réfugiés. Tout en me hâtant dans le sentier pour aller la rejoindre, un œil sur ma montre, j'ai entendu une voix derrière moi qui appelait :

— Rhozee.

C'était Liben Alye, assis sous un petit arbre, Hazawi dans les bras, et qui me souriait affectueusement, d'un air plein d'espoir. J'ai eu un pincement d'irritation, immédiatement suivi d'un pincement de culpabilité pour avoir éprouvé de l'irritation. J'adorais Liben Alye, mais il n'avait pas la moindre idée qu'on pouvait être pressé. La première fois que je l'avais vu, assis avec un groupe de vieux pendant les moments les plus difficiles, je l'avais remarqué à cause de la façon dont il portait ce bébé, lui caressant la joue et lissant ses cheveux. J'avais appris ensuite que ses enfants, et tous ses petits-enfants sauf Hazawi, étaient morts, et que c'était pour ça qu'il l'emmenait toujours avec lui. Je me suis accroupie près de lui, lui ai serré la main et j'ai touché la

34

joue d'Hazawi comme il m'y invitait. J'ai reconnu qu'elle était effectivement très douce. Et j'ai admiré ses longs cils, reconnaissant qu'ils étaient effectivement très longs. J'ai tourné le poignet pour voir l'heure à ma montre et je me suis rendu compte que j'allais être effectivement très en retard pour accueillir Malcolm. Bon...

J'ai mis un temps fou à trouver Sharon qui ne pouvait pas se libérer de toute façon parce qu'elle était en train d'extraire un ver guinéen de la jambe d'un patient.

— Je ne peux pas m'interrompre, a-t-elle dit, sinon la foutue bestiole va lâcher ma baguette.

Je l'ai regardé entortiller tout doucement le ver jaune et filiforme autour de l'allumette pour l'extirper de la peau.

— Vachement long celui-là, a-t-elle annoncé à la femme qui a souri de fierté.

Elle a continué à tourner délicatement avec ses doigts replets jusqu'à ce que l'extrémité du ver apparaisse et qu'il pende en se tortillant sur l'allumette.

— Et voilà, a-t-elle dit en le tendant à la femme. Faites-le frire avec un peu d'huile et des lentilles.

Et elle mimait la dégustation, pour faire rire la femme.

— Qu'est-ce que tu crois qu'il y a entre Linda et ce médecin ? a demandé Sharon comme nous nous hâtions vers les voitures. Elle va coucher avec lui ou pas ?

— Va savoir, ai-je dit.

— Pas moyen de la faire parler. C'est plus dur de la lui faire ouvrir que de forcer le cul d'un enfant de chœur.

— Sûr, ai-je répondu. Enfin, bon, pour ce que j'en sais, naturellement.

La ribambelle de gamins m'accompagnait à nouveau quand je suis allée chez Muhammad. La plupart d'entre eux avaient le crâne rasé, à l'exception d'une petite touffe de cheveux au milieu. Ils choisissaient tous une forme différente pour cette petite touffe, ce qui donnait un effet assez rigolo si on était plus grand qu'eux. J'ai tourné au coin de l'allée, Muhammad était là, debout à l'entrée de son abri.

Les gamins se sont éparpillés. Muhammad avait un physique remarquable avec une chevelure noire et crépue presque aussi verticale que celle de Kenneth Kaunda. Il portait une djellaba d'une blancheur incongrue.

— Rosie, me dit-il. Vous avez beaucoup travaillé aujourd'hui. Auriez-vous décidé d'accroître votre productivité ?

C'était un soulagement d'entrer dans son abri frais et silencieux. La plupart des réfugiés vivaient dans des huttes, mais Muhammad avait réussi à se procurer les matériaux et l'espace nécessaire pour se construire un abri exceptionnellement élégant et spacieux. Comme notre cantine, c'était un bâtiment oblong avec des cloisons en nattes de jonc destinées à laisser circuler l'air. Par endroits, des points de lumière crue perçaient la paroi. Je me suis installée sur un divan bas, attendant qu'il fasse le thé avant que nous puissions parler. Il y avait une étagère avec des livres contre l'un des murs. Les invendus de Ginsberg et Fink étaient encore là.

Il était onze heures vingt, mais pas moyen d'expliquer à Muhammad que j'étais pressée. Impossible de hâter la préparation du thé. Pas question d'abandonner le cérémonial et de se dépêcher. Surtout si j'étais en retard pour une tâche précise.

Muhammad se déplaçait avec solennité, allant et venant, apportant les minuscules tasses, deux bûches supplémentaires pour le feu. Le sucre. Encore de l'eau. Un peu plus de thé. Une autre brindille. Une cuiller. Le salaud ! Il le faisait exprès maintenant.

Enfin, l'œil luisant de malice satisfaite, il m'a offert une minuscule tasse de thé, visiblement trop chaud pour être bu, et s'est installé à son tour.

— Bon.

— Bon.

— Vous êtes très énervée ce matin.

Muhammad avait une petite voix flûtée et un rire grave.

— Non.

— Si, a dit Muhammad.

36

Non sans une extrême difficulté, j'ai maintenu un silence olympien.

— Bon, a finalement ajouté Muhammad. (Ah ! J'avais marqué un point.) Alors, quelle est la cause de cette agitation ? Serait-ce le nouveau médecin ?

Qu'il était pénible !

— Non, évidemment, ce n'est pas le nouveau médecin.

Il a éclaté de son rire grave, puis a repris, l'air sérieux :

— Alors ce sont peut-être les Dents du Vent ? a-t-il dit d'une voix théâtrale.

— Oh, je vous en prie, Muhammad. Dites les sauterelles, s'il vous plaît.

— Votre âme est vide de poésie. C'est dramatique, a-t-il dit.

— Allons, Sylvia Plath, qu'avez-vous entendu dire ?

— J'entends dire qu'il y a des essaims de huit kilomètres qui cachent le soleil et plongent la terre dans l'obscurité, a-t-il dit.

— Mais qu'avez-vous vraiment entendu ?

— Rien de bon, a-t-il ajouté, soudain sérieux. Il n'y a plus de nourriture dans les hauts plateaux. Les pluies sont rares depuis plusieurs années. Les gens n'ont rien à manger et s'efforcent seulement de survivre jusqu'à la moisson.

— Pourtant la récolte devrait être bonne cette année ?

— Oui, pour la première fois depuis bien des années. A moins que les sauterelles n'arrivent. Alors il y aura une famine terrible et les gens vont venir ici.

— Y a-t-il vraiment une invasion de sauterelles ? Sont-elles en train d'essaimer ?

— Elles ne volent pas encore, mais j'ai entendu dire qu'elles sont en train d'éclore en trois endroits. Vous savez qu'elles commencent comme simples sauterelles et qu'ensuite elles attaquent, en un immense tapis vivant et grouillant ?

Je l'ai regardé droit dans les yeux.

— Oui, Muhammad, je sais.

— Si les gens avaient des pesticides, alors ils pourraient les arroser et les détruire, mais ils n'ont rien. Même s'ils avaient les produits chimiques, il serait impossible de les répandre par air à cause des avions de chasse de l'Abouti. Bientôt, les vents vont souffler d'est en ouest et porteront les essaims du Kefti au Nambula.

— Et vous, croyez-vous tout ce qu'on dit ?

Il a haussé les épaules en levant les mains. Puis il a regardé le sol en disant :

— C'est possible.

C'est possible. J'ai senti une vague de panique monter en moi. D'habitude, il ne prenait pas ces rumeurs au sérieux.

— Comment faire pour en avoir la certitude ? ai-je demandé.

— Pour l'instant, nous devons attendre, réfléchir et discuter.

J'aurais voulu rester et aller au fond des choses, mais il était midi moins vingt. Je devais y aller.

— Malcolm doit arriver d'une minute à l'autre avec le nouveau médecin, ai-je dit en me levant.

— J'ai quelque chose à vous montrer, a répondu Muhammad.

Naturellement, il avait quelque chose à me montrer, puisque j'étais en retard. Il m'a entraînée vers le fond de sa hutte. Là, dans la poussière, poussaient trois plants chétifs de tomates portant une poignée de fruits minuscules, de ces tomates cerises qui sont particulièrement chères dans les supermarchés anglais. Il savait qu'il n'était pas autorisé à faire ça. Les réfugiés n'avaient pas le droit de cultiver. Ils auraient transformé le camp en colonie permanente.

Muhammad a cueilli une de ses six tomates et me l'a offerte.

— Merci, ai-je dit, touchée. Je la mangerai farcie.

Puis il m'a posé la main sur l'épaule et m'a dévisagée. Que signifiait son regard ? Amitié, solidarité, compassion ? Je me suis sentie troublée et j'ai dit avec brusquerie :

— Il faut que je m'en aille.

38

Quand je suis arrivée à la camionnette, elle était fermée et Henry avait la clé. Il était midi et tout le monde était rentré au campement, comme je l'avais demandé. J'ai tambouriné sur le capot et attendu, espérant qu'Henry n'était pas rentré avec les autres, oubliant qu'il avait la clé. Ce que je n'avais pas dit à Muhammad, c'est que nous commencions à manquer de nourriture au camp. Nous devions avoir une livraison quinze jours plus tôt mais les Nations unies avaient envoyé un message radio pour dire que l'approvisionnement serait retardé de plusieurs semaines parce que le bateau n'était pas arrivé à Port Nambula. Nous allions devoir commencer à réduire les rations de toute façon, que le Kefti tout entier soit recouvert d'un tapis grouillant de bestioles, ou que le soleil soit caché par des nuages de sauterelles aux mandibules géantes.

Je regardais le groupe de gamins qui gambadaient autour de la camionnette en riant, qui essayaient de grimper sur le plateau arrière, et je me rappelais les centres de distribution de la dernière famine. Nous avions alors un abri pour les enfants capables de manger seuls, un autre pour ceux qui étaient trop faibles pour se nourrir, mais qui pourraient survivre, et un autre pour ceux qui étaient définitivement condamnés. J'ai eu tout à coup envie d'éclater en sanglots. Je n'étais pas encore aussi endurcie que je l'avais cru.

4

Je rêvais que je le rencontrais par hasard au supermarché : nous marchions côte à côte dans les allées en nous moquant des autres clients, achetant de-ci, de-là des produits incongrus pour nous faire rire, des pâtés à la viande en conserve, du flan, des paquets de poulet au curry déshydraté. Incroyable qu'à une période de ma vie j'aie pu passer des heures à penser à ça, à échafauder mon rêve dans les moindres détails.

Après qu'une réunion a été organisée avec Oliver, je suis devenue complètement obsédée, possédée comme un nid investi par un coucou. J'essayais de lire pour éviter de penser à lui, et je relisais quatre fois la même phrase sans savoir ce que j'avais lu. Je regardais les infos à la télé sans en comprendre un mot parce que je pensais à lui. La seule chose sur laquelle je pouvais me concentrer, c'était mon nouveau projet pour l'Afrique, parce qu'il contenait un espoir de rencontrer Oliver. Le samedi matin précédant la réunion, je me suis persuadée que j'avais absolument besoin d'aller au supermarché : pas le Safeways de mon quartier, mais un autre, à plusieurs kilomètres, dans King's Road (où habitait Oliver) sous prétexte qu'ils avaient un plus grand choix de pâtes fraîches.

C'était pathétique, en fait. J'ai changé plusieurs fois de tenue en prévision de l'expédition. Je ne voulais pas avoir l'air trop habillée. Je voulais avoir l'air classe mais décon-

40

tractée, comme si c'était ma tenue naturelle du samedi matin, et également paraître mince. Je me suis maquillée, puis je me suis dit que le fond de teint allait se voir dans la lumière crue du matin, alors j'ai lavé le fond de teint en décidant de ne mettre que de l'eye-liner, du mascara, du rouge à lèvres et du fard à joues. Puis j'ai tout recommencé sans l'eye-liner ni le rouge à lèvres. J'avais mis des dessous blancs tout neufs, puis j'ai décidé d'en mettre des noirs. Je me suis longtemps demandé si c'était bizarre de porter un porte-jarretelles et des bas sous un jean, mais je n'ai pu arriver à une réponse claire.

J'ai passé plus d'une heure dans le supermarché Safeways, j'y suis retournée acheter un sac de crevettes surgelées dont je n'avais ni envie ni besoin, et il n'avait toujours pas fait son apparition. Je maudissais le ciel pour conspiration à mon encontre.

— Tu te comportes de manière insensée. Tu es malade ! m'a dit ma copine Shirley quand je lui ai avoué tout ça. Si je t'entends encore une fois prononcer le nom d'Oliver pendant la soirée, je te mords.

Oliver tombait malade à son tour. Il était couché, brûlant de fièvre, dans son appartement qui était vaste et spacieux, avec des piliers blancs. Je le soignais. Je lavais ses draps, lui préparais du hachis parmentier que je lui apportais sur un plateau, avec des fleurs dans un petit vase blanc carré. Je changeais le hachis parmentier en truite grillée avec salade de cresson et pommes de terre nouvelles en robe des champs, parce que le hachis parmentier est trop lourd à digérer quand on est malade. Sa mère arrivait. Elle était élégante et riche et passait justement avec une bouteille de champagne. Elle ne savait pas du tout comment s'occuper de lui. Il n'avait jamais connu d'amour véritable ou d'attention. Mais elle m'avait tout de suite à la bonne. « Je ne l'ai jamais vu aussi heureux avec personne, chérie », me murmurait-elle de sa voix rauque de fumeuse invétérée en clignant de l'œil d'un air complice.

41

La réunion était prévue à six heures le mercredi. Le jeudi à cinq heures et demie, Hermione a raccroché le téléphone d'un mouvement particulièrement rageur.

— Sir William vous appelle à son bureau. Il est avec Oliver Marchant. Il était dans le coin, apparemment, et il veut qu'on fasse la réunion tout de suite au lieu de demain.

C'était le désastre complet. J'avais réservé la soirée pour me préparer pour cette réunion. Je devais aller au cours d'aérobic afin de perdre mes quelques grammes superflus, prendre un sauna, m'enduire d'huile parfumée et choisir ma tenue. En fait, si la réunion n'avait pas été avancée d'une journée, je l'aurais carrément ratée, compte tenu du temps qu'auraient pris mes préparatifs de toilette et mes décisions vestimentaires. Quoi qu'il en soit, l'arrivée prématurée d'Oliver me paraissait la pire catastrophe qui me soit jamais arrivée. Je n'avais que le temps de me remaquiller.

Quand je suis entrée dans la pièce et que j'ai vu Oliver, mon cerveau s'est transformé en fromage blanc et j'avais la bouche sèche.

— Ah, a dit sir William. Oliver. Voici notre représentante du département communication. Très très bien, Rosemary... euh...

— Richardson, a complété Oliver, avec un sourire paternel.

Il s'est levé pour me serrer la main. A ce contact, mon taux d'adrénaline s'est mis à jouer une folle sarabande en libérant des décharges dans tous les sens signalant « ATTENTION, alerte sexuelle, tous systèmes en marche. »

— Comment allez-vous ? a demandé Oliver.

— Très bien, merci.

Ma voix était inhabituellement haut perchée. Nous ne nous étions pas quittés du regard.

— Hum, a dit sir William en se raclant la gorge. Hehem, et bien...

— Alors, pas encore transformée en pizza ? a dit Oliver, ce qui était plutôt gonflé, étant donné que mon patron était

42

devant nous et nous regardait en continuant à se racler la gorge.

— Quoi ? a dit sir William. Vous voulez une pizza ?

— Peut-être plus tard, a dit Oliver à mon intention tout en se retournant vers sir William.

Pendant la réunion, c'est Oliver qui a parlé le plus, s'adressant surtout à moi, ce qui n'a pas manqué de me monter à la tête, naturellement.

— C'est un phénomène qui me fascine, disait-il. Les célébrités soutiennent des causes depuis la Première Guerre mondiale, mais vous allez voir : ça va prendre des proportions énormes. D'ici cinq ans, aucune cause n'existera sans le soutien d'une vedette pour la promouvoir.

J'ai émis un bruit bizarre. Sir William m'a jeté un regard déconcerté.

— Très, très intéressant, a-t-il grommelé. Bien entendu, il y a des célébrités dans tous les milieux. Pas seulement dans le monde du spectacle, dans toutes sortes de domaines il y a des personnalités, des bienfaiteurs...

— Tout à fait, a opiné Oliver. Dans le monde des affaires, de l'édition même, comme dans votre cas.

Sir William se tiraillait la barbe, se rengorgeant. J'étais encore gênée pour le bruit incongru. J'avais eu l'intention d'émettre un murmure d'assentiment.

— Mais le véritable sujet de notre émission, a poursuivi Oliver, c'est la manière dont l'aide au tiers-monde commence à entrer dans la culture populaire. Avant Geldof, c'était une sinistre affaire d'enveloppes blanches et noires qu'on déposait en catimini. Maintenant donner est à la mode, c'est devenu synonyme de plaisir.

— Très juste, comme nous le disions. J'irais bien là-bas moi-même, avec les livres. Ça donnerait un peu de gueule au geste, a dit sir William, avant de me regarder. Hum, a-t-il ajouté, opinant du chef. Hum.

— Oh ! Croyez-vous possible d'inclure le voyage de sir William au Nambula dans votre émission ? ai-je demandé très vite.

Oliver a souri en clignant de l'œil.

— Ce serait sans aucun doute un point de vue intéressant pour nous, cette combinaison de sir William, du Nambula et des livres. Nous parlons des camps de réfugiés du Kefti, si j'ai bien compris ?

— C'est exact.

J'étais béate devant sa connaissance des réalités du monde.

— Bon, je crois qu'il faut que nous en reparlions, c'est certain, a dit Oliver. Quand la situation aura un peu avancé.

Ensuite, alors qu'Oliver et moi étions sur les marches de l'immeuble Ginsberg, dans la lumière dorée du soir qui filtrait au travers des arbres, il m'a demandé :

— Vous voulez boire un verre ?

Exactement comme dans mes rêves. Je n'y croyais pas. J'étais follement heureuse. Une seconde plus tard je me suis souvenue que je ne m'étais pas épilé les jambes, en me demandant, paniquée, si je pouvais trouver une solution pour les raser dans les toilettes.

Même dans la voiture, c'était comme dans un rêve. Il avait les mains sur le volant et sa cuisse sous le lainage doux de son costume bleu marine près de mon genou gainé d'un collant noir. De la pure tragédie. Les portières de la voiture étaient en cuir crème et le tableau de bord en ronce de noyer. Les lumières des compteurs scintillaient, on se serait cru dans un avion. Nous ne sommes pas allés dans un pub mais dans le genre de restaurant où, si j'avais demandé un rasoir au garçon, il me l'aurait apporté sur un plat octogonal en porcelaine blanche, sans question ni commentaire.

— Oh, Lu —ii-gi.

Au moment où l'on nous conduisait à notre table, l'actrice Kate Fortune faisait une entrée fracassante, fondant sur le maître d'hôtel, dans une envolée de cheveux noirs soyeux.

— Luigi ! Quel plaisir de vous revoir !

— En fait, madame, je m'appelle Roberto, a-t-il dit.

J'avais vu Kate Fortune à la télé pas plus tard que la veille, dans un feuilleton publicitaire où une exploratrice manifestait une passion inattendue pour le rouge à lèvres. On la voyait souvent dans les magazines, dans des toilettes de fée ou de belle dame en crinoline, présenter ses accessoires de la ligne *Quarante ans de Fortune*. Mais le pire, c'est quand elle était apparue dans l'un des suppléments en couleurs où elle posait successivement à la manière de toutes les plus célèbres stars de cinéma des décennies passées. Grossière erreur qui semblait ne pas servir son image tant elle mettait en évidence la différence abyssale entre une Kate Fortune et une Marlène Dietrich ou une Jane Fonda. Ce soir, elle était plutôt dans le style *Dallas*. Je la soupçonnais depuis longtemps d'être dangereuse question chevelure mais ça n'a pas raté : au moment où elle s'est ruée vers nous en roucoulant : Oliver ! C'est merveilleux ! elle a empoigné toute la masse gauche de ses cheveux et les a balancés en arrière dans les yeux de Roberto.

Oliver s'est galamment levé pour se laisser embrasser, à la suite de quoi il avait un petit cercle de rouge à lèvres corail sur chaque joue. Je me suis levée, moi aussi, mais elle a fait comme si j'étais la femme invisible, alors je me suis rassise.

— Chéri, disait-elle à Oliver en tripotant le revers de sa veste, tu vas essayer de venir me voir dans le Shaw ? Je te laisse des billets pour la semaine prochaine ? Tu vas essayer de nous faire passer dans ta merveilleuse émission ?

— Ecoute, chérie, je n'ai pas envie de me faire suer pendant toute une pièce, a dit Oliver. Pourquoi est-ce que tu ne m'invites pas plutôt à déjeuner ?

Kate Fortune a levé les yeux au ciel, balancé ses cheveux en arrière en disant :

— Quel affreux tu fais ! Je vais demander à Yvonne d'appeler Gwen demain.

Sur quoi elle a rejoint sa table en jetant derrière elle un regard gai et langoureux. J'étais étonnée qu'elle ne relève pas sa jupe pour lui montrer sa petite culotte, tant qu'elle y était.

Oliver a commandé du champagne. Nous venions de commencer à évoquer nos premières expériences sexuelles, comme il se doit, quand le signor Zilli est entré en trombe dans le restaurant. Le signor Zilli était un personnage culte de cette époque, la figure du bouffon italien folâtre campé par un gigantesque comédien du nom de Julian Alman. Ça faisait un drôle d'effet de le voir en chair et en os, sans costume et hors contexte.

— Oliver ! Salut ! Merde ! a dit Julian Alman en s'imposant sans façons. Dis-moi, tu peux sortir me donner un coup de main, je viens de me faire coller un sabot de Denver. Merde !

— Et qu'est-ce que tu veux que j'y fasse ? Que je l'enlève avec les dents ?

— Non, écoute. En fait, je voudrais que tu discutes avec les gars de la fourrière.

Julian Alman semblait totalement ignorer que tous les clients du restaurant le regardaient.

— Mais si tu t'es garé sur une double ligne jaune, tu savais à quoi tu t'exposais. C'est ta nouvelle Porsche ?

— Oui. En fait, tu vois, j'étais encore dedans.

— Tu étais encore dedans ?

— Oui. J'essayais de sortir.

— Julian, a dit Oliver. Ça n'a aucun sens. Qu'est-ce qui t'empêchait de sortir ?

— Et bien, tu comprends, elle est un peu petite pour moi.

— Mais pourquoi l'as-tu achetée ?

— Je voulais absolument ce modèle-là. Tu comprends, il vient de sortir et il n'y en a que trois en circulation, alors, tu comprends...

— Oh, merde, Julian, tu ne vois pas que j'ai autre chose de mieux à faire ? a-t-il dit en me désignant du geste.

— Non, c'est bon. Allez l'aider, ça ne fait rien, ai-je dit.

— Oh, super. Ecoutez, je suis désolé, c'est vraiment gentil à vous, a dit Julian en se retournant pour regarder par la fenêtre. Merde !

Oliver est donc allé calmer les gars de la fourrière. Il est revenu dix minutes plus tard, l'air content de lui, pour me dire qu'il avait réussi à les dissuader.

Nous sommes ensuite revenus directement à nos premières expériences sexuelles.

— Alors, le trimestre suivant, je vais me présenter à mon directeur de thèse, sur Blake, et le prof, c'était elle... la femme à qui j'avais fait un suçon.

Les portions étaient minuscules, ce qui était heureux car je n'avais pas d'appétit. Quand Oliver a eu fini de me raconter ses aventures sexuelles de Cambridge, je lui ai raconté comment nous nous étions fait prendre nus dans les dunes, Joël et moi, par un flic qui avait alors proposé de se joindre à nous.

— Et qui était Joël ?

— Mon copain quand j'étais à l'université.

— Quelle université ?

— Devon.

— Dieu merci ce n'était pas Girton, a-t-il dit avec un sourire condescendant. Voilà qui explique l'accent pointu. Et qu'est-ce que vous étudiiez à l'université du Devon ?

— L'agriculture.

J'ai eu un petit rire.

— L'agriculture ! L'agriculture ! (Il riait à gorge déployée.) On dirait quelqu'un sorti tout droit d'un roman de Thomas Hardy. Est-ce que par hasard vous faisiez du cheval, portiez des jupons et gambadiez dans les meules de foin ?

Il s'est penché en faisant semblant de lorgner vers ma jupe d'un air intéressé.

— Non, j'étudiais l'assolement et la rotation des cultures.

— Et Joël aussi était fermier ? Non, ne me dites rien. Il était sergent dans l'armée et il portait une énorme épée étincelante. Non ? Il était instituteur ? Carreleur ?

— Il était poète.

— Non ! De mieux en mieux. Qu'est-ce qu'il écrivait ? « C'était la fille du fermier... »

— Il n'écrivait pas grand-chose quand je l'ai connu. Il buvait beaucoup, fumait des joints et déblatérait sans arrêt sur la société capitaliste et patriarcale. Mes frères ne pouvaient pas le voir.

— Combien de frères avez-vous ?

— Quatre. Et une sœur.

— Mon Dieu ! Je ferais bien de me méfier. Et Joël était du Devon, lui aussi ?

— Non, il venait de Londres, où il avait également son éditeur. C'était Ginsberg et Fink, en fait. Je le trouvais merveilleux.

— Merveilleux ? Je déteste ce type, a dit Oliver. Et alors, qu'est-il advenu de l'agriculture ? Pourquoi n'êtes-vous pas en train de vous occuper d'agnelage, de vous lamenter sur vos haies ou de réclamer des subventions ?

— J'ai effectivement travaillé dans une ferme pendant quelques mois après avoir obtenu mon diplôme, mais Joël me manquait, alors je suis allée le rejoindre à Londres pour vivre dans une communauté à Hackney. J'ai d'abord travaillé dans un pub puis j'ai trouvé un boulot dans le marketing du désodorisant.

— Et que faisait Joël ? Il faisait du tissage de lentilles et fumait des joints d'encens ?

— Presque. Il n'avait plus toute sa tête la plupart du temps.

— Et c'est vous qui gagniez le pain du ménage ?

— Oui. Pas très bien, d'ailleurs. Toujours est-il qu'au bout de dix-huit mois, je suis allée avec Joël à une soirée chez Ginsberg et Fink et c'est là que sir William m'a repérée.

— Ça ne m'étonne pas de lui, le vieux saligaud.

— Mais non ! Ça n'était pas du tout ça, ai-je dit avec indignation. Il m'a demandé si je voulais un emploi temporaire pour l'été, et j'ai accepté.

— C'était quand ?

— L'été dernier.

— Et Joël est encore dans la course ?

— Eh bien, non. Ça s'est mal passé, en fait. Ma grand-mère m'avait laissé un peu d'argent à sa mort et j'ai acheté un appartement. Joël a déclaré que je retournais à mes racines capitalistes patriarcales et que je n'étais qu'une petite grue superficielle.

— Une petite grue superficielle, a-t-il répété. Je vois. Et c'était quand ?

— J'ai acheté l'appartement en janvier.

— Ah, merci, Roberto.

Après avoir éclusé le champagne, Oliver avait commandé une bouteille de vin rouge. J'avais déjà la tête qui tournait et ne pouvais plus rien boire mais Oliver avait l'air parfaitement sobre. Les gens autour de nous n'arrêtaient pas de regarder dans sa direction et un vieux monsieur s'est approché en s'excusant longuement de nous déranger, sachant que tout le monde devait faire la même chose, et a demandé à Oliver un autographe pour sa fille qui étudiait à l'institut Slade. Oliver l'a accueilli d'un air avenant mais s'est un peu refroidi parce que l'autre n'avait pas de stylo, puis est devenu carrément glacial quand le type a commencé à lui dire que sa fille aimerait bien le rencontrer pour savoir comment entrer à la télévision. Le type est parti, déçu et décontenancé. J'ai ôté une de mes boucles d'oreilles, qui me faisait mal.

Oliver a commandé deux cognacs puis il a repéré une autre personnalité, Bill Bonham, à une table à l'autre bout de la pièce. Il est allé lui parler. Bill Bonham était un acteur qui jouait généralement les rôles de gangster intelligent dans des téléfilms. Il était également metteur en scène et on le voyait souvent sur les plateaux de télé, où il ne se privait pas de dire, avec force grossièretés, qu'il avait horreur des imbéciles. Il était presque chauve et portait très court ce qui lui restait de cheveux. Il avait un blouson de cuir et un jean, serré au-dessous de sa bedaine, qu'il semblait toujours sur le point de perdre au risque d'exhiber le bas de son dos. Je les ai regardés, béate d'admiration, discuter avec animation. Puis ils ont disparu tous les deux dans les toilettes.

— Je ne crois pas que Bill soit plus connu que vous.

— Bon, peut-être pas Bill, mais Julian si, a marmonné Oliver en reniflant à plusieurs reprises.

— Mais non. Vous êtes enrhumé ? ai-je demandé tendrement.

— Mais si. C'est parfaitement injuste, mais c'est comme ça, a dit Oliver d'un ton morose en reniflant d'une seule narine, cette fois.

— Il est célèbre dans un domaine différent. Vous êtes animateur d'une émission artistique et Julian Alman est une vedette de cinéma.

Oliver en était maintenant à son troisième cognac. Il avait desserré sa cravate et les trois boutons du haut de sa chemise étaient défaits, si bien que j'entrevoyais sa poitrine velue.

— Mais ce que vous faites a beaucoup plus de valeur, ai-je poursuivi, encourageante. Les gens vous voient comme une autorité, une personnalité intellectuelle.

Il a froncé le nez avec tendresse en me faisant du genou sous la table.

Le serveur était en train de ramasser les miettes avec un mini-aspirateur et je me suis rendu compte qu'il avait embarqué les boucles d'oreilles que j'avais enlevées. J'étais trop intimidée pour lui en faire la remarque, alors j'ai alerté Oliver à voix basse. Il a hurlé de rire et redressé la situation d'une main de maître.

Quand on nous a apporté l'addition, j'ai sorti mon chéquier en proposant de payer ma part. Oliver s'est penché vers moi, m'a pincé le nez et a sorti sa carte American Express. Puis il a effectué le tour du restaurant pour dire au revoir à tous les gens connus, avec moi à son bras.

Quand nous sommes arrivés devant chez moi, Oliver a arrêté la voiture, éteint le moteur et détaché sa ceinture.

— Alors, tu m'invites à boire un café ? a-t-il dit.

J'étais anxieuse et j'avais à nouveau la bouche sèche en montant l'escalier devant Oliver. J'étais très fière de mon nouvel appartement. Je le trouvais assez parisien. Mais en entrant, il a éclaté de rire. J'ai ri de bon cœur avec lui en essayant de voir la plaisanterie, mais je n'ai pas tenu la distance.

— Qu'est-ce qu'il y a de si drôle ? ai-je finalement demandé.

— C'est si petit et si trognon, a-t-il dit. Trop mignon. (Il s'est aventuré dans la kitchenette.) De mieux en mieux. Tu as des proverbes sur les murs !

Il regardait une gravure que ma mère m'avait donnée et qui portait comme légende : « Les femmes ennuyeuses ont des maisons impeccables. »

— Hum. Je vois ce que tu essaies de justifier. (Il était dans le living à présent.) Bon Dieu ! Tu me rendrais fou avec ce bordel.

— Quel bordel ? ai-je ingénument demandé.

— Toutes tes cassettes sont sorties des boîtes, il y a des livres partout, et qu'est-ce que c'est que ça ? a-t-il demandé en ramassant un bandeau élastique enroulé sur lui-même. On dirait un ver.

J'étais anéantie. Mon éducation m'avait appris à considérer que les gens qui avaient une place pour chaque chose et ni boutons ni crayons disséminés dans divers ustensiles étaient anormaux.

— Je vais faire du café, ai-je dit.

Je me sentais étrangement déprimée en entrant dans la cuisine. L'alcool dont je n'avais pas l'habitude, sans doute, mais qui ne semblait pas avoir affecté Oliver le moins du monde. Il m'a suivie dans la cuisine et, au moment où je branchais la bouilloire, il m'a passé les bras autour de la taille. J'ai oublié tout ce que j'étais en train de penser, je me suis retournée et nous nous sommes embrassés dans les règles. C'était l'extase de pouvoir le toucher, depuis le temps que j'en avais envie. Au bout d'un moment, sa main est descendue vers ma taille, le long de ma cuisse et a commencé à remonter ma jupe. Je ne voulais pas qu'il me déshabille parce que je portais des collants gainants et un slip blanc qui avait cohabité dans la machine à laver avec une chaussette bleue, alors j'ai réorienté sa main vers mon sein, à défaut de mieux. Nous nous sommes encore embrassés, mais j'étais un peu déséquilibrée et j'avais peur de tomber à la renverse. Oliver m'a effleuré les lèvres en chuchotant :

— Je peux rester ici cette nuit ?

— Je n'en suis pas sûre.

Je me sentais soudain angoissée.

Il a recommencé à m'embrasser.

— Allons, ne sois pas sotte.

J'avais peur de paraître immature, alors j'ai dit :

— Bon, je vais me préparer.

Ce qui d'après moi était une attitude très adulte, en plus d'avoir l'avantage de me donner l'occasion de me raser les jambes et de faire disparaître ma culotte bleuâtre. J'ai bondi dans la salle de bains et me suis déshabillée en un éclair en fourrant mes vêtements dans le placard d'aération, histoire de ranger. Je ne pouvais utiliser de crème dépilatoire. Trop long, et l'odeur est épouvantable. Je croyais avoir un rasoir. J'ai sorti frénétiquement tout le contenu du placard sous le lavabo, sans rien trouver. J'entendais Oliver aller et venir dans le living en me disant qu'un rasage complet était hors de question. J'ai passé la main sur mes tibias. Rien de dramatique si on caressait dans le sens du poil. J'ai fait ma toilette. Parfumé les endroits stratégiques. Je me suis brossé les dents. Je me suis rendu compte que mon peignoir bleu était à la lessive et, me drapant dans une serviette de bain, j'ai passé la tête — seulement — par la porte. Il était là, superbe, dans mon living. Il fumait, assis dans mon fauteuil.

— Je suis prête, ai-je dit, d'un air enthousiaste.

Il a levé les yeux. J'ai plongé dans la chambre, posé la lampe de chevet par terre et sauté dans le lit en remontant les couvertures jusqu'au menton, par timidité. Il me tournait le dos, se baissait pour délacer ses chaussures, exactement comme un mari. Ça ne paraissait pas très romantique de ne pas faire plus attention à moi, mais bon... Il s'est redressé, a ôté sa chemise en la passant par la tête sans défaire les boutons. J'observais la ligne de ses muscles depuis l'aisselle jusqu'à la taille. Je le regardais morceau par morceau, sans impression d'ensemble. Il a défait son pantalon, me tournant toujours le dos, puis il l'a plié et l'a posé sur la chaise. Puis il a plié le slip, ce qui m'a momentanément inquiétée, et l'a soigneusement posé sur le pantalon. Ensuite, il s'est glissé sous la couette.

Je me suis retournée pour lui faire face, nous nous sommes embrassés. C'était merveilleux d'être nue contre lui. Il a descendu pour m'embrasser les seins. D'extase, j'ai failli perdre le souffle. Puis il a posé sa tête sur moi, je caressais ses cheveux, il était allongé sur moi, complètement immobile, un bras de chaque côté.

Au bout d'un instant je me suis demandé ce qui se passait. J'ai légèrement changé de position, il a relevé la tête en remontant pour recommencer à m'embrasser. Sa respiration était très lourde. Il s'est soulevé, m'écartant les jambes avec son genou pour s'agenouiller entre mes cuisses. Il a descendu la main vers son sexe et l'a glissé en moi, directement. J'avais tant envie de lui que j'étais hors de moi, je criais, je me tordais de plaisir. Mais peu à peu, malgré mon émoi, j'ai commencé à me rendre compte qu'Oliver ne bougeait pas du tout. Il s'appuyait sur moi de tout son poids, la tête dans mon cou, complètement inerte. Graduellement, je me suis arrêtée de bouger, jusqu'à être immobile à mon tour. C'est alors qu'il a commencé à ronfler.

Une fois remise du choc, je me suis mise à rire. Je pensais aux voisins du dessous en train d'écouter mes cris d'extase entrecoupés de ronflements. Au bout d'un moment, j'ai été obligée de le réveiller. Il me semblait que j'allais périr étouffée. Il était de très mauvaise humeur à présent, les sourcils froncés. Il s'est levé pour aller dans la salle de bains puis je l'ai entendu dans le living. Quelques instants plus tard, il est revenu et a commencé à se rhabiller.

— Qu'est-ce que tu fais ?

— Je rentre. Je dois me lever tôt demain matin.

C'était comme si j'avalais une panoplie de couteaux de cuisine.

— Il n'en est pas question. Reviens immédiatement dans ce lit.

— Mais...

— Il n'y a pas de mais. Primo, ça ne se fait pas et secundo tu es ivre mort, et si tu approches seulement de ta voiture, je téléphone à la police. Tertio, tu viens de t'endormir sur moi au tout début de ce qui devait être une grande nuit d'amour. Et en plus tu ronfles. Et maintenant, recouche-toi.

En ce temps-là, Oliver ne m'avait pas encore brisé le caractère et n'avait pas encore réduit ma confiance sexuelle à l'état de petit pois desséché. Il a serré les lèvres. Il me fixait bizarrement. Puis il s'est mis à hocher la tête comme s'il vérifiait une de ses idées. Il a soulevé la couette et m'a regardée. Puis il s'est redéshabillé, révélant, à ma stupéfaction, une nouvelle érection, avant de se glisser dans le lit à côté de moi. Et à la fin, j'étais folle de fierté et de joie parce que moi, Rosie Richardson, j'avais réussi à faire jouir Oliver Marchant.

Un peu plus tard, après qu'il a été endormi, je suis restée à regarder ses longs cils noirs sur ses joues, comme deux chenilles soyeuses. J'étais heureuse à ce moment-là, tous mes doutes oubliés. J'avais du mal à croire qu'Oliver Marchant était effectivement dans mon lit. Je savais instinctivement que c'était un de ces hommes exagérément soucieux de leur sommeil, mais j'ai quand même risqué un petit baiser sur sa joue en me blottissant affectueusement contre lui.

— Oh, pitié ! Tu te comportes comme une gamine de cinq ans ! a-t-il dit en se tournant de l'autre côté.

Quelle capacité de séduction il avait, ce salaud ! Et j'en redemandais. « Les femmes changeantes résistent mieux que les monotones », avais-je lu je ne sais où. « Elles peuvent être assassinées mais rarement abandonnées. » C'est exactement ce qui nous plaît chez ces salauds. On sait qu'ils ne vous attacheront jamais, qu'ils ne vous enliseront jamais dans la routine. Tout est dans l'excitation de la conquête : on meurt d'envie de s'attaquer à leur dureté, d'essayer de la réduire. Même quand j'ai compris la vraie nature d'Oliver, j'ai cru que je pouvais le transformer. Je croyais qu'il avait seulement besoin d'un peu d'amour et de tendresse et qu'il apprendrait vite. Je croyais pouvoir le changer à force d'amour.

Ma copine Rhoda, qui est américaine et plus âgée que moi, m'avait dit que j'étais atteinte d'obsession maladive et que je ne devrais même pas toucher quelqu'un comme Oliver avec des pincettes.

— D'accord, du moment que c'est lui qui me touche, avais-je étourdiment répondu.

Par la suite, elle m'avait dit que mon projet de partir en Afrique n'était qu'une autre manifestation de ma perversion masochiste et que je devais rester en Angleterre, apprendre à m'aimer et sortir avec des mecs ennuyeux. Mais je lui avais répondu qu'elle lisait trop de livres américains de psychologie à bon marché, qu'elle devrait boire un peu plus et s'éclater davantage.

5

Se lancer dans une aventure amoureuse est pour tout le monde une expérience à risque, un peu comme d'apprendre le ski nautique : tout va bien une fois qu'on s'est relevé, mais on a beaucoup plus de chances de tomber à l'eau et d'en prendre un coup au moral que de se relever. Imaginez la scène trois jours après ma nuit avec Oliver. Pas de coup de téléphone. Rien. Mais, comme j'étais jeune et inexpérimentée, je n'ai pas eu la seule idée sensée que j'aurais dû avoir, c'est-à-dire : « Quel salaud ! » Je n'étais pas tout à fait assez idiote pour rester chez moi le soir à regarder le téléphone avec des yeux de merlan frit. Et il aurait été tout aussi stupide de débrancher le répondeur. Si bien que je n'évitais pas la crise du répondeur muet quand je rentrais le soir. Ou alors je trouvais trois messages, dont deux de Rhoda, et un d'Hermione, demandant pourquoi, au nom du ciel, je ne lui avais pas dit que Cassandra avait laissé un message dans l'après-midi pour lui dire que Perpétua ne viendrait pas dîner.

Finalement, le quatrième jour, au bureau, son appel est arrivé. Façon de parler.

Sous forme d'une agaçante voix féminine :

— Allô ? Vous êtes bien Rosie Richardson ?

— Oui.

— Bonjour, Rosie. C'est Gwen, l'assistante d'Oliver Marchant.

Son assistante ? Pourquoi son assistante ? En une seconde, je me retrouvais dans le rêve « Oliver à l'hôpital ».

— Oliver se demandait si vous étiez libre ce soir.

— Oui.

Délicieux pincement à l'estomac.

— Parfait. Il se demandait si vous aimeriez venir à la cérémonie de remise des prix de la Broadcasting Society, ce soir à Grosvenor House.

— Oui, ce serait...

— Super. Disons six heures et demie pour y être à sept. Oliver passera vous prendre à six heures et demie. Pouvez-vous me donner votre adresse, Rosie ?

C'est à ce style de prolongement romantique succédant à une nuit d'amour que la passion vous expose. Voilà pourquoi cette monstrueuse affliction est à fuir comme la peste.

Nous étions assis autour d'une table ronde dans l'immense salle de bal d'un hôtel. Au-dessus de nous, quatre gigantesques lustres scintillaient sur la foule d'épaules nues, de sequins et de bustiers, les éclairages télé, les écrans géants, tandis que le personnel de la production courait en tous sens en brandissant des scripts jaunes, l'air important, à la limite de l'hystérie. Tout avait déjà pris du retard. Sur la scène, un groupe de danseuses étincelantes étaient en train de répéter, se ruant en direction du public en une série d'entrechats, puis tournant casaque pour bondir dans l'autre sens, la tête toujours tournée vers nous avec des sourires d'hôtesses de l'air.

A ma droite était assis Vernon Briggs, un type costaud avec un accent du Yorkshire. Il faisait partie du conseil d'administration de Channel Four, la compagnie qui télévisait la cérémonie des prix. J'avais à ma gauche Corinna Borghese, qui co-présentait *Soft Focus* avec Oliver. Elle serrait ses lèvres minces et rouge foncé sous l'effet d'une tension visible et son visage pâle, sous les lunettes noires et la crinière auburn hérissée, vibrait comme les filins d'acier d'un pont suspendu. *Soft Focus* était sur la liste des nominés et

Corinna, au grand dam de Vernon, avait bien l'intention d'aller recevoir le trophée avec Oliver.

— En fait, je contribue autant que lui à la conception de l'émission. Je devrais avoir au moins le crédit de la production, de toute façon. S'il y va seul, ça veut dire qu'Oliver Marchant est *Soft Focus* à lui tout seul, c'est ça ? Et je trouve que ce n'est absolument pas représentatif.

— Ecoute, chérie, tu veux que je te dise ce qu'est ton boulot ? Tu restes assise sur ton joli petit cul en face de l'écran et tu te bornes à lire ce qui y défile. (Vernon se penchait vers elle, les yeux saillants dans son énorme visage écarlate, l'index menaçant.) Tu lis à haute voix, voilà ce que tu fais. Comme à l'école. C'est Oliver le rédacteur en chef de l'émission.

— Ce que vous voulez dire, c'est qu'il a un pénis, lui. D'accord. Et je vous prie de ne pas m'appeler chérie, réussit-elle à siffler entre ses lèvres serrées.

J'avais beaucoup de souci avec ma robe que je ne parvenais pas à garder sous la table. C'était les restes d'une robe de demoiselle d'honneur, en soie, avec une jupe bouffante à cerceau. Jadis, la robe avait été longue, de couleur pêche et digne de Kate Fortune, mais, une fois teinte et transformée, elle était maintenant courte et noire. J'avais souffert mille paniques au moment de m'habiller. Quand on avait sonné à la porte, j'étais debout sur mon lit, essayant de me voir en pied dans le miroir, vêtue d'une minijupe en lycra noir sur un maillot de bain. A cet instant précis, et seulement à cet instant-là, la robe de demoiselle d'honneur m'avait semblé une bonne idée. Je me suis rendu compte par la suite qu'on ne doit jamais aller nulle part dans une tenue qui fait penser, même très vaguement, à une bergère, même si c'est une bergère qui vient de tomber dans une soute à charbon. La robe ne cessait de me tourmenter, jaillissant dans tous les sens de manière incontrôlable. A ce moment précis, elle ballonnait de chaque côté de ma chaise, empêtrant non seulement les jambes de Corinna Borghese mais également celles de Vernon Briggs, qui pour l'heure nous avait tourné le dos.

— Je suis désolée, ai-je chuchoté d'une voix de conspiratrice à Corinna. Je regrette d'avoir mis cette robe idiote. J'ai essayé au moins huit tenues avant de sortir et j'ai perdu la tête. Ça vous arrive, à vous ?

— En fait, non, a répondu Corinna. J'essaie de choisir des tenues simples.

Dinsdale, assis en face, m'a lancé un regard compatissant et m'a offert une cigarette, que j'ai acceptée, bien que je ne fume généralement pas.

— Je vous demanderai de ne pas fumer à côté de moi, a dit Corinna.

La soirée n'avait pas très bien commencé. Oliver n'était pas venu me chercher. Il avait envoyé un chauffeur à casquette qui m'avait dit qu'Oliver, retenu à la dernière minute, me retrouverait à Grosvenor House. J'avais passé vingt minutes d'horreur dans le foyer bourré de personnalités connues. Les gens me regardaient, mais je savais que c'était avec pitié à cause de ma robe insensée. C'est Dinsdale, encore une fois, qui était venu à mon secours. Quand il m'avait pris le bras, j'étais déjà allée deux fois aux toilettes, j'avais étudié le plan de table pendant huit bonnes minutes en prétendant qu'il fallait tout ce temps pour y repérer « Oliver Marchant et ses invités ». Ce n'est qu'à ce moment-là qu'il m'était venu à l'idée qu'Oliver devait savoir depuis des semaines qu'il aurait besoin de quelqu'un pour l'accompagner. Se pouvait-il que je sois la solution de dernière minute ? Est-ce qu'une autre lui avait fait faux bond ? Une superbe critique littéraire, peut-être, autorité accomplie sur la mort de l'existentialisme dans le roman d'Europe de l'Est, dotée d'un postérieur comme deux boules de billard.

Un vieux chansonnier, Jimmy Horsham, avait commencé à me tenir la jambe et ne voulait plus me lâcher. Il avait déjà réussi à glisser plusieurs fois dans la conversation qu'il avait réservé une chambre à l'hôtel Grosvenor. Quand Dinsdale a fait son apparition, il s'est éloigné, l'air piteux.

— Ma chérie, ma chérie, que faites-vous avec ce vieux casse-pieds ? Qu'est-ce qu'il s'imagine donc ? Quelle idée ridicule ! Venez, venez avec moi. Allons grignoter quelques canapés. Je cherche à éviter Barry, m'a-t-il glissé discrètement. (Barry Rhys était une autre légende vivante du théâtre, en même temps que le meilleur ami de Dinsdale.) Il est avec sa femme, c'est un véritable éléphant de mer. Vous êtes avec qui ? Avec ce vieux cochon de Ginsberg, par hasard ?

— Non, ai-je dit gaiement, je suis avec Oliver Marchant.

— Mais où est-il passé, ma chérie ? Pourquoi vous laisse-t-il ainsi en proie aux convoitises ?

Dinsdale me dévisageait férocement, les sourcils couvrant presque ses yeux pour mimer la consternation.

— Il est retenu au studio.

— Mais non, chérie. Pas du tout. Il est là-bas, regardez, a dit Dinsdale, tous les traits de son visage exprimant l'inquiétude.

J'ai eu un pincement douloureux au cœur. Oliver était là, sans cravate, en costume sombre, en train de plaisanter avec Corinna Borghese — ou de raconter une histoire, plus vraisemblablement. Il était penché vers elle, le geste expressif. Corinna regardait droit devant elle, un demi-sourire indulgent aux lèvres. Dinsdale m'a prise par la main et m'a traînée vers eux.

— Le voilà, ma chérie. Venez. Nous allons arranger ça tout de suite.

J'avais l'impression d'être une gamine que ses parents auraient oublié de venir chercher à l'école.

L'espace d'une seconde, Oliver a eu l'air stupéfait de me voir.

— Rosie. Salut, comment ça va ? Je te cherchais.

Il a souri et s'est penché pour m'embrasser. Son parfum a fait surgir des souvenirs capiteux de notre nuit d'amour, mais Oliver ne donnait aucun signe qu'il se rappelait quoi que ce soit du même genre.

— Connais-tu Corinna Borghese ?

— Heureuse de faire votre connaissance.

Je commençais à saisir le ton des présentations du Club des Célébrités.

— Merci, a répondu Corinna.

Silence gênant.

— Alors, comment vas-tu ? a dit Oliver.

— Très bien, et toi ?

— Très bien.

Voilà à peu près le niveau.

Une heure plus tard, tout le monde était assis à table et je priais pour qu'Oliver ne regarde pas de mon côté et ne remarque pas que je ne parlais à personne. Il a regardé de mon côté et vu que je ne parlais à personne. J'ai essayé de sourire mais c'était un sourire particulièrement peu naturel. Le sourire d'un gamin démoniaque, des bribes de pain entre les dents et les yeux chassieux.

— Ça va ? a-t-il articulé de loin.

J'ai opiné gaiement du chef et j'ai pris la décision de faire une nouvelle tentative en direction de Corinna.

— Bon, mais ça m'a l'air très bien, ai-je dit d'un air dégagé en regardant le menu.

Il proposait : Tartare de saumon, Poulet au vin blanc avec sauce à la crème et ses raviolis, ou Steak de thon frais avec pommes parmentières, suivi d'une Mousse au chocolat blanc dans sa Cage de sucre.

— Pommes parmentières — je suppose qu'il s'agit de purée en croquettes.

— C'est complètement ridicule, a répondu Corinna.

J'ai cru qu'elle voulait parler du fait qu'elle était obligée de m'avoir comme voisine de table.

— Ce n'est pas un menu pour végétariens. Où est le maître d'hôtel ?

— Vous ne mangez pas de poisson ? ai-je suggéré. Il y a du thon.

— Du thon, a-t-elle lancé méchamment en me regardant d'un air incrédule. Vous savez ce qui se passe quand ils pêchent le thon, non ? Vous avez entendu parler des dauphins ?

Notre conversation ne s'améliorait pas. Je me suis sentie soulagée quand, les dernières Cages de sucre débarrassées, on a allumé les projecteurs géants. Les célébrités assemblées se sont mises à se trémousser, à gonfler leurs plumes et à s'installer comme une volée de pigeons. Je vibrais d'excitation. J'avais regardé tant de fois ce spectacle, chez moi, à la télé, et aujourd'hui j'étais là. Il y a eu une sonnerie de trompettes, une annonce clamée, d'autres trompettes, et un directeur de plateau, court sur pattes et portant une boucle d'oreille, sanglé dans un équipement électrique, a frappé dans ses mains d'un air important en rentrant la tête dans les épaules pour parler dans son micro. Tout le monde s'est mis à applaudir docilement. Noël Edmonds est arrivé au petit trot sur le plateau et a pris place devant un lutrin en nous faisant signe de cesser les applaudissements.

Pendant ce temps un jeune type brun et mince avec des lunettes s'était approché de Corinna.

— Salut. Comment ça va ? a-t-il demandé à voix basse, d'un ton confidentiel, en l'embrassant, sans cesser de jeter des regards aux alentours.

— ... c'est quelqu'un qui fait les délices du public des deux côtés de l'Atlantique depuis des années..., continuait Noël Edmonds.

— Dégueulasse, non ? Tu as parlé à Michael ? Howard est là-bas. C'est Jonathan qui va avoir le prix. Certain. Il vient d'aller dire deux mots de son intro à Jean-Paul.

— Je t'accompagne. Je ne reste pas une minute de plus si c'est lui qui reçoit le prix. C'est outrageusement sexiste, a dit Corinna en se levant.

Et elle est partie.

Les applaudissements commençaient à peine à se calmer après le discours du metteur en scène primé pour la meilleure comédie dramatique.

— Super ! Vachement super ! marmonnait Bill Bonham. Il remercie les auteurs, il remercie les éclairagistes, sa putain de femme et ensuite, seulement, il pense à me citer. Génial ! Après tout, je ne jouais que le premier rôle. Putain ! C'est génial. Merci.

Le Seigneur donne et le Seigneur reprend. Mes voisins de table s'agitaient et bruissaient à l'unisson avec les bienheureux récipiendaires de cette distribution divine de richesses et de gloire, mais ils brûlaient de jalousie envers ceux qui en recevaient une plus grosse part.

Sur scène, Vicky Spankie, une jeune comédienne de la RSC, se voyait attribuer le prix de la meilleure actrice. Elle était menue, extrêmement jolie, avec des cheveux noirs coupés au carré, et portait un jean et un blouson de cuir. Elle venait de faire la une de toute la presse populaire lors de son mariage avec un Indien d'Amazonie.

— On se donne, on se donne, et pendant tout le temps on est dévoré par une peur épouvantable et on voudrait crier : « Regardez-moi, je suis humaine, j'ai peur », expliquait-elle.

— Oh, non, faut pas *charrier* ! a soupiré Corinna, qui avait finalement décidé de revenir et s'était arrangée pour s'asseoir à côté d'Oliver.

Vicky Spankie continuait :

— Je me demande si un miracle spirituel ne pourrait pas se produire ici. Si nous pouvions tous nous recueillir un instant et envoyer des ondes d'amour et de bon sens au gouvernement brésilien qui laisse, chaque jour que Dieu fait, couper des milliers d'hectares de forêt.

Sur le grand écran au-dessus d'elle où passait l'émission en direct, les caméras se sont arrêtées sur son mari, Rani, assis à table, l'air ahuri. Au lieu de sa robe tribale, il portait ce soir-là un complet avec cravate noire, mais un disque ornait encore sa lèvre inférieure. Dans l'interview que j'avais lue, le reporter avait demandé à Vicky si Rani ôtait le disque la nuit, et elle l'avait très mal pris.

— Viens me rejoindre, Rani, c'est aussi pour toi, disait-elle.

Le pauvre Rani, médusé, s'est laissé pousser vers la scène où une jeune ravissante en fourreau étincelant l'a aidé à monter les marches. Alors tout le monde s'est levé pour acclamer Rani.

Vernon Briggs s'était emparé du micro du gros directeur de plateau et parlait d'une voix basse et furieuse.

— Fais-la taire, disait-il. Marcus, descends-moi l'Indien de cette scène et fais-la taire immédiatement. Faites-moi taire tout de suite cette stupide pouffiasse. Nous avons déjà une heure quarante de retard. Faites descendre l'Indien immédiatement.

A cet instant précis, le cameraman s'est approché de notre table et a commencé à cadrer Oliver, ce qui signifiait qu'on allait passer au prix de la meilleure émission artistique. Corinna s'est penchée vers lui pour être dans le champ. L'espace d'une seconde, j'ai vu son regard furieux, puis il s'est mis à parler à voix basse avec Corinna. Elle mordillait sa lèvre inférieure et ne quittait pas la caméra des yeux.

Sur le grand écran est apparu le logo de la meilleure émission artistique. Le micro de Vicky Spankie a été coupé et une fille, un script à la main, s'est dépêchée de la faire sortir de scène avec Rani, en s'excusant. Vicky est sortie tête haute, Rani sur les talons, brandissant le trophée avec un sourire aussi grand que le lui permettait le disque de sa lèvre. En passant près de notre table, il l'a prise par le bras.

— Oh, lâche-moi, espèce de débile, l'ai-je entendue chuchoter.

Oliver et Corinna étaient tendus. Le dernier des quatre clips nominés était en train de passer. Kevin Garside, un chanteur folk qui avait une tête de skinhead, exécutait un chant de révolte de mineurs de sa composition en s'accompagnant au tambourin, sous les yeux d'un groupe de paysans guatémaltèques à l'expression polie et embarrassée.

La lumière rouge s'est allumée sur la caméra faisant face à Oliver. Sur scène, Ian McKellen ouvrait une enveloppe.

L'écran était divisé en quatre. Sur l'un des quartiers, on voyait Oliver souriant et détendu et Corinna se mordillant la lèvre.

— Et le lauréat du meilleur programme artistique est Sof...

Sur l'écran, j'ai vu Corinna sourire et commencer à se lever.

— ... Sofama Kuwayo pour *La Plainte des déshérités*.

Oliver a continué à sourire jusqu'à l'extinction du voyant lumineux de la caméra.

Sur scène, Sofama Kuwayo avait reçu son trophée et terminait son discours.

— ... dans vos Audi, vos Mercedes, vos BMW, pensez à tous ceux qui, plus jeunes que vos propres enfants pour la plupart, sont sans logis. Ce sont leurs paroles, leur expérience et la poésie de leur vie qui ont composé cette émission. Ce prix est pour eux.

— Eh bien, on dirait que tu t'es ridiculisée, Corinna, a dit Oliver.

Environ une demi-heure plus tard, nous nous dirigions vers la pizzéria de la Piazza en un petit groupe composé d'un Bill Bonham remarquablement modeste, de Corinna accompagnée de quelqu'un du nom de Rats qui était apparemment le bassiste du groupe EX Gap, d'une Vicky Spankie encore larmoyante, sans Rani, d'un comédien appelé Hughie Harrington-Ellis et enfin d'Oliver, qui me tenait par la taille.

— Oh, Hughie, a crié un groupe de jeunes à un carrefour, abso-vache-lument ! (C'était l'une des nombreuses répliques célèbres de Hughie.) Abso-vache-lument, criaient les gamins.

Hughie leur a répondu d'un sourire grinçant et d'un grand geste de la main.

— Ça doit vous arriver souvent, ai-je dit.

— Oh, non, pensez-vous ! a-t-il sèchement lancé. C'est la première fois.

Dans le restaurant, tout le monde s'est retourné pour nous regarder. Toutes les tables étaient prises, mais le patron a réussi on ne sait comment à faire déplacer des jeunes en les répartissant sur deux ou trois tables. En quelques minutes, nous avions tous investi leur table et des serveurs s'affairaient autour de nous.

— Putain, ça m'embête de vous demander ça. Ça doit vous arriver tous les jours. Ça ne vous dérange pas, mon pote, hein ? a demandé un jeune en brandissant un papier sous le nez de Hughie.

— Bien sûr que non, a répondu Hughie, ajoutant entre ses dents : Espèce de petit con.

Vicky signait pour le serveur une photo qu'elle avait comme par hasard dans son sac.

Je priais pour que quelqu'un vienne demander la même chose à Oliver, parce que je voyais sa tête commencer à s'allonger. C'est alors que sont arrivées deux filles qui lui ont demandé de signer leur menu.

— Désolé, il faudra que tu t'y habitues, m'a dit Oliver avec un sourire avantageux.

La porte s'est ouverte avec fracas, livrant passage à Terence Twinkle.

— Salut, tout le monde, a-t-il clamé en direction de notre table. Bon Dieu, c'est l'enfer dehors. Pourquoi est-ce qu'on ne peut pas me laisser tranquille ?

Il portait un manteau de vison jusqu'aux chevilles.

6

Il était midi et demi quand la Land Rover a franchi la barrière du campement. La camionnette de Malcolm était déjà là, couverte d'autocollants. Une petite procession se dirigeait vers le bâtiment des latrines, Betty en tête, habillée en rose, qui faisait de grands gestes et riait avec bienveillance comme si elle accueillait des visiteurs princiers. Toute l'équipe s'était mise sur son trente et un, en tenues comiquement criardes, chemises et sarouals bouffants, à pois ou à rayures de couleurs vives, confectionnés par le tailleur du camp. Malcolm portait un tee-shirt et un chapeau sur lequel figurait une inscription idiote quelconque. A côté de lui, ne regardant pas Betty mais en direction du camp, se tenait le nouveau médecin, de taille moyenne et vêtu de couleurs ternes.

Au bruit de notre véhicule, toute la procession s'est lentement retournée d'un air accusateur. Sian est sortie du baraquement et nous sommes descendus de voiture.

— Je leur ai dit qu'il y avait sans doute un problème en bas, à l'hôpital, m'a-t-elle dit d'un ton de conspirateur. Je pense que tout va bien mais, bon, Betty...

Instant plutôt embarrassant tandis qu'Henry, Sian et moi rejoignions la procession des latrines sans savoir quelle contenance prendre, sauf sourire béatement. Heureusement, la bonne éducation d'Henry a sauvé la situation.

— Malcolm, cher ami ! a-t-il beuglé comme nous approchions. Quel plaisir de vous voir ! Bonjour. Vous devez être

67

le nouveau médecin, heureux de vous rencontrer ! Très heureux. Très heureux d'accueillir un mec de plus pour faire face à la pléthore féminine.

Nous avions alors rejoint le groupe, mais Henry continuait à faire ses plaisanteries tout seul.

— Désolé de n'avoir pu nous joindre au comité d'accueil, nous avons eu quelques problèmes de transfusion dans le trou noir de Calcutta.

Le nouveau médecin a eu l'air un peu éberlué. Il avait l'air sympa, mais pas marrant. Dommage.

— Bonjour, a-t-il dit doucement. Robert O'Rourke.

Il avait la voix remarquablement basse. On aurait dit qu'elle venait de très loin.

— Henry Montague, super, beuglait Henry en lui serrant énergiquement la main. Bienvenue à bord. Et voici notre grande memsahib, Rosie. Je sais qu'elle a plutôt l'air d'une femme-objet, mais en fait elle est très sévère.

— Sévère, mais juste, j'espère, a dit O'Rourke.

— Ne faites pas attention à Henry, a dit Sian. C'est à cause de son éducation.

La glace était rompue. Malgré ses absurdités, Henry savait ce qu'étaient les bonnes manières.

— Je suis contente de vous compter parmi nous, ai-je dit. Bonjour, Malcolm, c'est toujours un plaisir de vous voir.

Malcolm m'a gratifiée de son sourire idiot, toutes dents dehors, en agitant les mains de chaque côté de la tête.

— Est-ce que le Dr O'Rourke et vous-même avez eu quelque chose à boire ? ai-je demandé.

— Eh bien... non. Nous avons plutôt pensé que le docteur préférerait faire le tour du propriétaire, s'est interposée Betty. Après tout, c'est là que notre nouvel ami va résider pendant un bon bout de temps. (Elle a baissé la voix.) Au fait, Malcolm, quand vous aurez un moment, je voudrais faire un petit brin de causette avec vous.

Le nouveau médecin regardait attentivement Betty. Il avait l'air très déterminé.

Il m'a regardée en désignant le camp :

— Ce lieu est magnifique. *Magnifique.*

J'avais du mal à situer son accent.

— C'est très beau, oui, ai-je acquiescé.

En baissant les yeux, j'ai aperçu ses chaussettes blanches. Quelle horreur !

O'Rourke boitait légèrement. Quand Linda l'a emmené à sa case, j'ai essayé d'observer discrètement sa jambe sans qu'il me voie. Il avait peut-être une jambe de bois ? A part sa sacoche de médecin, il semblait n'avoir pour tout bagage qu'un sac de voyage en toile, comme s'il partait en week-end. Ça semblait un peu ridicule de pousser la simplicité jusque-là s'il devait rester ici pendant deux ans. J'espérais qu'il n'allait pas se mettre à emprunter du shampooing à tout le monde.

Les autres membres de l'équipe étaient tellement propres et élégants que je me suis dit qu'il vaudrait mieux que je m'arrange un peu, moi aussi. Je suis rentrée dans ma case et j'ai jeté un coup d'œil au petit miroir suspendu au-dessus de mon bureau, ce que je faisais rarement. Je m'en souviens parce que c'est à ce moment-là que j'ai vu, outre mon nez rougi et mes cheveux fous, la première ride sur mon visage. Elle commençait à peine, partant de la racine du nez vers le coin de la bouche. Ce devait être à cause de la lumière à cette heure-là. J'ai eu un choc. J'ai toujours pensé qu'on devrait vieillir dans l'autre sens. La vie serait beaucoup plus gaie si l'on commençait par être tout ridé et si on rajeunissait de plus en plus, en embellissant au fil des ans. Ce serait si rassurant de se dire qu'à la fin de sa vie, quelqu'un serait ravi de jouer avec vous, de changer vos couches et de vous promener en poussette jusqu'à ce que vous retourniez dans l'œuf. En m'efforçant de repousser ces angoisses existentielles, je suis ressortie dans la lumière brûlante pour rejoindre le baraquement.

Le déjeuner était terminé. C'était un moment de concentration intense, on déchirait des enveloppes, on lisait avidement le courrier, en silence. Il était difficile de sous-estimer l'importance du courrier à Safila. L'arrivée d'une lettre, ou son absence, pouvait provoquer un immense bouleversement d'ambiance. J'ai jeté un coup d'œil et n'ai vu ni Betty ni Malcolm. Elle était probablement en train de lui faire une conférence sur les Dents du Vent. J'avais intérêt à m'assurer qu'elle ne le décourageait pas. Au prix d'un certain effort, j'ai ignoré la petite pile de courrier et un paquet qui m'étaient destinés, et je suis sortie.

A mon approche, Betty a pris un air coupable.

— Je sais que Rosie va dire que je suis une vieille gâteuse, dit-elle, pourtant Malcolm, je pense qu'il est de notre devoir de réagir.

Betty prononçait bizarrement les mots quand elle se prenait au sérieux. *Dewoir, réhagir.*

Malcolm semblait déjà aux abois, cherchant désespérément à échapper aux injonctions de Betty. Il fallait avoir du doigté avec lui. Il était efficace tant que tout était organisé et prévisible, ce qui naturellement n'était jamais le cas ici. De plus, il était du genre à aborder les problèmes en tournant très lentement autour du pot, observant les choses de loin sans trop s'en approcher.

— Betty vous a expliqué, à propos des rumeurs ? lui ai-je demandé.

— Oui, oui. C'est, euh... J'en ai entendu parler à Sidra. C'est un développement intéressant. Je crois que nous devons attendre et voir... euh... voir comment les choses évoluent.

Sidra était la ville la plus proche, où se trouvait un bureau des Nations unies, avec des téléphones qui fonctionnaient parfois.

— Le problème, c'est que si les choses évoluent effectivement, tout va aller si vite que nous ne pourrons plus rien maîtriser. Nous sommes déjà à court de réserves. Vous savez que les Nations unies nous ont prévenus que nous ne serions pas livrés ? Savez-vous quand le bateau doit arriver ?

— Je, euh... eh bien, en fait, j'espérais rentrer très vite à Sidra pour discuter de ce genre de choses et, euh... de ce

70

qui en découle. Alors, si vous n'y voyez pas d'inconvénient et si nous n'avons pas d'autre sujet à considérer, je crois que je vais repartir le plus tôt possible, étant donné qu'il y a, comme je le disais, beaucoup de choses à régler à Sidra.

J'ai décidé qu'il valait mieux lui dire ce que je savais, même si ça semblait un peu léger. En ce qui me concernait, le plus solide élément de conviction tenait au fait que Muhammad était persuadé qu'il y avait un problème. Mais quand j'ai essayé de transmettre cette idée à Malcolm, ça a paru suspect, presque comme si j'étais amoureuse de Muhammad Mahmoud et que j'attendais des jumeaux de lui.

J'ai fait promettre à Malcolm de me transmettre par radio dès son retour les nouvelles sur l'approvisionnement, et d'alerter le bureau de la direction à Londres. Il m'a dit qu'il en discuterait avec la commission des Nations unies chargée de l'aide alimentaire aux réfugiés. L'idée ne semblait pas particulièrement le séduire. Je n'étais pas convaincue qu'il mettrait toutes ses forces de persuasion, quelles qu'elles soient, dans la bataille.

— Ah ! (Malcolm m'a interrompue, s'adressant à quelqu'un derrière moi.) Je ne pourrais pas récupérer mes chaussettes avant de partir, par hasard ?

Je me suis retournée et j'ai vu O'Rourke, qui, l'air surpris, s'est baissé pour ôter chaussures et chaussettes. Il avait deux pieds normaux. En se redressant, il m'a regardée, tout en roulant les chaussettes en boule avant de les tendre à Malcolm.

— Je savais que j'oublierais quelque chose dans mes bagages, a-t-il dit. Il va falloir... que je m'en tricote une paire, j'imagine.

Il a eu un sourire inattendu qui a disparu très vite.

J'ai raccompagné Malcolm jusqu'à la barrière, me disant que je m'y étais mal prise. Malcolm était chargé de s'occuper des camps de réfugiés sur toutes les frontières du pays. Je n'avais pas réussi à le convaincre de faire grand-chose pour nous. J'ai suivi la piste pendant quelques mètres, jusqu'à l'endroit d'où j'apercevais sa camionnette qui poursuivait son chemin à travers la plaine, soulevant un panache de poussière. Le soleil était haut à présent. Je suis restée longtemps à regarder, jusqu'à ce que le bruit du moteur se soit éteint, que la voiture ne soit plus qu'un point minuscule, puis disparaisse et que l'on n'entende plus que le crissement des cigales. Je me suis soudain sentie terriblement seule. Il y avait parfois des instants où l'isolement protecteur de notre microcosme s'effondrait et où je prenais conscience que nous campions en plein désert. Nous n'étions ni plus ni moins que l'un de ces groupes de cases émergeant du sol que l'on repérait en avion en arrivant d'Angleterre, encerclées par des milliers de kilomètres de désert de tous côtés. Toute tentative d'action ou de mouvement était étouffée par le temps et la distance. Rien que pour se rendre à Sidra, il fallait déjà trois heures.

De retour au baraquement, le courrier m'a changé les idées. Le paquet envoyé par ma mère contenait une paire de baskets neuves, noires, comme de petites bottines. Il y avait deux mois que je les attendais. Il y avait aussi cinq slips neufs de coton noir. J'avais cinq lettres, dont trois de maman et deux d'amis de Londres dont je reconnaissais l'écriture. J'ai ouvert la première pour me réconforter. J'adore les lettres de maman. Celle-ci commençait comme d'habitude : « *J'étais en train de prendre une tasse de thé et un biscuit quand je me suis dit, je me demande comment va Rosie ?* » C'est alors qu'un grand remue-ménage s'est produit dehors, en provenance de l'entrée principale. J'étais à l'autre bout du baraquement si bien que quand je suis arrivée, tous les gens avaient formé un cercle si serré qu'il était impossible de voir ce qu'ils regardaient. Puis le groupe s'est ouvert et j'ai vu O'Rourke disperser la foule avec de grands gestes polis, comme s'il essayait de faire passer ses invités à table après l'apéro. Effondrés contre le mur de la case de Betty, il y avait une famille de Keftiens, émaciés, sales et épuisés. Une femme gisait sur le sol. Elle avait les membres décharnés, les cheveux hérissés et l'expression hagarde

72

caractéristiques que donne la malnutrition. Près d'elle, le père tenait un enfant dans ses bras. Ce n'est que lorsque je me suis approchée que je me suis rendu compte que l'enfant était mort.

L'angoisse m'a paralysée. Par le passé, quand nous vivions ça tous les jours, nous avions fini par trouver une manière de nous en sortir, une espèce de distanciation énergique, au jour le jour, qui nous permettait de faire le nécessaire. Mais j'étais soudain prise au dépourvu. Je me suis efforcée de me remémorer les règles de survie : ne pas penser aux implications, ni à ce qu'ils ressentent, ni à ce qui va se passer, se contenter de décider ce qui doit être fait, et le faire. Une chose à la fois. Je suis rentrée dans le baraquement où j'ai pris des sels de réhydratation et des biscuits énergétiques. La mère avait besoin d'une perfusion et O'Rourke et Betty s'en sont chargés tandis qu'Henry et moi allions chercher les camionnettes. Nous sommes allés à l'hôpital en convoi, Henry et moi dans un troisième véhicule avec le père et l'enfant mort. Le père pleurait. Il y avait quelque chose de particulièrement poignant dans cette réaction simple : votre famille meurt de faim, votre enfant est mort, donc vous pleurez.

Nous n'avons pas mis longtemps à trouver des gens qui connaissaient la famille parce que le camp avait été construit selon la géographie du Kefti, pour que les habitants d'un même village puissent se regrouper. Je mourais d'envie de parler au père afin de savoir pourquoi ils étaient venus. Etait-ce à cause des sauterelles ? Combien d'autres les suivaient ? Je savais que je ne devais pas m'en occuper pour l'instant, pas avant l'enterrement. J'ai décidé de rentrer au campement pour tenter de joindre Malcolm par radio à Sidra.

Impossible d'obtenir la liaison. Je hurlais : « Safila à SUSTAIN Sidra, Safila à SUSTAIN Sidra, Safila à SUSTAIN Sidra », mais je ne recevais que des craquements indistincts. Rien. Pas de liaison. J'ai encore répété « Safila à SUSTAIN Sidra », puis j'ai mis la tête dans mes bras en essayant de

73

ne pas pleurer. J'ai entendu un bruit de moteur et j'ai tenté de me ressaisir. C'était ridicule. Je ne serais utile à personne si je craquais. Il fallait que je prenne sur moi. La porte s'est ouverte. C'était Sharon.

— Tu as la clé du frigo à vaccins ? a-t-elle demandé. (Puis, voyant ma tête, elle s'est précipitée :) Tout va bien ?

— Oui, ça va. C'est seulement... ça me rappelle ...

— Oui, je sais, a-t-elle dit.

— Et toi, ça va ?

— Oui... mais... bon. Tu vois ce que je veux dire ?

Il fallait transmettre un message à Malcolm pour lui dire ce qui s'était passé avant qu'il ne quitte Sidra. Il ne s'agissait que d'une famille pour l'instant, mais il y avait si longtemps que nous n'avions pas vu ça et ils étaient en si mauvais état. Sans oublier les rumeurs. Il fallait absolument qu'il soit au courant avant de regagner la capitale. J'ai pris la jeep pour aller au village de Safila. Il y avait là-bas un bureau avec la radio, le siège local de la Commission d'aide aux réfugiés. Le COR. L'un des innombrables sigles qui peuplaient nos conversations. COR, UNHCR, RESOK, ONG. Nous étions censés déclarer tous les nouveaux arrivants au COR. Peut-être que si leur radio marchait, je pourrais envoyer un message à Malcolm. J'ai grimpé dans la jeep et suivi la piste jusqu'au village. La chaleur était tombée à présent, le soleil commençait à s'apaiser.

Le bureau du COR était entouré d'une haute barricade et d'une cour mal entretenue. Un cochon reniflait un tas de détritus. Une fille aux yeux vitreux était assise sur un divan, occupée à s'observer le pied. La copine d'Hassan. Elle portait une paire de boucles d'oreilles que je lui avais données. Elle a bondi avec enthousiasme en me voyant, reluquant les boucles d'oreilles que je portais, et m'a fait entrer dans le bureau.

— Hassan maquis, a-t-elle annoncé. Hassan n'est pas là.

Hassan était l'officier du COR. Je me suis assise et j'ai essayé de joindre Sidra par radio. Toujours le même craquement vide. La fille s'est penchée pour toucher mes boucles d'oreilles. J'ai fait non de la tête en lui montrant celles que je lui avais données la dernière fois. Elle a souri d'un air contrit. J'ai tripoté le cadran pour essayer de joindre El Daman, la capitale. Rien non plus de ce côté-là. J'ai insisté. Rien à faire.

Quand j'ai quitté le bureau, il était six heures et il faisait déjà nuit. Une fois le soleil couché, la nuit tombait rapidement. Les phares de la camionnette éclairaient des plantes aux formes étranges qui surgissaient des dunes de sable. J'ai croisé les autres qui revenaient du camp juste avant d'atteindre la colline. Je me suis arrêtée, sans couper le contact. Henry était au volant, avec Sian, Sharon, Linda et Betty entassées à côté.

— Que se passe-t-il ? ai-je demandé à Henry.

— Tout va bien, ma petite vieille.

— Est-ce que les nouveaux arrivants ont parlé des sauterelles ? ai-je demandé.

— Pas que je sache. Tu as réussi à joindre Sidra ?

— Non, rien à faire.

— Putain. Pas de chance. A tout à l'heure, ma petite vieille.

— Nous vous attendons pour dîner, a dit Betty. Kamal nous prépare du poulet.

Le camp semblait différent la nuit, étranger et inaccessible. Les cases étaient fermées. Ici et là, je distinguais une bougie dans l'obscurité, mais presque tout le monde dormait déjà. Il n'y avait rien à faire après le coucher du soleil. Je suis passée à l'hôpital, constitué d'une arche de toile soutenue par une charpente métallique. J'ai franchi la portière de toile et, sans faire de bruit, j'ai observé. Un des lits de bois, au milieu de la rangée, était équipé d'un dispositif de perfusion. O'Rourke était en train d'ajuster le réservoir à l'extrémité du tube.

La mère dormait, la respiration bruyante et irrégulière. O'Rourke a levé un pouce rassurant dans sa direction et m'a fait signe de regagner la sortie. Nous nous sommes rejoints sans parler et nous sommes sortis. Il commençait à avoir besoin de se raser.

— Ça va ? m'a-t-il dit tout de suite en me posant la main sur l'épaule.

Je n'avais visiblement pas récupéré autant que je le croyais.

— Ouais, ça va, ai-je chuchoté. Comment vont-ils ? Qu'est-ce qu'ils ont dit ?

Il m'expliqua que la famille avait un taux de dénutrition de soixante-quinze pour cent, ce qui est très grave. L'enfant était mort de déshydratation diarrhéique, mais ce n'était pas le choléra.

— Et le père ? Où est-il ? Il va bien, non ?

— Ça ira.

— Vous lui avez parlé ?

— Je n'en ai pas eu l'occasion.

— Je vais aller le trouver, alors.

— Laissez-moi deux minutes, je vous accompagne.

Je l'ai attendu et nous nous sommes dirigés vers la case de Muhammad. Loin des lampes de l'hôpital, on ne voyait presque rien. Nous marchions en silence. O'Rourke avait l'air détendu. Il ferait l'affaire. Muhammad nous a accueillis devant sa porte. Il nous a conduits à l'endroit où se trouvait la famille. Nous avons attendu à distance tandis qu'il entrait dans la case. Une bougie brûlait à l'extérieur. Le père est sorti en ajustant sa robe. Il avait l'air plus faible que le matin. Il a parlé un moment à voix basse avec Muhammad. Muhammad nous a appelés et le père a pris la main d'O'Rourke, l'a serrée en parlant avec émotion. Puis il a pris ma main à mon tour et d'autres membres de la famille ont suivi et l'ont imité. C'était un peu comme être membre du Club des Célébrités en Occident.

Finalement nous sommes tous rentrés dans la case. Il y avait une seule lampe, faite d'une boîte vide de lait en poudre. Une femme faisait du café sur un petit tas de braises. O'Rourke et moi nous sommes installés sur le lit. Muhammad s'est assis en face de nous et a commencé à poser des questions au père. Trois petits à moitié endormis étaient assis en rang d'oignons sur le sol. Ils n'ont pas bougé ni fait un bruit pendant quarante minutes. J'imaginais mal des enfants capables de ça en Angleterre. J'ai demandé un jour pourquoi les enfants étaient si sages ici. On m'a répondu que, s'ils faisaient du bruit dans la maison, on les frappait avec un bâton.

L'homme parlait vite, par à-coups, regardant au loin. De temps à autre, il s'arrêtait et émettait un petit bruit de gorge.

— Il dit qu'il a quitté le village parce que son enfant était malade. Le reste de la population n'a rien à manger, mais attend la récolte. Seulement il a vu que les sauterelles sont en train d'éclore près du lit de la rivière et il a peur qu'elles arrivent avant la moisson.

— Et les autres gens du village ?

— Ils ont peur, mais se préparent à protéger les récoltes avec des bâtons et des feux.

— Ils n'ont donc aucun insecticide ? ai-je demandé.

— Non, aucun.

O'Rourke a dit :

— Je crois qu'on les a envoyés ici pour donner l'alarme, et que leur état s'est aggravé en route. Je n'ai pas l'impression qu'il était vraiment nécessaire de venir.

— Pas encore, en tout cas, ai-je dit.

— Vous avez peut-être raison, a dit Muhammad.

Quand nous sommes arrivés à la Toyota, une petite foule nous attendait. Le bruit des récentes arrivées s'était visiblement répandu. Il y avait deux représentants du RESOK, l'association d'aide aux réfugiés du Kefti, qui voulaient me parler. Ils se sont d'abord adressés à Muhammad.

— Ils veulent savoir ce que ça signifie pour eux, a-t-il traduit.

— Naturellement.

— Ils ne veulent pas refuser d'accueillir leurs frères, mais il n'y a pas assez de nourriture. Ils veulent savoir quand le bateau arrivera.

Moi aussi, j'aurais bien voulu le savoir. Ce n'était pas le moment de manquer d'approvisionnement.

— Pouvez-vous leur dire que je vois les choses comme eux et que je ferai tout ce qui est en mon pouvoir ? Il n'y a pas lieu de s'inquiéter.

A ces mots, O'Rourke a émis un bruit désapprobateur, ce qui m'a surprise.

Les types du RESOK voulaient continuer leur mise au point. L'ambiance était inquiète et tendue.

— Je ne crois pas que ce soit le moment de lancer une discussion de groupe, ai-je dit calmement à Muhammad.

Il a acquiescé et dit quelque chose aux représentants, qui nous ont laissés partir. En remontant la colline, j'ai aperçu Liben Alye sur le bord de la route. Il portait encore Hazawi, qui dormait. Il a levé la main pour me saluer.

— Oh, là, là ! Je n'ai pas mangé de pâté depuis dix-huit mois et encore la dernière fois c'était plutôt de la terrine et je n'y tiens pas. Ce sont les morceaux de gras qui me rebutent.

Betty était aux anges.

Le pâté était un cadeau d'O'Rourke. Il avait finalement apporté une grande malle de provisions en plus de son unique sac de voyage. Le frigo débordait maintenant de fromages exotiques et de chocolats d'Amérique. Il y avait du thé Earl Grey sur l'étagère, de la bonne huile d'olive et plusieurs bouteilles de vin. Il s'était bien débrouillé à la douane. O'Rourke faisait visiblement bonne impression. C'était comme si un coq était arrivé dans la basse-cour, toutes les poules couraient en tous sens en piaillant et en battant des ailes. Henry faisait la gueule. Il avait pris l'habitude d'être le seul homme à table.

Au bout d'environ une demi-heure de discussion gastronomique, O'Rourke commençait à manifester de l'impatience.

— Quelle est la situation exacte de l'approvisionnement ?

Il parlait à voix basse, s'adressant à moi seule, mais tout
le monde s'est tourné vers lui pour écouter.

— Plutôt mauvaise, ai-je répondu. Nous avons raté la
livraison avant les pluies de juin parce que le bateau en
provenance de France n'est pas arrivé à temps. Et quand il
est arrivé, les camions ne pouvaient plus passer.

— A cause de la boue ?

— Et des rivières, a ajouté Sharon. L'eau coule comme
un torrent. Impossible de traverser.

— Alors, qu'est-ce que vous avez fait ?

— Nous avons dû imposer des demi-rations pendant le
mois d'août, ai-je dit. Les camions sont passés au début de
septembre, mais les Nations unies avaient envoyé par erreur
une partie du contingent dans le Sud, si bien que nous
n'avons eu des rations que pour deux mois au lieu de cinq.

— Et où en sommes-nous maintenant ?

— Nous aurions dû avoir une autre livraison au début
d'octobre mais le bateau a à nouveau du retard. J'ai réduit
les rations et nous en avons assez pour quelques semaines,
peut-être quatre ou cinq, à condition de ne pas avoir de
nouveaux arrivants.

— Et les rations viennent de l'UNHCR ?

— Oui.

— On ne peut pas avoir d'aide alimentaire d'urgence de
SUSTAIN ? a demandé O'Rourke.

J'ai tenté de sourire. O'Rourke avait probablement l'habitude des grosses agences américaines capables de maîtriser
une crise à coups de dollars.

— SUSTAIN est censé nous fournir en personnel, pas
en nourriture. Ils font du bon travail. Ils nous aideront s'ils
le peuvent, mais ce n'est qu'une petite agence sans moyens
financiers.

Silence.

— Ça va sûrement s'arranger, ai-je dit. Le bateau finira
bien par arriver.

79

— Vous croyez ? a demandé O'Rourke. (Puis il a lancé :) Si on mangeait du fromage ? (Il s'est rendu compte de l'ironie de la situation et a souri.) Ma foi, c'est une manière de résoudre la famine, non ? Passez-moi le brie, je vous prie.

— Tout à fait, tout à fait, a dit Henry. Qu'ils mangent donc du brie.

Au bout d'un moment O'Rourke s'est levé pour aller se coucher et Linda l'a suivi peu après. Tout le monde a échangé des regards entendus. Ce qui n'était pas particulièrement satisfaisant dans la mesure où personne ne savait exactement ce qu'ils sous-entendaient.

— Quelqu'un veut un peu plus de fromage pendant qu'il est sur la table ? a demandé Henry à la ronde, en profitant pour passer le bras sur les épaules de Sian.

— Rosie, vous rappelez-vous Monica Hutchinson, qui s'occupait de Dessie en 73 ? a demandé Betty.

Evidemment non, puisque je devais avoir à peine treize ans à l'époque.

— C'est drôle, je ne sais pas pourquoi, j'ai pensé à elle aujourd'hui.

— Pas possible ?

— Oui, c'était une femme adorable.

Silence. Tout le monde continuait à s'intéresser à son fromage.

— Adorable. Juste un peu trop laxiste. Oh, là, là ! ils ont eu des problèmes terribles à Dessie. Les membres du personnel avaient des relations amoureuses entre eux, ce que j'ai toujours considéré comme risqué dans une petite communauté. Je suis sûre que vous êtes d'accord avec moi. En tout cas, Monica faisait semblant de ne rien voir, vous savez, les gens sont comme ça. Et ils ont fini par avoir des conflits terribles, des disputes et des scènes, et on a dû renvoyer l'une des infirmières chez elle. Mais le pire, c'est qu'ils ont eu des plaintes du service de renseignements du ministère, qui avait eu vent de l'affaire.

— De quelle affaire ?

— Eh bien, vous voyez...

80

Silence. Tout le monde continuait à manger. Je n'osais regarder personne.

— Je dois dire, Betty, que je ne m'étais pas rendu compte que le voyeurisme faisait partie des responsabilités du service de renseignements du ministère, a remarqué Henry.

Sharon a laissé échapper un rire qu'elle a essayé de transformer en une espèce d'éternuement à peine convaincant.

— C'était une fille formidable, cette Monica. (Comme si elle n'avait rien entendu, Betty continuait à essayer de nous convaincre qu'il ne s'agissait pas d'une fable.) Elle a épousé Colin Seagrove, qui était CMO à Wadkowli en 77.

J'avais envie de rester à discuter avec les autres. C'était rassurant, tout ce bavardage normal et idiot. Mais ils ont tous commencé à se lever pour aller se coucher et je suis sortie pour aller m'asseoir sur le haut de la colline pendant un bon moment, à réfléchir. Sharon est venue me rejoindre après avoir pris sa douche et nous avons échangé quelques commentaires sur les nouveaux arrivants, puis quelques sourires et clins d'œil entendus en direction de la case de Linda. Je suis rentrée dans ma case. J'avais oublié de fermer la moustiquaire autour de mon lit et il y avait une araignée sur le drap, une brune avec des pattes couvertes de poils. Je l'ai écrabouillée avec un exemplaire de *Newsweek* et l'ai jetée dehors. J'ai vérifié le reste du lit avec la lampe tempête, mais malgré tout je n'étais pas rassurée en me couchant. J'ai eu du mal à m'endormir parce que je revoyais la famille effondrée devant la case de Betty. Les chiens aboyaient. Il leur arrivait parfois d'aboyer toute la nuit, ces sales cabots. Je me demandais si Linda était au lit avec O'Rourke. Je me sentais seule, puis je me suis rappelée qu'il y avait des choses bien plus terribles que la solitude.

7

Je pleurais dans mon lit à côté de lui, mais je crois qu'il ne s'en apercevait pas. Une mince coulée de larmes me dégoulinait dans l'oreille. C'était un samedi soir, deux mois après ma première nuit avec Oliver. Je suis sortie du lit et me suis dirigée sans bruit vers la porte, m'efforçant d'éviter la latte de parquet qui grinçait. J'ai tendu le bras au passage pour prendre ma robe de chambre et j'ai renversé un verre sur la coiffeuse.

— Putain ! Qu'est-ce que tu fous ?

Paralysée, je n'ai rien dit.

— Quelle heure est-il ?

— Je n'en sais rien, il fait nuit, ai-je chuchoté.

Oliver a pris sa montre sur la table de nuit et l'a reposée rageusement.

— Bon Dieu ! Il est cinq heures du matin. Je ne dors que depuis une demi-heure. Merci beaucoup.

Je suis restée où j'étais jusqu'à ce qu'il se calme et j'ai repris ma marche vers la porte. Elle était fermée. J'ai tourné la poignée très très doucement en tirant. Elle a laissé échapper un long craquement strident.

Un livre a volé à travers la chambre. Je me suis glissée dehors en fermant la porte derrière moi.

Dans la cuisine, je me suis fait une tasse de thé avant de passer dans le living, où mes livres et mes cassettes étaient maintenant rangées par ordre alphabétique.

Toute la semaine, j'avais attendu ce samedi soir avec impatience. Mon rendez-vous avec Oliver. C'était un homme très occupé. Il aimait coucher avec moi, semblait tenir à moi, mais n'avait pas le temps de me voir plus d'une fois par semaine. Je comprenais, naturellement. J'avais de la chance de coucher avec Oliver Marchant. Hermione était positivement verte de jalousie. Faire l'amour était d'autant plus excitant que je n'étais jamais sûre qu'il viendrait et que je devais l'attendre. Je passais des journées entières à imaginer ce que ce serait. Je me rappelle que lorsqu'il me pénétrait, je croyais encore que je rêvais.

C'était comme sur une balançoire : qu'est-ce qu'on fait quand on est en équilibre ? me disais-je. Ce devait être ennuyeux de rester suspendue en l'air, les jambes pendantes. Mieux vaut être un peu désavantagée, c'est bien plus amusant de se balancer en essayant de remonter. Bien mieux d'avoir ces émotions passionnées et torturantes que de s'ennuyer des heures durant en dînant devant la télé, blottis l'un contre l'autre sur le canapé, en jeans et vieux pull sans se soucier de son apparence sous prétexte qu'on est sûr d'être aimée pour ce qu'on est. J'ai éclaté à nouveau en sanglots devant les bas et le porte-jarretelles qui jonchaient le sol du living. Personne ne peut avoir envie d'être sur une balançoire avec un maniaque comme Oliver qui passe son temps à vous faire monter au ciel pour mieux vous faire retomber, si bien que toutes les parties les plus sensibles de votre anatomie sont endolories et brisées. Je savais fort bien que j'aurais dû me relever, m'épousseter et partir en lui faisant un pied de nez. J'en étais incapable.

Il m'avait appelée au bureau le vendredi pour me dire qu'il était désolé d'avoir oublié mais qu'il était invité à une soirée le samedi.

— Oh, super. Ce sera sympa. C'est chez qui ?

— Rosie, en fait... c'est juste en petit comité, uniquement sur invitation. Je veux dire que je n'ai pas vraiment envie d'y aller, mais...

Ce qui voulait dire que je ne pouvais pas l'accompagner. La soirée de samedi était fichue. Chaque fois qu'il faisait ça, je croyais qu'il me signifiait une rupture. Hermione écoutait de toutes ses oreilles.

— Parfait. Pas de problème, ai-je répondu, faisant de mon mieux pour prendre un ton détaché.

— Ecoute, je t'appelle ce soir. D'accord ?

— Je croyais que tu étais pris ce soir ?

Pourquoi ne pouvions-nous pas sortir ce soir en ce cas ?

— Ecoute, j'ai besoin d'une bonne nuit, tu comprends, j'ai eu une semaine difficile.

Alors pourquoi ne pas passer la soirée chez moi, à regarder la télé sur le canapé ? Je n'ai rien dit.

— Je t'appelle ce soir.

Il était furieux à présent. J'avais enfreint le mystérieux code implicite de nos relations.

— Il se peut que je sorte ce soir.

— Avec qui ? a-t-il questionné rageusement.

Je n'ai rien répondu, stupéfaite du ton qu'il prenait.

— OK, si c'est comme ça que tu veux me la jouer. Je t'appellerai demain matin. Salut.

Et il a raccroché.

— D'accord, ce sera parfait. A bientôt, alors. Oui, très bien. On en parlera demain, ai-je dit, souriant dans le vide, en regardant Hermione. Salut, mon chéri.

Ce soir-là, je suis allée chez Shirley, j'ai broyé du noir pendant quelque temps, puis nous avons bu une bouteille de vin en parlant des hommes, du genre : « Les hommes, on ne peut pas vivre avec, on ne peut pas vivre sans. » Nous avons essayé des vêtements et je suis rentrée chez moi en taxi, de bonne humeur.

En rentrant, j'avais un message sur mon répondeur : « Bonjour ma petite citrouille du Devon. Je voulais seulement entendre ta voix. Excuse-moi d'avoir été si odieux cet après-midi. J'ai eu une semaine épouvantable. Je te raconterai. Bisous. Je regrette que tu ne sois pas là. Téléphone-moi quand tu rentres si tu en as envie. »

84

J'étais un peu bourrée. Je l'ai appelé. Il a été adorable, on a commencé à se raconter des trucs cochons. On a prévu de déjeuner ensemble le dimanche. On a continué sur le registre érotique. J'avais la fibre sentimentale. Le pauvre, avec tout son stress, son boulot insensé et ses obligations sociales. Il m'a dit :

— Voilà ce que je te propose. Je passerai après la soirée demain. Ça ne finira pas tard, c'est juste un truc professionnel.

Et je me suis dit, pourquoi pas ?

Le samedi j'ai téléphoné à Rhoda. Elle allait à la même soirée qu'Oliver. C'était dans une ancienne église de Notting Hill. Il y avait cinq cents invités. Peut-être qu'il n'avait pas compris. Peut-être que ça n'était pas présenté comme ça sur l'invitation.

— Laisse-le tomber, ma fille, m'a dit Rhoda.

Je suis restée chez moi. Je me disais qu'il passerait vers minuit. Vers onze heures, j'ai enfilé une nuisette de soie noire et des bas. Oliver avait une passion pour les bas. A une heure, je me suis couchée, sans quitter les bas. J'ai dormi par à-coups. J'étais éveillée quand la sonnette a retenti à trois heures. Il était soûl comme un cochon. Cette fois, même quand nous avons fait l'amour dans le living, ça m'a agacée.

Après, alors que nous étions allongés dans mon lit, je lui ai posé des questions sur la soirée.

— Il y avait beaucoup de monde ?

— Oh... non, pas vraiment, en fait.

— Qui y avait-il ?

Il m'a donné des détails, comme s'il inventait à mesure.

— ...Et c'est à ce moment-là que Vicky Spankie a presque succombé à mon charme.

— Que veux-tu dire ? Je croyais que tu ne pouvais pas la voir ?

— Allons, ne t'emballe pas. Je n'ai fait que danser avec elle et lui parler. Elle est adorable. C'est complètement fou qu'elle soit mariée avec cet idiot d'Indien opportuniste. Je ne donne pas trois mois au mariage. Il va l'exploiter jusqu'à la corde.

— Je croyais que c'était ce qu'elle lui avait fait.

— Est-ce que par hasard je détecterais une note de jalousie, ma petite citrouille ? Il n'y a pas lieu, pas lieu du tout. N'empêche qu'elle a de beaux nichons.

Il me tripotait les seins d'une main avinée. Je me suis sentie glacée.

Quand je me suis recouchée à tâtons vers six heures, il ne s'est pas réveillé. Il ne s'est pas réveillé non plus quand je me suis levée à onze heures. J'ai traînassé dans l'appartement pendant deux heures, essayant de lire les journaux, sans réussir à m'intéresser à quoi que ce soit. La seule chose qui m'ait rassérénée, c'est un article dans l'un des tabloïds, intitulé « Tout ce que vous avez toujours voulu savoir sur les Indiens d'Amazonie. » Il y avait un montage photo de Vicky Spankie et Rani en haut de la page, Vicky regardant en direction du pagne de Rani avec une expression perplexe.

Oliver n'était toujours pas réveillé à une heure. Dehors, il faisait une belle journée ensoleillée. J'imaginais tous les Londoniens deux par deux, les filles avec des amoureux qui voulaient sortir avec elles, gaiement allongés sur les pelouses des parcs, lisant les journaux au soleil, se tenant par la main, sautant dans des voitures pour aller boire un verre dans un pub à la campagne. Et j'étais là, me déplaçant à pas de loup dans mon propre appartement, dans mon peignoir de satin bleu, seule, m'efforçant de ne pas faire de bruit, craignant sa colère si je le réveillais, incapable même de me laver les cheveux ou de m'habiller.

Merde ! Ça suffit ! J'ai commencé à faire couler un bain. J'ai entendu bouger dans la chambre. J'y suis rentrée pour aller chercher le sèche-cheveux et mes vêtements.

Il était sous la couette comme une bête sauvage dans sa tanière. Il avait les yeux rouges, le menton bleu de barbe. Il m'a lancé un regard de haine.

— J'essaie de *dormir,* a-t-il dit.

J'ai ramassé mes affaires et pris le sèche-cheveux sans un mot.

J'étais assise dans mon bain comme une âme en peine. J'en avais marre, marre, marre. Je détestais mon boulot, je détestais Hermione, mais surtout j'étais en colère. Je n'étais pas de taille. Il fallait que je m'adapte à ses exigences ou il me quitterait. Je n'avais aucun pouvoir, la seule chose que je pouvais faire était de le quitter et j'en étais incapable parce que je l'aimais. Je suis sortie de la baignoire, je me suis maquillée, habillée, et je me suis séché les cheveux.

J'ai pris la décision de me forcer à le larguer. J'allais sortir me promener au soleil, et à mon retour, je le réveillerais et je le flanquerais dehors. J'étais en train d'écrire un message quand il s'est pointé dans l'encadrement de la porte, en pantalon, torse nu. Il avait les joues rouges et ses cheveux noirs se dressaient sur le dessus du crâne, comme ceux d'un petit garçon. Je l'ai vu sonder mon humeur. Il s'est agenouillé devant moi, la tête dans mes seins. Puis il m'a pris le visage entre ses mains et l'a caressé du bout des doigts.

— Rosie, a-t-il dit doucement, gravement. Tu es une pure merveille.

Je me sentis faiblir. Je savais que je souffrirais de le quitter, j'avais envie de chaleur et de tendresse.

— Je sors, ai-je dit, la voix mal assurée.

— Tu sors ? Pourquoi ?

— Parce qu'il fait un temps splendide.

— Ma chérie, ma petite chérie. Je suis désolé. J'ai été une horrible brute. Tu es belle. Viens, nous allons prendre une tasse de café sur la terrasse.

Je suis allée dans la cuisine en traînant les pieds et me suis mise à faire le café. Je ne savais plus où j'en étais. Je passais d'un sentiment à l'autre dans la plus totale incohérence. Quand je suis revenue dans le living, il avait ramassé tout ce qui traînait sur le plancher. Il m'a tendu les bras. Il était vraiment très beau. Mais je n'ai pas cédé. Il s'est levé, m'a pris les tasses des mains, les a posées et m'a prise dans ses bras en roucoulant avec un accent de chanteur de charme français : « Souviens-toi, un baiser n'est qu'un baiser, un sourire n'est qu'un sourire. » Je n'avais pas envie de rire, mais je n'ai pu m'en empêcher. Ensuite, il m'a soulevée de terre et m'a portée sur le lit. C'est dur de croire que quelqu'un ne veut pas de vous quand il vous fait l'amour comme s'il vous aimait.

Cette fois, après l'amour, il n'a pas allumé de cigarette et je ne me suis pas blottie contre lui. J'avais l'impression que mon corps avait subi un fabuleux changement chimique. Une partie de moi-même était encore complètement sous son emprise, je voulais le serrer dans mes bras et lui dire comme je l'aimais. Mais l'autre partie était encore meurtrie et je ne pouvais me défendre de mauvais pressentiments.

Je voyais bien qu'il aurait voulu que je pose la tête sur sa poitrine comme je le faisais toujours. Quand il a tendu le bras pour m'attirer contre lui, je me suis écartée.

— Qu'est-ce qu'il y a ? a-t-il demandé.

— Rien.

J'avais si peur qu'il cesse d'être tendre que j'étais incapable d'expliquer.

Il a caressé mes cheveux en marmonnant quelque chose qui ressemblait à : « Je t'aime. »

— Quoi ?

— Je t'aime.

C'était la formule magique, le miroir aux alouettes, la prime, la phrase éculée qui veut tout dire et rien dire. Ça a marché, il le savait, évidemment.

— Moi aussi, je t'aime, ai-je dit, parce que c'était vrai.

Cet après-midi-là, nous avons beaucoup parlé des problèmes d'Oliver, des contraintes imposées par son travail, pourquoi c'était si difficile pour lui d'avoir des relations avec les autres. Je lui ai préparé un bon petit dîner, je l'ai écouté, j'ai compati, et on aurait dit que les choses allaient s'améliorer entre nous. Il avait simplement besoin d'un peu d'amour et de compréhension, me suis-je dit. Nous avons encore passé la nuit ensemble. C'était la première fois qu'il restait deux nuits consécutives chez moi.

— Ah ! Entrez, entrez. Comment ça va ? Des nouvelles de Marchant ?

— Je...

J'aurais juré que sir William était au courant de ce qu'Oliver et moi avions fait la nuit précédente. J'ai revu Oliver me rejoignant sous la couette, prêt à me faire l'amour.

— Qu'est-ce qui se passe, jeune fille ? On a perdu sa langue ?

Le problème, c'était que les projets de philanthropie littéraire de sir William étaient devenus un sujet tabou entre Oliver et moi.

— Je ne crois pas qu'ils iront jusqu'à tourner le film en Afrique, ai-je réussi à placer, pourtant je crois qu'ils sont prêts à vous faire participer au débat. Nous devrions avoir une bonne couverture médiatique, de toute façon.

— Hum. Et ce serait quand ?

— Dans six semaines.

— Bon, mais si cette foutue expédition ne passe pas à la télé, je ne suis pas sûr que ça serve à grand-chose que j'y aille. Il serait peut-être préférable de vous y envoyer seule.

— Comment ?

— Préférable de vous y envoyer seule, jeune fille, pour vous occuper des photos.

C'était la première fois qu'il parlait de m'y envoyer, en fait. Je n'étais pas sûre d'en avoir envie. Je n'avais jamais quitté l'Europe auparavant. Mais au fur et à mesure que les semaines passaient, cette idée devenait de plus en plus séduisante.

— Ah ! Il faut que nous parlions de ce soir.

C'était l'assistante d'Oliver, comme d'habitude.

— Oh, bonjour ! Comment allez-vous ?

Hermione a regardé de mon côté en reniflant.

— Très bien, merci. Parlons de la soirée. Il s'agit d'un dîner chez Richard et Annalene pour soutenir le dalaï-lama.

— Excusez-moi, Richard qui ?

— Richard Jenner. Vous avez vu son film ?

— Pas entièrement. Je veux dire, non, pas vraiment.

— Ah ! Bon. Ne vous inquiétez pas. Je vais voir si je peux vous faire porter une cassette par un coursier. Qu'en dites-vous ? Donc Oliver passe vous prendre à huit heures. Il vous fait dire de ne pas être trop habillée.

Oliver m'a appelée une demi-heure plus tard, sous le prétexte de bavarder, mais je soupçonnais que c'était pour vérifier comment j'allais m'habiller. C'était quinze jours après notre dimanche ensemble, et la première fois qu'il me sortait officiellement. Il m'a dit qu'il passerait à huit heures et quart. Quand on a sonné, il était huit heures, j'étais encore en train de me sécher les cheveux, et je n'avais encore fait que la moitié de mes devoirs du soir, c'est-à-dire visionné le film vraiment atroce de Jenner, dans lequel sa copine Annalene joue le rôle d'une serveuse polonaise. J'étais nerveuse comme un pou et m'étais servi un gin-tonic pour me calmer. Quand j'ai ouvert la porte, ce n'était pas Oliver mais un autre chauffeur à casquette.

Le trajet jusqu'à Docklands était long. Nous nous sommes arrêtés devant un étroit passage entre deux entrepôts noirâtres. A l'entrée du bâtiment, une arcade avait été découpée et remplacée par une verrière, derrière laquelle un drapeau, fiché dans un pot de plantes tropicales, signalait : « Appartement témoin. »

J'ai appuyé sur la sonnette marquée Jenner et me suis sentie prise par l'œil d'une caméra incluse dans le boîtier du vidéo-interphone. Une voix féminine a demandé :

— Allô ?

— C'est Rosie Richardson. J'ai été invitée par Oliver Marchant mais il est retenu au studio.

— Montez, c'est au troisième.

La gâchette électrique a bourdonné, mais comme j'ai poussé la porte au lieu de la tirer, je n'ai pu ouvrir. J'ai été obligée de sonner une deuxième fois.

— Allô ?

— Je suis désolée, ça ne...

Nouveau bourdonnement, mais je n'ai encore pu ouvrir à temps. J'ai sonné une troisième fois, pour entendre à l'autre bout une voix exaspérée. Cette fois, j'ai réussi à pénétrer dans un hall qui avait une odeur d'hôtel, avec de la moquette grise sur les murs. Quand je suis sortie de l'ascenseur au troisième étage, j'ai entendu un brouhaha de voix provenant d'une porte ouverte au fond du couloir à droite.

Ils m'ont conduite à un minuscule palier au sommet d'un escalier en colimaçon, au-dessous duquel s'ouvrait un espace immense dont une paroi entièrement vitrée donnait sur la Tamise. Tout l'étage était soutenu par des piliers métalliques et encerclé de grilles, avec vue sur l'étage inférieur. Au centre, on voyait en bas une piscine étonnamment longue. Tout le reste était peint en blanc.

Il y avait environ trente personnes sur la plate-forme. Un petit groupe regardait la rivière, un autre la piscine et le reste était assis en cercle sur des chaises très bizarres qui ressemblaient à des sculptures de fer forgé garnies de coussins. De haut, on aurait dit un tableau surréaliste, et les invités avaient l'air de moulages aux formes étranges dans le siège qu'ils avaient choisi. J'ai reconnu Richard Jenner, un petit bonhomme ratatiné, allongé sur une chaise longue qui lui mettait les pieds plus haut que la tête.

J'ai commencé à descendre l'escalier de fer forgé, mes talons faisaient un bruit épouvantable. Arrivée en bas, je ne savais plus que faire. J'ai vu plusieurs visages célèbres, mais personne de ma connaissance. Les groupes avaient l'air bien isolés, nettement séparés les uns des autres. Tout le monde était nu-pieds. Je suis restée plantée jusqu'à ce que Jenner m'aperçoive, et, roulant sur le côté pour se lever de sa chaise longue, il s'est précipité à ma rencontre, me saisissant la main et parlant d'une voix sourde et nasillarde :

— Bonsoir, ma chérie. Vous avez un verre ? Hazel, à boire, à boire, a-t-il lancé en faisant des gestes à une fille en tenue de soubrette postée près d'une table chargée de boissons colorées. Entrez, entrez, venez que je vous présente. Voyons, vous êtes... rappelez-moi.

— Rosie Richardson, j'ai été invitée par Oliver Marchant.

— Bien sûr, ma chérie, bien sûr. Nous nous sommes déjà rencontrés, évidemment. (Ce n'était pas vrai.) Ravi de vous revoir. Tenez, une de mes spécialités. (Il me tendait un cocktail couleur pêche.) Oliver vient d'appeler. Il ne va pas tarder. Et maintenant, chérie, ça ne vous ennuie pas d'ôter vos chaussures ? Nous ne voulons pas faire de marques sur le plancher.

En fait, ça m'ennuyait énormément parce que l'un de mes bas était troué au bout du pied, mais je me suis docilement déchaussée, me sentant soudain petite et minable, et j'ai tendu mes chaussures à la soubrette qui attendait.

— Merci, chérie. J'ai bien peur que le dalaï n'ait des problèmes pour venir, avec l'emploi du temps surchargé qu'ils lui ont collé. Mais nous aurons Mick et Jerry, du moins je croise les doigts, et nous avons déjà Blake, Dave Rufford et Ken, m'a-t-il soufflé d'un ton de conspirateur en me montrant la fenêtre près de laquelle, en un petit groupe à part, se tenaient effectivement un jeune député libéral aux dents longues, le batteur d'un groupe de rock des années soixante-dix et un producteur de films publicitaires qui venait de passer au grand écran avec un film tourné dans les égouts de Londres.

Le siège qui m'était attribué était une version géante d'une chaise de cuisine ordinaire en fer forgé. J'ai été obligée de me hisser dessus et, une fois assise, j'avais l'impression d'être un bébé dans une chaise haute, sirotant mon cocktail. Dans cette maison, la tenue de rigueur semblait être la robe noire. Toute autre couleur ne s'harmonisait pas avec le mobilier. Une femme assise au-dessous de moi a relevé la tête, esquissé un sourire qui n'est pas allé jusqu'à ses yeux et a eu l'insigne amabilité de me demander ce que je faisais.

— Je suis dans l'édition.

— Oh, vraiment ? Que faites-vous ?

Son intérêt n'a pas pu surmonter le fait que je n'étais chargée que de la publicité et, après un échange guindé, elle s'est détournée avec un sourire distrait. La seule conversation que j'aie eue avant l'arrivée d'Oliver a consisté en un remerciement à la soubrette qui apportait les cocktails. Il était totalement impossible de communiquer avec qui que ce soit dans la position où j'étais, mais l'idée de descendre semblait trop périlleuse à envisager. J'ai donc attendu et écouté, sans rien dire.

Hughie Harrington-Ellis était inconfortablement perché sur un tabouret de fer forgé et parlait avec un autre musicien des années soixante-dix qui s'appelait apparemment Gary. Je ne voyais pas très bien qui il était mais je savais qu'il faisait partie d'un groupe de musiciens que les années n'avaient pas encore séparés. On aurait pu croire à sa tête qu'il était directeur de banque. Dave Rufford est venu se joindre au groupe avec sa femme. Il était grand, avec un long visage décharné et portait des lunettes noires et un complet vert bouteille trop grand. Sa femme, la quarantaine très élégante, tenait un bébé dans les bras.

— Salut, vieux, a dit Gary. Comment va ?

— On survit. Je te présente Max. Il est moche, mon petit marmot, hein ?

Hughie s'était levé avec une cordialité exagérée pour saluer le couple. Il considérait le bébé avec une fascination très affectée.

— Ce qui est merveilleux chez les gosses de cet âge-là, c'est qu'ils ne se rendent pas compte de ce qu'est la célébrité, dit-il. Tu n'as aucune idée, mon petit Maximilien, de l'importance des gens de cette assistance, j'en suis sûr.

— Exact, a dit Gary.

— Il est moche, mon petit marmot, a répété Dave.

— Au fait, tu as acheté ce cheval ? a demandé Gary.

— Oui, c'est une rosse.

— Dave s'est mis à chasser, a dit Gary à Hughie.

— Mon *Dieu !* a commenté Hughie.

— Il se prend pour le seigneur du manoir, ajouta l'épouse, d'une voix authentiquement aristo.

— Et vous le logez où ? a demandé Dave.

— Nous faisons construire de nouvelles écuries, parce que j'utilise les anciennes pour les Ferrari. Nous faisons donc ajouter une aile dans le même style que l'autre. J'y garderai aussi une partie de mes vins, parce que je ne suis pas satisfait des caves de l'abbaye. J'ai fait venir un type qui m'a dit qu'elles étaient trop humides, alors nous faisons creuser une autre cave sous les nouvelles écuries, à la bonne température, tu vois.

— J'espère que les chevaux ne vont pas chier sur ton château-margaux, mon vieux.

— C'est vrai, a dit Gary, ah ah ah.

— Il ne verrait même pas la différence, a murmuré l'épouse.

— C'est vous qui conduisez les Ferrari ? a demandé Hughie.

— Non. Enfin, un peu. C'est plutôt un investissement, voyez-vous. Pas un placement de capitaux. Non, je me sers de l'Aston Martin, d'habitude, ou de la Rolls. Et vous ? Vous avez une bonne bagnole ?

— Oh, là, là ! non ! Moi, je me déplace dans une vieille Ford Fiesta, a répondu Hughie. J'ai tellement de problèmes pour ne pas me faire repérer que je ne peux tout simplement pas me permettre de sortir dans un véhicule plus voyant.

Dave Rufford a eu l'air totalement anéanti, mais pas plus d'un instant.

— Ouais, moi, j'ai des vitres teintées, a-t-il dit.

L'une des serveuses s'est approchée de Richard et s'est penchée vers lui. Il a échangé quelques mots avec elle, l'air affligé, puis il s'est levé pour s'adresser au groupe avec la tête de quelqu'un qui va annoncer la mort d'un enfant.

— Ecoutez-moi un instant, tout le monde. Je suis navré. Mick et Jerry ne viendront pas. Ils ont un empêchement. Je suis navré, navré, mes chéris. Ils vous embrassent tous.

Quand Oliver a fait son apparition, je sirotais des cocktails depuis pas mal de temps. Il a descendu l'escalier, superbe dans un ample pardessus marine en lainage souple et une chemise d'un blanc éclatant. Il a jeté un coup d'œil circulaire et éclaté de rire tandis que Jenner se précipitait vers lui.

— Richard, espèce d'enfoiré, qu'est-ce que tu as fait à tes invités ? On se croirait dans un tableau de Jérôme Bosch. (Il a serré la main de Richard, s'est laissé délester de son manteau et a décliné les cocktails qu'on lui offrait.) Je ne touche pas à tes mixtures, Richard. Je me suis déjà laissé prendre. Je préférerais un scotch si tu en as. (Puis il est venu directement vers moi et m'a embrassée sur les lèvres.) Mon cœur, je suis vraiment désolé, je n'ai pas pu m'échapper, je regrette. Est-ce que Jenner s'est occupé de toi ? Richard, comment as-tu pu la mettre sur cette chaise ridicule ?

Il m'a prise par la main pour m'aider à descendre. Une fois debout, je me suis rendu compte que j'étais bourrée. Heureusement, Richard venait d'entraîner Oliver, peut-être qu'il n'avait pas remarqué. J'étais incapable de bouger, paralysée de terreur.

Quelqu'un a annoncé le dîner. Moyennant quelques acrobaties, les invités se sont extraits de leurs sièges et sont tous partis dans la même direction. Il allait falloir descendre un autre escalier en colimaçon jusqu'à l'étage inférieur.

Mon cerveau s'était remis à fonctionner à toute vitesse. Essayant de contrôler la panique grandissante qui m'envahissait, je me suis concentrée de toutes mes forces sur les marches de l'escalier, comptant mes pas. Si je réussissais à ne pas tomber, si je ne parlais pas, personne ne se rendrait compte de rien. Il y avait plein de petites tables rondes recouvertes de nappes blanches. Je me suis assise, je ne sais comment. Devant moi, il y avait une grande assiette blanche hexagonale avec dedans un petit oiseau ficelé posé à côté d'un de ses œufs. Oliver était de l'autre côté de la table, à côté de la minette de Jenner. Elle avait l'air d'avoir à peu près douze ans. Ravissante, toute vêtue de noir, elle parlait avec Ken Garside, le metteur en scène qui avait fait le film sur les égouts.

Je les fixais, essayant de voir clair. Des bribes de leur conversation me parvenaient. Elle avait la voix monocorde d'une Miss Londres, chaque phrase modulée avec la même chute.

— Quoi ? Non ? Vrai-*ment* ? (Apparemment, un phéno-mène dégoûtant se produisait dans leur système d'évacuation et des choses répugnantes remontaient dans la piscine.) C'est vraiment *horrible,* vous savez. Vous croyez qu'on devrait, je ne sais pas, démonter carrément la piscine ?

Elle semblait croire que Ken Garside était un spécialiste en plomberie, à cause du film sur les égouts, sans doute. Il avait l'air pris de court. J'ai bu un peu d'eau, espérant que ça m'éclaircirait les idées, mais au contraire ça m'a retourné l'estomac. J'ai senti un mouvement intérieur, suivi d'une vague de nausées.

Délivrant Ken Garside des soucis du réseau d'assainisse-ment, Oliver s'était mis à parler avec Annalene du film de Jenner. « Sérieusement, Annalene... très impressionné... quittez ce vieux salopard... déployez vos ailes. » Je ne voyais pas pourquoi il était si enthousiaste. Cette fille était une marionnette idiote. Le film était un navet complet, mais je l'entendais s'enthousiasmer : « Tonalité... capitale... promet-teuse. »

Le type assis à ma droite m'a touché le bras, me faisant sursauter.

— Vous pouvez me passer le beurre, s'il vous plaît ? Salut. Je m'appelle Liam.

Je le savais. Encore une célébrité.

— Bonjour. Je m'appelle Rosie.

Je me concentrai pour lui passer le beurre.

— Ça va ?

— Oui, merci, très bien.

Ça n'allait pas bien du tout. J'ai louché vers l'acteur irlandais. Il avait joué dans un film sur l'IRA. J'avais lu un article dans les journaux où il disait : « Je ne prends pas au sérieux cette histoire de sex-appeal », et vantait les vertus de la vie conjugale. Il y avait des photos de lui avec ses deux mouflets et sa femme, qui avait l'air d'avoir les pieds sur terre, et avec qui il était depuis sa sortie de l'école. Récemment, le bruit avait couru qu'il avait une liaison avec un mannequin. Il avait été photographié avec deux doigts en l'air, faisant signe aux photographes d'aller se faire foutre.

— Vous connaissez beaucoup de gens ici ?

— Non, non.

J'en étais au stade où je ne voulais surtout pas qu'on me parle. C'était trop risqué. Si seulement on me laissait regarder tranquillement mon morceau de pain, tout irait bien.

— Moi non plus, a-t-il dit. J'en connais pas un seul. Je ne connaissais pas Richard Jenner. Il m'a juste téléphoné. C'est vachement dingue.

— Pourquoi êtes-vous venu, alors ? ai-je demandé, m'efforçant de clarifier mes idées.

Juste à ce moment-là, Hughie Harrington-Ellis est venu s'asseoir à ma gauche.

— Si on mangeait ? a-t-il dit.

L'idée seule de la nourriture m'était insupportable. J'ai planté ma fourchette dans le minuscule œuf d'oiseau, avec l'impression de commettre un infanticide. J'ai mordu dedans. Un goût atroce m'a empli la bouche, désagréablement mêlé à la saveur douceâtre de la caille. Mon estomac s'est soulevé, puis calmé.

Hughie s'est mis à parler avec l'acteur irlandais. J'entendais la voix irlandaise, indignée : « sales canards, ... pourris... vipères... enfoirés, est-ce que ça les regarde ? »

— Vous ne disiez pas ça quand vous posiez pour eux avec femme et enfants, hein ? ai-je bredouillé.

— Comme le disait Oscar : « Jadis on était soumis au supplice de la roue, de nos jours nous avons la presse... », a dit Hughie, en m'ignorant. « ... la forme de vie la moins évoluée, incapable, comme le dit Shaw, de faire la différence entre un accident de bicyclette et la chute d'une civilisation. »

— ... venimeux... dégueulasse...

— Nous faisons installer une cheminée à côté de la baignoire, avec des morceaux d'une ancienne colonne grecque.

J'entendais Oliver de l'autre côté de la table.

— Vous comprenez, le problème avec Melvyn...

— Enfoirés de paparazzi.

— ... vendu deux Ferrari.

— ... deux cent mille...

— ... Vous avez vu son spectacle ? Navrant, totalement navrant.

— ... ça paraît cher pour une cheminée, mais...

— ... illusion de l'homme de la Renaissance...

— ... vue sur l'histoire ancienne quand on prend son bain en fumant sa clope...

J'ai soudain compris que j'allais vomir. Où étaient les toilettes ? J'ai jeté un coup d'œil autour de moi. Tout était blanc. Robes noires, cravates vives et chemises éclatantes dansaient devant mes yeux. Le plancher n'était pas relié aux murs. Encore une plate-forme. Il allait falloir que je fasse quinze mètres sur le parquet avant de trouver un autre escalier. Oliver m'a regardée. Je sentais monter le contenu de mon estomac, je me suis levée, puis rassise, j'ai poliment mis mes mains en coupe devant ma bouche et j'ai vomi dedans.

Quand j'ai enfin posé la tête sur l'oreiller ce soir-là, j'aurais voulu mourir. Au début, Oliver avait été charmant. Il s'était précipité vers moi, me passant des serviettes en mur-

98

murant : « Ce n'est rien, je vais te sortir de là, viens. » Il s'était interposé entre moi et tous ces visages, m'avait soutenue de son bras en me propulsant à toute vitesse dans l'escalier. Il comptait les marches. « Allez, vas-y, encore une, encore une. » J'avais regardé en bas, les visages étaient encore là, roses, comme des faces de gorets.

Un peu plus tard, j'étais dans la salle de bains, d'une blancheur d'hôpital. Je me suis lavé la bouche et le visage et me suis couchée sur le sol froid, j'avais envie de rester là, peut-être pour toujours, pourquoi pas d'y finir ma vie. J'entendais Oliver et Richard Jenner derrière la porte. Oliver avait l'air en colère.

Une fois dehors, il n'était plus du tout gentil. J'ai recommencé à vomir dans les plates-bandes devant l'appartement.

— J'ai l'impression de sortir avec un chiot, putain.

Il a allumé une cigarette en s'appuyant contre le mur.

— Je suis désolée, excuse-moi, ai-je murmuré.

— Il ne faut *jamais* boire de cocktails chez Richard. Il fait ça tout le temps, il doit trouver ça drôle. C'est ridicule.

— Pourquoi ne pas m'avoir prévenue ?

Silence.

— Alors, c'est ma faute, c'est ça ? a-t-il dit d'un air dégagé. C'est ma faute, bien sûr. Mais tu n'avais pas besoin de vider ton verre, non ? (Une lueur méchante s'est allumée dans son regard.) Tu n'étais pas obligée, si ? Tu n'étais pas obligée de faire cul sec à chaque fois. Combien en as-tu sifflé ?

Je commençais à savoir ce qu'il fallait faire quand il se mettait dans cet état. C'est-à-dire rien. Si vous ne faisiez rien et ne disiez rien, il ne pouvait pas réagir.

— Combien en as-tu sifflé ? a-t-il répété tandis que nous rejoignions la voiture.

Je n'ai pas répondu. Il a fait soudain volte-face, me dominant de toute sa taille.

— Combien — de verres — as-tu — bus ?

Il avait le visage déformé par la rage, le regard menaçant. Il y avait une boîte aux lettres à côté de nous. Il a abattu son poing dessus. Ça a dû lui faire mal, mais il n'a pas réagi. Puis il a fait demi-tour et a ouvert la portière de la voiture.

— Monte.

Nous avons roulé en silence.

— Rosie. (Il était calme à présent, maître de lui.) Je t'ai demandé combien de verres tu as bus ? Combien de verres, Rosie ?

Je sentais monter une nouvelle nausée. J'ai dégluti violemment.

— Tu ne vas quand même pas recommencer à vomir. Tu veux que j'arrête la voiture ?

J'ai fait non de la tête.

— Combien de verres as-tu bus ?

Silence. La route défilait.

— Combien de verres as-tu bus ?

Nous avons continué dans cette veine jusqu'à King's Cross. En prenant le périphérique, il s'est calmé.

Il a arrêté la voiture devant chez moi. Je le regardais à la dérobée. Il était beau. C'était un malade mental : les sourcils froncés, la bouche tordue.

— Je ne monte pas avec toi, a-t-il dit.

Normal. J'ai baissé les yeux, tristement. Mon manteau était couvert de vomi.

— J'y suis arrivée, finalement, ai-je dit.

— Quoi ?

— J'ai fini par me transformer en pizza.

Je ne m'attendais pas à ce qu'Oliver me téléphone par la suite. Je m'étais humiliée, je le savais. J'étais une menace pour moi-même comme pour mon entourage. Ma gueule de bois a mis trois jours à disparaître. Je suis allée chez Shirley le quatrième jour, avec Rhoda, et je me suis vautrée devant la télé en me bourrant de barres de chocolat. Pour la première fois depuis que j'avais rencontré Oliver, je commençais à me dire que la vie sans lui était possible, et peut-être même plus agréable. Je m'étais mise à craindre que cela ne vienne de moi : il y avait en moi quelque chose de secret et d'horrible que je ne comprenais pas. Ce qui expliquerait pourquoi parfois Oliver était gentil et m'aimait, et parfois me rejetait et était odieux et distant.

— Ce n'est pas toi qui es horrible, c'est lui, m'a dit Shirley. Nous, on t'aime tout le temps.

— Je n'irai pas jusque-là, quand même, a ajouté Rhoda.

— Mais ça ne peut pas venir seulement de lui, ai-je objecté.

— D'accord, tu as vomi dans sa voiture..., a dit Shirley.

— Je n'ai pas vomi dans sa voiture.

— OK, tu as vomi sur son ami.

— Je n'ai pas vomi sur Hughie Harrington-Ellis. J'ai vomi dans mes mains et il y a eu quelques éclaboussures sur Hughie Harrington-Ellis.

— Je pense que c'est un geste tout à fait symbolique.

— Un acte existentiel.

— Vous ne savez rien du tout. Vous dites n'importe quoi pour dramatiser, ai-je répondu.

Je suis rentrée chez moi en superforme. J'avais fait une erreur en tombant amoureuse de quelqu'un qui ne me convenait pas. Et alors ? C'est le genre de choses qui peut arriver à n'importe qui. Rien de tragique. Je m'en sortirais. Et si on s'en buvait un ? Oups, j'en ai renversé sur mon pantalon. Ah ah ah. Libre. Je suis libre comme l'air, comme un oiseau, comme un poisson. C'est à ce moment que le téléphone a sonné.

— Salut, ma citrouille. C'est Podge-o.

Rien à faire, je l'aimais. J'aimais le timbre de sa voix. J'aimais son accent BCBG. J'aimais ses drôles de petites manies.

— Podge-o, ai-je chuchoté.

Contact, chaleur, affection, soulagement. La fin de la haine obligée.

— Tu vas bien, ma citrouille ? Tu me manques. J'ai répété à tout le monde ce que tu m'avais dit : « J'ai fini par me transformer en pizza. » Tu es trop mignonne. Ecoute, tu sais où je suis ? Devine ?

— Où ça ? ai-je dit, m'efforçant de ne pas être trop encourageante.

— Notting Hill Gate.

C'était à cinq minutes de chez moi. Je n'ai rien dit.

— Ecoute, mon cœur, je suis désolé de m'être fâché l'autre soir. J'avais trop bu. Je pensais que peut-être nous pourrions partir quelques jours tous les deux. Je t'aime, tu sais ?

— C'est vrai ? ai-je demandé, radoucie. Je suis désolée, moi aussi. J'étais répugnante.

— J'arrive dans cinq minutes, alors.

La semaine suivante, la veille du jour où nous devions partir, il a tout annulé. Il m'a dit qu'il se sentait pris au piège parce que ça devenait trop sérieux entre nous. Trois jours plus tard, nous avons passé ensemble une nuit merveilleuse et il m'a demandé ce que je pensais de m'installer chez lui. C'était un perpétuel jeu de yoyo. Dès que je commençais à affronter la douleur de la rupture, voilà qu'il réapparaissait en proposant de soulager la douleur. J'aurais dû tout simplement partir, mais j'étais incapable de me libérer.

Si seulement on avait un cerveau lavable. Incroyable, le nombre de fois où j'ai eu envie de me décalotter le crâne, comme on décalotte un œuf, pour sortir mon cerveau et le rincer sous le robinet comme une éponge sale, en le pressant encore et encore jusqu'à ce que l'eau soit claire. J'aurais ensuite pris un tuyau d'arrosage avec lequel j'aurais aspergé ma tête vide pour en nettoyer toute la boue, remis en place mon cerveau bien rincé, puis lavé la calotte avant de la remettre en place. Je me serais débarrassée ainsi de toutes mes peines, souffrances et désillusions pour me retrouver propre, naïve et joyeuse.

Comme l'option de ce lavage de cerveau m'était impossible, je me suis mise à envisager le voyage en Afrique comme une échappatoire. J'imaginais les vastes espaces, les déserts et les savanes en me disant que la vie en Afrique serait peut-être plus simple, pure, intacte, sans compromis, riche de sens.

8

Deux jours après l'arrivée de la famille au camp, j'étais dans les bureaux de l'UNHCR à Sidra. Kurt, l'un des jeunes responsables, parlait au téléphone d'une voix haut perchée, laissant échapper de temps à autre un petit rire agaçant, une sorte de gargouillis ironique, actionnant sans arrêt, dans son excitation, le déclic de son stylo à bille.

— Non ! Je ne te crois pas ! Tu sais, je pense aussi qu'il n'est pas au mieux avec le personnel local. Non, je t'assure. Je l'ai vu avec Kamal. Ils disent qu'il est raciste, tu comprends. Je n'en sais rien, mais...

Je m'agitais avec impatience sur ma chaise. Kurt a articulé silencieusement à mon intention : « J'en ai pour une minute. » Il portait le cardigan bleu marine qu'on voit sur le dos de tous les gens des Nations unies, sur une chemise blanche fraîchement repassée, à manches courtes sans doute.

— Non ! (Autre éclat de rire.) Ecoute, j'ai quelqu'un. Attends, tu viens à Port Nambula pour le week-end ? On peut aller faire de la plongée, si tu veux.

Clic clic clic, le stylo à bille. J'avais envie de le prendre pour lui taper sur les doigts.

— Ecoute. Il me semble que Francine m'a dit qu'ils ont du gouda à la boutique duty free... Oui, du vrai gouda, tu sais, avec la croûte rouge. (Eclat de rire.) Quinze dollars US, je crois. Tu m'en apportes ? Prends-en quatre. Et tu peux apporter de la bière ?

Je me suis levée. Pour me rasseoir. Le matin précédent, en descendant au camp, j'avais trouvé quatre nouvelles familles arrivées pendant la nuit, dans un état encore pire que la première. Toute la journée, d'autres réfugiés avaient afflué sans interruption. Nous en étions à cent dix arrivants. Cinq morts. Impossible d'obtenir le contact radio, alors j'avais chargé la jeep et pris la route de Sidra.

Kurt a mis la main sur le combiné.

— J'en ai pour une minute.

— J'ai beaucoup de choses à faire, Kurt. Je suis pressée. Il faut que je vous parle.

Il avait repris la conversation.

— Je ne te crois pas ! Et ça s'est passé quand ? Vendredi ? Pas possible ! Tu sais, il va devoir faire attention ou alors il se fera virer. Mais que dis-tu de la plongée ? Tu veux venir ?

J'ai dit à Kurt que je repasserais plus tard et je suis ressortie, furieuse, pour retourner à la voiture. La personne à qui il me fallait parler était André, le chef de l'antenne UNHCR à Sidra, mais André n'était pas là, il n'y avait que cet imbécile de Kurt, complètement incompétent. Il était midi et je n'avais strictement rien fait. J'avais eu l'impression toute la matinée de pédaler dans la semoule. C'était toujours comme ça quand on venait en ville pour essayer de provoquer des réunions, mais cette fois-ci c'était grave.

J'ai retraversé la ville pour aller au bureau régional du COR, l'estomac noué d'angoisse. Il fallait absolument que je règle ça, que je fasse mon rapport, exige un approvisionnement d'urgence, obtienne des nouvelles du bateau avant de rentrer au camp. En approchant des souks, j'ai dû freiner pour éviter une chèvre, et la voiture qui me suivait m'a embouti l'arrière. C'était un camion-taxi, avec quinze personnes à bord. Pas de blessés. Un des phares était brisé et l'avant un peu enfoncé, mais c'était tout, et c'était de sa faute. Malgré tout, il a fallu parlementer pendant une éternité et la foule a commencé à s'attrouper.

Nous étions tout près du marché à la viande. Une odeur inquiétante émanait d'une camionnette garée à côté de nous, chargée de tripes de mouton. Les gens, les chèvres, les chiens, les enfants et les bicyclettes s'agglutinaient autour de nous. Tous les gens que je connaissais à Sidra semblaient se trouver là, comme par miracle, et je n'ai pu échapper au rituel élaboré des salutations avec chacun d'entre eux.

— Klef ? (Bon ?)
— Klef. (Bon.)
— Domban ? (Bien ?)
— Domban. (Bien.)
— Dibilloo. (Bien.)
— Del dibilloo. (Bien, assurément.)
— Jadan Domban ? (Alors tout va bien ?)
— Domban (Bien.)
— Dalek. (Bon.)
— Dalek. (Bon.)

J'ai calculé un jour que j'avais passé trois heures et dix-sept minutes dans la même journée à dire « bon » aux gens.

Tous les aspects de l'accident ont été discutés, avec un nombre croissant de partenaires. On ne cessait d'admettre que ce n'était pas ma faute mais, on ne sait pourquoi, la conversation revenait toujours à la case départ. Il faisait de plus en plus chaud. J'avais du sable dans la bouche et dans les oreilles, et mes jambes collaient l'une à l'autre tant je transpirais. Et je n'avais pas de chapeau.

Puis l'ambiance s'est gâtée. Au Nambula, il y avait toujours un moment où il fallait faire attention, où les choses commençaient à déraper. Les règles du code de la route sont presque aussi dangereuses que les conditions de circulation. Si vous tuiez quelqu'un dans un accident, la famille avait le droit de vous tuer sur-le-champ. J'ai compris que le moment était venu de m'en remettre aux autorités officielles. J'ai regrimpé dans la camionnette, sans tenir compte des protestations, et je suis retournée au bureau des Nations unies. Dieu merci, André était là, cette fois.

— Vous avez eu une collision avec une voiture ? Quel cauchemar ! Il faut boire un verre pour vous remettre.

— Un double scotch. Non, triple, s'il vous plaît.

André est allé me chercher un soda. Il était canadien, à peu près du même âge que moi, de taille moyenne, cheveux châtains raides, le nez aquilin dans un visage large, et les dents très blanches. Il souriait tout le temps. Un peu désinvolte, mais très compétent.

Après avoir fait le nécessaire concernant l'accident, j'ai commencé à lui parler de l'arrivée des nouveaux réfugiés. Il m'a écoutée attentivement, posant de temps à autre des questions, hochant la tête, disant : « Hum hum. OK, d'accord. Hum hum. » André ponctuait tout ce qu'il disait de « OK, d'accord ».

— OK, d'accord. Oui, j'ai entendu parler de ces rumeurs. Bon, OK, nous avons donc un problème. Non. Nous avons une question. Un problème possible.

— Quand le bateau doit-il arriver ?

— OK. On attend le bateau jeudi en huit. OK ? Voilà où nous en sommes. Nous avons une situation où, à cause de divers malentendus et retards en Europe, nous avons effectivement une livraison de retard. Ce qui veut dire que les rations alimentaires sont déjà diminuées et qu'on peut tenir entre trois et six semaines. OK, d'accord. Le bateau arrive. On distribue la nourriture, ce qui prend deux semaines, en commençant par les camps qui ont les plus faibles réserves. OK ? Si bien que les campements qui seront à zéro au moment de la livraison pourront immédiatement retrouver des rations complètes et, en théorie, tout le monde devrait pouvoir avoir des rations normales pour au moins deux mois.

— Vous pouvez répéter ?

Il s'est exécuté. Je ne le suivais toujours pas.

— Donc tout ira bien si le bateau apporte la cargaison espérée.

Je n'étais pas convaincue.

— Oui.

— Et s'il est là à temps.

— Et s'il est là à temps, c'est vrai.

— Quel est le problème ?

— Mon chou, j'aimerais bien le savoir, mais je crois...
OK, d'accord. Disons seulement que les rapports entre le
Nambula et l'Irak n'arrangent pas les choses.

— Nous sommes donc sur la corde raide ?

Il m'a regardée.

— Vous n'êtes pas inquiet, vous ? ai-je demandé.

— OK, d'accord. Je vais vous dire comment je vois les
choses. La situation n'est pas ce qu'elle devrait être, c'est la
raison pour laquelle je n'arrête pas d'envoyer des télex et
de faire des allers-retours à El Daman depuis un mois.
L'histoire des sauterelles ne nous est parvenue que dans les
tout derniers jours, et je l'envisage avec un certain scepti-
cisme, compte tenu du fait que les Keftiens ont tout intérêt
à nous faire peur.

— Mais il ne s'agit pas seulement de rumeurs. Nous
avons cent dix arrivants dans un état critique.

— OK. Ce que vous me dites de Safila, je ne veux pas
l'entendre en ce moment, OK ? Voilà ce que je vais faire :
je vais informer El Daman et Genève que nous avons apparemment une confirmation de ces rumeurs, et je vais leur
demander de faire vérifier la situation intérieure du Kefti
du point de vue de l'Abouti. Vous en avez parlé au COR ?

— Non, pas encore.

Nous sommes allés ensemble au siège du COR. La
commission d'aide aux réfugiés du Nambula ne pouvait pas
faire grand-chose elle-même, car elle n'avait ni argent ni
ressources propres, mais elle pouvait mettre la pression sur
les Nations unies et les autres agences occidentales de la
capitale. L'ennui, c'est que le commissaire de Sidra ne dirigeait pas son organisation de manière très efficace.

On nous a fait entrer dans son bureau. Il était en train
de parler au téléphone, marchant de long en large d'un air
important. Il était vêtu des pieds à la tête de jean délavé,
avec un pantalon bizarrement bouffant. Il nous a fait signe

de nous asseoir, à sa manière habituelle qui signifiait :
« Tout va bien. Vous êtes entre les mains de quelqu'un de
bien élevé, raisonnable, très intelligent et d'une rare efficacité. » C'était là le péché mignon de Saleh.

— Wellyboo. Foonmabat, espèce de sale cloche, hurlait-
il dans le combiné, d'une voix indignée.

Je ne comprenais que des rudiments de nambulan, mais
j'aimais l'intonation.

— Fnarbadat. Birra bra. Dildo babouin, hurlait Saleh,
roulant des yeux à notre intention comme pour dire :
« Voyez donc à quels idiots j'ai à faire ici ! »

La conversation téléphonique terminée, il a posé les
mains à plat sur la table devant lui et souri en fermant les
yeux.

— Alors, en quoi puis-je vous aider ?

André a commencé à lui raconter, mais il l'a interrompu
par un : « Un petit instant, s'il vous plaît », d'une voix soudain sérieuse et autoritaire. Puis il s'est mis à fouiller dans
tous les compartiments de la mallette ouverte sur la table,
puis dans tous les dossiers qui jonchaient le bureau, puis
dans tous les tiroirs. Sans un mot.

Ce n'était pas inhabituel. Au Nambula, le temps n'a pas
de valeur. La plupart des gens en ont beaucoup trop à occuper, et ce n'est pas vu comme une impolitesse de faire perdre aux autres le leur. Les recherches ont duré un quart
d'heure. Aucun résultat. Aucune explication. Saleh s'est
contenté de refermer sa mallette, s'est légèrement éclairci la
gorge et a dit :

— Continuez.

André a repris.

— Un instant, s'il vous plaît.

Saleh s'est levé et est sorti de la pièce. On l'a entendu
parler en nambulan à une femme, dehors.

Un autre quart d'heure plus tard, il est revenu s'asseoir.
Nous avons réussi à pas mal avancer dans la discussion,
cette fois. Saleh avait adopté une expression de gravité
sépulcrale.

— Je vois, je vois. Oh, c'est très grave. Je suis très inquiet. Notre contact radio avec Safila est défectueux, voyez-vous, sinon je suis sûr que mon collègue Hassan m'aurait informé.

— Oui. C'est pourquoi je suis venue à Sidra. J'ai parlé à Hassan. Il faut donner l'alerte et faire appel aux organisations donatrices.

— Ah, mademoiselle Rosie. Vous savez naturellement qu'on ne peut pas demander davantage d'aide pour ces Keftiens. Nos amis en Abouti ne l'admettraient pas. S'ils ont des problèmes, c'est bien de leur faute.

Mauvaises nouvelles. Jusque-là, le COR s'était toujours montré très désireux d'aider les Keftiens qui avaient passé la frontière. Le gouvernement avait dû changer de politique. Nous avons insisté pour que Saleh se renseigne sur ce qui se passait, mais il s'est contenté de sourire :

— Mes amis, je ne suis pas libre de discuter de ce sujet.

En me retournant au moment de sortir, je me suis rendu compte que les recherches avaient repris, à commencer par la mallette.

Nous sommes repassés au bureau des Nations unies pour essayer de téléphoner à Malcolm à El Daman, mais la ligne qui avait si bien marché pour le bavardage imbécile de Kurt était maintenant muette comme la tombe. J'ai donc rédigé une lettre à la hâte, qu'André m'a promis de faire partir par le prochain courrier pour El Daman.

J'ai quitté la résidence des Nations unies en retraversant Sidra par les grandes avenues bordées d'immeubles de béton, et repris les pistes, au-delà de la limite goudronnée, en direction des montagnes rouges aux silhouettes étranges de Sidra. Elles montaient directement du désert comme des taupinières géantes, aux formes adoucies par le vent et le sable. La camionnette tressautait sur les pierres et les trous de la piste, je ne pouvais me défendre d'un mauvais pressentiment. Après la dernière famine, que n'avait-on dit ! Plus jamais on ne permettrait qu'une telle horreur se reproduise.

109

Et maintenant, tous les signaux d'alerte clignotaient, et personne ne semblait capable de faire quoi que ce soit.

Il était quatre heures quand je suis arrivée à Sidra, et le campement était désert. J'ai fait marche arrière et je suis immédiatement descendue à l'hôpital. La scène était telle que je me la rappelais quatre ans auparavant : tous les lits occupés, l'odeur de diarrhée, les pleurs. Toute l'équipe d'Européens était là, sauf Henry, en plus de quatre aides-soignants keftiens. O'Rourke était penché sur un enfant, auscultant le bas de sa cage thoracique.

Betty m'est instantanément tombée dessus.

— Je crains que vous n'ayez choisi un très mauvais moment pour partir. Nous en avons soixante-dix de plus depuis votre départ, et quatre morts. Et nous avons des cas de choléra. Vous vous êtes bien amusée ?

Ça faisait donc cent quatre-vingts arrivées. Neuf morts. Et le choléra. Seigneur !

— Ça a été affreux, absolument affreux, continuait Betty. Vous vous souvenez de ce que je vous ai dit hier matin ? Et Dieu sait combien sont encore en route.

Elle a sorti un mouchoir pour se tamponner les yeux.

O'Rourke m'a aperçue, a fait mine de se lever et, voyant Betty, s'est rassis.

— Vous avez ouvert un service choléra ?

— Oui, bien sûr. Ils sont là-dedans avec Linda.

— Et tous les nouveaux sont là ? Vous avez isolé les autres ?

— Non, non. Le Dr O'Rourke les a examinés, et nous avons laissé ceux qui n'étaient pas contaminés rejoindre leur village. Ça ne semblait pas juste de les garder. Il est vraiment très bien, vous savez.

— Est-ce qu'ils viennent du même secteur que les autres ?

— Oui. Non. En fait, je n'en suis pas sûre.

110

J'ai fait le tour de l'hôpital. Sian était en train de mesurer un bébé, poussant les petites jambes grêles à plat sur la toise, calculant le rapport taille-poids. Elle a pincé la peau sur la petite cuisse et le pli formé est resté un instant visible, comme la pointe d'une meringue sortant d'une douille à pâtisserie. Je suis passée derrière O'Rourke, qui cherchait avec attention une veine sur le crâne de l'enfant pour y insérer une perfusion.

— Salut, Rosie, a-t-il dit sans lever les yeux.

— Salut, ai-je répondu doucement.

— Merde.

Il s'est redressé, s'est essuyé le front et a recommencé. Avec succès cette fois.

— OK, il faut qu'on parle.

Il m'a entraînée un peu à l'écart.

— Vous avez parlé à Betty ?

— Oui.

— La situation est critique, mais nous la maîtrisons.

— Est-ce qu'ils viennent toujours à cause des sauterelles ?

— Oui, mais ils sont tous de la même région. Ce n'est peut-être limité qu'à cette poche, avec un peu de chance.

— Et le choléra ? Vous ne croyez pas qu'il faudrait tous les isoler ?

— Ils ont été examinés et ne sont pas contaminés. Je ne crois pas nécessaire de remplir le secteur d'isolement avec des gens qui n'en ont pas besoin.

— Je pensais seulement qu'il nous faut être très prudents, vous savez comment ça peut dégénérer. Vous avez commencé les vaccinations antirougeole ?

— Nous allions le faire, s'est interposée Betty qui nous avait rejoints, mais le Dr O'Rourke a dit...

Je lui ai jeté un regard furieux. Il se prenait pour qui, alors qu'il venait d'arriver ?

— Nous avons vacciné, ai-je continué, tous les réfugiés sans exception contre la polio, la rougeole, la diphtérie, le tétanos, la tuberculose. Une épidémie est bien la dernière chose dont nous avons besoin. Il faut traiter tous les nouveaux arrivants dans la journée.

— Le Dr O'Rourke a dit que les aides-soignants devaient le faire, a terminé Betty, hors d'haleine. C'est fait.

Henry avait rouvert le centre de distribution de nourriture. Les mères étaient assises en rangs sur des nattes, faisant boire leurs enfants dans des tasses de plastique orange. C'étaient les cas les plus graves. Les trois gigantesques marmites de métal avaient été ressorties, et Henry et Muhammad parlaient avec les cuisiniers.

J'ai posé la main sur le bras d'Henry.

— Comment ça va ?

— Ah, Rosie, ma vieille branche. Très bien, très bien. Sur la brèche, le doigt sur la gâchette, etc.

Mais il ne voulait pas me regarder. Il était très pâle, des valises sous les yeux. Des gouttes de sueur perlaient sur la peau brune de ses tempes. Nous savions tous avec quelle facilité les choses pouvaient déraper, échapper à notre contrôle. L'épidémie pouvait commencer à abattre les gens comme des mouches.

— Est-ce que les aides-soignants ont montré les zones de défécation aux nouveaux arrivants ? Est-ce qu'ils les empêchent bien d'aller vers la rivière ?

— Tout a été fait, ma petite vieille.

— Il faut absolument que vous parliez avec ceux du RESOK, Rosie, a dit Muhammad. Le serpent de la terreur s'est insinué en eux.

Je lui ai lancé un regard noir.

— Excusez-moi. Je veux dire qu'ils sont un peu anxieux.

Je voulais vérifier la pharmacie pour voir où nous en étions, mais elle était fermée à clé. Je suis donc retournée demander à Henry de s'en occuper, puis je suis allée chez Muhammad et j'ai attendu l'arrivée des types du RESOK. Ça allait être une réunion difficile. Le RESOK était l'organisation d'aide des Keftiens, censée ne pas avoir de position politique, mais ils étaient très offensifs et jaloux de leurs droits. J'avais mal aux reins, après tous les kilomètres de route. Je sentais la sueur dégouliner le long de mon dos. La seule chose positive, c'est que le système du camp semblait bien fonctionner. Tout était organisé et contrôlé.

Muhammad est arrivé avec O'Rourke.

— Il voulait être à vos côtés pour cette entrevue, m'a dit Muhammad avec un regard narquois.

O'Rourke a eu l'air gêné.

La réunion a été longue et ardue. On a commencé par le café, suivi de discussions qui n'avançaient pas, traduites dans les deux sens par Muhammad. O'Rourke ne disait rien. Il était assis en face de moi derrière une table, m'adressant de temps à autre un regard ou un signe de tête.

J'ai décidé d'être directe et je leur ai décrit la situation exactement comme André me l'avait présentée. Violent brouhaha.

— Ils estiment que si certains secteurs ont de la nourriture pour six semaines et pas de nouveaux arrivants, alors une partie de la nourriture doit être immédiatement redistribuée dans ce camp, a traduit Muhammad. Ils demandent pourquoi vous n'en avez pas rapporté.

J'ai essayé d'expliquer, mais ils se sont tous remis à crier. Je ne pouvais pas leur en tenir rigueur. Je m'efforçais d'imaginer ce qui se passerait si nous venions à manquer de nourriture : tous ces jeunes bolcheviques transformés en squelettes affamés. Muhammad mourant de faim. Je ne pouvais permettre une chose pareille. Mais comment donner plus d'importance à une vie qu'à une autre ?

Nouvelle volée de protestations, la plupart à mon intention.

Soudain, O'Rourke a frappé du poing sur la table et s'est levé.

— Bon Dieu ! a-t-il hurlé. Ne vous en prenez pas à cette femme. Elle fait tout ce qu'elle peut. Vous avez vu comment ça a marché aujourd'hui ? Comme sur des roulettes. C'est grâce à elle. Oui, vous avez raison, c'est ridicule que nous n'ayons pas eu un convoi d'approvisionnement cet après-midi. Mais ce n'est pas de sa faute. Qu'est-ce que c'est que ces manières ?

Silence éberlué. O'Rourke a toussé, baissé les yeux et jeté un regard en biais à Muhammad, accompagné d'un geste :

— Pouvez-vous traduire, je vous prie ?

Muhammad a traduit. Silence.

— Continuez, Rosie, a dit O'Rourke.

J'étais effondrée. Les réfugiés avaient tendance à traiter les Européennes à l'égal des hommes, mais c'était quand même difficile parfois de maintenir l'autorité. O'Rourke jouant les chevaliers servants n'arrangeait pas du tout les choses. Je me suis quand même efforcée de continuer comme si de rien n'était. Je leur ai expliqué, avec plus de confiance que je n'en éprouvais réellement, que si le rythme des nouveaux réfugiés se maintenait, nous tiendrions jusqu'à l'arrivée du bateau.

Muhammad s'est levé et a fait un discours, accueilli avec force murmures et hochements de tête par les représentants du RESOK. Puis la séance a été levée et ils sont sortis l'un après l'autre, me serrant poliment la main au passage et tapant respectueusement sur l'épaule d'O'Rourke.

Quand ils ont été sortis, je me suis tournée vers lui :

— Je vous remercie. Mais je n'ai pas besoin de vous pour me battre.

— Au temps pour moi. Excusez-moi. Je ne suis qu'un imbécile. Je pensais que vous en aviez assez comme ça. Je voulais juste vous aider.

— Contentez-vous de faire votre boulot, mon pote, ai-je dit, puis j'ai souri, et lui aussi.

Tout allait bien, finalement.

Tout de suite après le coucher du soleil, j'ai dû remonter au campement. La plaine de sable tout entière irradiait une lueur rosée qui semblait venir de la terre plutôt que du ciel. Le vent était tombé, ça sentait la terre et la fumée. Des silhouettes se mouvaient paisiblement, des chèvres en troupeau, un homme trottinant sur un âne — trop grand pour l'âne, il avait les pieds qui traînaient presque sur le sol. Un chameau traversait la plaine, l'allure saccadée, long cou et menton saillant oscillant en rythme. Des cris montaient du camp, d'enfants qui jouaient, des rires, des bêlements de chèvres. Le souvenir des bruits, de la vie d'avant me revenait. Je revoyais les quatre années passées, la distribution de nourriture aux réfugiés, la construction des bâtiments, la formation du personnel, les vaccinations, tout le travail qu'il avait fallu pour créer cette vallée heureuse. Au-dessus, sur le fond rougeoyant du ciel, une lourde masse de nuages s'amoncelait, comme un mauvais présage.

C'était à la même heure du jour que j'avais pour la première fois découvert Safila, en novembre 1985. J'étais partie pour un voyage éclair d'aide humanitaire, avec les livres de sir William. Comme les touristes, on m'avait conduite de l'aéroport à l'hôtel climatisé, et on m'avait fait visiter. Il n'y avait pas de cases à cette époque. Les réfugiés vivaient dans des tentes qui avaient été recouvertes de bâches de plastique blanc pendant les pluies, et le sable qui s'était entassé dans les plis leur donnait un aspect très doux. Je me souviens que, de loin, j'avais trouvé ça très beau. Je me souviens que j'étais simplement heureuse d'être en Afrique, loin de chez moi.

9

— Je suis tombé amoureux de toi, mais je ne suis pas amoureux de toi.

— Mais tu as dit que tu m'aimais.

— Je t'adore.

— Ce n'est pas la même chose.

— Tu pourrais dire que c'est une liaison amoureuse.

— Alors tu es *tombé* amoureux de moi, mais tu n'es pas amoureux de moi. Pendant que tu tombais, tu as en quelque sorte dévié et tu as atterri ailleurs, c'est ça ?

— Rosie, si tu commences à faire l'idiote...

C'était la danse familière et folle, Oliver esquivait, plongeait et tourbillonnait, brandissant ses sentiments changeants au-dessus de ma tête, les tendant à portée de ma main pour les escamoter aussitôt. Qu'est-ce que je faisais là-dedans ? J'étais soumise à un examen de passage ? Comme si mes sentiments avaient un quelconque rapport avec ce que je valais ! Comme si l'amour était un prix qu'on gagne à la manière d'un tableau d'honneur. Si je suivais toutes les instructions de tous les magazines féminins ce mois-ci, si je ne mangeais que des légumes crus ou cuits à la vapeur, si je perdais toute ma cellulite, portais des fringues Nicole Fahri, faisais mes propres pâtes fraîches, étudiais la gymnastique sexuelle, ne lui imposais jamais ma présence, si je le soutenais toujours sans cesser pourtant d'être une personne indépendante à part entière, réussissais dans ma carrière sans

116

devenir chiante, si je me teignais les cils, lisais tous les livres publiés sur la peinture cubiste, si je m'habillais en contrôleur de bus, Oliver déciderait peut-être qu'il était amoureux plutôt que d'avoir un simple penchant pour moi, même s'il ne m'aimait pas encore tout à fait. Evidemment, l'amour ne fonctionne pas comme ça, sinon personne, hormis les filles qui posent dans les pubs pour cabriolet convertible, ne rencontrerait l'âme sœur.

Nous avions commencé à nous disputer à propos de la direction que prenaient nos relations, juste au moment de partir pour un déjeuner du Club des Célébrités chez Julian Alman. C'était l'une de nos manières préférées de nous rendre malheureux. C'était toujours moi qui lançais ce genre de conversation — essentiellement parce que l'attitude d'Oliver me mettait dans un état d'insécurité permanent. Si vous vous demandez trop souvent dans quelle direction vous mène une relation amoureuse, la question a inévitablement tendance à se transformer en constat d'échec. Malheureusement, Dieu a créé la femme avec un besoin inné et irrépressible de savoir où la mène sa relation avec un homme, et de forcer ce dernier à discuter le sujet à fond à chaque fois qu'ils sont prêts à sortir et déjà en retard.

Après avoir atteint l'impasse en matière d'analyse amoureuse, nous étions donc passés à la question vestimentaire, et plus particulièrement à ma tenue de ce soir-là. Oliver n'aimait pas la façon dont je m'habillais. S'il ne l'avait jamais dit avec précision, c'était évident. Oliver avait beaucoup de goût et beaucoup d'argent. Je n'avais jamais été très sûre de porter la tenue adéquate en toute occasion, mais ça ne m'avait jamais sérieusement perturbée auparavant. Je me contentais de vivre avec cette incertitude, comme on vit en pensant à ses kilos en trop. Maintenant la question me taraudait constamment, gâchant en partie toutes mes rencontres avec Oliver. Il avait fait une tentative pour m'aider en m'offrant une petite robe noire de chez Alaïa, de façon à ce que je ressemble davantage à toutes les autres femmes aux réceptions auxquelles nous assistions. Ce dimanche-là, nous étions invités à un simple déjeuner, mais j'avais fini par me sangler dans la fameuse robe Alaïa, genre corset, juste pour me sentir plus sûre de moi.

— Tu me trouves grosse ?

Il a soupiré.

— Non.

J'ai grimpé sur une chaise pour inspecter un bourrelet de graisse imaginaire dans le miroir de la coiffeuse.

— TU N'ES PAS GROSSE ! a-t-il hurlé, les dents serrées, au moment où je me contorsionnais pour avoir une vue de mon postérieur.

Qu'est-il arrivé aux femmes de ma génération ? Qui nous a condamnées à souhaiter toute notre vie durant peser trois kilos de moins ? Je n'étais ni anorexique, ni boulimique, ni quoi que ce soit digne de figurer dans un article médical, mais je n'en arrivais pas moins à considérer tout ce que je mangeais comme une indulgence et manger en soi comme un acte de faiblesse. Seigneur, quand j'y repense aujourd'hui !

Dans la voiture, moralement blessés et épuisés comme des bêtes sauvages après un combat, nous sommes passés au thème numéro quatre de dispute, c'est-à-dire mon départ pour l'Afrique. Plus je me sentais malheureuse, plus j'avais hâte de partir, et plus Oliver était déterminé à m'en empêcher. Je ne comprenais pas pourquoi à l'époque. C'était en partie, je crois, parce qu'il ne voulait tout simplement pas me voir partir quinze jours. Etant donné qu'il se défendait de m'aimer ou d'être amoureux de moi, ou je ne sais quoi, il se montrait d'une jalousie incohérente, aussi bien de tous les autres hommes de la terre que de mon temps personnel. Mais je crois surtout qu'il voulait que je reste comme j'étais, que ma vie continue à tourner exclusivement autour de lui, pour le soutenir, sans aucune occupation importante pour mon propre compte. Il avait pressenti que si je partais en Afrique, tout ça allait s'écrouler et tomber en miettes. Il avait le nez fin.

Dans la voiture, nous avons continué à nous disputer de plus belle. Tous les couples se disputent. Quand on est sous pression parce qu'on est en retard, quand on a trop bu, quand on en a marre, quand on est fatigué, quand on revient d'une soirée et qu'on est jaloux parce que l'autre a flirté. Les disputes n'ont pas nécessairement d'importance. Mais Oliver était si habile, si éloquent et si cruel que nos disputes me détruisaient complètement, me laissant avec le sentiment qu'on m'avait ôté toute personnalité et tout ce en quoi je croyais. J'avais toujours envie de les enregistrer et de les faire écouter à quelqu'un d'autre pour prouver que je n'étais pas folle. Il me terrorisait quand il était branché sur le mode dispute. Quand nous sommes arrivés chez Julian Alman, j'étais recroquevillée sur mon siège, je regardais fixement devant moi, sans dire un mot et je n'avais qu'une envie : qu'il s'en aille.

Oliver m'a dit :

— OK, si tu as l'intention de faire cette tête-là, tu n'as qu'à rester dans la voiture.

Il a pris les clés et il est entré. Je suis restée là pendant une demi-heure, anéantie de chagrin, avant de trouver l'énergie suffisante pour appeler un taxi et retourner chez moi. Dans la soirée, il est passé pour me dire à quel point il aimerait avoir des enfants de moi. Deux jours plus tard, il a cessé d'appeler, sans aucune explication, et n'a pas répondu à mes appels pendant quatre jours. Quand il a fini par téléphoner, il m'a dit qu'il m'aimait et je lui ai demandé quand nous nous verrions. Il a répondu qu'il n'avait pas son agenda et n'a plus donné signe de vie pendant encore deux jours. La semaine suivante, tout a recommencé.

J'ai parfois du mal à me rappeler pourquoi je l'aimais tant. Il était beau, intelligent et je le désirais avec cette sorte d'attraction physique qui refuse de s'éteindre. Oliver était instable, mais il n'était jamais ennuyeux. Même si j'en suis arrivée ensuite à détester ça, c'était rigolo au début de sortir avec une célébrité. C'était chouette de se sentir supérieure quand toutes les filles auraient voulu en avoir un petit morceau et que j'étais celle qu'il avait à son bras. C'était chouette de savoir qu'Hermione était jalouse. Chouette de pouvoir dire à ma mère que je sortais avec un type de la télé. C'était excitant d'aller à toutes ces réceptions et de rencontrer tous ces gens. Si je n'étais pas partie en Afrique, j'aurais sans doute fini par accepter la folie d'Oliver et j'aurais continué.

Mon voyage au Nambula en 1985 a duré quatre jours, aller-retour compris. Seulement quatre jours.

Après avoir appris que *Soft Focus* ne filmerait pas le voyage, sir William avait décidé de ne pas y participer, mais il avait quand même financé personnellement l'achat de nourriture. Tout ce que j'avais à faire était de m'assurer que le logo de Ginsberg et Fink figurait sur toutes les photos. Il était placardé sur les sacs de nourriture, collé sur les camions. J'avais à distribuer des cartons entiers de sacs et de signets arborant le logo de la maison.

Dans le taxi qui me conduisait de l'aéroport d'El Daman à l'hôtel, j'avais pu observer au passage tous les projets avortés : le parc ornemental près de la rivière, avec des allées et des arches recouvertes de sable, la gigantesque enseigne peinte, ornée de léopards et de lions annonçant le zoo municipal d'El Daman, à côté d'un trou béant dans la clôture. Nous étions passés devant le golf miniature municipal, envahi par les chèvres. J'avais vu des taxis avec des portières arrachées, des tas de gravats sur le bord de la route, des groupes de femmes riant gaiement, bras dessus bras dessous, vêtues de robes sales en haillons et de chaussures aux lanières défaites, le bâtiment du ministère des Travaux publics d'El Daman avec son allée défoncée, les piliers de l'entrée brisés et ses murs naguère blancs tachés de boue. J'avais une impression de libération. Je me disais qu'en cet endroit on avait le droit d'être tout simplement en vie, d'avoir des projets grandioses qui n'aboutissaient à rien.

On m'a traînée ce jour-là de bureau en bureau, Malcolm me présentait et organisait mes déplacements. Je m'installais dans sa jeep, soulevant ma robe pour permettre à l'air de passer. Je me laissais aller contre le dossier, ahurie et épuisée par la chaleur et je me disais qu'il était impossible de trop exiger de soi et des autres dans un pays comme celui-là. Pas la peine de faire des efforts d'élégance, de se maquiller, d'avoir l'air impeccable, ni d'être dans le coup, ni d'épouser un prince charmant, ni de réussir sa carrière. Il semblait possible de se lancer dans quelque chose sans qu'une foule de gens compétents, au top de la performance et meilleurs que vous dans tous les domaines, ne viennent vous toiser froidement au moindre hoquet ou faux pas. Toute une part de moi qui était restée cachée par pure crainte de se dévoiler pouvait ici naître et se laisser aller à vivre. C'était purement égoïste. Je me disais que l'Afrique pouvait m'aider à être moi-même.

Même la première fois où je suis arrivée au camp de réfugiés, je n'ai pas compris de quoi il s'agissait. J'ai admiré le paysage pendant un moment avant d'aller rejoindre les photographes et les gens de SUSTAIN qui discutaient à l'entrée du campement. Sur la route, un camion se dirigeait vers nous. Il était peint de couleurs vives et l'arrière, débâché, laissait apparaître les ridelles métalliques contenant le chargement. Un vacarme de voix humaines en montait. Quand il est passé près de nous, j'ai vu que l'arrière était bondé comme une bétaillère d'êtres humains d'une telle maigreur que leurs têtes ressemblaient à des crânes. Au moment où il s'éloignait, un corps a glissé au travers des ridelles et s'est écrasé au sol. Du camion, une femme a poussé un cri et a tendu le bras vers lui, tandis que le camion poursuivait son chemin. Le corps est resté sur la route, non loin de nous, le cou brisé et la tête déviée sur le côté.

Pendant longtemps, je me suis efforcée d'oublier ces deux jours passés dans le camp. J'avais été bouleversée en regardant les reportages de la BBC au moment de la famine en Ethiopie en novembre 1984, par les commentaires sobres et obsédants de Michael Buerk : « C'est l'aube, et au moment où le soleil commence à dissiper le froid glacial de

121

la nuit... il éclaire une scène de famine biblique, mais nous sommes au vingtième siècle. Cet endroit, selon les témoignages des volontaires présents, est ce qu'on peut imaginer de plus proche de l'enfer sur la terre. »

J'avais été bouleversée en regardant les émissions de Live Aid, et en voyant un homme mesurer un enfant mourant de faim qui tentait de tenir debout, tandis qu'on entendait en bruit de fond la chanson des Cars[1]. Mais l'émotion que j'avais ressentie n'était pas angoissante : quelqu'un s'en occupait, les vedettes participaient, vous pouviez envoyer vos cinquante livres, la conscience tranquille d'avoir apporté votre contribution. On ne permettrait jamais que cela se reproduise.

Cette fois, j'étais bouleversée de découvrir que le monde n'offrait aucune sécurité, qu'il n'était régi par aucune justice et que tous ceux en qui vous pouviez avoir confiance ne contrôlaient absolument rien. J'avais honte de partager la responsabilité de cette horreur et de me rendre compte que j'étais incapable de tenir le coup, de fonctionner dans une situation d'urgence où j'aurais pu me rendre utile. Impossible de manger. Impossible de dormir. La panique s'était emparée de moi. J'avais l'impression de porter toute la culpabilité du monde sur mes épaules. Je me disais qu'on allait me dénoncer, me clouer au pilori dans les journaux, m'envoyer en prison. C'était comme si j'avais été le témoin furtif d'un crime collectif et monstrueux dont j'étais complice et qu'une sanction allait s'ensuivre.

De retour à Londres, la panique ne m'a plus quittée. C'était la période de Noël, et je me retrouvais dans des maisons en liesse, avec l'impression d'être un petit enfant invité à une fête d'adultes. J'entendais les voix s'éloigner de plus en plus, incapable de prendre part aux conversations.

---

1. Cars : groupe qui a chanté pour réunir des fonds en faveur de l'Ethiopie (N.d.T.).

La ville semblait au bord de l'asphyxie, un dédale de rues embouteillées, étouffées par trop de voitures, trop de boutiques, trop de restaurants, trop de tout. Ça me rendait claustrophobe. J'avais envie de hurler. Je rendais Oliver fou de rage quand je sortais pour aller m'asseoir dans la voiture. Je me rappelle que je restais assise à regarder tomber la pluie sur le pare-brise, en pensant à la nuit africaine, l'immense nuit pleine d'étoiles, et que je voulais repartir.

En bref, j'étais devenue atrocement chiante pour tout le monde.

— Champagne ? (Julian Alman brandissait gaiement la bouteille.) Joyeux Noël, a-t-il dit.

Il y avait encore le prix dessus : £27.95.

— Je prendrai un verre d'eau, s'il vous plaît.

Oliver a poussé un soupir.

— Plate ou gazeuse ?

— Du robinet, s'il vous plaît.

Julian a refermé son bar américain en acajou et a disparu dans la cuisine.

— J'aimerais que tu arrêtes, a dit Oliver.

Je me suis enfoncée dans le canapé Biedermeier dur comme la pierre.

— Je bois ce que j'ai envie de boire.

Il s'est approché de la cheminée et a regardé le Van Gogh accroché au-dessus.

— Affreux, hein ? C'est le seul qu'il pouvait se permettre.

Toute la pièce était hideuse. Les murs étaient vert foncé, le mobilier lourd et ancien, le sol carrelé de marbre. Le Van Gogh était accroché derrière une double paroi vitrée avec une alarme qui clignotait. Il y avait des barreaux aux fenêtres.

Julian a réapparu avec un verre d'eau.

— Si on montait ?

Il habitait seul les cinq étages de cette maison étroite tout en hauteur dans le quartier de Fulham. Elle était bourrée d'éléments architecturaux rapportés. Nous avons entrepris l'ascension des huit volées de marches de l'escalier à rampe tournée et surchargée de fioritures, passant devant des portes lambrissées de bois sombre, des meubles dont on se demandait l'utilité, des tableaux aux cadres lourds tous munis de clignotants rouges, des rideaux raides et plissés qui faisaient penser à des barboteuses de gosses de riche. Enfin, nous avons atteint une pièce, tout en haut, absolument vide de toute décoration. Il y avait des papiers partout sur le bureau et un immense canapé des années soixante-dix, en velours marron, dont l'un des ressorts apparaissait. Le plancher était nu, des poufs en perles de mousse étaient disposés au hasard et il y avait au mur des affiches des Pink Floyd. C'était là que Julian passait tout son temps. Souvent, il dormait sur le canapé parce que son lit à baldaquin du dix-septième lui donnait la migraine.

— Flûte ! a-t-il lancé. J'ai oublié les cigarettes.

Et il est redescendu.

Je suis passée derrière le bureau et j'ai jeté un coup d'œil par la fenêtre, sous l'avancée du toit. Il faisait nuit et il pleuvait. Je voyais les voitures en bas, en deux files ininterrompues, et les façades blanches des maisons dix-huitième d'en face.

Le téléphone a sonné. Oliver a décroché. C'était un téléphone avec une rangée de boutons marqués *cuisine, garage, lingerie, salle de bains, deuxième étage*.

— Allô ? C'est Janey. (Janey était la nouvelle copine de Julian.) C'est Oliver, comment vas-tu, mon cœur ? Tu veux peut-être parler à la vieille baleine ?

La voix de Julian a retenti dans l'escalier.

— Passe-la-moi. Dans la cuisine, s'il te plaît.

— Ne quitte pas, Janey. (Oliver est allé jusqu'au palier et a crié :) Comment je fais pour te la passer ?

— Tu appuies sur... puis sur cuisine.

— J'appuie sur quoi ?

— Attente.

— Attente, puis cuisine ?

— Oui. Non. Attente, puis cuisine, puis transfert.

— OK. (Il est revenu au téléphone.) Je te passe Julian dans la cuisine. (Il a appuyé sur les boutons.) Merde ! (Il est retourné sur le palier.) J'ai coupé la communication.

— Quoi ?

— J'ai coupé.

— ... mais bon Dieu...

— Rappelle-la. C'est Janey.

— Qui ?

— Janey.

Personne n'a jamais été aussi handicapé par le fric que Julian.

Des images d'Afrique me trottaient sans arrêt dans la tête. Impossible de les arrêter. Je croyais devenir folle. Des lumières clignotaient sur le téléphone. J'ai quitté la fenêtre pour aller m'asseoir sur un pouf, les genoux entre les mains, la tête posée sur les trous de mon jean. Oliver est revenu dans la pièce.

— Rosie, j'aimerais bien que tu ne sortes pas avec ce jean. Tu ressembles à un personnage sorti tout droit de *Fab 208*. Qu'est-ce que tu as fait de toutes tes jolies robes ?

— Je les ai vendues. ai-je répondu, sans lever la tête.

— Tu as fait quoi ?

— Je les ai portées dans un magasin qui s'appelle « Changez d'avis ». Ils vont m'en donner cinq cents livres que j'enverrai au Secours pop.

— Jusqu'où va te mener ta naïveté ? Mais, putain, qu'est-ce que ça va changer ? Comment vas-tu vivre ta vie ici si tu ne peux pas t'habiller correctement ?

— C'est ce qu'on est à l'intérieur qui compte, Oliver.

— Oh, pas possible ? Je vois. Merci, merci, mère Teresa, tu m'as montré la lumière.

Je n'ai pas levé la tête et je n'ai rien répondu.

— Bon Dieu, Rosie, quand est-ce que tu vas sortir de là ? Ecoute, je vais envoyer cinq cents livres au Secours populaire si tu y tiens à ce point. Va récupérer tes vête-ments. Quand as-tu fait ça ?

— Tu peux leur envoyer cinq cents livres de ton côté.

— Je leur en enverrai mille, d'accord ? Tu récupères tes affaires, et comme ça, ce sera mieux pour tout le monde.

Je me suis redressée et je l'ai regardé.

— Et moi, qu'est-ce que j'aurai fait là-dedans ?

— Tu auras enfin retrouvé tes esprits.

— Ce n'est pas parce que tu as de l'argent que tu peux m'empêcher de faire ce que je crois devoir faire.

— Oh ! Seigneur, épargne-moi les violons. Qu'on lui passe un oignon.

Il a vu mon regard.

— OK, excuse-moi. Je sais, je sais. Mais est-ce que tu peux au moins essayer de garder un peu les pieds sur terre, juste un peu ?

On entendait le pas lourd de Julian montant l'escalier. Il est entré, s'est jeté sur le canapé et a allumé une cigarette avec un air catastrophé.

— Margarita a piqué des trucs dans le frigo.

— Qui ? a demandé Oliver.

— La femme de ménage. Tu as déjà rencontré Margarita. J'avais six bouteilles de moët-et-chandon et il n'en reste que quatre. Ça ne se fait pas, vraiment. Je suis plus que géné-reux avec elle. Je fais laver les voitures à son fils cinq fois la semaine et il fait ça comme un cochon. Qu'est-ce que je peux faire ?

— Leur couper la main, ai-je suggéré.

— La ferme, a dit Oliver.

Oliver était venu pour jeter un coup d'œil au script d'une campagne publicitaire pour British Telecom qu'on avait proposée à Julian. Julian s'inquiétait parce qu'il trouvait que le personnage qu'on lui faisait jouer n'était pas assez comique.

— Combien tu touches ? a demandé Oliver au moment où Julian lui tendait le script.

— Cent mille.

126

— C'est insuffisant. Tu devrais demander deux cent mille.

Je me suis levée et je suis sortie. J'ai dévalé une volée de marches jusqu'à la salle de bains de la chambre d'amis du quatrième. Elle était de la taille de mon appartement, tous les murs étaient couverts de miroirs. On aurait dit que le sol avait été taillé dans un bloc de jade et, au centre, perchée sur des serres d'aigle en fer forgé, il y avait une sorte de jacuzzi victorien. Les toilettes étaient assorties au sol. J'ai rabaissé le siège et me suis assise dessus. Je regardais fixement le miroir doré en face de moi et j'y voyais le camion de réfugiés mourant de faim et le corps qui en tombait. Je ne reconnaissais plus mon visage. Il y avait à mes pieds un autre téléphone à touches sur un tabouret de marbre. Deux moelleux peignoirs de bain de tissu-éponge étaient suspendus à une tête d'aigle en laiton derrière la porte. Je me suis levée et je suis sortie sur le palier.

La voix de Julian tonnait :

— Tu as toujours été le meilleur, Oliver, c'est ça, hein ?

— Est-ce que je t'ai jamais entendu dire du bien de *Soft Focus* ? Une seule fois ?

Je suis remontée très lentement et je suis rentrée dans la pièce. Ils ont tous les deux levé les yeux avec inquiétude, comme s'il y avait un malade mental parmi eux. Je me suis assise sur la chaise derrière le bureau. Quand j'ai été installée, ils se sont regardés, ont timidement repris leurs scripts et se sont remis à parler du projet de publicité.

Parmi les papiers qui étaient devant moi, il y avait une facture portant l'en-tête du Club de remise en forme Leighton. Je l'ai prise. « Julian Alman, cotisation annuelle, tarif complet, £3500 », indiquait-elle.

— Hum.

Ils ont levé la tête tous les deux.

— Pourquoi as-tu fait ça ? ai-je demandé.

— Ne touche pas aux papiers de Julian.

Je leur ai tendu la facture.

— Trois mille cinq cents livres. Pourquoi ?

— Il faut que je maigrisse.

— Trois mille cinq cents livres pour maigrir ?

— Rosie, a dit Oliver, tu peux arrêter tes putains de sermons ?

— Tu sais ce qu'on pourrait acheter avec ça en Afrique ?

— Je sais, mais je donne aussi de l'argent pour l'Afrique. (Julian avait l'air de s'excuser.) Simplement, je ne donne pas tout. Et ce que je garde, qu'est-ce que ça peut faire que je le dépense comme ça ou autrement ?

— Exactement, a dit Oliver. C'est exactement ce que je lui dis. Soit tu le donnes, soit tu ne le donnes pas et si tu ne le donnes pas, peu importe la façon dont tu le dépenses, ça ne change rien. Que tu achètes des chevaux, des actions, des Picasso ou des micro-ondes, c'est la même chose.

— Nous n'avons pas le droit de vivre dans le luxe et de faire des cadeaux quand la moitié du monde meurt de faim.

— Ne joue pas les saintes, ça ne te va pas, chérie.

Je me suis levée et, d'un mouvement théâtral, je suis allée à la fenêtre où je leur ai tourné le dos.

— Elle a pété les plombs, ne fais pas attention.

— Tout n'est que gaspillage et excès. Gaspillage et excès. C'est ce qui ronge notre âme, ai-je déclaré, en me retournant pour les toiser à la manière de lady Macbeth.

Puis je me suis à nouveau détournée et je me suis cogné trois fois la tête contre la vitre.

Je crois bien que j'ai entendu un ricanement. Quand je me suis retournée, ils me regardaient comme deux petits garçons, avec l'air de ne pas savoir quoi faire.

— Je vais sortir un peu.

— Tu ne vas pas encore aller t'asseoir dans la voiture. C'est ridicule.

— Je vais faire un tour.

— Au fait, moi aussi j'aimerais bien aller faire un tour, a dit Julian.

— Il pleut des cordes, putain !

— Bon, mais tu n'as qu'à rester là, alors. (Julian avait l'air très préoccupé.) En fait, ce sera beaucoup mieux,

Oliver, parce que comme ça on n'aura pas à enclencher l'alarme.

Donc, naturellement, Oliver a immédiatement décidé qu'il voulait aller faire un tour sous la pluie battante, lui aussi.

Nous avons grelotté tous les trois pendant un bon moment sous le porche pendant que Julian essayait d'enclencher l'alarme.

— Merde. Attendez-moi, il faut que je rentre vérifier.

Il a ouvert la porte. Une sonnerie épouvantable a retenti au-dessus de nos têtes. Julian s'est mis à courir dans le couloir, le tapis indien a glissé sur le parquet ciré et le gros patapouf s'est écrasé contre le radiateur.

— Merde ! a-t-il dit en se relevant.

La sonnerie hurlait toujours. Cinq minutes plus tard, elle a cessé et Julian a réapparu, hors d'haleine.

— Bon.

Il a recommencé à bricoler la petite boîte à côté de la sonnette.

— Allez, Julian. Qu'est-ce que tu fous ?

— Attendez, c'est seulement la date de naissance de ma mère, puis mon numéro de carte bancaire... (Il s'est redressé.) Vous comprenez, c'est vachement bien fait parce que si vous tapez un faux numéro, vous n'avez pas droit à un deuxième essai si vous n'entrez pas d'abord un autre numéro de code. C'est vachement bien parce que ça évite que les gens essaient au hasard. Oh ! Merde !

La sonnerie recommençait.

En fin de compte, la promenade a été un succès inattendu. Aucun de nous trois n'était très fier des dernières heures et chacun faisait un effort, si bien qu'une certaine chimie a opéré et l'ambiance a changé du tout au tout. Julian et Oliver avaient faim et j'ai refusé d'aller au restaurant, je les ai obligés à aller dans un pub. C'était un pub très sympa, avec un feu de cheminée de tous les diables et des décorations de Noël. On y servait un déjeuner de Noël pour £4.95, ce que j'ai déclaré raisonnable. Je me suis un peu détendue, au point de manger un peu de dinde dans l'assiette d'Oliver. C'était bizarre avec Oliver. J'avais toujours cru auparavant que nos relations ne tenaient qu'à un fil et que si je ne consacrais pas toute mon attention à essayer de lui plaire, il prendrait aussitôt le large. Et maintenant j'agissais régulièrement sans tenir compte de ce qu'il voulait. Je m'attendais à ce qu'il explose et disparaisse d'une minute à l'autre. Souvent même je le souhaitais. Et il était encore là.

Très vite j'ai retrouvé un comportement moins excessif. J'avais entamé le processus d'apaisement, d'assimilation et de compromis indispensable si on veut vivre confortablement dans le monde tel qu'il est, mais qui est probablement la raison pour laquelle son déséquilibre n'est jamais remis en cause. Au fond, pourtant, ma vision de la vie était totalement modifiée. Ça m'a pris un certain temps pour me rendre compte de l'effet qu'aurait ce changement sur mes relations avec Oliver.

10

Il était une heure du matin, dans la nuit de samedi à dimanche, chez moi. Oliver s'est levé du canapé, l'air furibond, et a commencé à enfiler son manteau : le grand pardessus bleu foncé de lainage doux que j'avais aimé.

— Qu'est-ce que tu fais ?

— Je rentre chez moi.

J'ai pensé, non, non, comme d'habitude. Je t'en prie, ne t'en va pas. Il m'avait déjà fait le coup si souvent. Je savais ce que ça signifierait pour moi : comme d'habitude, je m'effondrerais sur le lit, en larmes, j'y passerais la moitié de la nuit sans dormir, désespérée, je me réveillerais seule le dimanche matin. Il n'y aurait pas d'amour, pas de plaisir partagé. Inutiles, les croissants au frigo, le repassage de la couette, le choix de ma plus belle petite culotte. Et ni Shirley ni Rhoda pour me remonter le moral avant le lendemain matin. Chagrin de se sentir rejetée, la fin de tout entre Oliver et moi.

Traditionnellement, à cet instant, je fondais en larmes, lui jetais les bras autour du cou en m'excusant pour ce que j'avais pu faire ou dire de blessant et en le suppliant de rester. Je retrouvais tous les sentiments familiers, les larmes montaient. Je me suis levée, le cœur brisé, je me suis approchée de lui, je l'ai regardé, j'ai vu la colère sur son visage et, tout d'un coup, je me suis arrêtée. Le sentiment avait disparu. C'était comme si on avait appuyé à plusieurs reprises sur un interrupteur géant qui avait fini par s'éteindre. Terminé.

— Alors salut, ai-je dit. N'oublie pas de bien fermer la porte du bas.

J'ai allumé la télé. C'était l'émission *En escaladant le Khyber*. Il y avait sur la table une boîte de chocolats que ma mère avait envoyés pour Noël. J'ai eu une envie soudaine de pastilles de menthe et j'en ai mangé tout un rouleau.

La sonnette de l'entrée a retenti. Après avoir longuement considéré la situation, j'ai décidé d'ouvrir un paquet de Maltesers. Ça a sonné de nouveau. Encore une fois. Puis sans arrêt.

BZZZZZZZZZZZZZZZZZZZZZZZZZZZZZZZZZZZZZZZZZ. Ça ne peut pas durer, me suis-je dit. BZZZZZZZZZZZZZZZZZZZZZZZZZZZZZZZZZZ. Il faut que ça s'arrête. BZZZZZZZZZZZZZZZZZZZZZZZZZZZZZZZZZ.

Ça ne s'arrêtait pas. Je me suis approchée de l'interphone.

— Oui ?

— Mon chéri, je suis désolé. Je remonte.

— Non.

— Quoi ?

— Non.

— Je ne t'entends pas avec ce truc.

— Non. Tu voulais rentrer chez toi. Rentre.

Silence BZZZZZZZZZZZZZZZZZZZZZZZZZZZZZZZZZZZZZ.

Silence à nouveau. Je suis retournée à mes Maltesers et à *En escaladant le Khyber*. Pour la première fois depuis mon retour d'Afrique, j'avais une vraie faim de loup. J'ai avalé les barres de Milky Way, puis je me suis souvenue des croissants. Des pains au chocolat, en fait. Je suis allée dans la cuisine, j'ai mis les pains au chocolat sur une assiette et je suis revenue dans le living. C'est alors que j'ai entendu une clé tourner dans la serrure. Merde ! Je lui avais laissé ma clé quand j'étais partie en Afrique.

Oliver tenait à la main un bouquet de fleurs jaunes et blanches, du genre de ceux qu'on trouve dans les stations-

132

service pour deux livres quatre-vingt-quinze, avec une colle-
rette cellophane bordée d'imitation de dentelle.

— Ma petite citrouille, a-t-il dit, en me tendant les fleurs.

— J'ai dit non.

— Allons, allons.

Il m'a tendu les bras en souriant, l'air sûr de lui.

— Tu as dit que tu rentrais chez toi. Vas-y.

Il m'a dévisagée, incrédule :

— Allons, c'était juste une dispute.

— Une de trop.

— Rosie, je t'en prie. (Il s'est approché de moi et a tenté
de me prendre dans ses bras.) Je t'en prie. Il est deux heures
du matin.

J'ai desserré son étreinte aussi froidement qu'il l'avait fait
des dizaines de fois.

— Tu crois que tu peux me brancher et me débrancher
comme une prise. Quand tu en as envie, je suis à ta disposition. Quand tu n'en as pas envie, c'est pareil. Je serai encore
là la prochaine fois. Et maintenant va-t-en. Je suis sérieuse.
Dégage.

— Ne fais pas ça, a-t-il dit, désespéré. C'est trop... trop...
triste.

— Trop triste ? Vraiment ? C'était trop triste quand tu
m'as fait le coup il y a une demi-heure ? C'était trop triste
après la soirée chez Bill Bonham ? Et après qu'on est allés
voir *E.T.* ? Et après le dîner avec mon frère ? Et quand j'ai
dit que ton émission sur Lorca n'était pas la meilleure que
tu avais réalisée ? C'était trop triste ? Tu t'es demandé ce
que je ressentais toute seule au milieu de la nuit ? Tiens,
prends un pain pour demain matin. Au chocolat. Ils sont
très bons.

J'ai mordu dedans et me suis mise à mâcher.

L'expression furibonde a réapparu sur son visage.

— Ne va pas trop loin, OK ? a-t-il dit, menaçant. Je suis
extrêmement fatigué et ma patience commence à s'épuiser.

— Mmm. C'est délicieux.

Il s'est rué vers la porte, furieux, puis son visage s'est décomposé.

— C'est trop triste de se quitter comme ça. Je t'en prie. Réfléchis bien. Réfléchis à tout ce que ça implique.

— J'ai eu largement l'occasion d'y réfléchir, ai-je répondu doucement. C'est à toi de voir maintenant.

— Je ne comprends pas pourquoi tu fais ça.

Il était pratiquement en larmes.

Tout ce qu'il me disait d'habitude m'est revenu d'un seul coup.

— Ecoute, je t'ai dit aussi simplement que possible que je voulais être seule ce soir, d'accord ? Et ne m'agresse pas de cette manière. Je t'appellerai dans la semaine, OK ? Et maintenant, s'il te plaît, laisse-moi tranquille. Tu te conduis comme un enfant gâté à qui on refuse un jouet. Bonne nuit.

Quand j'ai enfin réussi à le faire partir, il pleurait. Il était un peu bourré. Il a glissé dans l'escalier. Il a essayé de remonter. C'était super. Mais les premières minutes de triomphe passées, je me suis sentie minable et mesquine. Quelque part dans ma tête, j'entendais la voix de ma mère qui disait : « Ce n'est pas parce que tu agis mal avec celui qui a tort que tu as raison. »

Nos relations ont continué tant bien que mal pendant quelque temps, mais sans grand succès. Maintenant que j'y voyais clair, ça ne pouvait plus marcher. Tout n'avait tenu qu'à mon désir de le séduire, et donc toutes ses inconséquences et sa cruauté ne m'étaient apparues que comme des obstacles à franchir, alors que j'y voyais maintenant des défauts évidents. J'étais horrifiée par ma propre froideur. Si j'avais été dans un état d'esprit moins excessif, j'aurais sans doute réfléchi davantage à ce qu'était l'amour et à la nécessité d'en prendre à la fois le meilleur et le pire. Et à ma responsabilité aussi pour avoir laissé s'instaurer et se poursuivre cette danse inégale sans jamais avoir affronté Oliver. Mais tout me semblait clair à présent. La lumière s'était faite.

Je fixais l'écran de l'ordinateur depuis dix minutes. Je tentais de rédiger un rapport de presse, sans y parvenir. Hermione ne cessait de me jeter des regards anxieux. Elle se montrait beaucoup plus sympa avec moi depuis mon retour. Sir William savait maintenant qui j'étais. Ma maigreur et mon irritabilité le préoccupaient, selon lui j'avais sûrement attrapé un virus intestinal. Je soupçonne même qu'il lui avait dit de me ménager. Ou peut-être n'était-ce que le respect que les gens ont toujours à l'égard de ceux qui ont connu l'expérience de l'horreur.

Je fixais rageusement l'écran, m'efforçant désespérément de me concentrer. Heureusement, le téléphone a sonné.

— Ah, bonjour. C'est Gwen. Comment allez-vous ? Mieux ?

— Très bien, merci.

— Je vous téléphone pour ce soir.

Ça m'a tout à coup semblé insupportable qu'il organise nos rencontres par l'intermédiaire de son assistante. C'était vraiment un comble. Je me demandais souvent si c'était pour m'empêcher de poser des questions.

— Je ne voudrais pas vous vexer, mais y a-t-il une raison particulière pour qu'Oliver ne puisse pas m'appeler lui-même ?

— Ah. Euh... Eh bien, vous savez à quel point il est occupé.

— Oui, je sais. Mais que fait-il en ce moment précis ?

— Euh. Il m'a dit qu'il était occupé.

— Je vois. Il vous a chargée d'un message ?

— Il vous fait dire qu'il ne pourra pas passer avant dix heures parce qu'il a une réunion. Et il ne pourra pas dîner, alors il vous demande de ne pas l'attendre et de dîner sans lui.

— Très bien, je vous remercie.

Toujours la même chose. Une réunion imprévue jusqu'à dix heures, avec repas compris, dont il n'osait pas me parler ? Très bien. J'avais passé l'heure du déjeuner à faire des courses chez Marks et Spencer en prévision de notre souper. De qui s'agissait-il ? Vicky Spankie ? Corinna ? Quelqu'un d'autre ? J'allais passer la soirée à me ronger les sangs, et il se pointerait à onze heures et demie, bourré et faisant l'innocent. Non. Pas question. Pas cette fois.

— Hermione ?

— Qu'y a-t-il ?

— Pouvez-vous me rendre un service ?

Hermione m'a lancé un regard méfiant.

— De quoi s'agit-il ?

— Pas grand-chose. Il suffit de téléphoner à ce numéro, de vous faire passer pour mon assistante et de transmettre mes excuses à Oliver. Je ne pourrai pas le voir ce soir parce que j'ai une réunion qui ne se terminera pas avant une heure.

— Ne dites pas de sottises.

— Oh, allez. Ne vous faites pas plus chiante que vous ne l'êtes.

Je lui ai lancé un clin d'œil complice. Je me moquais éperdument de ce qu'elle pensait, en fait. Je détestais ce boulot idiot, de toute façon.

— Allez, je vous en prie, ai-je insisté en lui tendant la feuille de papier avec le numéro de téléphone d'Oliver. Il me la fait souvent, celle-là.

— Oh, bon, d'accord. (Après coup, elle s'est mise à hurler de rire :) Excellent ! C'est la meilleure ! Je la raconterai à Cassandra. C'était absolument *génial*. Et ça lui fait les pieds !

Quand mon téléphone a sonné quelques minutes plus tard, elle s'est précipitée pour décrocher avant moi et a dit à Oliver que j'étais en réunion. Malheureusement, elle en a fait un peu trop.

— Oui, bien sûr, je lui transmettrai le message, mais elle est terriblement occupée. Je ne sais vraiment pas si je vais pouvoir la joindre. Vous devriez rappeler d'ici un mois ou deux.

Elle a raccroché triomphalement en quêtant mon approbation. J'étais horrifiée.

— Un mois ou deux ? Oh, non !

— Oh, pour l'amour du ciel, ne calez pas ! Ça lui fera le plus grand bien. Ça vous dirait de venir à Larkfield le week-end prochain ?

Quand je suis sortie du bureau, il m'attendait sur le trottoir d'en face avec un bouquet de roses rouges. Le jeu de la balançoire avait bien changé. Mon appartement commençait à ressembler à une boutique de fleuriste. Je n'aurais pas mieux réussi à m'en sortir si j'avais suivi des mois de thérapie psychologique. Le problème, malgré tout, c'est que ça ne pouvait marcher que si j'étais sincère. C'est toujours comme ça.

C'était le jour de la Saint-Valentin, en 1986. Julian épousait Janey. Oliver était garçon d'honneur. Ç'avait été une aventure sentimentale époustouflante de rapidité. Julian avait succombé avec reconnaissance aux multiples charmes de Janey, à sa beauté, son affection et sa normalité. On voyait parfois Janey trois fois par jour à la télé dans des pubs de lingerie ou de déodorants. Grande, blonde, mince, avec des yeux en amande et des pommettes à faire mourir de jalousie, elle était la sophistication même jusqu'au moment où elle ouvrait la bouche. Disons qu'elle devenait alors marrante, sympa, chaleureuse, mais certainement pas distinguée. Plutôt vulgaire. Dans la salle de bal du Claridge, les proches de Janey, venus de l'East End, se mêlaient sans complexe aux invités BCBG de Julian et vidaient leurs verres en hurlant de rire. Janey, cependant, était en larmes.

— Papa ne veut pas faire de discours, parce qu'il est vachement gêné devant toutes ces huiles.

Il me suffisait de jeter un coup d'œil sur l'assemblée de représentants du showbiz pour comprendre le point de vue de M. Hooper. Mais quand même. C'était un mariage. C'était lui le père de la mariée. Qui allait parler de Janey quand elle était petite fille ?

— Est-ce qu'on peut essayer de le convaincre ? Ou peut-être qu'un de tes frères pourrait faire le discours ?

— Non, je veux que ce soit papa. (Elle a redoublé de sanglots.) Mais c'est pas le pire. Julian dit qu'il veut pas en faire non plus.

— Mais pourquoi ?

— Il dit qu'Oliver sera plus drôle que lui.

Oliver et Julian étaient chacun dans un coin. Je voyais Oliver consulter fébrilement ses fiches, répétant ses anecdotes. Julian faisait les cent pas, en costume-cravate, jetant des coups d'œil à droite et à gauche, marmonnant, croisant et décroisant nerveusement les mains : Julian éperdu, au comble de l'angoisse, le jour de son mariage.

Je suis allée rejoindre Oliver dans son coin et je lui ai passé les mains autour de la taille.

— Oliver.

Il n'a même pas levé les yeux.

— Je suis en train de répéter mon discours, tu le vois bien. Ça t'ennuie ?

— Pas du tout.

J'ai fait demi-tour. Il m'a suivie et m'a posé la main sur le bras.

— Excuse-moi, chérie. Je suis préoccupé. Tu veux que je t'en lise une partie ?

— Non.

— Je suis désolé de t'avoir envoyée sur les roses, ma petite citrouille. Qu'est-ce que tu voulais ?

— Sais-tu que Julian a dit à Janey qu'il ne ferait pas de discours parce qu'il a peur que tu sois plus drôle que lui ?

— Bon, mais c'est son problème, non ? Il n'avait qu'à pas me le demander, si c'est comme ça.

— Oliver, c'est son mariage.

— Exactement, c'est son mariage. Il aurait dû réfléchir à la question.

— Va lui parler. Dis-lui que tu n'as pas l'intention de l'éclipser.

138

— Je ne pourrai pas faire autrement, sans doute. Enfin, quand même, c'est lui le célèbre comédien. Il est de taille à se défendre, non ?

— Depuis quand est-il ton ami ? Tu sais bien qu'il n'écrit pas ses blagues lui-même. Passe-lui en quelques-unes des tiennes. Dis-lui que tu vas faire quelque chose de court.

— C'est impossible. Les gens comptent sur moi.

— Si quelqu'un s'efface, ça devrait être toi. Va lui parler.

Mais il n'y est pas allé, le salaud. Il avait préparé son discours toute la semaine et a eu un succès d'enfer. Et Julian a perdu le nord, et la faveur du public, il a bredouillé, bégayé, et s'est rassis, l'air complètement anéanti. Personne n'a parlé de Janey. Le silence dans la voiture sur le chemin du retour était le plus pestilentiel que nous ayons connu.

Qu'est-ce que je devais faire ? J'avais l'impression que l'assise sur laquelle j'avais bâti toute ma vie était en train de s'écrouler. J'avais cru que la passion dévorante que j'avais connue avec Oliver apporterait la réponse à toutes mes questions. Il était le capitaine von Trapp et j'étais Maria. J'avais cru que ce serait passionnant d'être admise dans un monde scintillant et dans le vent. J'avais franchi les échelons d'une carrière qui me menait à ce monde-là et j'avais cru que cette ascension serait gratifiante. Mais en fait je tourbillonnais dans le vide et je ne trouvais rien de solide où poser le pied. J'avais de grandes conversations avec ma mère au téléphone.

— Tu n'as pas encore trouvé ta voie, me disait-elle. C'est impossible avec Oliver. Il y a deux catégories de gens, ceux qui donnent et ceux qui prennent. Oliver est de ceux qui prennent. Fais quelque chose. Ressaisis-toi. Agis.

Le problème, c'est que j'avais peur de lui. Bien que décidée à le quitter, je ne voulais pas blesser son orgueil et l'inciter à la vengeance. Je ne voulais pas que nous nous fassions plus de mal que nous nous en étions déjà fait. J'ai concocté un plan que je croyais parfait.

139

— Je crois que nous devrions nous marier, ai-je dit.

C'était un samedi soir. Oliver travaillait frénétiquement à mettre la dernière main à un script avant que nous sortions pour aller au théâtre. Il n'avait pas besoin de le terminer avant mercredi. Il essayait seulement de déclencher une scène. Nous étions déjà en retard.

Il s'est immobilisé devant son traitement de texte. Puis il s'est retourné très lentement.

— Qu'est-ce que tu as dit ?

— Je crois que nous devrions nous marier. Nous sortons ensemble depuis huit mois. Je ne peux pas continuer si je ne sais pas où nous allons. Sauf si tu as réellement des intentions sérieuses à mon égard.

J'ai vu sa bouche se crisper, son visage se tordre sous l'effet de la pression que je mettais sur lui avec mes exigences sentimentales.

— Tu as compté les jours, c'est ça ?

— Oui.

— Donc nous sortons ensemble depuis huit mois et douze jours. Et d'après toi, ça veut dire que je dois t'épouser ?

— J'ai besoin que tu t'engages.

— Ah.

Il s'est levé et s'est mis à marcher sur le parquet ciré, s'arrêtant au passage pour redresser un magazine d'architecture sur une étagère de verre.

— Tu as besoin d'un engagement.

Il est allé se poster devant la fenêtre, le dos tourné, sans perdre son calme. Le calme avant la tempête.

— Huit mois, et il faut que je t'épouse.

J'ai vu ses épaules se raidir. Il a commencé à arpenter la pièce à grandes enjambées.

— Putain, Rosie, putain. Je ne veux pas de ça. Je n'ai jamais eu envie de sortir avec toi, d'abord. Je n'ai même jamais eu particulièrement envie de coucher avec toi.

Je savais qu'il ne disait ça que pour me faire mal, mais ça a marché.

140

Il a abattu le poing sur la table blanche, près de lui.

— Bon Dieu ! Qu'est-ce qui t'arrive ? Est-ce que tu es une espèce d'infirme sentimentale ? Hein ? C'est ce que tu es ?

— C'est un cliché de dire ça, tu le sais bien. Ce n'est pas honnête.

Il me fusillait du regard, l'œil mauvais.

— C'est ce que tu es, hein ?

Il était comme une masse d'énergie prête à exploser, à l'autre bout de la pièce. Je me suis assise près de la porte, en vérifiant du regard où était mon sac.

— Réponds-moi. Je te dis de me répondre. Est-ce que tu es une infirme sentimentale, oui ou non ?

— Je suis désolée. Je suis comme ça, c'est tout. J'ai besoin d'amour, j'ai besoin d'être rassurée. Voilà ce dont j'ai besoin.

Bang. Le poing sur la table.

— Voilà ce dont tu as besoin ? Voilà ce dont tu as besoin ? Est-ce que j'entends bien ? Est-ce que je suis responsable de ce dont tu as besoin maintenant ?

J'ai poussé le bouchon un peu plus loin.

— Julian et Janey se sont mariés.

— Oh, c'est ça, alors ? Il faut que nous fassions comme Julian et Janey ? Il faut que nous soyons Julian et Janey. Bon, mais peut-être que Julian éprouve des sentiments différents envers Janey. Peut-être que Julian voulait vivre avec Janey, d'abord. Peut-être qu'il avait envie de l'épouser.

— Et toi, tu n'as pas envie de m'épouser ?

Il m'a regardée, incrédule.

— Non, Rosie, non. Je ne veux pas t'épouser. Qu'est-ce qui a bien pu te donner l'idée que j'avais envie de t'épouser, toi ?

— Et tu n'as jamais eu envie de coucher avec moi, depuis le début. Tu n'as jamais eu envie de moi. Je t'ai forcé d'un bout à l'autre, c'est ça ? Et qu'est-ce que je dois ressentir, dans tout ça ?

141

Bang. Son manuscrit est tombé par terre, éparpillé sur le plancher.

— Je ne peux pas supporter ça une minute de plus. J'en ai assez, a-t-il hurlé.

Bon. Il l'avait dit. C'était fini. J'ai pris mon sac et mon manteau et je me suis dirigée vers la porte. Merde. Tout allait trop vite. Je voyais qu'il commençait à paniquer. Il se radoucissait, venait vers moi.

— C'est affreux de penser que tu m'as supportée contre ton gré, Oliver. Je suis désolée. C'est seulement que je t'aimais trop. Tu es beaucoup trop bien pour moi. Je ne veux pas être un fardeau.

Faible, sans défense. Exactement comme il fallait. Il s'est immobilisé, une ombre de satisfaction sur le visage. Maintenant il fallait sortir. Très vite. Je me suis tournée vers la porte. L'ai ouverte.

— Je suis désolée de t'avoir fait perdre tant de temps, ai-je dit d'un air contrit.

Puis je l'ai refermée et j'ai pris la fuite. J'ai dévalé l'escalier. Atteint le hall. Je l'ai entendu hurler :

— Rosie, écoute-moi, putain !

Ai ouvert la porte, l'ai refermée, ai couru jusqu'au bout de la rue. Jeté un coup d'œil en arrière, ai vu qu'il courait derrière moi, vu un taxi, l'ai hélé, suis montée.

— Camden Town, s'il vous plaît.

Chez Shirley. Pas chez moi. Pas avant quelques jours au moins.

11

— Pourquoi voulez-vous faire ça ?

Mme Edwina Roper, chef du personnel de SUSTAIN RU, me dévisageait froidement derrière de grandes lunettes d'une élégance de bon goût.

— Je veux me rendre utile.

— Vous vous rendez compte qu'il y a bien des manières de se rendre utile, sans se précipiter en Afrique. Vous pourriez aider à récolter des fonds, ou travailler dans le domaine de la communication.

— Je veux donner un sens à ma vie.

— Je crois que vous vous apercevrez que le travail humanitaire en Afrique n'a pas un sens aussi évident que vous l'imaginez. Qu'est-ce qui ne va pas dans votre vie en ce moment ?

J'ai regardé par la fenêtre, la pluie tombait à verse sur Vauxhall. Il y avait une rangée de boutiques à l'aspect sinistre juste en face : un marchand de journaux, un magasin de sanitaires d'occasion. Une baignoire sans robinets et une cuvette de W-C dépourvue de lunette étaient alignées contre un mur derrière la vitrine.

— Il n'y a rien qui me plaise dans la vie que je mène. Elle n'a pas de sens.

— C'est un peu dur pour cette pauvre Afrique d'être obligée de trouver un sens à la vie de Rosie Richardson.

— Je croyais que vous me seriez reconnaissante de ma démarche, ai-je dit d'un air penaud.

— Je le sais. Mais il n'est pas question de gratitude. Vous me demandez un emploi, un emploi très intéressant.

— Je sais que vous avez un poste disponible à Safila. J'aimerais faire ce travail. Je suis sûre que je ferais l'affaire.

— Qu'est-ce qui vous fait croire que vous feriez l'affaire ?

— Parce que c'est vrai. J'ai un diplôme d'agriculture.

— S'il y a une chose qu'on ne vous demandera pas à Safila, c'est une compétence en agriculture.

— Je sais. Mais j'ai étudié l'environnement et, euh... l'irrigation.

Elle a haussé le sourcil.

— Je suis une bonne gestionnaire... agricole, et j'ai un bon contact humain et plein d'énergie et je veux vraiment, vraiment faire ça. Pourquoi veut-on faire ce genre de choses ?

Elle a regardé mon CV.

— Je pense que vous nous seriez plus utile ici en qualité de volontaire.

— Mais ce n'est pas ce que je veux faire. Si vous ne voulez pas de moi, j'irai dans une autre agence et quelqu'un me prendra. Je sais que tout le monde a besoin de personnel en ce moment. Je suis allée là-bas. Je connais le terrain.

Elle s'est levée et s'est appuyée sur le bord de son bureau.

— Je crois que tous ceux qui comptent trop sur l'Afrique pour résoudre leurs problèmes personnels risquent de devenir une charge sur le terrain. Vous venez de vivre une rupture sentimentale, Rosie ?

J'étais complètement abasourdie. Comment le savait-elle ?

— Oui, en effet. Mais ce n'est pas la raison pour laquelle je veux m'engager. C'est le contraire. J'ai rompu parce que je voulais changer de vie et faire quelque chose qui en vaille la peine.

— Vous êtes sûre que c'est vous qui avez rompu ? a-t-elle demandé d'un air entendu, se penchant vers moi.

Je n'y croyais pas. Etait-il possible, était-il concevable qu'Oliver ait pu la joindre ?

— Vous connaissez Oliver Marchant ?

Elle est retournée s'asseoir sur sa chaise et, le menton dans les mains, elle a eu un sourire maternel.

— Non. Mais il y a très longtemps que je fais ce métier.

Je n'ai rien dit.

— Si vous voulez vraiment vous engager là-dedans, vous devriez réfléchir quelque temps avant de vous décider. Le poste de Safila a été pourvu, temporairement du moins. SUSTAIN propose un cours de formation à l'assistance humanitaire à l'université de Basingstoke. Le cours dure six mois. Si vous voulez vous y inscrire, je serai ravie de vous recommander.

Je suis rentrée chez moi, écœurée. J'y ai trouvé sur mon répondeur des messages de la terre entière : Julian Alman, Bill Bonham, et même cette atroce Vicky Spankie, disant qu'ils avaient appris qu'Oliver m'avait larguée, et me demandant comment j'allais. Apparemment, Oliver avait fait le tour des popotes pour régaler tout le monde avec sa petite histoire. Parfait, me suis-je dit. Ça m'était égal d'être humiliée une fois de plus, du moment que j'avais la paix.

Je n'ai rappelé qu'une seule personne, Julian. Naturellement, il a instantanément tenté de me transférer sur un autre poste et a coupé la communication. Il m'a rappelée.

— Désolé, euh... j'ai été coupé.

— Je te téléphonais pour te remercier de ton message. C'était vraiment gentil de ta part.

— Oh... Euh... c'était Janey et moi, tu sais. Ça va ?

— Très bien. Ça va peut-être te paraître un peu bizarre, mais je crois que j'irai beaucoup mieux sans Oliver.

— Ah bon. Hum. Oui. Je comprends.

— Vous avez passé une lune de miel agréable ?

— Hum... eh bien... tu sais, les relations sentimentales, c'est ce qu'il y a de plus difficile, je crois.

Mon Dieu !

— A qui le dis-tu ! Ecoute, ne vous faites pas de souci pour moi. Et embrasse Janey de ma part.

— Oui, mais nous voulions seulement te dire, tu sais, que nous sommes absolument navrés et que si nous pouvons faire quelque chose, nous serons toujours là.

— Merci. Je vais partir quelque temps. Portez-vous bien et à bientôt, j'espère.

— Oui. Où vas-tu ?

J'ai failli répondre Basingstoke, puis je me suis rendu compte que ça n'avait pas l'air assez mystérieux.

— Je pars. Mais je vous donnerai des nouvelles. Bises à Janey.

— Je suis désolé de l'apprendre. Absolument désolé. Vous êtes sûre ?

— Je vous remercie.

Sir William s'agitait désespérément, essayant de s'occuper de la carafe et de se gratter la barbe en même temps.

— J'ai pensé... j'ai pensé... peut-être qu'une grande fille comme vous a besoin de quelque chose de plus ... copieux à se mettre sous la dent.

— Je crois que j'ai surtout besoin d'un changement complet, pour le moment.

— Ah, cette pilule !

— Je vous demande pardon ?

— Oui, la pilule. Contraceptive. Une catastrophe. Les hommes ne veulent plus prendre de responsabilités. Ils ne voient pas ce qu'ils ont de mieux à faire quand ça leur crève les yeux.

J'ai avalé ma salive. Est-ce que par hasard Oliver lui avait raconté son histoire, à lui aussi ? Est-ce qu'il n'y avait pas moyen d'échapper à son influence ? Sir William m'a tendu un verre de sherry.

— Je ne vois pas du tout ce que vous voulez dire. Mais j'ai beaucoup aimé travailler pour vous. J'ai apprécié l'occasion que vous m'avez donnée. Et je regrette de devoir partir.

146

— Je me demandais... Vous n'aimeriez pas tenter l'aventure dans une autre branche de l'entreprise ? Qu'en dites-vous ? En Ecosse, tenez. C'est la meilleure période pour la chasse au coq de bruyère. Je vous présenterais à des gens bien, là-bas. Des amateurs de chasse. Qui ont les pieds sur terre.

— Je vous remercie, mais j'ai déjà des projets. Je veux aller travailler en Afrique.

— Oui, j'en ai entendu parler. La femme de Roper m'en a touché deux mots. (Donc, Edwina Roper connaissait sir William. Impossible de garder quelque chose pour soi, apparemment.) C'est une initiative louable. Très louable. Je dois le dire. Je voudrais bien pouvoir y aller moi-même et apporter ma quote-part. Mais ces satanées obligations me retiennent.

Il a regardé dans le vague pendant un instant. J'ai essayé d'imaginer sir William abandonnant tout pour aller vivre dans la brousse.

— Quand même, il ne faut pas prendre de décision pré-cipitée pour ce genre de choses, vous savez.

— Je ne précipite rien.

— Votre décision est prise, hein ? J'aime les jeunes filles déterminées. Bon, c'est bien, c'est bien. Quand voulez-vous partir ?

— Dès que vous le permettrez. Je crois qu'en principe je dois donner un mois de préavis.

— Non, non. Ne vous occupez pas de ça. Vous filez quand vous voulez. Allez-y, partez, partez tout de suite. Très bien. Foncez.

Une semaine après mon départ de l'appartement d'Oliver, à la minute près, les ennuis ont commencé. La sonnette de l'entrée a retenti le samedi soir à sept heures moins le quart. Je savais que c'était lui.

— Oui ?

— Salut, petite citrouille. C'est moi.

147

— Je descends.

Je ne voulais pas de lui chez moi.

Il était sur le perron, dans son pardessus bleu foncé. Chemise très blanche. Pas de cravate. Beau. Si beau. Il m'a prise dans ses bras et le parfum familier, la chaleur ont failli me faire craquer.

— Va chercher ton manteau.

— Non, Oliver.

Son visage s'est défait comme celui d'un petit garçon. Il avait l'air si peiné, si vulnérable. Oh, Oliver. Oliver, que j'avais cru tant aimer.

Je suis allée chercher mon manteau.

— Où allons-nous ? ai-je demandé en montant dans la voiture.

— Tu verras.

Nous traversions Hyde Park sous la pluie, à une vitesse d'escargot à cause du trafic. On entendait le gémissement des essuie-glaces. Oliver était complètement silencieux à présent. Le coin de sa bouche tressaillait. Il s'est mis à appuyer sans arrêt sur le klaxon malgré les signes désespérés de l'automobiliste de devant qui levait les bras au ciel. C'est seulement à ce moment-là que je me suis rendu compte du risque que je prenais. Nous avons tourné à droite aux feux et longé les affreux bâtiments de briques rouges qui bordent le parc. Puis nous avons viré dans le parking de l'Albert Hall. Au moins, c'était un lieu public.

— Nous allons à un concert ?

— Je t'ai dit que tu verrais.

Nous sommes entrés par le porche de verre dans le corridor circulaire défraîchi où traînaient des spectateurs égarés, nous avons pris l'ascenseur, puis un escalier avant d'arriver dans le grand couloir rouge conduisant ... à la salle Elgar. Un planton en uniforme a accueilli Oliver et poussé la porte de chêne ouvrant sur un flot de lumière. La pièce était dorée et scintillante, mais complètement vide. La porte s'est refermée derrière nous. J'avais soudain envie de hurler de terreur.

— C'est ici que nous nous sommes vus pour la première fois, non ?

Il était calme, d'un sang-froid menaçant.

— Oui.

J'espérais que le planton était encore derrière la porte. Il m'est venu à l'idée que ce type avait peut-être été payé pour faire disparaître mon corps. Je le voyais en train de me sortir froidement sur le chariot utilisé pour le service des petits fours.

Oliver m'a pris la main. J'ai décidé de rester calme, de ne pas le contrarier afin qu'il ne s'énerve pas. Il m'a fait traverser, tremblante, le grand tapis rouge, monter l'escalier monumental doré. Il y avait une table au centre de la pièce, drapée d'une nappe rouge, avec une bouteille de champagne dans un seau d'argent, et deux coupes.

Il m'a conduite vers la table. Puis il est tombé à genoux, théâtral, en sortant de sa poche une petite boîte qu'il a ouverte pour révéler un énorme diamant.

— Veux-tu m'épouser ? a-t-il demandé.

— Rosie, je te demande de m'épouser.

J'étais debout à une extrémité de la table, tête baissée. Sa voix était encore calme, unie.

— Je te demande de m'épouser.

Silence. Je l'entendais frémir.

— Je t'ai posé une question. Veux-tu m'épouser ?

— Nous avons déjà considéré la situation, non ? Tu ne peux pas revenir sur ce que tu as dit la semaine dernière. Tu m'as dit que tu ne voulais pas de moi. Ça n'a pas marché entre nous. J'ai des projets personnels, maintenant. Je pars.

— Je te demande de m'épouser.

— Tu sais à quel point ça a été éprouvant pour nous deux. Ce n'est pas comme ça que doivent être des relations amoureuses. J'en ai assez et toi aussi. Il vaut beaucoup mieux nous séparer.

Il agrippait de toutes ses forces l'autre bout de la table si bien que la nappe rouge se fronçait sous ses doigts et que le seau à glace commençait à glisser vers lui.

— Tu m'entends, Oliver ? Tu ne comprends donc pas ce que je te dis ?

— Je t'ai posé une question civilisée et j'attends une réponse civilisée. VEUX-TU M'ÉPOUSER ?

— Non.

La nappe glissait. L'une des coupes s'est renversée.

— Oliver, je t'en prie. Ne fais pas ça. Allons-nous-en. Nous pouvons parler ailleurs qu'ici.

— J'attends une réponse. VEUX-TU M'ÉPOUSER ?

— Non.

La deuxième coupe est tombée. Le seau à champagne était presque arrivé à son niveau. J'ai regardé les lustres qui scintillaient doucement.

— Rosie, JE TE DEMANDE DE M'ÉPOUSER.

— Oh, la ferme, pauvre idiot, la ferme ! ai-je dit, et je me suis enfuie.

De retour chez moi, j'ai été obligée de déconnecter la sonnette avec un tournevis. Sa voiture est restée stationnée en bas pendant une heure. Puis le téléphone s'est mis à sonner. La voiture était encore là. C'était peut-être Shirley. J'ai décroché.

— Je t'aime.

— Tu m'aimes.

— Je t'aime.

— Tu es sûr ? Tu ne crois pas que c'est de l'adoration, plutôt ? Ou que tu as un penchant mais que tu n'es pas amoureux de moi, ou que c'est une pulsion amoureuse alors que tu ne m'aimes pas vraiment ? Ou une blessure d'amour-propre ?

Il a raccroché violemment. Pour rappeler immédiatement. Je me suis penchée pour débrancher la petite prise sous la table. Silence, enfin.

La voiture est restée là toute la nuit. Elle était encore là quand je me suis levée à quatre heures. Encore là quand je me suis lavé les dents le matin. J'ai appelé Shirley pour lui demander si elle pouvait m'accueillir à nouveau chez elle. J'ai commencé à préparer ma valise. A dix heures on tambourinait à ma porte. Quelqu'un lui avait ouvert la porte de l'immeuble. J'ai saisi ma valise, je suis sortie sur le balcon que j'ai enjambé et je suis allée frapper à la porte-fenêtre voisine. Simon, l'ingénieur maigre à lunettes qui occupe l'appartement d'à côté, est apparu, très surpris. On continuait à tambouriner à ma porte.

— Vous seriez un ange si vous me laissiez sortir par votre appartement.

Une lueur stupide a brillé dans son regard.

— Ah, ah ! Encore une de vos fameuses scènes de ménage ?

— Je vous en prie. C'est grave. Laissez-moi sortir.

— Qu'est-ce qui se passe ?

Il se penchait par-dessus le balcon, essayant de voir dans mon living-room. On tambourinait toujours.

— Silence, s'il vous plaît. Il y en a qui essaient de dormir ! a hurlé Simon, l'air important.

Les coups se sont arrêtés.

J'ai traversé la chambre comme une flèche, passé la porte en trombe, dévalé l'escalier, couru dans la rue, tourné à droite, encore à droite, pris un taxi. Je commençais à avoir la forme, à force de courir. Et à être fauchée, avec tous ces taxis.

Je suis arrivée en retard exprès lundi matin, mais je n'avais pas à craindre de voir Oliver. Il ne chercherait pas à se donner en spectacle ici. J'ai vidé mon bureau, je suis rentrée chez moi pour faire mes bagages, j'ai débranché le téléphone avant de partir chez mes parents dans le Devon. Finalement, le cours de formation humanitaire avait déjà commencé, mais j'ai réussi à les persuader de me prendre avec quelques semaines de retard et je suis allée loger à Basingstoke. Des lettres d'Oliver ont fait leur apparition dans ma boîte aux lettres à l'université. Elles étaient tour à tour menaçantes ou tendres. Elles analysaient la faiblesse de mon caractère, expliquaient que je lui avais donné le sentiment d'être piégé, forcé, parce que je l'aimais trop. Que j'étais superficielle, sotte, que je voyais le monde à travers des lunettes roses. Que j'avais brisé sa vie par ma présence indésirable. Puis il y avait les autres, qui vantaient mes qualités, me disant tout ce que j'avais fait naître en lui, me suppliant de revenir. Finalement, il a cessé d'écrire.

J'ai d'abord éprouvé un soulagement immense. C'était merveilleux d'avoir la paix, d'être seule, d'avancer dans le travail entrepris. Mais quand même, c'était très triste parce que je ne croyais plus en l'amour ni en moi. J'avais finalement fait basculer la balançoire de mon côté, ça ne m'aidait pas pour autant. A quoi rimait l'amour si ce n'était qu'un jeu à qui aimera le moins, si ça menait à un comportement aussi ridicule ? Et quel sens avais-je, moi, si j'étais capable de centrer toute ma vie là-dessus, pour ensuite tout gâcher ?

Parfois, ça me soulageait de me persuader qu'Oliver était un monstre. Je me disais qu'il existait peut-être des hommes de ce genre, tout simplement. Des hommes qui doivent tout maîtriser, et qui se sentent obligés de punir ceux qui éveillent en eux des sentiments qu'ils ne peuvent pas contrôler. Des hommes qui vont vous attirer par la tendresse jusqu'à ce que vous soyez en confiance, et qui ensuite vont vous mettre plus bas que terre. Des hommes que personne ne peut aimer sans perdre sa dignité. Des hommes qui doivent détruire ceux qui les aiment le plus. Mais alors, puisque j'étais tombée amoureuse d'un homme comme ça, qu'est-ce que j'étais, moi ?

J'ai décidé de m'endurcir. Je me suis jetée à corps perdu dans le cours d'assistance humanitaire, je me plongeais dans les livres tous les soirs. Je gardais le contact avec Safila et avec Edwina Roper à l'agence SUSTAIN. Miriam, l'administratrice du camp de Safila, m'a écrit pour me dire que l'assistant temporaire partait en août, me promettant d'insister pour que je le remplace. Mon prof a envoyé à SUS-TAIN un rapport de stage très élogieux. En juin, j'ai reçu une lettre me proposant le poste. J'ai résilié la location de mon appartement, fait mes adieux, et je suis partie pour le Nambula le 15 août 1986.

12

— A quoi ça sert d'avoir travaillé pendant toutes ces années, s'ils vont encore mourir de faim ? a demandé Sharon.

C'était le lendemain du jour où j'étais allée à Sidra voir André. Nous étions assis autour de la table dans le baraquement, où nous prenions le café après dîner. Nous avions eu une journée de travail trop longue. Il n'était pas loin de minuit, et nous étions tous à cran. Il y avait maintenant près de quatre cents nouveaux arrivants. Ils commençaient à affluer de différentes régions du Kefti et parlaient tous de sauterelles et de récoltes sinistrées.

— Je crois que nous n'avons qu'une solution, c'est de continuer pendant quelques jours, de mettre le système bien en route et de nous habituer à cette nouvelle situation, ai-je dit, m'efforçant de prendre un ton confiant. Nous la tenons bien en main. J'ai été très fière de nous quand je suis rentrée hier.

Cette tentative de discours est tombée à plat, comme une crêpe molle au milieu de la table.

— Tout ça, c'est bien joli, d'accord, mais nous ne devrions pas être dans cette situation, justement, a dit Linda, la bouche pincée.

— Rosie n'y est pour rien, a dit Sian.

Sharon a pris l'air vexé.

— Je ne dis pas ça. Bien entendu. C'est emmerdant, c'est tout.

— Tout à fait. C'est la faute de ce foutu système de merde, a dit Henry. Je dois dire que ces traces de suie sur la figure te donnent l'air vachement sexy, Sian. Ça m'échauffe le sang.

Sian a eu l'air gêné et a commencé à se frotter le visage. Même la jovialité d'Henry sonnait faux ce soir. La pauvre Sian, si impeccablement soigneuse, n'avait pas eu le temps de se laver. Normalement, Henry aurait eu la jugeote de ne pas le faire remarquer. Toute la chimie du groupe avait changé. Nous ne comptions plus les uns sur les autres. Je me suis dit que je devrais mieux maîtriser la situation, remonter le moral des troupes et décider de l'action à mener.

— Si je ne peux toujours pas les joindre par radio demain, j'irai à El Daman, ai-je dit. Ne vous inquiétez pas. Nous ne laisserons pas se produire un nouveau désastre. (Paroles inconsidérées.) En attendant, nous n'avons qu'une solution : leur montrer ce que nous savons faire.

— Montrer à qui ? Qu'est-ce que nous sommes censés montrer ? a demandé Linda.

Elle n'avait pas tort. Nous étions vraiment coincés. Qu'étions-nous censés faire ? Nous pouvions essayer de contrôler l'épidémie, mais si nous venions à manquer de nourriture et de médicaments, si des réfugiés contagieux et sous-alimentés continuaient d'affluer, nous étions fichus. Tout le monde se taisait, nous écoutions les grillons, dehors dans la nuit. Un âne brayait désespérément, comme un klaxon de voiture.

Finalement O'Rourke est intervenu :

— Je crois que nous voyons tous les choses en noir parce que nous sommes fatigués. Il se pourrait bien que dans quelques jours tout soit fini et la situation maîtrisée. De toute façon, il faut que notre responsabilité s'arrête quelque part. Nous ne sommes qu'un petit groupe. Il n'y a qu'un certain nombre de choses possibles à faire, et nous les faisons. Non ? a-t-il demandé en me regardant.

Il essayait de nous remonter le moral.

155

— Si, ai-je répondu.

— Bon, allez, les gars, le sujet est clos. Remballé jusqu'à nouvel ordre. C'est l'heure de la récré, a dit Henry.

Tout le monde avait l'air de se forcer. J'ai tenté de me joindre à la conversation, mais j'aurais préféré me taire. Et peut-être que tout le monde était comme moi.

— Je voudrais bien qu'on puisse faire appel à un adulte.

Bien que les mots m'aient échappé, c'était pour une fois ce qu'il fallait dire.

— Moi aussi, si tu veux savoir, a dit Sharon.

— Et moi donc ! a ajouté Henry.

— Je suis adulte, moi, et j'ai besoin de ma mère, a dit O'Rourke.

Nous nous sentions tous mieux après ça. Il n'y a que Betty qui n'a rien dit. Elle est sortie dès la fin du repas, l'air absent, pas du tout comme d'habitude. Ça m'a inquiétée. Je suis sortie au bout d'un moment pour aller la rejoindre.

Betty a paru surprise de me voir à la porte. J'allais rarement dans sa case. Elle s'est passé anxieusement la main dans les cheveux, déséquilibrant ses lunettes.

— Oh ? Bonsoir. J'étais juste... euh... en train de faire un peu de ménage.

J'ai regardé derrière elle. Il y avait une bombe de cire et un chiffon sur la table en formica. Elle cirait du formica ? L'anxiété se manifeste de manière bizarre chez certaines personnes. Elle ne faisait pas mine de bouger, bloquant l'entrée.

— Je peux entrer ?

J'avais besoin de parler un peu. Elle m'avait fait le coup assez souvent, elle.

— Bien sûr, oui, entrez. Vous voulez un verre d'eau ?

Pendant qu'elle me tournait le dos pour verser l'eau, j'ai vu ses épaules se mettre à trembler. Elle pleurait. J'ai fait le geste de me lever.

— Betty...

156

— Non, je vous en prie... non. Je ne veux pas de votre pitié.

Elle s'est tournée vers moi en s'essuyant les yeux sur sa manche.

— Je ne suis qu'une vieille femme stupide. Stupide, idiote et inutile.

Je dois admettre que j'ai eu tendance à me dire : « Ma foi, vous n'avez pas complètement tort. » Puis j'ai vu son expression désespérée et ça m'a fait vraiment de la peine. Je me suis assise près d'elle.

— Je suis vieille, vieille. Je suis finie. Regardez-moi. Tout le monde me prend pour une vieille idiote. Vous n'avez pas besoin de moi ici. Vous avez O'Rourke. Il vaut mille fois mieux que moi. Vous serez tous ravis de me voir partir. Vous pourrez vous retrouver entre jeunes. Je suis inutile, inutile.

— Vous n'êtes pas du tout inutile. Comment pouvez-vous dire ça ? Vous êtes un médecin exceptionnel.

— A quoi bon ? A quoi bon ? Nous ne pouvons rien y faire, de toute façon.

Elle a pleuré un peu.

— Mais si ! Nous sommes en train d'y faire quelque chose. Nous y parviendrons.

Ça n'a eu pour résultat que de la faire pleurer encore plus. Elle devenait hystérique.

— Betty, regardez-moi.

Elle m'a regardée avec espoir. Ses yeux étaient tout petits et rouges derrière ses lunettes, comme ceux d'un petit cochon.

— Je suis venue vous demander de rester avec nous. Nous avons besoin de vous.

Oh, mon Dieu ! J'avais dit ça sans le faire exprès. Sur une impulsion, parce que ça me semblait la meilleure façon de la consoler.

Son visage s'est éclairé puis elle s'est remise à pleurer.

— Vous ne dites ça que pour me réconforter. Qu'est-ce qui m'attend si je pars d'ici ?

157

— Et votre mari ?

— Ce... ce monstre, avec ses jeunes idiotes. Personne ne veut de moi. Attendez d'avoir mon âge. Rien, rien. A la décharge, allez...

— Ne dites pas des choses pareilles. C'est injuste. Ce n'est que la façon dont les femmes sont conditionnées, mais ce n'est pas vrai.

Elle a reniflé encore un peu.

— Vous êtes un médecin exceptionnel, vous savez très bien à quel point vous êtes compétente. Vous connaissez tout de la médecine en Afrique. On vous adore, dans le camp. Nous serions perdus si vous partiez. Je vais aller à El Daman et dire à Malcolm qu'il faut absolument que vous restiez pour nous aider à sortir de cette crise.

— Mais vous avez O'Rourke maintenant.

— O'Rourke et vous, ce n'est pas la même chose. Il n'a pas vos ... vos qualités. Acceptez-vous de rester ?

Elle avait l'air plus calme à présent.

— Eh bien... (Reniflement. Reniflement.) Eh bien, je crois que si vous y tenez... si Malcolm dit que je peux... (Elle a pris une grande inspiration et s'est ressaisie.) Vous savez, je sais très bien que je ne suis qu'une vieille enquiquineuse, mais je vous aime tous tellement, tellement...

Quand je l'ai quittée, elle était plus calme et commençait à somnoler, bien bordée dans son lit.

Il m'est venu à l'idée que si l'Afrique avait besoin de nous, nous avions parfois encore plus besoin d'elle.

Trente réfugiés de plus sont arrivés dans la nuit et le lendemain matin, la radio ne marchait toujours pas. J'ai décidé qu'il n'y avait plus rien d'autre à faire que de me rendre à la capitale et de lancer la bagarre avec Malcolm et les Nations unies. Ils avaient vraisemblablement dû recevoir des messages, maintenant, mais il fallait les forcer à prendre les choses au sérieux. Quand j'ai rejoint la route goudronnée d'El Daman, c'était le moment du plus gros trafic de la journée : cinq heures, quand le désert commence à s'animer et que la lumière dorée embrase la poussière. Les troupeaux de chèvres se joignaient aux autocars, aux camions et aux voitures déglinguées, les chameaux se dirigeaient vers les points d'eau, bêtes de somme disparaissant presque sous les bottes de paille, on ne voyait que leurs petites pattes qui trottaient comiquement en dessous. Droit devant moi, le soleil tombait en se dissolvant comme une énorme pilule cramoisie, enflammant les vastes étendues de sable.

J'étais tendue, sur le qui-vive. Les camions, au Nambula, étaient des bêtes monstrueuses et splendides, décorées de lumières féeriques, de guirlandes métallisées et de décorations de Noël. Leurs roues mal serrées ne tournaient pas rond, leurs remorques surchargées penchaient à des angles inquiétants. Tous les huit ou dix kilomètres, on trouvait des exemples sinistres de ce qui pouvait se produire : un camion, les quatre fers en l'air, un autre immobilisé avec trois voitures accidentées qui l'avaient percuté par-derrière, un troisième, d'une longueur démesurée, cassé en deux, une petite voiture écrasée dessous.

Je n'ai pas eu d'accident, mais j'ai été arrêtée deux fois pour contrôle de sécurité et il m'a fallu payer pour poursuivre ma route. Il était onze heures du soir quand je suis arrivée dans les faubourgs d'El Daman. La circulation était intense, même à cette heure-là. J'ai dépassé les premiers bidonvilles, où brillaient çà et là des feux, puis la grande tour monolithique et scintillante du Hilton, à l'écart des odeurs et du bruit comme une sorte de château médiéval. J'ai contourné le centre par la route encombrée de l'aéroport et j'ai abordé les rues larges et calmes du quartier européen où, par les motifs à claire-voie découpés dans les murs de béton, on voyait apparaître les bâtiments des bureaux gouvernementaux et des agences humanitaires. Quand je me suis arrêtée devant les grilles du quartier général du Malcolm Colthorne World, c'est-à-dire le bureau et la résidence de l'agence SUSTAIN, tout le monde était couché, à l'exception du planton. Il était debout au sens premier du terme, mais il dormait, lui aussi. En tambourinant à la grille, j'ai fini par le réveiller et il m'a laissée entrer. Je me suis faufilée sur la pointe des pieds dans une chambre réservée aux invités et je me suis retrouvée avec délices dans un vrai lit, entre quatre vrais murs.

J'ai une peur bleue des ventilateurs. Quand je vois ces énormes ailes d'albatros tourner en sifflant, j'imagine ce qui se passerait si elles venaient à se détacher du plafond. Elles tournoieraient follement dans la pièce en coupant têtes et bras sur leur passage. Le ventilateur, dans le bureau de Malcolm, ne tournait pas rond. Je le tenais à l'œil, la tête appuyée sur le mur derrière moi, tout en écoutant Malcolm se perdre dans les circonvolutions et retours en arrière d'un discours d'une lenteur exaspérante.

J'ai eu l'impression que ça durait toute la matinée. Il m'a expliqué qu'il venait de se faire sonner les cloches par la direction pour avoir lancé une fausse alerte, signalant un groupe d'au moins dix mille orphelins, affamés, nus et armés de Kalachnikov, à la frontière de la guerre civile dans le Nord. Quand ils avaient été localisés par un journaliste de l'agence Reuter, il y en avait en fait une vingtaine et ils étaient armés de bâtons. Ce que Malcolm essayait de me faire comprendre, à sa façon Spaghetti Junction, c'est qu'il n'avait pas l'intention de se ridiculiser en criant au loup une seconde fois en quinze jours.

Calmement, je me suis penchée en avant, posant les coudes sur son bureau pour le dévisager. Il lui a fallu un moment pour s'arrêter.

— Malcolm, ai-je dit. Est-ce que depuis quatre ans que nous travaillons ensemble je vous ai déjà demandé quelque chose avec insistance ?

— Bien sûr, a-t-il répondu, de sa voix destinée à remonter le moral des troupes. Vous n'arrêtez pas d'insister, vous êtes quelqu'un de très insistant.

J'ai recommencé :

160

— Je veux que vous compreniez que je parle très sérieusement, et que je suis sûre d'avoir raison. La situation qui se prépare au Kefti est si dramatique, si potentiellement meurtrière et si grave que nous devons alerter Londres immédiatement, pas cet après-midi, pas demain, tout de suite.

Malcolm avait été surnommé à une période Malcolm l'Invincible : surnom ironique, comme on le voyait ce matin-là plus clairement que jamais. Obligé par la mégère que j'étais devenue, il a rédigé un message sous ma dictée pendant que je le surveillais d'un air menaçant par-dessus son épaule. Il ne cessait de grommeler et de râler au fur et à mesure. Voilà ce qui en est sorti :

SUSTAIN EL DAMAN — LONDRES
URGENT. POUR ATTENTION IMMÉDIATE

Rosie Richardson signale 440 arrivées de réfugiés à Safila en provenance du Kefti dans un état avancé de malnutrition comprenant 24 cas de choléra et 19 morts. Leurs récits d'invasion de sauterelles (en période de ponte et d'éclosion) dans les hauts plateaux, combinés avec des poches de choléra suggèrent un afflux imminent et massif de réfugiés si la situation venait à s'aggraver. Les récits semblent confirmer les rumeurs circulant avec insistance auprès des représentants de RESOK au cours des deux dernières semaines.

Cependant *(ça c'était Malcolm)* une analyse précoce ne montre aucune évolution de la situation habituelle. Vous comprendrez qu'il est impossible de confirmer les rapports puisque les personnels de SUSTAIN n'ont pas le droit de pénétrer dans le Kefti.

L'approvisionnement par bateau de l'Est Nambula est en retard, comme vous le savez. Toute la région est soumise à rationnement. Le camp de Safila a des rations complètes pour une semaine maximum. Les médicaments

161

manquent, en particulier les sels de
réhydratation, les fluides IV, les
antibiotiques et les vaccins contre la
rougeole.

Rosie Richardson demande que Londres
contacte l'UNHCR et que la CEE renouvelle
l'approvisionnement. Elle demande que
le docteur Betty Collingwood soit reconduite
dans ses fonctions en supplément du docteur
O'Rourke jusqu'à ce que les menaces soient
éloignées.

Prière de répondre dès aujourd'hui.

Malcolm était un vieux lâche. Il tenait à ce que le message
émane de moi et non de lui. En outre, quand j'ai relu, plus
tard dans la matinée, le message qui avait été envoyé, il y
avait ajouté ce paragraphe :

J'aimerais qu'il soit entendu que ce télex a
été envoyé sur l'insistance de Rosie
Richardson. Je n'ai pas eu personnellement
l'occasion de vérifier directement les
informations et je réserve mon jugement.

En d'autres termes, il refusait de soutenir ma position.
Plus j'essayais de défendre mon point de vue, et plus
Malcolm me disait que j'exagérais. Il m'a rappelé toutes les
alertes que nous avions connues par le passé. Il m'a fait
remarquer le risque qu'il y avait à crier au loup. Pour finir,
il m'a conseillé de rentrer et de trouver des éléments supplémentaires pour confirmer mes affirmations.

C'était un vendredi, jour saint, et tout était fermé. J'ai
téléphoné aux Nations unies, aux autres agences humanitaires, au COR, à la CEE. Personne. Mon unique chance, c'est
qu'il y avait ce soir-là une réception chez le consul britannique, Gareth Patterson. La plupart des gens qu'il me fallait
rencontrer allaient sûrement y être.

Je suis restée toute la journée au bureau, j'ai fait du courrier, donné des coups de téléphone, sans obtenir de

réponse, j'ai guetté le télex. Je suis allée en voiture au magasin des Nations unies à l'aéroport, mais le gardien n'a pas voulu me laisser entrer. Pas de réponse de Londres. J'étais furieuse contre Malcolm. C'était de sa faute. Il avait fait de ce télex le type même de message qu'on laisse sans réponse au-dessous de la pile. Et le temps passait.

Quand je suis arrivée avec Malcolm à la résidence du consul britannique à six heures et demie, la réception battait son plein. La maison n'aurait pas déparé dans une résidence hôtelière style village africain sur la côte du Kenya. Patterson l'avait dessinée lui-même, dans un délire mêlant constructions de chaume à ciel ouvert, chaises de rotin, coussins moelleux, plantes tropicales en cascades, perroquet dans une grande cage de bois et force toile batik pour les tissus d'ameublement. Le bâtiment était de plain-pied, à l'exception d'une chambre exotique, à l'étage. Là où l'on aurait dû voir les sables blancs et les vagues bleues de l'océan Indien, il n'y avait que les eaux brunâtres et les rives boueuses de la rivière.

Il y avait une vue un peu particulière sur cette partie de la rivière. Quelques années plus tôt, le Nambula avait acheté un jet d'occasion à la compagnie Afghanistan Airlines. Lors de son premier voyage, le pilote l'avait amené à El Daman, avait repéré les lumières de la piste et effectué un atterrissage impeccable. Malheureusement, ce n'était pas la piste, mais la rivière. Personne n'avait été blessé, l'atterrissage s'était fait en douceur, bien que de manière inattendue et amphibie. Les passagers avaient regagné la rive en barbotant. En face de l'endroit qu'avait choisi Patterson pour résidence, il y avait une petite île où l'avion avait finalement échoué, dans une position saugrenue. Il y était encore, lui fournissant une source inépuisable d'anecdotes.

Il y avait des lumières dans les arbres ce vendredi soir. De petits parasols agrémentaient les verres censés contenir des cocktails de fruits — Patterson avait réussi à se procurer une bonbonne de rhum — et un orchestre jouait sur la terrasse. Il était clair que Patterson avait besoin de changer d'air et qu'il avait lu trop de brochures Kuoni. Quand nous sommes arrivés, depuis le bout de l'allée, Malcolm et moi avons observé la réception de l'autre côté de la pelouse. Il était facile de repérer les gens de terrain parce qu'ils avaient tous eu si souvent la colique que leurs vêtements étaient devenus trop grands. J'ai aperçu June Patterson qui trébuchait d'un groupe à l'autre en portant un plateau de verres ornés de petits parasols qui semblaient n'avoir plus longtemps à vivre. Sa chevelure blonde frisée ressemblait à une cascade de beignets. Elle était vêtue d'un ensemble pantalon collant en nylon bleu pâle et portait des sandales vernies à talons aiguilles. Tout le monde faisait comme si elle n'était pas là. J'ai vu Patterson la repérer, abandonner sa discussion et se précipiter vers elle pour lui prendre le plateau. Puis il s'est penché pour lui parler, avec l'air d'un maître d'école faisant la morale à un galopin de cinq ans. Pendant que je l'observais, il l'a attirée contre lui d'un geste protecteur, l'a retenue pendant quelques secondes puis l'a embrassée sur le front. Une femme alcoolique n'était pas le meilleur atout que puisse avoir un consul de Grande-Bretagne en pays musulman — surtout un pays qui devenait de plus en plus intégriste au fil des semaines —, mais Patterson aimait sa femme. Je crois qu'il l'aimait plus que son travail, plus que sa réputation, et plus qu'il ne se souciait de ce que moi, ou Malcolm, ou l'ambassadeur de France, le représentant des Nations unies ou n'importe quel autre gugusse pouvait penser. C'était de loin ce qu'il y avait de mieux chez Patterson.

Je l'ai vu disparaître avec le plateau qu'il venait de sauver du désastre. Avec son ensemble safari bleu, ses favoris et son allure de bellâtre, il faisait très années soixante-dix. Il me rappelait un animateur de jeux télévisés, ou l'un de ces chanteurs qui se produisaient avec leur partenaire féminine, en pantalons pattes d'éléphant sur des tabourets de bar symétriques. Soudain, j'ai senti qu'on me tapait sur l'épaule droite et je me suis retournée. Personne.

— Ha ha ! Je vous ai bien eue, hein ? (Patterson était à ma gauche. Il adorait ce genre de blague.) Alors, qu'est-ce que vous faites là, sans rien à boire, les amis ? Vous êtes jolie comme un cœur, ce soir. Venez vous joindre aux agapes.

— Bonsoir. (C'était Caspar Wannamaker, de US Arms Around the World : un grand Texan blond, incommensurablement ennuyeux.) Comment ça va chez vous à la ferme ?

Je lui ai raconté, histoire de tâter le terrain.

— Merde ! a-t-il dit. Faut pas vous mettre dans tous vos états. Faut d'abord vérifier ce qui se passe en Abouti et alerter votre bureau. Mais vous savez, il y a des centaines de camps comme Safila dans le pays. On ne peut pas déclencher une alerte internationale à chaque fois qu'une poignée de réfugiés rappliquent dans l'un d'eux avec leurs petits problèmes.

— Quatre cents, ce n'est pas exactement une poignée.

— Oh, allez ! On voit ça tous les jours. De toute façon, ce bateau va arriver d'ici quelques jours. Pas de problème.

Puis il y est allé de sa petite conférence sur le risque qu'il y avait à se sentir trop proche des réfugiés :

— Il faut prendre du recul, vous savez ? Avoir un regard objectif. On ne peut pas se permettre de se laisser manipuler. Ni se prendre pour l'un des leurs, histoire de sauvegarder sa petite conscience de gauche.

J'ai souri poliment avant de m'éloigner. Les engagés des plus petites ONG, comme SUSTAIN, s'étaient regroupés entre eux. Je me suis approchée d'un petit groupe de Français. C'étaient les grands prêtres du dernier chic en matière d'assistance humanitaire : ils portaient tous des vêtements de coton kaki, des tee-shirts de soie aux encolures originales.

— C'est ridicule, tout à fait caractéristique, disait Francine, une des pédiatres, en secouant la tête et tirant à petits coups d'un air irrité sur sa cigarette menthol.

Elle parlait d'une voix nasale et tranchante et ressemblait à Charlotte Rampling.

165

— Le système est complètement stupide, disait Jeanne, un petit bout de femme toujours anxieuse. C'est complètement inutile de parler avec cet UNHCR. Cet imbécile de Kurt qui habite là-bas est un vrai désastre en tant qu'individu. A Wad Denazen, on entend les mêmes histoires sur les sauterelles. Ils s'attendent à voir arriver des réfugiés, eux aussi.

Les Français travaillaient avec les Italiens à Wad Denazen. C'était à environ quatre-vingts kilomètres au nord de chez nous, également à la frontière du Kefti.

— Et qu'est-ce que vous allez faire ? ai-je demandé.

— Eh bien, nous en parlons à nos gens à Paris, mais vous savez que nous sommes une agence médicale, nous. Nous ne nous occupons pas de la nourriture. Que pouvons-nous faire ?

— Est-ce que vous avez des fluides IV et des antibiotiques, ici, que vous pourriez nous fournir provisoirement ?

— Si nous en avons, nous vous en passerons, a dit Francine, mais vous savez, nous avons les mêmes difficultés que vous.

— Merci. Nous vous renverrons l'ascenseur une autre fois.

Mais j'étais sûre qu'ils n'auraient rien à nous donner.

Celui qu'il me fallait absolument voir, c'était Gunter Brand, le chef de l'agence UNHCR au Nambula : l'homme qui contrôlait la communauté humanitaire. Du genre à vous taper sur l'épaule, il avait une tête de la taille de celle d'un cheval et un rire sonore. Il circulait d'un groupe à l'autre, tonitruant dans un anglais ostensiblement parfait, avec une assurance insolente. Je l'ai trouvé en train de parler avec André.

— Alors il a dit : « A cause du vide qu'ils ont dans la tête. » Ouah ! Ha, ha, ha, ha ! Ha, ha, ha, ha ! claironnait Gunter.

Je ne lui avais jamais été présentée. Il n'était à El Daman que depuis six semaines, mais il était précédé d'une réputation de dur, basée sur sa carrière en Amérique centrale.

166

— Salut ! m'a dit André. Ça fait plaisir de vous voir, pour une fois. Gunter, connaissez-vous Rosie Richardson, l'administratrice du camp de Safila, de l'agence SUSTAIN ?

— Hé, ravi de faire votre connaissance. C'est une réception complètement dingue, non ? Avez-vous déjà vu une une maison aussi bizarre en Afrique ? Vous avez de drôles de goûts, vous autres Anglais.

— Oui, je crois que Patterson a dû boire une piña colada de trop, le jour où il était devant sa table à dessin.

Gunter n'a pas réagi.

André a essayé de m'aider.

— Non, mais vous avez vu la coiffure de sa femme ? Et puis qu'est-ce qu'elle a, cette nana ? OK, d'accord. Je veux dire, je me prenais pour un alcoolo, mais alors là, bon Dieu !

Instinctivement, ça m'a hérissée qu'un Canadien et un Allemand critiquent les Anglais. C'était comme si quelqu'un d'extérieur à la famille se mettait à dire du mal de votre tante.

— André vous a-t-il parlé des problèmes de Safila ? Nous sommes très inquiets, ai-je dit.

André, derrière lui, secouait frénétiquement la tête.

Une expression agacée a passé sur le visage de Gunter.

— Oui, André m'a parlé de la situation à Safila.

— Et qu'avez-vous l'intention de faire ?

— Comme vous l'a dit André, je suppose, nous sommes en train d'analyser la situation.

— Je vous ferai respectueusement remarquer que le temps presse, Gunter.

Il m'a dévisagée.

— Ce n'est pas le moment de discuter de ça, mais je vais vous donner mon point de vue. Je crois que vous avez raison, il y a un problème de sauterelles au Kefti. Mais ce n'est pas dramatique. Il y aura des essaims, des récoltes sinistrées. Mais de façon circonscrite. Vous aurez sans doute cent ou deux cents réfugiés supplémentaires à Safila et nous allons nous assurer que vous, et tous les camps de la frontière qui sont dans la même situation, serez approvisionnés. Tout le monde dit que nous allons vers une répétition de ce qui s'est passé en 84. Faites-moi confiance. Ecoutez bien ce que je vous dis : il n'y aura pas de répétition de 84. Ce n'est qu'un nouvel effet de panique. Quoi qu'il en soit, j'aimerais beaucoup lire ce que vous avez à dire, si vous vouliez prendre la peine de faire passer un rapport à mon bureau. Et maintenant, si vous voulez bien m'excuser... j'ai été ravi de faire votre connaissance.

Et il s'est éloigné, à bonne distance, à l'autre bout de la salle.

— Avec vos gros sabots, vous avez tout fichu en l'air, a dit André.

— Merci.

— Laissez-moi vous expliquer qui est Gunter, OK ? Gunter a toujours raison, OK ? Gunter ne se sent jamais obligé de donner des justifications professionnelles. Gunter ne réagit jamais à une confrontation directe sauf si c'est Gunter qui la provoque. Gunter refuse de parler boulot en dehors de son service. OK ?

— Alors j'ai tout faux ?

— Absolument tout, a-t-il répondu en riant. Mais ça ne fait rien, prenez donc une cigarette.

— Non, merci.

— Et maintenant, écoutez-moi : ne vous inquiétez pas de ce que fera ou ne fera pas Gunter, OK ? Nous avons la situation en main. J'ai demandé à Wad Denazen s'ils pouvaient céder une partie de leurs réserves à Safila. Ils sont bien approvisionnés.

— Et qu'ont-ils répondu ?

— Ils n'étaient pas plus enchantés que ça, mais ça marchera. OK ?

— Mais ils disent qu'ils ont de nouvelles arrivées, eux aussi.

— Cessez de vous tracasser. Vous envisagez le pire. Avez-vous joint le bureau directeur ?

— Je leur ai envoyé un télex aujourd'hui. Pas de réponse.

— OK, parfait. Quand repartez-vous ?

— Demain matin. Nous avons eu quatre cent quarante arrivées, en provenance de trois régions différentes du Kefti.

— Combien de morts ?

— Dix-neuf.

— Seigneur ! La ville des cercueils. OK, d'accord, laissez-moi faire. Je vais téléphoner à Malcolm demain après-midi, sans passer par votre agence. On vous a dit que le bateau devait arriver dans dix jours, OK ? Est-ce que vous allez tenir jusque-là ?

— Non. Bon, ça dépend du nombre d'arrivants et si nous pouvons contrôler l'épidémie. Le problème, c'est surtout les médicaments. Nous manquons de vaccins antirougeole, de sels de réhydratation et d'antibiotiques.

— OK, parfait. Je peux vous les procurer. Je vous les apporterai quand je viendrai.

— De plus, la radio ne fonctionne pas. Et nous avons maintenant des cas de choléra.

— OK. Ecoutez. Ça ne va pas du tout, vous êtes en train de vous mettre dans tous vos états. OK, d'accord. Buvez un coup. Détendez-vous. OK. Le bateau va arriver. Vous êtes la première sur la liste. Vous aurez votre approvisionnement dans moins de deux semaines. OK ?

— Vous viendrez voir vous-même ?

— Je viendrai voir moi-même.

Il a pris un air dubitatif.

— Vous croyez vraiment que vous allez avoir un gros afflux de réfugiés ?

— Je crois vraiment que c'est possible.

André a jeté un regard aux alentours et il m'a entraînée à l'écart.

— Voyons, tout ça reste entre nous, OK ? Je crois que nous allons l'attendre longtemps, ce bateau. Et je crois que vous avez raison de faire du ramdam.

169

— Alors que dois-je faire ?

— Je pense qu'il vous faut produire davantage de preuves tangibles que nous avons à faire à un exode massif, OK ? Il y a eu simplement trop de gens qui ont crié au loup depuis ces dernières années et ce n'est pas le grand amour entre les donateurs et le Nambula, en ce moment. Notre rapport concernant l'Abouti va faire avancer les choses, mais ça va prendre trois semaines à un mois avant d'y arriver. Le mieux que vous puissiez faire, de votre côté, c'est de fournir des preuves concrètes du problème, OK ? Est-ce que vous pouvez envoyer quelqu'un au Kefti ?

— Vous connaissez les difficultés.

— Bien sûr. Réfléchissez-y quand même. Mais n'y allez pas vous-même, OK ? Envoyez un émissaire. Allez, maintenant, buvons un coup. Amusons-nous avec Patterson.

— Je n'ai pas le cœur à ça, désolée. Essayez de venir à Safila le plus vite possible.

J'ai fait mes adieux et remercié Patterson. June était déjà partie depuis un moment. Malcolm restait jusqu'à la fin et m'a dit que je pouvais prendre la Toyota et qu'il trouverait quelqu'un pour le ramener. J'ai traversé la pelouse et j'ai failli passer à côté de Jacob Stone sans le voir, au bout de l'allée.

— Vous partez déjà ? Allons, on va s'en fumer un petit.

Nous nous sommes assis sur le capot de sa voiture. Jacob était un médecin juif, un grand costaud avec une barbe noire, arrivé au Nambula quand c'était encore un Etat musulman modéré, à l'époque où le Premier Ministre était un avocat qui avait fait ses études en Grande-Bretagne. Il était venu comme médecin d'une ONG, un peu comme O'Rourke. Deux ans après son arrivée, la charia avait été déclarée.

Jacob avait été témoin d'amputations à l'épée rouillée. Il avait assisté à l'une des manifestations où l'on avait coupé le bras droit et la jambe gauche d'un homme devant tout le monde. Il avait été chargé de soigner ceux qui avaient été ainsi amputés. Après avoir vu assez d'horreurs et de gangrènes, il avait offert ses services en tant que chirurgien au gouvernement intégriste. Il avait proposé de réaliser les amputations sous conditions stériles et anesthésie. Et ils l'avaient embauché.

Je lui ai parlé du problème tandis qu'il roulait un joint avec la dextérité, la précision et l'expression soucieuse du chirurgien, qui semblaient ici comiquement déplacées. Son visage avait vieilli de façon inquiétante depuis notre dernière rencontre. Je lui ai demandé s'il pensait vraiment avoir raison de continuer. Est-ce qu'on pouvait atténuer la brutalité et l'injustice grâce à un peu d'humanité et améliorer les choses ?

— L'humanité, c'est le minimum, c'est tout ce qui nous reste...

Jacob planait. Ce joint n'était de toute évidence pas le premier de la soirée.

— ... Ce ne sont pas des gens comme nous qui peuvent déplacer les montagnes. Mais nous pouvons au moins aller sur les pentes et faire de notre mieux. Et si nous y croyons du fond du cœur... Rosie, prenez la lune, par exemple, d'accord ? C'est la même chose, ce n'est pas parce qu'on ne peut pas aller sur la lune qu'on ne peut pas aller à Sidra.

Ce cher Jacob. Il est maintenant pensionnaire intermittent à Cloisters, une clinique psychiatrique privée très chic, dans les Cotswolds.

Ce soir-là, il m'a dit de partir et de rester fidèle à mon sens personnel du bien et du mal. Il m'a dit qu'on pouvait seulement espérer faire le bien à une toute petite échelle. Que si je ne sauvais qu'une seule vie, ça en valait la peine.

— Mais il s'agit de milliers de vies. Et le système est trop lent et trop lourd. Qu'est-ce que je vais faire ?

Et c'est à ce moment-là qu'il a eu son idée :

— Utilisez les célébrités.

— Que voulez-vous dire ? Quelles célébrités ?

— Les célébrités dont vous m'avez parlé, que vous fréquentiez quand vous étiez à Londres. Vous êtes dans une position idéale. Retournez là-bas et allez les voir. Concoctez

171

un petit appel au secours de votre cru, arrangez-vous pour le faire passer à la télé. Faites un foin de tous les diables. C'est comme ça que vous obtiendrez le plus vite ce dont vous avez besoin. De plus, une fois que Safila sera à la une des médias, personne ne pourra se permettre de laisser s'installer une situation de crise. Réfléchissez-y. Les saute-relles, voilà un sujet en or pour les médias. (Soudain, il a fait le geste de mordre et s'est mis à battre des bras.) Ça doit marcher.

— Mais c'est justement pour échapper à tout ce cirque que je suis venue ici.

— On ne peut pas y échapper. C'est la civilisation actuelle.

Il a tiré sur son joint. Une longue bouffée.

— La Croisade des Célébrités, a-t-il prononcé.

Puis il m'a passé le joint. Nous avons fumé en silence pendant un moment. Puis :

— Ça vous tient à cœur ?

— Comment pouvez-vous en douter ? ai-je soufflé.

— Bon, alors, ne faites pas la difficile. Foncez. Soyez pragmatique.

Une fois dans mon lit, je suis restée éveillée longtemps. Je pensais au camp, à ce qui devait s'y passer en ce moment, aux nouveaux réfugiés qui descendaient de la montagne, chancelants, aux rangées de cadavres attendant d'être enterrés au matin, enveloppés dans des sacs. Je ne pouvais pas abandonner le camp pour retourner à Londres. Ce n'était sûrement pas la seule solution. Je n'avais pas fait tout ce chemin pour revenir au point de départ avec une sébile de mendiant.

13

Le lendemain de la fameuse soirée cocktail chez Patterson, je suis passée au bureau de Malcolm et je l'ai trouvé debout devant la fenêtre en train de lire un télex. Il portait un tee-shirt rose avec l'inscription : *Les parachutistes font ça en slip.* Il m'a tendu le télex.

SUSTAIN RU LONDRES

Nous prenons note avec inquiétude de vos remarques concernant les arrivées de réfugiés à Safila. Sommes au courant du retard livraison CEE. Confirmons que Dr Betty peut rester jusqu'à nouvel ordre. Nous ferons tout ce que nous pouvons ici mais avons besoin de confirmation et de faits concrets. Attendons réponse ONU, ODA. Pouvez-vous nous donner informations sur points de vue de votre côté ?

En tout cas, c'était une réponse, mais je n'étais pas sûre de ce que pouvait exactement faire SUSTAIN. Même s'ils disposaient de l'aide alimentaire d'urgence, ils n'auraient pas d'argent pour l'envoyer par avion et il faudrait finalement attendre qu'un nouvel envoi s'organise par bateau. Je pataugeais à nouveau dans la mélasse. Rien ne bougerait.

Je me suis assise pour rédiger mon rapport à Gunter. J'ai demandé à Malcolm de le porter aux Nations unies et de leur demander de se mettre en contact avec SUSTAIN RU. Il me fallait rentrer à Safila.

Betty a été ravie d'apprendre que SUSTAIN voulait qu'elle reste. Quand nous nous sommes mis à table pour dîner ce soir-là, elle s'était transformée en gentille animatrice de camp de vacances à Safila, bien décidée à remonter le moral de tout le monde.

— Alors. Qu'est-ce qu'on fait pour le réveillon de Noël ? Je crois que cette année il faut faire les choses bien, déclarait-elle gaiement à l'assistance incrédule quand je suis entrée dans le baraquement. On pourrait acheter une dinde au marché, comme l'an dernier, du moment que je ne suis pas obligée de la tuer moi-même. Ha, ha, ha ! Et j'ai une super-recette de farce avec de la chapelure, des tomates et de l'ail, de l'œuf et du jus de citron. Dommage qu'on n'ait pas de champignons. Voyons, est-ce que quelqu'un a demandé qu'on lui envoie un pudding de Noël ? Je pense qu'il nous en faudrait deux ou trois.

O'Rourke écoutait, la tête dans les mains.

— Pour le maïs doux, pas de problème, nous pourrons nous en procurer. Et des saucisses du Hilton. Oh, mais les choux de Bruxelles ? Impossible de faire un dîner de Noël sans choux de Bruxelles.

— On pourrait peut-être en fabriquer avec quelques feuilles et un peu de colle ? a suggéré O'Rourke.

A part ça, le seul événement était l'arrivée d'un homme atteint d'un fongus à la jambe et qui avait élu domicile devant le baraquement de la cantine. A chaque fois que quelqu'un passait, il criait en désignant son fongus d'un geste accusateur.

— On ne cesse de le renvoyer, mais il revient toujours. Il est du village de Safila, m'a expliqué Sian. On ne peut rien faire pour sa jambe. Son état est trop avancé. On lui a proposé de l'emmener à l'hôpital de Sidra mais il refuse d'y aller, il pense qu'on va lui couper la jambe.

— C'est moi qui vais lui couper la jambe avec un couteau de cuisine s'il continue, a dit O'Rourke. Betty, j'ai une idée géniale pour la farce de la dinde.

— Robert, vraiment, je n'apprécie pas ta manière de plaisanter sur les Africains, a dit Linda.

Linda avait effectivement tendance à prendre les choses un peu trop au pied de la lettre. C'était une jeune fille mince et constamment tendue, qui se tenait toujours très droite et avait sûrement dû être championne de hockey quand elle était à l'école.

O'Rourke a allumé une cigarette en regardant droit devant lui.

Muhammad est monté à la résidence et j'ai eu un choc en le voyant. Il avait les joues creuses, la peau tendue autour des yeux.

— Muhammad, qu'est-ce qui vous arrive ?

— Nous sommes au régime de demi-rations, Rosie.

L'idée m'est venue que Muhammad avait peut-être fait exprès de maigrir pour nous pousser à agir. Quand je suis descendue au camp avec lui, j'ai observé tout le monde avec attention. Est-ce qu'ils étaient déjà amaigris, affaiblis, ou est-ce que je me faisais des idées ?

Je suis allée au centre de distribution de nourriture chercher les graphiques poids-taille et je les ai emmenés chez Muhammad pour en discuter avec lui. Il n'était pas chez lui quand je suis arrivée. A sa place, j'ai trouvé O'Rourke en train de faire bouillir de l'eau pour le thé. Il m'a dit que Muhammad revenait dans un instant.

Je me suis assise sur le lit et j'ai commencé à regarder les graphiques. O'Rourke est venu derrière moi pour regarder par-dessus mon épaule.

— Qui est-ce qui a fait ces graphiques ? a-t-il demandé. Ça ne peut pas être exact.

Il a désigné un chiffre et sa main a frôlé la mienne.

— Ce n'est absolument pas aussi catastrophique que ça. Je crois qu'il y a une tendance à l'exagération, en ce moment.

Je me suis retournée vers lui. Il me regardait bien en face. Ses yeux étaient couleur noisette aujourd'hui. Je me suis sentie troublée et j'ai repris mon examen des graphiques.

— Alors les Nations unies disent d'attendre, ce qui est caractéristique. Et quelle est la position de Malcolm ? a-t-il demandé.

— Il est prudent, lui aussi. Il pense que j'exagère.

O'Rourke a hoché la tête.

— Un modèle d'embaumement, ce type.

Muhammad est entré en disant :

— Il faut agir.

Plusieurs niveaux de désinformation venaient compliquer le problème. Les Keftiens exagéraient son importance, c'était sûr, et les Nations unies la minimisaient.

— D'après André, il faudrait que quelqu'un se rende au Kefti pour vérifier, ai-je dit.

Puis Muhammad sortit à la recherche de soldats du FLPK pour discuter de cette idée avec nous. Officiellement, le Front de libération populaire du Kefti n'était pas autorisé dans le camp autrement qu'en uniforme, mais en réalité, il était impossible de savoir qui était soldat et qui ne l'était pas. O'Rourke était allé s'asseoir en face de moi, de l'autre côté de la pièce. Je ne savais pas très bien pourquoi il était là. Il semblait toujours être dans les parages maintenant quand il se passait quelque chose d'important. C'était bien.

Muhammad est revenu quelques instants plus tard. Il y avait quatre lits dans sa case, faits de rondins et de corde et disposés en fer à cheval. Les soldats sont entrés à la queue leu leu et se sont installés dans la pièce, certains sur les lits, d'autres debout derrière.

Muhammad a commencé à leur parler, puis il a traduit à notre intention :

— Ils disent qu'ils peuvent nous conduire là où il y a des sauterelles et des gens qui marchent vers nous et n'ont rien à manger. Ils peuvent nous attendre à la frontière avec leurs véhicules.

— Ça prendra combien de temps ? ai-je demandé.

Discussion.

— Peut-être un jour ou deux.

Bon. Disons trois fois plus.

— Si nous y allons, ai-je dit, il faut y aller très vite, soit demain soit le jour suivant, prendre des photos et les envoyer aux Nations unies à El Daman.

— Je vais voir s'ils peuvent nous emmener demain, a dit Muhammad.

— Attendez, c'est de guerre que nous parlons, a dit O'Rourke. Est-ce qu'on peut se permettre de prendre ce risque ? Comment ça se présente ?

— Il n'y a que trois problèmes, a dit Muhammad. Les mines, les raids aériens et les embuscades des troupes aboutiennes.

— Oh, alors, si ce n'est que ça, qu'est-ce qu'on attend ? a ironisé O'Rourke.

— Quel est le danger, réellement ? ai-je demandé à Muhammad.

Nouvelle consultation.

— De la frontière, il faut franchir les collines pour aller jusqu'aux gorges, puis traverser la plaine jusqu'aux zones montagneuses. La route qui va de la frontière aux gorges a été minée, mais il n'y a plus de mines maintenant. Elle a été utilisée régulièrement par les véhicules du FLPK et aucune mine n'a sauté depuis plusieurs mois. Ils enverront un camion en éclaireur et nous suivrons leurs traces, si bien que s'il y a une mine, c'est eux qui la feront sauter en premier et nous ne craindrons rien.

— Sympa pour les gars dans le camion, non ? a dit O'Rourke.

— Ce sont des soldats, et c'est la guerre, a répondu Muhammad.

— Et pour les raids aériens ? ai-je demandé.

— Ils ne s'approchent pas de la frontière, selon un accord avec le Nambula. Au-delà des gorges nous roulerons de nuit. Ils ne volent pas la nuit.

— Et les embuscades ?

177

Muhammad a posé la question aux hommes et ils ont éclaté de rire.

— Ils disent qu'il n'y a pas d'embuscades. La route est bien défendue.

— Est-ce qu'on peut se fier à ce qu'ils disent ? ai-je demandé. Ils veulent qu'on y aille, non ?

— Je ne permettrais pas qu'ils nous induisent en erreur, a dit Muhammad.

— Donc, vous pensez que c'est sans danger ?

— Je vous ai dit ce que je pensais de la situation. Je ne crois pas que le risque soit grand, mais je ne pense pas que vous devez faire le voyage. J'irai moi-même.

— Mais ça ne sert à rien que vous y alliez seul. Vous êtes un réfugié, ils ne vous écouteront pas. Il faut que l'un de nous y aille aussi.

— J'irai, a dit O'Rourke.

— Non, ce sera moi, ai-je dit.

Nous voulions y aller tous les deux. Le but du voyage justifiait le risque, il fallait absolument savoir ce qui se préparait là-bas pour Safila. Les occasions d'aventure sont rares dans le monde moderne et ça, c'était une véritable aventure. C'était autant pour nous faire plaisir que par véritable courage.

— Il n'y a aucune raison pour que vous veniez, Rosie, a dit Muhammad. Il vaut mieux que nous emmenions un médecin occidental pour constater la situation, et il sera plus utile en cas d'accident ou de maladie. Je serai l'interprète du Dr O'Rourke

— C'est moi qui vais en référer aux Nations unies. Si on veut que je sois convaincante, il faut que j'aie moi-même vu les choses, et que j'aie pris les photos.

— Il vaut mieux emmener un homme.

— Pourquoi ?

— Nous partirons donc après-demain, a finalement décidé O'Rourke. Tous les trois.

Au cours du dîner, tout le monde s'est indigné de l'attitude d'El Daman. Le projet de se rendre au Kefti a reçu un accueil plus mitigé.

— Si vous réussissez à y entrer et qu'on vous tire dessus, il va falloir que quelqu'un aille vous récupérer, a dit Linda. Et de quoi ça aura l'air pour SUSTAIN si on publie à la une de tous les journaux que leur personnel voyage avec des rebelles ennemis du gouvernement d'Abouti ?

— Mais ça ne sera pas une meilleure image de marque pour SUSTAIN si on annonce une famine à Safila au journal télévisé de la BBC, non ? a dit O'Rourke.

— Il n'y a pas de comparaison, a dit Linda.

— Ce sera beaucoup plus difficile de faire face à l'approvisionnement de milliers de réfugiés supplémentaires que d'aller récupérer trois cadavres au Kefti.

— Oh, je t'en prie, Robert, a dit Linda.

— Putain, il y a un peu trop de suspense par ici, à mon goût. Moi, je vais me cacher sous le lit avec un gilet pare-balles, a annoncé Henry en sortant.

— C'est seulement que je ne veux pas que vous vous fassiez tuer, a dit Sharon. Ça ne vaut pas la peine de courir ce risque, quand même !

— Nous ne nous ferons pas tuer, ai-je affirmé. Nous en avons discuté avec Muhammad et le FLPK.

— Je crois que c'est un risque raisonnable, compte tenu de l'objectif à atteindre, a ajouté O'Rourke.

— Bon, tout ça c'est bien beau, mes enfants, mais il s'agit d'une guerre, ne l'oubliez pas, a dit Betty.

Henry a réapparu avec une bouteille de brandy. Il avait dû la garder en réserve pour une occasion quelconque. Il y a eu de longues palabres, pendant qu'on remplissait les gobelets de plastique orange. Tout le monde en a bu. Même Linda, même Betty.

Au bout d'un moment, O'Rourke a dit :

— C'est un projet dangereux, pendable, téméraire, irresponsable et contraire à toute discipline.

— Oui, complètement irresponsable, a lancé Linda.

— C'est un projet hasardeux, casse-cou, obstiné, malavisé et perfide, ai-je dit.

— Je crois que nous devons y aller, a conclu O'Rourke.

Quelqu'un cognait à la porte de ma case.

— Putain, qu'est-ce qui se passe ? Tu caches un Noir là-dedans, ou quoi ?

Henry est entré en trombe, portant une bouteille de gin et un paquet de jus d'orange en poudre.

— Dis donc, tu n'aurais pas une bouteille d'eau ? a-t-il demandé. Je me suis dit qu'on pourrait s'en boire un dernier petit ensemble pendant que tu es encore entière, que tous tes abattis somptueux sont encore en place, comme qui dirait.

J'ai éprouvé un soudain élan d'affection, peut-être parce que j'avais peur, et je l'ai embrassé.

— Du calme, dis donc, ma vieille. Tu ne voudrais pas que ce cher Bandant se mette de la partie, nous serions dans de beaux draps !

Henry avait déjà pas mal bu avant d'entrer. Après quelques verres de plus, il est devenu étonnamment sérieux.

— Alors, tu es bien décidée pour cette petite excursion dingue, casse-cou, malavisée, genre expédition humanitaire éclair ?

Nous avions la manie, à cette époque-là, des débauches d'adjectifs.

— N'y va pas par quatre chemins, Henry. Dis ce que tu en penses, vas-y.

— La route est minée. Risque de raids aériens. Et tu perds ton boulot si on vous prend sur le fait. Sans parler du camp à l'abandon pendant quatre jours. Est-ce que ça vaut le coup, ma petite vieille ?

— Je ne partirais pas si je n'y croyais pas.

Il buvait au goulot à présent.

— J'aimerais avoir totalement confiance en ton jugement, ma vieille. J'adorerais ça. Mais le choix de tes compagnons de voyage me préoccupe, je dois dire.

— Mais Muhammad est quelqu'un de très bien.

— Je ne parle pas de Muhammad. Je parle de ce putain de Cédric Dieu du sexe.

— Qui ça ?

180

— Le Dr Cedric Dieu du sexe.

Il était donc jaloux d'O'Rourke.

— O'Rourke n'a rien d'un Apollon. (Demi-mensonge.) Il est gentil, sensé, responsable, sérieux, solide dans ses bottes, limite autocrate. Et tu sais parfaitement pourquoi il faut qu'il vienne.

— Tout à fait. Tout à fait. L'homme indispensable. Médecin qu'il faut pour recoudre les pattes cassées. Peut pas m'emmener, moi. Faut laisser l'adjoint en charge, de toute façon, pas le médecin. Impossible emmener Betty, Betty médecin mais pas homme. En plus elle est dingue.

Tout souvenir des éléments grammaticaux superflus avait disparu du cerveau de Montague.

— C'est vrai. C'est pour ça qu'il doit venir.

— Salaud de séducteur.

— Ne sois pas ridicule. Il n'y a rien entre nous et O'Rourke n'est pas un salaud de séducteur. Et de toute façon, tu es gonflé de lancer des accusations de ce genre, compte tenu de tes records affolants sur le plan sentimental.

Il a ricané.

— Différent.

— Pas différent du tout.

— Je crois que je ferais mieux d'y aller à ta place.

Je n'avais jamais vu Henry vraiment ivre auparavant. J'avais oublié à quel point il était jeune. Il avait l'air d'avoir peur. Peut-être était-ce le fait d'être chargé de la responsabilité du camp en mon absence qui le tracassait.

— C'est seulement l'affaire de quatre jours. Tout ira bien. Nous allons tout passer en revue avant mon départ. Tu sauras exactement ce que tu auras à faire.

Soudain, il s'est effondré en me passant les bras autour du cou, la tête blottie contre moi comme un petit enfant.

— J'ai peur, Rosie. On ne maîtrise rien. Je ne veux pas que tu sautes sur une bombe. Je ne veux pas que tout explose, avec des gens partout qui meurent de faim.

Henry. Il n'était pas aussi imperméable et insensible que je l'avais cru. Je ne l'en aimais que mieux. Je lui ai caressé la tête, je l'ai calmé comme un bébé.

Il y avait à peu près quarante minutes que nous avions franchi la frontière entre le Nambula et le Kefti. Je me rendais compte qu'O'Rourke était tendu parce qu'il avait les mains crispées sur le volant, à dix heures dix, au lieu de le tenir en bas, le coude négligemment appuyé sur la vitre ouverte, comme il le faisait d'habitude. Je fixais les genoux de son jean, près des miens dans mon pantalon de coton. Ça m'évitait de penser à ce qui se passait. A deux cents mètres derrière le véhicule du FLPK, nous suivions leurs traces. Il y avait trois soldats dans le camion du FLPK, outre Muhammad, qui voulait être avec eux jusqu'à la zone dangereuse pour pouvoir leur parler. Nous avions deux soldats dans la Toyota, assis sur le plateau arrière. En arrivant à la zone dangereuse, nous devions nous arrêter jusqu'à la tombée de la nuit, et ensuite Muhammad monterait avec nous, et nous poursuivrions notre route en dissimulant les phares. Pour l'instant, il était environ trois heures de l'après-midi et le soleil était encore haut.

La route commençait à grimper, nous avions quitté le désert et il y avait des buissons et des arbres de chaque côté de la route. Il faisait plus frais, l'air était humide et semblait plus vif. Le véhicule du FLPK avait disparu de notre vue à un tournant de la route. Bruit sourd, soudain. O'Rourke a freiné brutalement. Nuage de fumée noire au-dessus des arbres. Les deux soldats qui nous accompagnaient ont hurlé en sautant de la camionnette et se sont enfuis en courant dans les buissons à notre gauche.

J'ai tendu la main vers la poignée de la portière.

— Restez dans la voiture, a dit O'Rourke à voix basse.

— C'est peut-être une embuscade. Il faut absolument sortir de là.

Je chuchotais, moi aussi.

— Attendez.

— Il faut continuer, alors. Muhammad est dans ...

— Attendez.

Et alors il y a eu une deuxième explosion. L'air dansait devant nous au-dessus du goudron chaud. Nous avons encore attendu quelques instants, douloureusement tendus. Ça semblait incroyable que ce soit arrivé si vite.

— OK, a dit O'Rourke au bout d'un moment.

Il a embrayé et nous sommes repartis, en suivant lentement les traces, guettant une autre explosion jusqu'à ce que nous ayons atteint le tournant.

— Oh, Seigneur !

La cabine avait été projetée à vingt mètres du reste du véhicule. Sur le bord de la piste, à gauche, j'ai vu la partie inférieure d'une jambe. L'arrière du camion était levé, et, par un trou de la paroi, la djellaba de Muhammad dépassait, rouge de sang. L'une de ses jambes pendait mollement par-dessus le trou et le moignon de l'autre, au-dessous du genou, saignait abondamment. O'Rourke était déjà à demi sorti de la camionnette, sa trousse à la main, et je me préparais à ouvrir la portière de mon côté.

— Sortez de ce côté-ci et suivez-moi.

J'ai obéi. Nous sommes allés vers Muhammad, qui était conscient mais tenait des propos incohérents.

O'Rourke a fait un garrot au-dessus du genou de Muhammad. Le sang artériel, rouge vif, continuait à gicler du moignon. Je me suis détournée pour vomir. Des taches noires m'obscurcissaient la vue. J'ai cru que j'allais m'évanouir.

— Asseyez-vous où vous êtes. Ne regardez rien.

— Je vais aller vérifier la cabine, ai-je dit, et j'ai contourné le camion dans la direction des traces.

— Attendez, a dit O'Rourke.

J'ai continué. J'avais l'impression de me conduire normalement. J'ai senti sa main sur mon bras. Il m'a fait pivoter face à lui et m'a posé les mains sur les épaules. Il me regardait très calmement.

— Attendez, a-t-il répété. Restez ici deux minutes. Restez ici et regardez-moi, c'est tout.

Il est reparti et je l'ai vu sortir quelque chose de sa trousse et faire une piqûre à Muhammad. Muhammad était couché, le torse sur la banquette du camion, les membres inférieurs

183

pendant encore hors du trou provoqué par l'explosion dans la paroi du camion. Puis O'Rourke a soulevé ce qui restait des jambes de Muhammad et l'a allongé à plat sur la banquette. J'ai remarqué que le dos de la chemise d'O'Rourke était trempé de sueur et que ses bras étaient couverts de sang jusqu'au coude. Il s'est essuyé les mains sur son jean et m'a regardée.

— OK.

Il m'a fait un sourire énergique, comme si nous étions en train de faire je ne sais quel concours, et que nous nous débrouillions très bien. Cette fois, en revenant vers moi, il m'a posé la main sur le dos pour me guider vers la cabine.

— Bon. Ne regardez pas là-dedans avant que j'aie vu de quoi il retourne.

Les roues avaient sauté, si bien que la cabine reposait sur les essieux. O'Rourke a ouvert la portière et est monté. J'ai regardé par-dessus son épaule et j'ai vu la tête du conducteur écrabouillée sur le tableau de bord, dégoulinant de liquide clair et de sang. Le sang commençait à coaguler dans les cheveux. L'autre soldat, le plus âgé, semblait plié en deux. J'ai détourné les yeux.

— Ils sont morts tous les deux, a dit O'Rourke en descendant de la cabine. Où est l'autre ?

Nous avons trouvé le troisième soldat dans un buisson un peu plus loin. Le type avait dans le ventre un morceau de la paroi métallique du camion. J'ai aidé O'Rourke à soigner le soldat, sortant de sa trousse ce dont il avait besoin pour le lui passer. La nuit commençait à tomber. Ensemble, nous avons porté le soldat dans le camion, c'était moi qui lui tenais les pieds. O'Rourke lui avait laissé le bout de ferraille dans le ventre. La tache de sang sur le pansement s'élargissait comme de l'encre sur un buvard, plus foncée sur les bords. Nous avons déposé le soldat sur le sol, à l'arrière du camion, et je lui ai soutenu les jambes pendant qu'O'Rourke grimpait. Puis je suis montée à mon tour et nous l'avons allongé sur l'autre banquette, en face de

Muhammad, sur qui O'Rourke avait posé une couverture. Il était encore inconscient, sous le coup des calmants.

Je me suis assise sur la banquette à côté de Muhammad. Je lui ai soulevé la tête pour la poser sur mon genou et je l'ai caressée. Il était chaud et respirait lourdement. J'étais contente qu'il ne se soit pas encore rendu compte de ce qui lui était arrivé.

— Vous croyez qu'il s'en tirera ? ai-je demandé.

— Peut-être, a chuchoté O'Rourke.

Il m'est alors venu à l'idée que, comme c'était moi qui avais suggéré de faire ce voyage, j'étais responsable de ce qui était arrivé à Muhammad et de la perte de sa jambe. J'ai cessé de voir clair et, un long moment plus tard, j'ai entendu O'Rourke qui disait :

— Tout va bien, maintenant, tout va bien.

J'étais étendue quelque part dans l'obscurité, sous une couverture et je distinguais à peine O'Rourke à la lueur d'une torche. Je me suis rappelé ce qui s'était passé. Il s'est agenouillé près de moi et m'a fait boire un peu d'eau.

— Est-ce qu'on ne devrait pas ramener Muhammad à Safila ? ai-je demandé. Peut-on le transporter ?

— Chut. Reposez-vous un petit peu.

— Vous ne croyez pas que nous devrions rentrer au camp ?

— J'ai l'impression que nous ne sommes qu'à quelques kilomètres de Adi Wari. Je crois que nous devrions l'y emmener, en espérant qu'il y a un hôpital et, dans le cas contraire, nous réunirons une escorte pour rentrer à Safila.

— Vous croyez qu'on peut y aller en voiture ?

— Non.

— Alors, on attend le jour et on se met en route à pied ?

— Je crois que oui. En portant Muhammad.

— Et le soldat ?

— Il sera mort demain matin. Si je l'opère maintenant pour extraire le bout de ferraille, il meurt tout de suite, si je ne l'opère pas il sera mort demain.

Il y avait dans le camion l'odeur métallique et écœurante du sang et il n'était pas question de fumer avec tout le kérosène renversé. Alors nous sommes sortis un moment et nous avons fumé une cigarette. Nous aurions pu allumer un feu et faire du thé, mais nous ne voulions pas risquer d'être vus du ciel. Nous sommes remontés dans le camion, nous nous sommes assis côte à côte sur la banquette près de Muhammad, en nous enroulant dans des couvertures. Nous aurions été plus confortablement installés dans la Toyota mais nous ne voulions pas déplacer à nouveau les blessés. Muhammad était calme, mais le soldat délirait et criait à intervalles fréquents.

En consultant la carte, nous avons vu qu'Adi Wari n'était qu'à six kilomètres. O'Rourke m'a proposé un somnifère mais je voulais rester vigilante. Il a quand même dû mettre quelque chose dans mon verre, parce que la dernière chose dont je me souvienne avant de me réveiller le lendemain matin, c'est que j'étais appuyée contre lui, enroulée dans ma couverture, et qu'il me tenait serrée contre lui, vraiment trop étroitement. J'éprouvais un mélange d'émotion, de choc, de peur, de culpabilité, mais en même temps une étrange exaltation, parce que j'étais vivante.

14

C'est la première lumière de l'aube filtrant à travers la bâche du camion qui m'a réveillée. Lorsqu'on a vécu quelque chose d'horrible, le plus insupportable, c'est l'instant qui suit le réveil. On a d'abord l'esprit lavé par le sommeil, puis la mémoire revient.

Muhammad était comateux. Le soldat aussi. O'Rourke n'était plus là. Je suis descendue pour aller faire pipi dans un buisson. Je commençais à avoir des idées paranoïaques. Tout était de ma faute. J'étais quelqu'un de mauvais.

Je suis revenue au camion. O'Rourke, debout, se frictionnait la nuque. Il avait les cheveux hérissés sur un côté du crâne, comme une queue de canard, et il avait besoin d'un rasage, mais il avait mis une chemise propre. Il semblait maîtriser la situation. La civilisation continuait.

Quand je me suis approchée, il a passé ses bras autour de moi et m'a secouée doucement.

— Ça va, petit soldat ?

Je n'ai pas répondu. Il m'a fait asseoir dans la Toyota pour me parler. Il a été très gentil avec moi ce matin-là. Je crois que le malheur n'est jamais aussi difficile à accepter que lorsqu'il confère un sentiment de culpabilité ou de honte. Il vous prive du réconfort de vous prendre pour un héros. Je ne sais pas comment font les gens pour affronter les accidents dont ils sont vraiment responsables. Mais je sais que les gens réussissent à se sortir plus ou moins indemnes des situations les plus affreuses s'ils apprennent à se voir de façon positive. J'ai eu beaucoup de chance d'avoir O'Rourke avec moi à ce moment-là. Il m'a rappelé que tout le monde avait décidé individuellement de partir. Nous avions pesé le pour et le contre et établi que la fin justifiait les moyens. Il m'a dit que nous savions tous qu'il arrivait constamment des choses horribles et que lorsqu'elles nous concernaient, ou concernaient nos proches, il fallait continuer à croire au monde, parce que le monde restait le même. On commençait seulement à mieux le comprendre, c'est tout.

— Je ne vais pas pouvoir regarder Muhammad en face, lui ai-je dit.

— Mais si. Vous verrez. Il va nous faire la pige. Il réussira à en faire un avantage.

O'Rourke avait raison, comme la suite l'a montré. Là-bas, la perte d'un membre ne représente pas du tout la même chose qu'en Occident. J'ai entendu un jour un prothésiste de la Croix-Rouge raconter comment en Suisse ses patients tenaient à tout prix à ce que leur jambe artificielle soit invisible sous leur pantalon, alors que, s'il équipait un Keftien de la première ébauche provisoire d'une jambe de bois, il avait de grandes chances de ne jamais le revoir. Du moment que le membre fonctionnait, cela leur suffisait pour continuer à vivre. Ils ne se souciaient nullement de le cacher. Peut-être était-ce dû à la prolifération des mines. Je crois que c'était surtout dû à la façon dont ils percevaient la valeur de l'autre.

Quand je suis montée à l'arrière du camion, Muhammad était conscient et en position assise. C'était un choc, à la lumière du jour, de le voir dans une djellaba sale. Elle était grise de fumée et constellée d'énormes taches de sang séché.

— Rosie. (Il m'a tendu la main.) Je suis un blessé de guerre, maintenant. Est-ce que vous m'en aimerez davantage ?

J'ai pris sa main sans pouvoir dire un mot.

— Ne soyez pas triste. S'il vous plaît. Vous devriez au contraire vous réjouir parce que je suis encore là. Vous voyez, moi, je suis encore là, même si ma jambe n'y est plus.

— Taisez-vous. Silence.

J'ai pensé que c'était assez grossier de la part d'O'Rourke en un moment aussi émouvant. Puis j'ai entendu l'avion, moi aussi. Un bourdonnement lointain venant de l'est. En quelques secondes, c'est devenu un rugissement, un bruit incroyable, comme si l'avion était avec nous dans le camion. J'étais pétrifiée. Je pensais : bien sûr, c'est inévitable. Ils vont nous bombarder et nous allons mourir. Le soldat, qui dormait d'un sommeil comateux, a sursauté et s'est mis à hurler de douleur. O'Rourke s'est penché et l'a maintenu immobile. Muhammad était assis, les yeux clos, les bras croisés sur l'estomac. Nous étions tendus, guettant l'explosion. Mais le bruit n'était plus aussi assourdissant, l'avion a eu l'air de changer de direction, le vrombissement a diminué jusqu'à faire place au silence.

— Je croyais qu'ils n'étaient pas censés s'approcher aussi près de la frontière, a dit O'Rourke, avec un calme stupéfiant.

— Ils doivent savoir que nous sommes ici, a dit Muhammad.

— Bon, nous partons, a dit O'Rourke.

— Mais comment... Et le soldat ? ai-je demandé.

Il ne s'agitait plus à présent, mais il avait le regard fou. Il était terrorisé.

— Laissez-le. Laissez-le. Il va mourir, a dit Muhammad.

Le soldat ne comprenait pas l'anglais mais son regard était atroce.

— Nous ne pouvons pas le laisser dans cet état, a dit O'Rourke. C'est inhumain.

— Vous ne comprenez pas ce qu'est la mort en Afrique. C'est la guerre. C'est un soldat, a dit Muhammad.

— Mais il souffre tellement ! ai-je dit.

— Vous pouvez mettre un terme à sa souffrance, a dit Muhammad.

O'Rourke n'a pas répondu. Apparemment, il avait les drogues nécessaires.

— Vous ne pouvez pas le tuer, ai-je dit.

— Nous ne faisons que hâter un processus naturel, a dit Muhammad.

— Attendons, a dit O'Rourke.

— Docteur, sans vos soins, cet homme serait déjà mort. Vous êtes au cœur de l'Afrique, vous ne pouvez appliquer vos valeurs médicales occidentales.

— Si j'avais suivi ce principe, vous seriez mort.

— C'est un détail qui n'a rien à voir avec la discussion.

— Comment pouvez-vous dire ça ? (O'Rourke était en colère à présent.) C'est de la logique à l'emporte-pièce.

— Je vous prie de me permettre d'être en désaccord avec vous.

— Merde, Muhammad, a hurlé O'Rourke, vous fabriquez des arguments pour servir nos intérêts. Ce n'est pas intelligent.

— Le problème posé est la vie de cet homme. C'est de lui que je parle. Mon propre cas n'a pas plus de rapport avec notre discussion que n'importe quelle autre urgence médicale.

— Vous court-circuitez toute discussion logique.

— Mais nous devons ajuster notre logique, non ?

— Par pitié ! ai-je hurlé. Vous tournez en rond. Allons !

Nous avons pris la décision d'avancer un peu en emmenant Muhammad et de revenir ensuite chercher le soldat. O'Rourke lui a donné des calmants avant de partir et nous nous sommes mis en marche, Muhammad entre nous deux, appuyé sur nos épaules. Ça n'a pas marché : la jambe qui lui restait lui faisait trop mal pour supporter son poids. O'Rourke est donc retourné chercher une civière et nous l'avons porté. Il était d'une légèreté effrayante.

Nous nous trouvions dans un secteur boisé, planté d'arbres bas et tordus. Le soleil, sans violence, brillait au travers des feuilles en portant des ombres tachetées sur le sol herbeux. Tout semblait irréel. On n'avait pas l'impression que c'était la guerre. Au bout d'environ huit cents mètres nous sommes arrivés à un gros arbre touffu qui ressemblait à un sureau et dont l'ombre était épaisse. Nous y avons laissé Muhammad, avec une provision d'eau, et avons fait demi-tour.

Retourner aux véhicules était contraire à l'instinct de conservation. Ça semblait encore plus dangereux qu'avant. J'étais morte de peur. Je ne disais pas un mot. A mi-chemin, nous avons entendu à nouveau le bourdonnement des avions. Nous nous sommes aplatis sous un buisson. Le bruit enflait, il y avait deux avions, très bas. Ils sont passés juste au-dessus de nous avec un rugissement d'enfer. Tout semblait exploser sous l'effet du bruit, tout vibrait. J'agrippais l'épaule d'O'Rourke, lui plantant les ongles dans la chair. En levant les yeux, je voyais le ventre gris d'un avion qui emplissait le ciel. Puis il y a eu une explosion et nous avons enfoui la tête dans l'herbe : le monde entier s'effondrait, chancelait, tremblait, rebondissait.

Nous étions indemnes. Encore en vie. Rien ne restait des véhicules que quelques bouts de ferraille tordue dans un cratère de quinze mètres de diamètre. Curieux comme on pense à des choses égoïstes. Je me suis dit que j'allais avoir des ennuis pour avoir introduit une camionnette de SUS-TAIN au Kefti et l'avoir laissé détruire par les bombes.

— Bon, voilà la réponse à notre petit dilemme moral, a dit O'Rourke.

Il ne restait rien du soldat. Nous avons cherché dans les alentours des traces du corps mais sans résultat. O'Rourke, comme je l'ai appris à ce moment-là, avait enterré les deux autres soldats dans les bois au petit matin. Les tombes étaient intactes.

Je n'avais jamais vu à Muhammad un aussi beau sourire que quand il nous a vus revenir. On aurait dit que son visage allait se fendre en deux. Il nous a étreints tous deux et a même essuyé ses larmes.

— Je crois qu'Allah était peut-être en train de dire quelque chose.

— Ah ouais ? Et quoi donc ? a demandé O'Rourke.

— Juste que la logique était de mon côté.

Nous n'avions plus de provisions à présent, il ne nous restait que de l'eau, la trousse d'O'Rourke et un morceau de fromage. Il était neuf heures. Nous savions qu'il fallait nous dépêcher d'avancer tant que le soleil était encore bas. Je ne pouvais me résoudre à partir comme ça. Je me disais qu'il fallait faire quelque chose pour marquer la mort des soldats. Muhammad et O'Rourke m'ont crue folle : je les ai obligés à dire le Notre Père avec moi. Puis du fin fond de ma mémoire me sont revenus quelques mots : « Seigneur, laisse tes serviteurs partir en paix. »

Nous avons marché jusqu'à ce qu'apparaisse devant nous la silhouette massive des montagnes du Kefti, bleu-noir sur le ciel. Nous avons traversé une clairière feuillue, le soleil était chaud, les oiseaux gazouillaient et, soudain, c'était comme si nous étions en promenade, par un beau dimanche après-midi. Je crois que nous éprouvions tous la même impression de soulagement, comme si la gravité était abolie et que nous allions nous mettre à flotter dans le ciel.

O'Rourke a éclaté de rire.

— Ces derniers rites, a-t-il dit. « Seigneur, laisse tes serviteurs partir en paix. » Ce n'est pas ça qu'il fallait dire. Il faudrait qu'ils arrivent, plutôt. « Seigneur, laisse tes serviteurs arriver en paix. »

Ça semblait tout à coup la chose la plus ridicule qu'on ait jamais entendue et alors Muhammad et moi nous sommes mis à rire comme des fous en répétant : « Seigneur, laisse tes serviteurs arriver en paix. » Nous trébuchions à force de rire si bien que nous avons dû poser la civière, O'Rourke et moi, pour pouvoir nous tordre à notre aise, en pleurant de rire. C'est à ce moment-là qu'il y a eu un bruit de mitrailleuse cent mètres devant nous.

C'étaient des soldats keftiens de Adi Wari, qui nous cherchaient. Ils étaient huit. Ils nous ont fait prendre un bon sentier et se sont chargés de la civière de Muhammad. Il commençait à donner des signes d'épuisement et avait l'air au plus mal. La pente était plus rude maintenant, nous avons marché pendant deux heures puis rejoint la route principale, celle sur laquelle nous avions roulé auparavant. Après un virage, elle contournait une colline où affleuraient parmi les arbres des rochers lisses, et nous avons soudain découvert le paysage qui s'ouvrait devant nous : des ondulations boisées, sombres, coupées d'une profonde gorge rouge, sur un arrière-plan de montagnes. En bordure de la gorge étaient groupées les toitures d'Adi Wari, parmi lesquelles scintillaient quelques toits de tôle réfléchissant le soleil.

Nous avons été accueillis par un camion du FLPK qui nous a emmenés directement à l'hôpital. Celui-ci, plus propre et mieux conçu que les hôpitaux du Nambula, était bâti en carré autour d'une grande cour herbeuse. Les Keftiens étaient organisés et instruits. O'Rourke parlait de Muhammad avec les médecins. Quand nous avons été rassurés sur son installation, j'ai dit à O'Rourke que je voulais aller discuter du problème des sauterelles avec le FLPK. Il m'a demandé si j'étais sûre de ne pas vouloir d'abord me reposer un peu, mais je lui ai dit que je me sentais bien. J'ai été contente qu'il me laisse m'en aller sans faire d'histoires.

Au moment où je partais, l'une des infirmières m'a rattrapée pour me dire que Muhammad souhaitait me parler. Il était dans une chambre, seul, allongé sur un matelas. Il y avait des traces de balles sur l'un des murs et une ouverture carrée donnant sur l'extérieur, à demi protégée par un grillage.

— Je voudrais vous parler, m'a-t-il dit rapidement.

Je me suis assise sur le lit.

— Il y a une femme..., a-t-il chuchoté. Elle s'appelle Huda Letay. Vous vous rappellerez ? Huda Letay. (Il avait l'air fiévreux à présent.) J'ai pensé que... peut-être...

— Quoi ?

193

— J'aimerais que vous vous renseigniez sur elle et que vous la cherchiez quand vous serez dans les hauts plateaux.

— Bien sûr. Qui est Huda ?

— C'est une femme...

— Oui ?

Il a fermé les yeux.

— Ne vous inquiétez pas, je me renseignerai.

— Elle s'appelle Huda Letay. Et elle est docteur en sciences économiques.

— Où vais-je la trouver ?

— Je me suis dit qu'elle était peut-être parmi les réfugiés des montagnes. J'ai pensé que je la retrouverais.

— Ne vous inquiétez pas. Je la chercherai.

— Elle était étudiante avec moi à l'université d'Esareb.

— Et pourquoi voulez-vous que je la retrouve ?

Il a détourné le regard, comme s'il avait honte.

— C'est la femme que je désirais épouser.

Désirais épouser. Je savais à quel point il avait horreur de perdre la face.

— Que s'est-il passé ?

— Ses parents ont arrangé son mariage avec quelqu'un d'autre. Un homme riche. Et elle n'a pas pu aller contre leur volonté.

— Comment vais-je la trouver ?

— Elle est très belle.

— Vous ne pourriez pas m'en dire un peu plus ?

— Letay est le nom de sa famille. Son nom d'épouse est Imlahi. Si vous la retrouvez, je veux seulement savoir si elle est en sécurité. Elle est d'Esareb. Elle a les cheveux longs, étonnamment brillants, et elle rit tout le temps. Si vous la retrouvez, peut-être, si elle est malade ou seule... vous pourriez...

— Je la ramènerai, ai-je dit.

Je savais ce qu'étaient les délires de l'imagination.

— Merci.

Il avait l'air tellement changé. Toute sa flamme avait disparu. Il fallait qu'il retrouve son ressort intérieur, sinon il était perdu.

— Vous ne voulez pas envoyer un poème ? ai-je demandé.

Une lueur prometteuse a scintillé dans ses yeux.

— Sauterelles à notre droite, sauterelles à notre gauche... ? ai-je commencé.

C'était un de nos jeux préférés.

— En sortant un soir, je descendais Bristol Street, a-t-il commencé, l'air satisfait. La foule sur le trottoir était des étendues de ...

— Sauterelles, ai-je terminé. (Il a esquissé un sourire.) Vous comparerai-je à une ...

— Sauterelle. Ô vous encore intacte, ma ...

— Sauterelle. J'errais, solitaire...

— Sauterelle.

Ce n'était pas un vrai rire profond, mais presque.

— Octobre est le plus cruel des mois..., a-t-il commencé. Faisant naître...

— Des sauterelles de la terre morte, ai-je achevé.

Ce n'était plus drôle. J'ai tenu sa main serrée pendant quelques instants avant de le quitter puis je suis allée avec les soldats aux bureaux du FLPK.

J'étais assise en face du commandant militaire de la région, qui ne devait guère avoir plus de vingt-six ans. Il était venu en ville exprès pour nous recevoir. La pièce était longue, vide à l'exception d'un bureau, le commandant assis d'un côté et moi de l'autre, avec derrière nous une étagère pleine de prospectus défraichis et une table. Il y avait une demi-douzaine de soldats dans la pièce, dont deux debout derrière le commandant et les autres nonchalamment appuyés autour de la table. Je me sentais légèrement ridicule dans une pièce pleine de costauds armés en uniforme, et d'une vulnérabilité physique inattendue. Le commandant avait un visage barbu, mince et intelligent, et la même manière courtoise de s'exprimer que Muhammad.

Il s'est excusé longuement pour la mine et l'attaque aérienne. Il a insisté sur la manière dont la route avait été soigneusement déminée ; il n'y avait pas eu d'explosions de mines entre le Nambula et la montagne depuis six mois ; la nôtre avait été un incident isolé. Les avions aboutiens avaient dû être alertés par la fumée, ils ne passaient jamais la frontière du Nambula, en règle générale. Il savait tout de notre mission et tenait particulièrement à ce qu'elle se poursuive.

J'ai expliqué que nous ne pouvions pas nous risquer plus avant, mais il a dit qu'il mettrait deux véhicules à notre disposition pour nous précéder et un camion pour nous transporter avec une escorte armée, et que nous ne voyagerions que de nuit. Leurs véhicules parcouraient constamment cette route, alors que l'itinéraire où nous avions trouvé la mine était peu utilisé. Le secteur où les sauterelles essaimaient n'était qu'à quatre heures de route. Si nous poussions jusqu'à Tessalay, nous verrions les réfugiés qui commençaient à descendre des hautes terres. C'était l'affaire d'une nuit de route. Sûrement, maintenant que nous étions arrivés jusque-là, ça valait la peine d'aller jusqu'au bout de notre mission. J'ai dit que j'allais retourner à l'hôpital et en parler avec O'Rourke. Le commandant s'est excusé et il est sorti de la pièce.

Après son départ, je me suis rendu compte que j'étais décidée à continuer, même si O'Rourke refusait. A quoi bon rentrer, après un tel désastre, si l'expédition n'avait servi à rien ? Le commandant est revenu avec une jeune militaire, Belay Abrehet, qui devait me servir de guide dans Adi Wari. Elle avait l'air de s'ennuyer et ne souriait pas.

J'ai encore posé quelques questions concernant l'itinéraire et les risques encourus. Tous les ponts sur la vallée encaissée avaient été détruits, nous prendrions d'abord la route du nord jusqu'à un croisement, puis descendrions dans les gorges pour remonter de l'autre côté vers le nord jusqu'au lit d'une autre rivière, sec celui-là, où les sauterelles étaient en train d'éclore. Puis, si nous voulions continuer, il était possible de tourner vers l'est pour aller dans la montagne. J'ai commencé à poser des questions sur l'étendue du problème des sauterelles, de la destruction des récoltes et sur la rumeur concernant le choléra, mais le commandant m'a répondu qu'il fallait en parler au RESOK, l'agence humanitaire keftienne. Je lui ai dit que nous partirions avec lui, et que j'allais me rendre à l'hôpital après être passée voir le RESOK. Nous avons prévu de nous retrouver ici entre quatre et cinq heures. Il était maintenant deux heures.

Dehors, la chaleur de midi était différente de celle du Nambula. Le soleil brûlait toujours la peau, mais l'air était frais et à l'ombre il ne faisait vraiment pas chaud. Adi Wari était bâti sur le flanc qui descendait jusqu'à l'orée des gorges. La rue principale était une large piste blanche et pierreuse très en pente, bordée de constructions de pierres sèches et de ciment aux toits de tôle. Sur la chaussée, des chiens et des chèvres, des soldats par petits groupes. La scène était très différente de celle d'une ville du Nambula parce qu'on ne voyait pas de djellabas. Les civils portaient des vêtements occidentaux bon marché ou des capes de couleur sombre. Il n'y avait pas de garnison à Adi Wari : c'était une cible trop exposée. Les Keftiens dissimulaient tous leurs équipements militaires et leurs hôpitaux.

Nous avons descendu la colline et nous sommes arrêtées dans une maison à l'intérieur noirci, où un feu était allumé. L'homme qui était à l'entrée s'est penché vers le four et en a sorti sur une pelle quatre miches de pain à demi calcinées. Je n'avais pas mangé depuis longtemps et c'était exactement le genre de nourriture qu'il me fallait : tiède, simple et rassurante. Je me sentais en pleine forme, presque mieux que d'habitude, dans un état d'énergie accrue. Je suppose que c'était une sorte de réaction de survie.

Belay s'est un peu déridée quand nous nous sommes rendues au RESOK. Je lui ai offert un peu de pain brûlé et elle a éclaté de rire. Elle avait vingt-quatre ans et parlait quelques mots d'anglais. Elle a porté la main à mon visage pour toucher l'une de mes boucles d'oreilles en demandant si je voulais les lui donner et comme j'étais habituée à ce genre de requête, j'ai accepté. Je lui ai demandé si elle avait pris part aux combats et elle m'a dit : « un peu » en regardant droit devant elle comme si elle ne voulait pas en parler. Nous croisions beaucoup de soldats dans la rue et ils la saluaient au passage comme l'auraient fait des camarades d'école.

J'étais dans un pays en guerre et ce n'était pas du tout comme je m'y attendais. En Angleterre, j'avais vaguement imaginé, sans vraiment y réfléchir, qu'une guerre était synonyme de combats permanents, comme dans les tranchées de la Première Guerre mondiale, et que si on se trouvait dans une zone de guerre on était constamment pris dans le feu des balles. C'était sans doute parce qu'on ne voyait à la télé que les reportages des combats. Ici, j'avais l'impression qu'à l'exception de quelques secteurs dangereux, la vie était plus ou moins normale si vous n'alliez pas où il ne fallait pas aller ou si vous ne faisiez pas certaines choses interdites, de même que chez nous il ne fallait pas jouer sur les autoroutes, par exemple. C'était l'accident inattendu, l'explosion aveugle qui provoquait la mort. Mais entre-temps, on vivait normalement, on continuait d'acheter du pain.

Nous avons descendu la rue principale jusqu'à l'extrême bord de la gorge et là j'ai vu ce qui restait du pont bombardé, un lourd pilier de ciment planté dans les rochers en contrebas, dans un enchevêtrement de ferraille rouillée qui dépassait. La falaise ne tombait pas à pic : un sentier descendait au fond deux cents mètres plus bas, découpé dans les rochers rouges comme un étroit défilé montagneux. Le ruban d'écume de la rivière serpentait entre les plages de galets et de larges bandes herbeuses. Je me suis dit, l'espace d'une seconde, que c'était un lieu idéal pour camper.

Nous avons tourné à gauche près de la rive, puis remonté la pente pour pénétrer dans une résidence où l'on voyait l'enseigne RESOK. Deux Land Rover étaient garées devant. A l'intérieur, les murs étaient couverts de tableaux d'art primitif keftien représentant la guerre. J'avais déjà vu ces peintures. Il y avait parfois des expositions d'art keftien à Sidra, dans un hall public construit par les Japonais dans les années soixante.

L'homme que je devais voir était le chef de l'agence RESOK pour la région d'Adi Wari. Il s'appelait Hagose Woldu et son nom avait souvent été prononcé au cours de discussions au camp. On nous a annoncé qu'il venait de partir au bureau du FLPK. Nous y sommes donc retournées pour apprendre qu'il était allé nous rejoindre au RESOK. Nous sommes donc reparties. A notre retour au RESOK, il m'a accueillie de façon très chaleureuse et gratifiante.

— Miss Rosie, c'est un grand honneur pour moi de vous rencontrer. Nous vous sommes très reconnaissants du travail que vous faites avec nos ressortissants à Safila.

Hagose était vraiment très grand, vêtu d'un pantalon de tergal marron beaucoup trop court et d'une vieille chemise en jean à poignets et col fleuris.

Il m'a emmenée dans une pièce où était exposée sur une grande table une maquette du Kefti, les montagnes en croissant encerclant le désert au centre, et les plaines à l'extérieur, traversées par les lits des rivières. On voyait la gorge d'Adi Wari où nous nous trouvions. Les montagnes au-delà étaient percées de grandes fissures. Un extraordinaire plateau ovale était bordé de tous côtés par des falaises abruptes.

Hagose avait disposé des modèles réduits de cases de différentes tailles, comme les petites maisons d'un jeu de Monopoly, pour représenter la répartition de la population, des drapeaux rouges pour signaler les zones de combat et des drapeaux verts pour figurer les secteurs d'invasion des sauterelles. Les drapeaux verts étaient dispersés dans toute la région du désert, au centre, et dans les plaines en bordure des montagnes, mais étaient en groupes serrés le long de la côte et dans les embouchures des rivières, et suivaient le cours de la rivière dans la plaine au-delà des gorges. Je lui ai demandé comment il avait réussi à se procurer tous ces renseignements sans surveillance aérienne. Il a assuré que c'était grâce au bouche à oreille. Il m'a dit que les sauterelles du centre du désert étaient en train d'essaimer vers l'ouest, que les récoltes des hauts plateaux de l'Ouest étaient déjà détruites et que la population commençait à se déplacer dans tout le pays.

Il était difficile de savoir jusqu'à quel point on pouvait le croire parce qu'il avait tout intérêt à ce que je reparte affolée pour attester de l'état d'urgence. J'ai pensé à ce que m'avait dit Gunter à la réception de l'ambassade. Je m'interrogeais. En fait tout ce que je devais savoir, c'est ce qui concernait le secteur d'où les réfugiés affluaient vers Safila. Si je les voyais se mettre en route, alors je saurais ce qui était de mon ressort.

Droit à l'est de Safila, il y avait une brèche dans la première chaîne de montagnes, la passe de Tessalay. C'est là qu'avaient été filmées pour la télé quelques-unes des scènes les plus tragiques de l'exode du milieu des années quatre-vingts.

Hagose a beaucoup insisté sur leur manque de moyens pour lutter contre l'invasion des sauterelles. Les Keftiens ne disposaient d'aucun pesticide et même s'ils avaient eu les avions, il était trop risqué de lancer des expéditions. En ce moment, ils tentaient de combattre les essaims avec des bâtons et en creusant des tranchées entre les champs dans lesquelles ils allumaient des feux. Apparemment, les Aboutiens avaient bombardé deux des villages qui appliquaient ces mesures préventives. Hagose souhaitait qu'un cessez-le-feu soit déclaré et que les Nations unies viennent répandre les pesticides. Trop tard, me suis-je dit. Trop tard. Une opération comme celle-là prendrait des mois à mettre sur pied.

Hagose avait l'intention d'envoyer un représentant du RESOK avec nous et de prévenir les villages que nous devions visiter. Il m'a dit qu'il irait voir le FLPK pour discuter de l'itinéraire.

Je suis repartie à l'hôpital avec Belay. Muhammad dormait, m'a-t-on dit, et O'Rourke était parti à notre recherche. C'était décidément un après-midi confus. J'ai laissé un message disant que je serais au FLPK entre quatre et cinq heures, prête à partir. Et je suis allée faire des courses.

J'ai acheté du pain, des tomates, des pamplemousses et du fromage en boîte. Le ciel était gris à présent, et nuageux. Une rafale de vent m'a fait frissonner. J'ai également acheté des couvertures. Belay m'a laissée pour aller rendre visite à une parente. En remontant vers le FLPK, j'ai trouvé O'Rourke avec un groupe de soldats en train de regarder sous le véhicule, vérifiant apparemment quelque chose.

— Alors, vous croyez qu'on peut avoir un autre véhicule ? demandait O'Rourke à l'un des soldats au moment où nous approchions.

— Oui, je pense que c'est possible.

— Ça prendra combien de temps ?

— Je pense que nous en trouverons un à Gof.

— Non. Pas à Gof. Ce que je veux dire, c'est que nous ne partirons pas dans ce camion. L'essieu arrière est foutu. Avez-vous un autre véhicule ici, à Adi Wari ?

— C'est possible.

O'Rourke m'a aperçue et m'a fait un signe de tête. Il semblait à bout de patience. Il y a eu une discussion animée en keftien entre les soldats. Ils se couchaient tour à tour sous le camion pour regarder l'essieu arrière. Nous nous sommes écartés pour pouvoir parler sans être entendus.

— Je suis allée vous chercher à l'hôpital, ai-je dit. Que diriez-vous de continuer ? Ils disent que nous ne sommes qu'à quatre heures de route de l'endroit où il y a les sauterelles. Vous n'êtes pas obligé de venir, si vous ne croyez pas...

— Non, non, c'est bon. Je leur ai parlé. Ça a l'air OK, mais pour ce qui est des quatre heures, je ne le croirai que quand je l'aurai vu. Dites-moi, ça va, vous ? (Il a touché mon bras et m'a frictionnée.) Vous êtes gelée. Tenez, prenez ça. (Il a ôté son pull.)

— Et vous ?

— Ça ira.

— Mais...

201

— Mettez-le, c'est tout. Vous grelottez.

C'était un pull en lainage gris et doux. Je l'ai enfilé. Il avait gardé son odeur. C'était agréable.

— Qu'est-ce qui se passe avec le camion ?

— C'est un tas de boue. Il va rendre l'âme avant qu'on ait fait dix kilomètres. Il va falloir en attendre un autre.

Apparemment, l'état de Muhammad était satisfaisant. O'Rourke l'avait opéré dans l'après-midi. Il avait réussi à sauver le genou. L'espace d'un instant, je me suis dit, Seigneur, sommes-nous fous de vouloir continuer ? Est-ce que la même chose m'arrivera ?

Il faisait nuit quand on nous a finalement amené un autre camion. O'Rourke l'a soigneusement inspecté avec une lampe électrique, il a fait changer un pneu et demandé une deuxième roue de secours. Il faisait du bon boulot.

Ce n'était pas quatre heures qu'il fallait, naturellement, pour arriver aux sauterelles. Nous roulions comme des escargots, avec des caches sur les phares si bien qu'on distinguait à peine la route juste devant nous et les deux feux arrière du camion qui nous précédait. Il faisait très froid. O'Rourke et moi étions dans la cabine du troisième camion. J'étais assise entre le chauffeur et lui. Nous nous sommes enveloppés dans des couvertures et j'ai essayé de dormir en appuyant la tête sur le siège. Il m'a dit :

— Vous pouvez vous appuyer sur moi.

J'ai essayé de poser ma tête sur son épaule mais ça n'était pas confortable, alors il s'est redressé et m'a entourée de son bras. Je me suis endormie.

Je me suis réveillée en arrivant au col. La route descendait vertigineusement, l'embrayage et le moteur peinaient. Nous nous sommes arrêtés en bas et nous sommes sortis du camion. C'était une nuit sans lune. Il faisait froid et humide dans ce creux dominé par les énormes falaises. J'entendais la rivière à notre droite, au loin. Le bruit était ténu, comme celui d'un ruisseau. J'avais des fourmillements si doulou-

202

reux dans les jambes que je pouvais à peine bouger. J'étais complètement ankylosée. J'avais le torticolis et un mauvais goût dans la bouche. Je suis remontée dans la cabine manger un peu de pamplemousse et de pain, j'ai bu une gorgée d'eau en grelottant. Nous sommes repartis en convoi, nous avons traversé la rivière à gué pour remonter de l'autre côté de la gorge. Une fois sur le plateau, je me suis à nouveau assoupie.

A quatre heures, nous avons atteint le lit asséché de la rivière où étaient censés se trouver les essaims de criquets. Il faisait encore nuit noire. Nous avons attendu. J'ai préparé l'appareil photo.

L'obscurité se diluait. Une lueur blafarde montait à l'horizon. Nous étions stationnés sur le flanc d'une petite colline juste devant le lit peu profond d'une rivière. Au-delà, à huit cents mètres, s'élevait une vaste pente escarpée.

Le paysage, comme vidé de couleurs, se précisait peu à peu, sortant de l'obscurité. J'ai fait un effort pour distinguer ce qui était devant moi et j'ai eu un mouvement de recul. J'étais ébahie. Le bassin tout entier était animé de vagues grouillantes. Un tapis d'insectes de huit cents mètres de large recouvrait le sol et la route devant nous, comme une vision sortie d'un film d'horreur, luisant dans la lumière montante.

Un mince croissant orangé est apparu sur l'horizon. A mesure qu'il montait, les nuages se sont déchirés, baignant la scène de lumière colorée. Au moment où les premiers rayons ont frappé le tapis, une nuée d'insectes s'est élevée de la surface en voletant, dansant dans la lumière comme une tempête de neige.

15

Nous avons longé avec le camion le bord de l'escarpe-
ment, observant en surplomb le tapis d'insectes, puis nous
sommes revenus. Il s'étendait sur cinq kilomètres. A un
endroit, nous sommes descendus pour marcher dedans. Le
plus horrible, c'est que les sauterelles ne réagissaient pas du
tout à notre approche. Elles ne bougeaient pas, s'accrochant
au sol avec entêtement, même quand nous leur marchions
dessus. On aurait dit des extraterrestres qui auraient eu un
objectif secret. De temps en temps, à mesure que le soleil
montait, tout un pan du tapis s'élevait et changeait de place,
sans raison apparente. Un des hommes du RESOK en a
ramassé deux ou trois et nous a montré leurs ailes. Elles
étaient prêtes à s'envoler.

Je commençais à me demander comment faire pour traduire tout ça en preuves tangibles. Est-ce que notre descrip-
tion et quelques photos suffiraient ? Un tapis d'insectes
n'est pas le sujet photographique idéal. Nous en avons mis
quelques-uns dans un sac en plastique pour les ramener
avec nous. J'ai pris la décision de me procurer également
quelques témoignages écrits et signés. L'idéal aurait été
qu'ils proviennent de parties désintéressées. Le problème,
c'est qu'il n'y en avait pas.

Les soldats commençaient à être nerveux à cause des risques de raids aériens, et nous avons roulé encore huit kilomètres vers l'ouest, jusqu'à un village où il y avait un abri

souterrain. C'était un assez gros village : un groupe d'à peu près deux cents cases dans une petite vallée en contrebas, entouré de parcelles de céréales en terrasses, de la couleur du chaume sec. Les gens avaient déjà commencé à moissonner bien que la récolte ne fût pas prête, parce que dès que l'essaim de sauterelles allait se mettre en branle, les vents le porteraient de ce côté.

L'activité était frénétique. Le village entier était dans les champs. De loin, les dos courbés des paysans se baissant et se relevant dans les blés faisaient penser à des asticots grouillants. Ils moissonnaient des bandes de parcelles et creusaient ensuite des tranchées dans les parties coupées, qu'ils emplissaient de paille afin de pouvoir y mettre le feu si les sauterelles arrivaient, de façon à protéger le reste de la récolte. Les bruits du village montaient vers nous tandis que nous approchions : murmures de conversations, cris d'animaux, pleurs d'enfants, le chant d'un coq. Tout ça semblait désespérément dérisoire quand on pensait à ce qu'ils essayaient de combattre. Un avion aspergeant les champs de pesticide pendant deux heures aurait résolu leur problème.

Nous étions assis dans l'enclos des bâtiments du FLPK, en train de boire le thé à l'ombre, quand un nuage a obscurci le soleil. Immédiatement, un grand cri s'est élevé, le hululement aigu que poussent les Keftiens quand quelqu'un vient de mourir, et nous avons compris que c'étaient les sauterelles. Nous sommes sortis de l'enclos et nous avons vu une ombre grouillante envahir le secteur tout entier.

Tout le monde s'est précipité vers les champs de céréales. Nous nous sommes retrouvés au cœur du nuage en y arrivant. Les sauterelles, comme des copeaux de bois, nous frappaient le visage et toutes les parties du corps exposées. Des flammes sont montées de la tranchée d'en face, suivies d'une épaisse fumée quand quelqu'un y a jeté de la paille humide. L'obscurité était presque totale. J'ai laissé tomber les photos pour le moment et, m'enveloppant la tête dans mon châle bleu, je me suis mise à courir vers le champ. Des silhouettes s'agitaient tous azimuts, battant l'air avec des fléaux faits de longs morceaux de bois auxquels était fixé un fagot de branchages. Quelqu'un m'a passé un bâton. Je me suis arrêtée pour regarder la plante devant laquelle j'étais. Chacune des minces feuilles jaunes ainsi que l'épi étaient couverts de sept ou huit insectes grouillants. J'ai vu une feuille disparaître et les sauterelles passer à la suivante ou s'envoler quand il n'y avait plus rien. J'ai commencé à frapper la plante avec le bâton, de toutes mes forces, les insectes s'accrochaient, impossible de les déloger. Des cris d'excitation angoissée montaient de toutes parts. Juste devant moi, dans la fumée, les flammes et l'obscurité, une vieille femme maigre battait les plantes. La toile brune qui l'enveloppait avait glissé et on voyait ses seins pendants sauter au rythme des coups qu'elle frappait. Je l'ai vue lâcher le fléau. Elle a faiblement tenté de lever le poing vers le ciel, puis les jambes lui ont manqué et elle s'est laissée tomber en roulant sa tête dans la terre.

Quatre heures plus tard, il ne restait rien de la récolte. Partout dans les champs, les gens hululaient, pleuraient, s'arrachaient les cheveux, levaient les bras au ciel et se jetaient sur le sol, avec toute la théâtralité de leurs rites traditionnels de deuil. Et quand le soleil s'est mis à cogner dans la chaleur blanche de midi, brûlant la terre desséchée, tremblotant à l'horizon dans un cruel mirage évocateur d'eau, il était facile de comprendre leur terreur. La terre n'avait plus rien à donner pour les six mois à venir. Il n'y avait plus rien à manger.

Nous étions censés leur porter assistance, puisque nous étions des travailleurs humanitaires. Mais nous ne pouvions rien faire. Nous étions là, rampant à la surface de ces terres desséchées, en train de regarder disparaître la nourriture d'une nation entière. Que pouvions-nous faire ? O'Rourke a soigné quelques cas de brûlures et d'insolation. J'ai encore pris quelques photos, avec un sentiment de voyeurisme. Il ne nous restait qu'à les prévenir qu'il y avait peu de réserves de nourriture à Safila.

Nous avons dormi dans l'abri souterrain et sommes repartis à la nuit tombante. J'avais la hantise de l'obscurité à présent. Au-delà des premières collines, la route a commencé à grimper raide. Nous étions au milieu de hauts sommets. L'air sentait la montagne. Nous avons grimpé longtemps avant de franchir un col pour redescendre dans une vallée étroite que la route surplombait à pic. Nous roulions avec les phares depuis que nous étions dans les montagnes. Les Aboutiens ne couraient pas le risque de voler de nuit, surtout s'il n'y avait pas de lune.

Soudain, notre chauffeur a levé la main en annonçant d'une voix mélodramatique :

— Tessalay.

Une paroi rocheuse plus haute que tout ce que nous avions vu jusque-là se dressait devant nous. Une brèche dans la première chaîne de sommets ouvrait la passe de Tessalay, un couloir de sept kilomètres de long à travers la plus haute partie des montagnes de l'Ouest. A cette extrémité, le couloir rocheux était fermé par un pont intégré dans la brèche. La route y montait en lacet et redescendait de l'autre côté.

Avant même de commencer l'ascension, nous avons aperçu des silhouettes sur le bord de la route. De loin en loin, de petits groupes apparaissaient dans le faisceau des phares, une personne se penchant vers la route, une main levée, pour tenter de nous ralentir. Ils n'avaient pas l'air de s'attendre à ce qu'on stoppe puisque tout ce qu'ils voyaient était les camions du FLPK. Les militaires n'avaient rien à leur offrir. A mesure que nous grimpions les lacets de la passe, leur nombre n'a cessé d'augmenter. Il y eut bientôt un groupe tous les quinze mètres de chaque côté de la route. Ils faisaient tous le même geste à notre passage, se redressant et levant le bras sans conviction pour nous arrêter.

En haut de la passe, tous les véhicules se sont garés. Je regrettais qu'il n'y ait pas de lune, car le panorama aurait été extraordinaire, avec la faille entière au-dessous de nous et j'aurais bien voulu me rendre compte de l'étendue du mouvement de population. Les conducteurs ont essayé d'orienter les phares pour nous permettre de voir les silhouettes qui montaient du fond de la vallée. Les gens qui passaient n'étaient pas en aussi mauvais état que je le craignais. Ils étaient maigres mais ne semblaient pas mourir de faim et ils portaient des bagages. Je me suis dit qu'ils avaient dû tirer des leçons de la dernière crise et qu'ils avaient décidé de se mettre en route tant qu'ils avaient encore assez de forces pour voyager, mais ils étaient encore loin de Safila. Tessalay était un endroit dangereux car les Aboutiens étaient au courant du mouvement de réfugiés et il y avait des raids aériens presque tous les jours. La route était maintenant impraticable à cause des dégâts provoqués par les bombes. Les réfugiés voyageaient de nuit aussi loin que possible et se dirigeaient vers les abris souterrains dans les vallées proches de la passe longtemps avant le jour.

L'aube n'allait pas tarder à présent. Nous avons décidé de nous installer dans l'un des abris pour faire le point. Nous en avons trouvé un juste au-dessus de la corniche. C'était une sorte de caverne assez vaste pour contenir nos trois véhicules. A l'entrée, le sol était taché d'huile de vidange et il y avait des pièces détachées et des véhicules militaires partout. Ça ressemblait davantage à un garage qu'à un abri antiaérien. Les gens fumaient malgré la concentration des vapeurs d'essence. Je me suis dit qu'on risquait de sauter à tout moment, j'ai dit à O'Rourke que je ne voulais pas rester là. Il a été d'accord.

Finalement nous avons continué le plus loin possible sur l'autre flanc de la corniche jusqu'à une sorte de cratère. Là, nous sommes descendus du camion et nous avons gagné à pied l'abri le plus proche, laissant les chauffeurs garer les véhicules dans un endroit sûr et bien caché. C'était une erreur de s'aventurer à pied car, dès que les gens se sont rendu compte que nous étions étrangers et que nous pouvions avoir de l'argent ou de la nourriture, nous avons été submergés. Une foule s'est rapidement agglutinée autour de nous, des mains rapaces m'ont agrippée, les gens portaient leurs doigts à la bouche en une mimique agressive. Je n'avais pas peur parce que j'avais déjà vu ça et je savais qu'ils ne nous voulaient aucun mal. C'était plutôt une sorte de pantomime bien rodée.

Les soldats ont commencé à frapper la foule avec des bâtons. Ils ne frappaient pas fort mais quand même, ça voulait dire qu'O'Rourke et moi, anges bienfaiteurs venus de l'Occident, nous mettions en route pour sauver ceux qui mouraient de faim, tandis que notre escorte militaire nous frayait un chemin en frappant des femmes et des enfants affamés. Au bout de quinze secondes, O'Rourke s'est arrêté net et a hurlé à pleins poumons : CESSEZ — IMMEDIATEMENT — DE — TAPER.

Silence sidéré. La foule s'est immédiatement écartée de lui.

— Posez ces bâtons, a-t-il ordonné aux soldats avec des gestes impérieux. Posez ces bâtons.

Ils l'ont regardé comme s'il était devenu fou, le bâton serré contre eux.

— Et maintenant laissez-nous passer, a-t-il dit, faisant des gestes pour éloigner la foule, laissez-nous passer.

Et la foule s'est ouverte comme la mer Rouge et nous avons pu poursuivre notre chemin. Tout en marchant, je me suis retournée et j'ai vu, naturellement, que les soldats recommençaient à donner des coups et que des gens dans la foule riaient.

L'abri où l'on nous a conduits était une sorte de large tunnel creusé dans le flanc de la colline. L'intérieur était bien organisé, les gens dormaient alignés sur des rangées de nattes ou de lits de camp. Il y avait au centre un espace ouvert où ceux qui ne dormaient pas étaient occupés à diverses tâches. Nous avons dressé une table, mesuré et pesé les enfants et posé des questions. Le rapport poids-taille était d'environ quatre-vingt-cinq pour cent en moyenne, ce qui n'était pas trop mal. Le seuil critique est de quatre-vingts pour cent. Ça voulait dire qu'ils seraient en mauvais état quand ils arriveraient chez nous, mais moins que la dernière fois.

Les réfugiés venaient d'une région assez limitée des montagnes de l'Ouest, à l'intérieur d'une bande d'environ soixante kilomètres de part et d'autre du corridor de Tessalay où nous nous trouvions. Jusqu'à maintenant, la destruction des récoltes semblait limitée uniquement à cette bande. Ça confirmait ce que m'avait dit Gunter à la réception de l'ambassade. Mais d'autre part, ce n'était que le début de la saison d'essaimage et il était difficile de savoir ce qui se passait dans le reste du Kefti. Selon l'idée que nous pouvions nous faire, nous avons estimé qu'il y avait entre cinq et sept mille réfugiés en marche vers Safila

J'ai demandé à tout le monde s'ils connaissaient Huda Letay, mais on m'a répondu qu'il n'y avait personne d'Esareb dans le secteur parce que c'était une grande ville et que la crise n'atteignait pas encore les villes.

O'Rourke s'était installé dans un coin et examinait des malades. C'étaient tous des cas habituels de maladies accompagnant la malnutrition : diarrhée, dysenterie, problèmes respiratoires, quelques cas de rougeole, mais rien d'exceptionnel et aucun cas de méningite. Malgré tout, si nous ne pouvions obtenir à temps les médicaments nécessaires, ces gens ne mettraient pas longtemps à transformer à nouveau Safila en camp de la mort.

Nous avons demandé au RESOK de faire une annonce pour prévenir les réfugiés de ce qu'était la situation alimentaire au Nambula et leur dire qu'il valait peut-être mieux ne pas bouger, mais ils ont haussé les épaules ou se sont mis à rire. Il était évident pour eux que là où il y avait des agences occidentales et les Nations unies, ils avaient plus de chances de trouver à manger qu'ici. Je me souviens que j'ai regardé ces gens, pendant que le RESOK s'adressait à eux, et que j'ai pensé : oui, je vais tous vous revoir et vous aurez la peau tendue sur les joues, ce qui figera votre bouche en un affreux rictus, et vos cheveux tomberont, vous ne pourrez plus marcher, vos enfants mourront et aucun de nous ne peut rien faire pour vous. C'est affreux de se sentir investi d'une responsabilité et de n'avoir aucun pouvoir. Nous sommes repartis pour Adi Wari ce soir-là, à la nuit tombante.

En arrivant à l'hôpital, nous avons appris que Muhammad avait déjà été ramené à Safila. O'Rourke est resté pour examiner quelques malades à l'hôpital et je suis allée à pied aux bureaux du RESOK. J'ai expliqué à Hagose le problème de l'approvisionnement au Nambula oriental, en lui suggérant d'essayer de répartir les réfugiés dans les villages de la région qui avaient encore des réserves de nourriture. Mais il m'a jeté un regard que je connaissais bien et qui disait : « N'essayez pas de me faire croire que les Occidentaux ne peuvent pas nous procurer de la nourriture s'ils le veulent vraiment. Nous savons tout de leurs réserves de vin et de leurs montagnes de blé. » Quand je suis retournée au FLPK, O'Rourke avait trouvé une Land Rover pour nous ramener à Safila et avait obtenu qu'un camion nous escorte jusqu'à la frontière. A partir de là, nous continuerions seuls.

L'air se réchauffait peu à peu et la douce odeur de terre du Nambula commençait à envahir la voiture par les fenêtres ouvertes. Le camion qui nous précédait s'est arrêté et O'Rourke a fait de même. Quelques instants plus tard, le camion s'est remis en marche, bifurquant sur une piste qui partait de celle que nous avions suivie jusque-là. Il était clair que nous approchions de la frontière. Le FLPK savait où se trouvait la ligne de démarcation. Une demi-heure plus tard, le camion s'est arrêté à nouveau et cette fois les soldats sont descendus. Nous aussi et nous avons échangé des adieux un peu exagérés, avec force serrements de main et embrassades amicales, comme si nous avions passé des vacances ensemble et que c'était le moment de rentrer chez nous.

— Dans deux minutes, nous allons échanger nos adresses, m'a glissé O'Rourke en s'arrachant pour la deuxième fois aux étreintes affectueuses du même soldat. Encore un

211

peu, et il va me faire un enfant et je lui laverai ses chaussettes.

Après que le bruit de leur moteur eut disparu, nous sommes restés un instant au milieu du désert. Le ciel était une
immense voûte étoilée, éclatant de lumière.

— Vous vous êtes bien débrouillée, là-haut, a-t-il dit en
désignant de la tête la direction du Kefti.

— Pas aussi bien que vous.

L'air était entêtant. Nous étions debout dans le sable frais
sous nos pieds. Debout, tout près l'un de l'autre, nous nous
regardions.

— Alors, on continue ? a-t-il demandé.

Il avait raison, nous devions nous éloigner de la frontière.
Nous n'étions pas en sécurité dans ces parages. De plus, il
était déjà dix heures et nous avions cinq bonnes heures de
route pour rentrer à Safila. J'ai conduit pendant un
moment. Puis il m'a relayée. Nous étions tous deux très
fatigués. Je pense que le soulagement d'être sortis du Kefti
révélait la fatigue. Je le voyais à peine à la lueur du tableau
de bord. Les manches de sa chemise étaient roulées sur ses
avant-bras. Il avait des bras et des poignets solides, de vrais
poignets d'adulte. Je n'avais jamais attaché d'importance
aux poignets auparavant mais, tout à coup, ceux-ci m'ont
semblé les plus beaux que j'avais jamais vus. Des poignets
qui donnaient une impression de force, de virilité, de bra-
voure. Des poignets extraordinaires.

— Jusqu'où croyez-vous que nous devons rouler ce
soir ? a-t-il demandé.

Puis il a eu l'air un peu gêné, se rendant compte de ce
qu'il venait de dire.

— C'est vous qui conduisez.

Un peu plus tard il a arrêté le camion et coupé le moteur.
Nous avons allumé un feu auprès duquel nous nous sommes assis sur un morceau de bâche. O'Rourke a ouvert une
bouteille de whisky.

— D'où sortez-vous ça ? ai-je demandé, surprise.

— FLPK.

212

Il avait aussi un peu de haschich. Nous regardions le feu. Une grosse bûche noire blanchissait et se fissurait avant de s'écrouler en mille morceaux dans les braises. Quand il m'a passé le joint, nos mains se sont frôlées. Nous sommes d'abord restés silencieux. Puis je me suis allongée sur la bâche, et lui aussi, un peu à l'écart. Et nous nous sommes mis à parler.

Il m'a dit que son père avait été diplomate et qu'il avait passé son enfance dans divers pays d'Afrique et d'Orient, qu'il était entré dans les Peace Corps en quittant la fac de médecine. Son père était mort à présent et sa mère habitait Boston. Il avait perdu le feu sacré et abandonné la médecine. Il avait longtemps travaillé à New York, dans la production de films professionnels ou publicitaires pour des firmes pharmaceutiques, et gagné beaucoup d'argent.

— Puis tout a foutu le camp.

— Comment ça ?

Il s'est tu quelques instants puis :

— Je préfère ne pas en parler... si ça ne vous fait rien.

— D'accord.

— Dites-moi pourquoi vous êtes venue, vous.

Je lui ai dit un certain nombre de choses parce que j'étais dans les vapes. Mais je ne lui ai pas parlé d'Oliver. Le silence est retombé. Il m'a passé le joint et nos mains se sont à nouveau touchées. Nous étions seuls. Que cette intimité était tentante ! Il ne faut pas, me suis-je dit. J'ai pensé à Linda. A notre retour à Safila. J'étais allongée sur la bâche et je regardais les étoiles, le cerveau ramolli par le joint. J'ai tiré une autre bouffée et j'ai commencé à me demander si ce que nous faisions cette nuit avait tant d'importance.

— Regardez là-haut, ai-je dit au bout d'un moment. Regardez les étoiles. On se sent si minuscule, si impuissant. Tout petit sous les étoiles. (Je me suis humecté les lèvres.) Pourquoi sommes-nous sur cette terre, d'après vous, O'Rourke ?

— Vous êtes partie au pays des fées, hein ?

— Je suis une fée, ai-je dit en lui tendant le joint.

Au bout d'un moment, il a dit :

213

— Pour vivre en homme juste, je suppose.

Plus tard, il s'est levé et s'est dirigé vers le camion. La porte s'est ouverte. Je l'ai entendu aller et venir. La porte s'est refermée. Il est revenu avec des couvertures et m'en a tendu un paquet, se penchant sur moi. Il m'a donné un petit baiser rapide, comme pour me souhaiter bonne nuit. Puis un deuxième. Quand il m'a embrassée une troisième fois, c'était la dernière.

— Je vais dormir là-bas, a-t-il dit. Si vous avez besoin de quoi que ce soit, vous n'avez qu'à siffler.

Je me suis réveillée vers deux heures. Je m'étais rapprochée de lui, je ne sais comment. Je me suis assise pour regarder autour de moi. Le feu était tombé, il était presque blanc, avec un morceau de la grosse bûche encore noire au milieu et rouge en dessous. On distinguait des plantes à la lueur du feu, avec de grosses feuilles rondes, comme celles que nous avions à Safila. O'Rourke dormait en respirant lourdement, un bras sur le visage. Je me suis allongée et j'ai regardé les étoiles un moment. Il faisait encore tiède, avec de temps à autre de légers souffles d'air. J'ai tiré la couverture sur moi et me suis retournée vers lui. Il me tournait le dos. Il portait une mince chemise kaki. Mon visage était si près que je le touchais presque. Il a roulé sur le dos, rectifiant la position de ses bras et de sa tête. Quand il s'est immobilisé à nouveau, le changement de rythme de sa respiration m'a indiqué qu'il était réveillé. Je suis restée allongée sans bouger, le cœur battant la chamade. J'ai levé les yeux vers la ligne de son menton. Puis j'ai vu un œil s'ouvrir, me regarder et se refermer. Il s'est retourné lentement pour me faire face. Il a tendu la main et l'a posée au creux de mes reins, ses doigts effleurant ma taille. Je retenais mon souffle. Nos bouches étaient si proches qu'elles se touchaient presque. Puis, de la paume de la main, il m'a attirée contre lui, me plaquant contre l'entrejambe tendu à craquer de son jean. Il a juste rapproché un tout petit peu sa bouche, nos lèvres se sont frôlées et, cette fois, à la lueur du feu, seuls tous les deux après ces journées de terreur, il a été impossible de résister.

16

Quand je me suis réveillée, euphorique après une telle nuit, O'Rourke était déjà debout, faisant bouillir de l'eau dans une gamelle sur le feu. Il était encore très tôt. Le soleil dépassait à peine l'horizon. J'ai jeté un regard autour de moi et j'ai refermé les yeux. Nous n'aurions pas dû. Ça avait été merveilleux mais nous n'aurions pas dû. Peut-être qu'il n'y avait plus rien entre Linda et O'Rourke, mais elle le regrettait de toute évidence. Je ne voulais pas la perturber, je ne voulais pas être perturbée moi-même et je ne voulais pas qu'O'Rourke se retrouve en position difficile alors que tant de problèmes nous attendaient. L'ennui, c'est que mes vieux instincts romantiques commençaient à pointer le nez sans tenir aucun compte de l'ampleur de la crise que nous avions à affronter.

Il ne savait pas que j'étais réveillée. Je l'observais de loin, m'imprégnant de tous les détails : la façon dont il fixait le feu, les yeux dans le vague, la chemise kaki tendue sur ses épaules, l'avant-bras appuyé sur le genou, son profil songeur et calme, et je savais ce qui était en train de m'arriver. Ici, la coexistence absolue des opposés, comédie et tragédie, sérieux et superficiel, avait cessé depuis longtemps de m'étonner. Même aux moments les plus tragiques, les détails les plus anodins continuaient à agacer et les affaires de cœur, loin de se perdre dans l'insignifiance, semblaient au contraire exaltées, rehaussées.

Depuis ma débâcle avec Oliver, j'avais connu quatre ans d'aridité sentimentale mais quatre ans de paix. Et maintenant, alors que j'avais besoin de calme et de concentration, voilà ce qui me tombait dessus. Il me fallait reprendre les choses en main. Je ne voulais pas replonger dans le tourbillon vécu avec Oliver. Ce n'était pas le moment, même sans la complication concernant Linda. Nous n'aurions qu'à oublier ce qui s'était passé la nuit dernière, O'Rourke et moi, nous montrer raisonnables et continuer comme avant.

J'ai fait semblant de me réveiller, bâillant et m'étirant exagérément.

Il a regardé dans ma direction.

— Excuse-moi pour cette nuit, ai-je dit. Je ne sais pas ce qui m'a pris.

Il a eu l'air soulagé.

— Veux-tu une tasse de thé ?

— Dans deux minutes.

Je me suis levée et j'ai jeté un coup d'œil aux alentours.

— Pas un buisson en vue, ai-je constaté.

— Essaye derrière la Land Rover, je crierai si quelqu'un approche, a-t-il dit avec un bref sourire, balayant du regard l'horizon désert.

Nous avons été incroyablement raisonnables sur le chemin du retour à Sidra. *Incroyablement* raisonnables. Nous avons discuté de la crise des sauterelles sous tous les angles et envisagé toutes les façons possibles de la résoudre. C'était presque comme si la nuit n'avait jamais eu lieu. O'Rourke était étonnamment décontracté. Je m'attendais à ce qu'il soit tendu et de mauvaise humeur. J'avais automatiquement supposé qu'il regretterait ce qu'il avait fait et qu'il essayerait de prendre ses distances. Ça, c'était un réflexe que m'avait légué Oliver. En fait, il avait l'air tout à fait normal. Après avoir roulé environ deux heures dans le sable plat, nous avons aperçu quelque chose à l'horizon. En approchant, nous nous sommes rendu compte qu'il s'agissait de deux camions qui s'étaient percutés de front. Nous nous sommes mis à rire. Ils avaient réussi à se rentrer dedans sur une

216

portion de piste où il n'y avait pas le moindre virage ni le moindre obstacle, rien, en fait, sur une distance de quatre-vingts kilomètres.

— Ils doivent être tombés amoureux, j'imagine, a dit O'Rourke. Ce qu'on appelle le coup de foudre accidentel.

Ils avaient en effet l'air très affectueux, serrés l'un contre l'autre, nez à nez. L'accident avait dû se produire quelques jours auparavant. La cargaison avait été déchargée et il n'y avait plus personne aux alentours, à l'exception d'un Anglais sur une bicyclette. Il portait une chemise kaki, un casque de cycliste et un sac à dos.

— Comment *diantre,* a beuglé le type à notre passage, une chose aussi absurde a-t-elle pu se passer ? Je n'en reviens pas. Est-ce que je suis dans la direction du Kefti ?

— Voilà pourquoi, a murmuré O'Rourke en coupant le moteur, je ne retourne jamais dans la mère patrie.

— Je me disais exactement la même chose.

Nous repartîmes tout en riant et en répétant : « Comment *diantre...* » Apparemment, l'Anglais effectuait un circuit sponsorisé à bicyclette, traversant l'Afrique d'ouest en est afin de récolter des fonds pour un parc conservatoire d'ânes du Norfolk. Il avait été surpris d'apprendre que le Kefti était en guerre depuis deux décennies, mais nous n'avions pas réussi à le convaincre de la nécessité de faire un détour.

Nous n'étions plus qu'à environ une heure de Sidra. Bientôt, nous allions voir les drôles de montagnes rouges se dresser à l'horizon. En apparence, je devais probablement avoir l'air aussi décontractée qu'O'Rourke. Je ne cessais de me remémorer de brefs instants de notre nuit passionnée, comme on ressort de nouveaux achats enveloppés de papier de soie. J'éprouvais des élans d'affection et de vulnérabilité. Au fond de moi, je sentais se préparer quelque chose de ridicule. A mesure que nous approchions de Sidra et que je prenais conscience que l'intimité des quelques derniers jours était sur le point de disparaître, ça ne faisait qu'empirer. Rien à faire. Je ne pouvais pas m'en empêcher. J'avais déjà besoin de savoir dans quel sens allait notre relation amoureuse. Alors que rien n'avait vraiment commencé.

L'arrivée à Sidra a apporté une distraction salutaire. J'ai proposé de laisser les photos pour les faire développer, de trouver quelque chose à manger puis de faire notre rapport à André au bureau des Nations unies. Nous nous sommes installés dans un petit café d'une propreté douteuse sur la place principale et avons pris un Coca en attendant qu'on nous apporte à manger. Nous nous taisions. J'essayais de me concentrer sur ce que j'avais sous les yeux. Un cheval tirant une charrette de charbon est passé au trot, on aurait dit qu'on avait roulé l'animal dans la suie. De l'autre côté de la rue, un gamin habillé d'un sac, le visage maculé de sable, venait dans notre direction en mendiant. A part le sable sur la figure, on ne voyait pas bien quel était son problème. Les gens qu'il sollicitait mettaient tous de l'argent dans son bol comme s'ils avaient l'habitude de le voir.

— Tu crois qu'il est fou ? ai-je demandé à O'Rourke d'un ton détaché.

— Je ne sais pas. Il est peut-être schizophrène.

Rien à faire. Je sentais que ça recommençait. O'Rourke me paraissait irrésistible. Un type si bien, si équilibré, si efficace. Et maintenant les autres allaient nous séparer. Je n'arrêtais pas de penser à ce que nous avions fait la nuit dernière. Qu'est-ce que ça signifiait pour lui ? Est-ce qu'il s'intéressait autant à moi qu'il y paraissait ? Qu'est-ce qui allait nous arriver à présent ? Je sentais que ça allait sortir. Comme j'aurais voulu être un homme ! J'ai mis les poings sous mes fesses et j'ai serré les mâchoires.

— Euh...Rosie. Ça va ?

— Très bien. Pourquoi ? ai-je demandé d'une voix forcée.

— Rien, c'est que tu as un air... plutôt bizarre, c'est tout.

— Tout va bien.

Il s'est penché pour me tâter le front.

— Hum...

218

Ça n'a fait qu'aggraver les choses. Je voulais crier : qu'est-ce que tu éprouves pour moi, de toute façon ? Qu'est-ce qui se passe ?

— Je vais faire un petit tour, ai-je dit à la place.

Il m'a regardée, perplexe.

Je suis revenue au moment où l'on nous servait. J'étais un peu calmée. La crise était passée. J'allais pouvoir reprendre le rôle de la dame de fer, avec un peu de chance.

Un tiers des photos ne donnait rien du tout. Il y avait toute une collection de clichés complètement noirs. « Nuit », avons-nous décidé de les intituler. Puis, il y avait celles qui étaient floues. « Brouillard ? » a proposé O'Rourke. « Fourrure ? » Quelques-unes étaient très bien et il y en avait un bon nombre de correctes. Nous avons commandé une douzaine de tirages des meilleures et nous sommes mis en route pour aller voir André à l'UNHCR. En chemin, j'ai commencé à penser aux implications de l'explosion. Je n'avais pas idée des ennuis qui nous attendaient.

— Qu'est-ce que je vous avais dit ? a demandé André dès que nous sommes entrés dans son bureau. N'y allez pas vous-mêmes. Vous n'êtes pas trop mal en point ?

Je lui ai tendu les photos.

— Seigneur !

— Alors, le bateau arrive dans dix jours ? ai-je demandé.

— Je voudrais bien, a-t-il dit, l'air sombre.

— Quoi, vous voulez dire qu'il n'arrive pas ? a dit O'Rourke.

— Il arrive, mais pas dans dix jours.

— Quand, alors ?

— Sainte mère de Dieu, je voudrais bien le savoir. Ils parlent d'un nouveau délai de trois semaines.

O'Rourke a tendu une cigarette à André avant d'allumer la sienne. Le pire n'était pas le retard du bateau. Il y avait eu de nouvelles arrivées de réfugiés plus au nord, sur la frontière.

— Je suis désolé, les amis, je ne sais pas quoi dire.

Ce n'était plus l'André rassurant que je connaissais, l'homme invincible et décontracté. C'était un type qui avait un million de gens affamés sur les bras, et rien à leur donner à manger.

— Je sais que vous n'y êtes pour rien, ai-je dit. Mais ce que je n'arrive pas à comprendre, c'est comment ces organisations gouvernementales peuvent, après le fiasco de l'Ethiopie et l'humiliation publique qu'elles ont connue, continuer à merder de cette façon !

André a levé les bras au ciel en roulant des yeux impuissants.

La conversation est ensuite passée aux forces de sécurité. Apparemment, Abdul Gerbil, le chef des forces de sécurité de Sidra, avait frisé l'apoplexie en apprenant ce que nous avions fait. C'était un type maladivement autoritaire, qui arborait toujours des lunettes de soleil style Blue Brothers avec sa djellaba et une coupe de cheveux à la Coco le Clown.

— Ce n'est pas le voyage par lui-même, c'est le fait que l'initiative ne vienne pas de lui, a dit André.

— Le problème, c'est si la presse s'en empare, a dit O'Rourke. Là, il va vraiment l'avoir mauvaise. Est-ce que l'information a filtré ?

— Non, je crois qu'il n'y a rien à craindre de ce côté-là, a dit André. J'ai dit à tout le monde de la fermer.

— Et Malcolm ? ai-je demandé.

— Je n'ai aucune nouvelle.

— Ce n'est qu'une question de temps, je suppose, ai-je dit.

Il semblait inévitable d'aller au bureau des forces de sécurité. Mais le ciel était avec nous, Abdul Gerbil était parti vers le nord pour la journée. Nous nous sommes bien assurés que tous les gens importants étaient au courant de notre visite et nous avons laissé une lettre officielle à Gerbil pour dire que nous étions venus lui parler de ces très fâcheux événements. Puis, en essayant de ne pas courir à toutes jambes, nous avons sauté dans la Land Rover et pris le large.

Nous avons ramené André au bureau. Il nous a promis d'envoyer immédiatement un rapport et les photos à El Daman.

— Je vais voir si je peux envoyer un message à Malcolm avant qu'il ne cause trop de problèmes, pour le calmer un peu.

— Merci, ai-je dit. Vous croyez qu'il est au courant pour la Toyota ?

— Probablement pas. Je l'ignorais moi-même.

— Parfait. Ne lui en parlez pas, alors.

— Mais si, je vais lui en parler. OK, si vous êtes coincés, vous pouvez toujours prendre une des nôtres, nous en avons deux ou trois en rab. OK ? Vous en voulez une ?

Incroyable qu'ils aient des véhicules de rechange inutilisés.

— Oui, d'accord.

C'était beaucoup mieux que de se trimballer dans une Land Rover du FLPK, même non identifiée. Je savais où se trouvait la base du FLPK à Sidra, bien que ce soit non officiel. Nous leur avons donc ramené la Land Rover et nous sommes partis pour Safila dans la camionnette des Nations unies.

— Toc, toc, toc, il y a quelqu'un ?

Betty me tapait sur la tête, pour rire. J'ai sursauté. Henry, Linda, Sian, Sharon et O'Rourke étaient assis autour de la table du baraquement, devant les restes du dîner.

— Désolée, excusez-moi. C'est le contrecoup de l'explosion.

— Littéralement, pauvre minette, a dit Henry.

— Tu devrais te coucher tôt, a suggéré Sharon. Tu as besoin d'une bonne nuit.

Ça faisait du bien de retrouver le bavardage chaleureux de la cantine. Fongusman était encore là, mais il avait décidé qu'il voulait qu'on lui coupe la jambe, maintenant. Henry avait pris une cuite et avait teint l'un des chiens en violet avec de l'iode. Tout ça était très amusant, mais nous étions tous très tendus et anxieux. Dans le camp, un tiers des enfants avaient un ratio poids-taille inférieur à quatre-vingt-cinq pour cent. Il y avait eu trois cents nouvelles arrivées depuis notre départ et les morts augmentaient chaque jour.

— Je pense que je vais aller me coucher tôt, si vous n'y voyez pas d'inconvénient, ai-je dit. J'ai du sommeil en retard.

O'Rourke, assis le plus près de la porte, m'a pris la main au passage.

— Ça va ? a-t-il chuchoté.

— Oui, très bien. Seulement... un peu fatiguée. A demain.

Je me suis demandé si les autres avaient remarqué quelque chose.

Le lendemain a mal commencé. Je me suis réveillée en retard, il était déjà huit heures quand j'ai fini par émerger. Sortant de la douche, les cheveux encore mouillés, drapée dans une serviette, j'ai vu de l'autre côté de la cour l'énorme tête de cheval de Gunter Brand qui me regardait avec ahurissement. Gunter s'était fait coincer par Fongusman qui faisait mine de se scier la jambe en vociférant, le menton agressif. Gunter lui semblait apparemment l'homme qu'il lui fallait pour réaliser son amputation. Pendant ce temps Psycho, le chien qu'Henry avait teint en violet, courait en cercles autour d'eux en aboyant. Qu'est-ce que Gunter faisait là ? Et où étaient passés tous les autres ?

J'ai foncé dans ma case. Si Gunter était là, c'était une chance unique de faire quelque chose. Je me suis habillée en moins de deux et je suis ressortie, arborant un sourire confiant.

— Gunter, quel plaisir de vous voir ! Psycho, assis ! ai-je intimé d'un ton autoritaire comme si Psycho avait l'habitude de s'asseoir sur commande quand on lui demandait. Pff ! j'étais juste en train de me rafraîchir un peu, la matinée a été longue ! Voulez-vous boire quelque chose ? Entrez donc !

Je l'ai entraîné vers la cantine, m'interposant entre lui et Fongusman qui continuait à tendre la jambe en mimant des mouvements de scie.

— Fermez-la et allez-vous-en ! ai-je sifflé en gesticulant pour qu'il comprenne. Allez-vous-en. Allez-vous-en !

Psycho avait suivi Gunter dans le baraquement, aboyant en lui sautant aux chevilles. Gunter, agrippant sa mallette, a exécuté quelques pas de danse pour se garer du chien.

— Pourquoi ce chien est-il violet ?

— Ha, ha, ha ! (J'ai ri gaiement.) Alors, que puis-je vous offrir ? Une boisson fraîche ? Une tasse de thé ?

Kamal, le cuisinier, avait disparu, et la bouilloire aussi.

— Une tasse de thé, ce sera parfait, merci.

— Ah. En fait, je ne sais pas où est la bouilloire. Voulez-vous un Coca, pendant que je la cherche ?

Quand j'ai ouvert le frigo, deux paquets de brie ont dégringolé. On aurait dit qu'il avait été rempli par une mère de famille de douze enfants, alcoolique et dépensière, qui venait de rentrer de l'hypermarché. Des bouteilles de pouilly-fuissé d'O'Rourke, de vodka à la framboise, des boîtes de chocolat Lindt, de pâté, des quarts de Stilton étaient empilés sur les rayons. J'ai rapidement fourré le brie à sa place et j'ai refermé la porte. En me retournant, j'ai vu que Gunter ouvrait de grands yeux. Le bruit d'un véhicule arrivant sur la route m'a rappelé le pick-up des Nations unies qu'André nous avait prêté. Il ne fallait à aucun prix que Gunter apprenne l'explosion de la Toyota. Peut-être qu'il ne dirait rien de notre voyage au Kefti, mais ça ne serait pas la même histoire s'il entendait parler de la mine. Ça pourrait tourner à l'incident diplomatique.

— Merde !

Gunter, furieux, agitait la jambe.

Psycho avait décidé de s'attaquer à son pied.

— Psycho ! Arrête. (Je l'ai pris par le collier en tentant de le retenir.) Ça ne vous dérangerait pas de passer dans la pièce voisine ? On dirait qu'il s'est pris d'affection pour vous. Je vais m'en débarrasser.

J'ai tiré Psycho dehors, je l'ai expédié vers le bas de la colline avant de me précipiter sur la route pour intercepter le pick-up des Nations unies. Mais ce n'était pas le pick-up, c'était une de nos Toyota, conduite par Sharon.

— Gunter est venu de l'UNHCR, ai-je soufflé. Peux-tu redescendre et leur dire de planquer le pick-up des Nations unies ?

— OK, a-t-elle répondu gaiement. Il faut seulement que je m'arrête au magasin, mais je les préviens.

Je suis retournée au baraquement. Gunter faisait les cent pas autour du coin salon, l'air énervé. J'ai entrouvert le frigo pour prendre deux Coca et je les lui ai portés, hors d'haleine.

— Je suis désolée que personne n'ait été là pour vous accueillir à votre arrivée.

— C'était une réception un peu inhabituelle.

— Alors, André n'est pas avec vous ?

Merde. Le reste d'un joint et un paquet de papier à cigarettes dont une feuille était arrachée trônaient dans un cendrier sur la table.

— Non, il est parti au port.

J'ai pris le cendrier en couvrant de la main le mégot et le paquet de Rizlas. Avait-il vu quelque chose ? Il n'a rien manifesté.

— Ah bon ? Qu'est-ce qu'il est parti faire là-bas ? Vous ne voulez pas vous asseoir ? Je vais tenter une autre expédition pour retrouver cette bouilloire.

J'ai fait disparaître dans la poubelle le matériel de dope. La bouilloire n'était toujours pas revenue. Sur une inspiration inexplicable, j'ai pris un pamplemousse et l'ai rapporté à Gunter qui s'était enfin assis. Il m'a regardée bizarrement.

Nous avons entamé une conversation un peu crispée. Apparemment, il était en tournée marathon pour remonter le moral des troupes. J'ai commencé à lui parler de notre problème. Puis on a entendu arriver un autre véhicule. Je priais pour que ce soit O'Rourke, ou, du moins que ce ne soit pas Betty.

— Donc, vous voyez, disais-je à Gunter, nous ne pouvons tenir que trois semaines...

Bruit de portes qui claquent. D'une voix féminine. D'une voix masculine. Celle d'O'Rourke. Parfait. Sauf que la voix féminine avait l'air en colère. Ils se dirigeaient vers le baraquement, parlant de plus en plus fort. Je me suis rendu compte que si Sharon les avait ratés pendant son arrêt au magasin, personne ne pouvait savoir que j'étais encore là.

— Je sais que tu couches avec Rosie. J'en suis certaine.

C'était Linda. Ils étaient devant le baraquement. J'ai jeté un coup d'œil à Gunter, paniquée. Il regardait fixement droit devant lui.

Encore la voix d'O'Rourke, calme, raisonnable. Mais indistincte :

— Uniquement parce que... Kefti avec Rosie... couché avec Rosie...

— Je ne sais pas comment tu peux dire ça ! Je ne sais pas comment tu oses ! criait Linda.

— Mais... quoi... ça te concerne ?

Je n'arrivais toujours pas à distinguer ce qu'il disait.

— Justement...

Ils entraient. J'étais pétrifiée.

— Mais nous ne sommes pas fiancés. Il n'y a rien entre nous. Je n'ai jamais dit que je venais ici pour te retrouver. C'est faux.

Mon cerveau tournait à toute vitesse. Ils entraient dans la cuisine.

— Tu as couché avec elle, hein ? Admets-le. Tu as couché avec elle.

— Linda. Ne fais pas ça.

— Tous mes instincts me disent que tu as couché avec notre administratrice pendant votre petite expédition de reconnaissance au Kefti, et compte tenu de ce qu'il y a eu entre nous, et que je dois travailler avec vous deux, j'ai le droit de savoir si c'est vrai ou non.

— Tu n'as aucun droit de ce genre.

Ils approchaient du coin salon, où nous étions.

— Tu as couché avec Rosie. Je le sais. Ça s'est passé quand ? Et où ?

— D'accord. Puisque tu y tiens. Oui, j'ai couché avec Rosie, il y a deux nuits de ça. Dans le désert. Sur une bâche, a-t-il dit juste au moment où ils apparaissaient dans la porte, découvrant Gunter et moi qui les regardions, ébahis.

O'Rourke a essayé de nous sortir de la situation en faisant comme si rien ne s'était passé. C'était assez bien joué.

— Tiens ! Nous avons de la visite. Bonjour. Ravi de faire votre connaissance. Je m'appelle Robert O'Rourke, je suis ici pour prendre la relève du médecin en charge de Safila. Voici Linda Bryant, infirmière diététicienne.

— O'Rourke. Linda. Je vous présente Gunter Brand, ai-je enchaîné vaillamment, le haut-commissaire des Nations unies pour le Nambula. (Les yeux d'O'Rourke ont croisé les miens, horrifiés.) Gunter, voici Robert O'Rourke, notre nouveau médecin, qui arrive des Etats-Unis, et Linda Bryant. Linda est avec nous depuis deux ans maintenant. Est-ce que quelqu'un a vu la bouilloire ?

J'essayais d'entraîner Linda ou O'Rourke dans la cuisine pour leur dire de se débarrasser du pick-up, mais Linda avait l'air d'être rivée au sol, prête à éclater en sanglots et O'Rourke s'embarquait dans un numéro dingue de politesse avec Gunter. Je ne l'avais jamais vu aussi bavard. Il tenait les clés à la main et jouait frénétiquement avec. Je me suis demandé si Gunter allait devenir fou. Je suis retournée à la cuisine. Est-ce que ça voulait dire qu'il n'y avait rien entre eux, finalement ? Allions-nous pouvoir continuer à travailler ensemble ? Je suis revenue dans le living-room. Soudain, j'ai entendu le bruit d'une autre voiture. Henry en sortait en gueulant avant que je puisse intervenir.

— Salut. J'ai ramené le pick-up des Nations unies en vitesse, selon les ordres. C'est notre visiteur ? Vachement sympa de nous avoir prêté le camion. Vachement sympa. Merci beaucoup.

Finalement, c'est O'Rourke qui a pris l'initiative de tout raconter à Gunter de notre expédition au Kefti. Assez étrangement, il a paru plus impressionné que fâché. Il nous a écoutés, a examiné les photos et les chiffres avec une certaine inquiétude et a posé plein de questions. Il s'accrochait à l'idée que les sauterelles se limitaient à certains secteurs et a contesté notre estimation du nombre de réfugiés se dirigeant vers Safila. Mais le seul fait de sa présence montrait qu'il reconnaissait l'étendue du problème.

La tournée de Gunter dans le camp se passait bien. Nous étions au centre de distribution de nourriture. Les mères étaient assises en rangs bien ordonnés, faisant avaler à la cuiller à leurs enfants une mixture contenue dans des gobelets de plastique orange. Nous étions debout au fond de la salle, derrière les marmites, quand j'ai entendu une voix, bien distincte :

— Est-ce que tu couches avec Rosie ?

C'était Sian, de l'autre côté de la cloison de jonc.

— C'est vrai, hein ?

J'étais anéantie. Mais qu'est-ce qu'ils avaient tous, aujourd'hui ?

— Putain, bien sûr que non, je ne couche pas avec Rosie, espèce de folle ! disait la voix d'Henry. T'as vu l'âge qu'elle a ?

— On dirait que tu passes tout ton temps avec elle.

— Sian, ma biche, je suis l'adjoint de Rosie.

— Alors pourquoi est-ce que je ne peux pas m'installer avec toi dans ton tukul ?

— Il n'y a pas de place, ma biche.

— C'est à cause de ce qu'il y a entre toi et Rosie, c'est ça ?

Gunter me regardait avec insistance.

— Sian, je ne couche pas avec Henry. Henry, je ne suis pas si vieille que ça, ai-je lancé à travers la cloison. (Puis j'ai souri avec bienveillance, avec une certaine majesté :) Et si nous continuions, Gunter ?

Pour couronner le tout, tandis que Gunter et moi assistions à la distribution des rations sèches, Abdul Gerbil est arrivé, djellaba au vent, lunettes noires en bataille. Ecumant de rage, il a dévidé toute l'épopée du Kefti : la mort des soldats, la destruction de la Toyota, la jambe de Muhammad, m'accusant de totale irresponsabilité, d'imprudence, d'entêtement, de non-respect de l'autorité, et d'inaptitude à tenir mon poste.

Henry a reconduit Gunter à la résidence et j'ai dit que les suivrais. J'avais une ou deux choses à régler. En retournant à la jeep, j'ai croisé Linda qui se dirigeait vers l'hôpital.

— J'espère que vous êtes contente de vous, a-t-elle lancé.

— Je suis vraiment désolée. Je n'en avais pas l'intention. Mais la situation était très particulière.

Elle m'a regardée.

— Je ne vous tiens pas pour complètement responsable. Il est irrésistible.

— Je ne voulais pas que ça arrive.

— C'est à lui que j'en veux. Le salaud.

— Mais est-ce vraiment un salaud ? Vous sortiez avec lui ?

— Non, apparemment.

— Il y avait eu quelque chose entre vous ?

— Nous avions eu une sorte de ... bon, de liaison, je suppose, quand nous étions au Tchad. Ça n'a duré que quelques semaines puis je suis partie au Niger. Mais bon, quand j'ai appris qu'il venait ici, vous savez comment ça se passe parfois... On s'imagine...

— Oui, je sais ce que c'est, croyez-moi.

— C'est vrai ?

J'ai acquiescé, me sentant nulle.

— Et entre vous et lui ? Qu'est-ce qui va se passer ?

— C'était seulement... Il n'est pas question qu'il y ait de suite, ai-je répondu fermement.

— Très bien. Je vous remercie.

Et alors je me suis dit, merde, pourquoi est-ce que j'ai dit ça ?

Quand je suis rentrée à la résidence, Gunter m'a demandé s'il pouvait me parler en privé.

— Bien sûr, je suis à vous dans une minute.

Je suis rentrée dans ma case en me frappant le front de toutes mes forces. Tout était foutu. Gunter ne nous accorderait aucune aide. Gunter pouvait me faire renvoyer.

Merde, merde, merde, merde.

On a frappé à la porte et Sian est entrée.

— Je suis désolée pour ce que j'ai dit à Henry. Je ne sais pas ce qui m'a pris...

— Ça ne fait rien. Je suis désolée de ne pouvoir... Il faut que je ...

Elle s'était assise sur le lit.

— C'est seulement qu'avec tout ce qui se passe je suis si perturbée... Je...

— Je comprends, mais... Je n'ai pas le temps d'en parler là, tout de suite. Mais pourquoi vous êtes-vous mis en tête que...

— Je ne sais pas, vous êtes si proches, tous les deux, et il est parfois tellement bizarre.

— Mais c'est mon adjoint, voyons ! Excusez-moi, il faut vraiment que j'y aille. Nous pourrons en reparler plus tard ?

— Je voulais juste vous demander de m'excuser. C'est que... tout est tellement angoissant en ce moment.

— Je sais. Je ressens la même chose. Ecoutez, je n'ai pas le temps, il faut que j'aille me faire engueuler par Gunter.

— Oh, non ! Je suis désolée. Je voulais seulement...

— N'y pensez plus. Nous en reparlerons.

Gunter était planté devant ma case quand je suis sortie, claquant des doigts avec irritation. J'espérais qu'il n'avait pas entendu.

— Voulez-vous que nous allions jusqu'à la colline pour parler ? ai-je proposé. Nous y serons tranquilles.

Nous n'avons pas échangé un mot avant d'arriver à l'endroit indiqué. Je savais ce qui m'attendait. Je me suis arrêtée et je l'ai regardé droit dans les yeux.

— J'ai plusieurs choses à vous dire.

— Oui ?

— J'ai travaillé dans différents camps de réfugiés, vous savez. Pendant des années. Une fois, au Cambodge, je couchais avec trois infirmières en même temps et aucune ne savait rien des autres. (Il a rejeté en arrière sa grosse tête de cheval en rugissant de rire.) Bon, votre expédition au Kefti était une mauvaise idée et nous causera peut-être de graves problèmes diplomatiques à El Daman, comme vous en avez certainement conscience. Vous ne pourrez pas faire jouer l'assurance pour le véhicule détruit.

— Je sais.

— Mais vous avez fait preuve d'initiative. Vous n'avez pas hésité à vous engager. Et vous avez été très courageuse. Vous avez pris des photos et recueilli des informations ?

— Oui.

— Alors maintenant, nous allons regarder ces informations. (Il a posé sa main sur mon bras.) Votre action ici est extrêmement intelligente et efficace. Et je suis très impressionné par... par votre énergie et celle de votre personnel.

Il a rejeté la tête en arrière et a poussé un autre rugissement. Il avait marqué un point et il le savait.

17

Avant de partir, Gunter a regardé les photos prises au Kefti et écouté notre récit avec une gravité manifeste. J'espérais qu'il serait désormais convaincu et promettrait de faire quelque chose. Au lieu de quoi, il nous a répété que les Nations unies en Abouti savaient tout de la situation et ne la considéraient pas comme alarmante. Rien de bien inquiétant en ce qui concernait le Nambula, a-t-il dit, puisque le bateau devait arriver d'un moment à l'autre. J'étais hors de moi. Je lui ai démontré que si le bateau n'arrivait pas, ce serait un désastre, et que, de toute façon, nous avions besoin de provisions supplémentaires. Gunter a promis de considérer la question. Henry et moi avons passé l'après-midi à réorganiser le centre d'accueil et nous avons ouvert un nouveau cimetière.

A cinq heures, Sian est venue me chercher. Elle hésitait à me regarder.

— Je crois que vous devriez venir à l'hôpital. Il y a Hazawi et Liben Alye.

Je m'en suis voulu de ne pas les avoir mieux protégés et de ne pas avoir demandé à quelqu'un de s'occuper d'eux pendant mon absence.

Hazawi était un petit tas d'os et de peau dans les bras de Liben. Elle souffrait de diarrhée grave, de vomissements et de fièvre. Il lui essuyait le derrière avec un lambeau de chiffon. Deux coulées de larmes dégoulinaient dans les plis de son visage. Il a levé les yeux et m'a vue et, l'espace d'une seconde, une expression d'accusation est passée dans son regard. Ça m'a suffi.

Hazawi est morte à huit heures. Liben ne l'a pas accepté. Il est devenu insensible à tout ce qui l'entourait. Il a lavé le petit corps et l'a revêtu de la robe verte qu'elle avait toujours portée. Puis il l'a prise sur son épaule et est sorti à pas très lents de l'hôpital, jouant avec sa joue comme il le faisait toujours. Je l'accompagnais, mais il ne savait pas que j'étais là. Il faisait nuit et on entendait les lamentations stridentes de deuil monter de l'hôpital. Soudain, Liben s'est accroupi sur le bord du sentier, tenant le petit corps au creux de son bras comme un bébé, arrangeant sa robe et lissant ce qui lui restait de cheveux.

Je me suis assise près de lui et j'ai pris sa main qui était inerte et froide. Je suis restée là longtemps. Finalement, je suis allée chercher l'assistante sociale en charge du village de Liben et elle est venue avec des Keftiens qui le connaissaient. Ils l'ont relevé et l'ont ramené à sa case. Il allait falloir obliger Liben à enterrer Hazawi le lendemain matin.

Nous n'avons pas pu trouver de réconfort collectif ce soir-là. Nous sommes tous rentrés du camp à des heures différentes, très tard, et après avoir avalé un morceau en vitesse, nous sommes allés directement nous coucher. O'Rourke était encore à l'hôpital. Tous les autres étaient au lit. J'étais allongée à plat ventre, incapable de dormir, étendue, crucifiée, avec l'impression qu'on me transperçait la colonne vertébrale. J'avais vu ce qui allait arriver et je ne pouvais rien faire. J'avais le sentiment d'être environnée de murs de brique. La nuit était épouvantablement sombre.

Quand enfin je me suis endormie, j'ai rêvé que j'étais au milieu de hautes montagnes noires. Jacob Stone dirigeait sur ces montagnes un faisceau de lumière dorée comme on en voit dans les tournages de films, il y avait un grand escalier de verre avec des projecteurs de chaque côté, puis je me suis réveillée. J'ai éclairé ma montre à l'aide de ma torche électrique. Il était quatre heures. Les souris faisaient un tapage d'enfer. Elles étaient dans le plafond, mais le bruit semblait venir du plancher. Je me suis levée pour allumer la lampe tempête et je me suis recouchée pour réfléchir à mon rêve. J'ai pensé à ce que m'avait dit Jacob Stone après la réception à l'ambassade chez Patterson à El Daman.

Je suis restée assise toute la nuit à réfléchir.

Dès la pointe du jour, je suis descendue au camp. La rivière était encore baignée de brume. Un coq chantait. Les gens commençaient à peine à émerger des cases, des femmes en tunique blanche, les cheveux ébouriffés, des enfants dans les jambes qui se frottaient les yeux, éperdus.

Muhammad était allongé sur son lit. Il lisait.

— Enfin, nous allons pouvoir parler.

— Je suis désolée. Je...

— Non. Ne vous excusez pas, naturellement.

— Ne vous levez pas.

— Il faut que je prépare le thé.

Il se déplaçait déjà bien avec son bâton.

— Vous allez trouver que c'est encore plus long que d'habitude, m'a-t-il dit en se retournant avec un sourire narquois. Mais voyez-vous, vous ne pouvez pas vous plaindre, parce que je suis handicapé.

Le thé était encore plus dégoûtant que d'habitude.

— Je suis venue vous dire que je retourne à Londres.

Il n'a pas réagi.

— Je quitte le camp cet après-midi.

— Ah bon ? a-t-il dit sans insister, après un silence.

— Oui.

Autre silence.

— Puis-je demander pourquoi ?

Je lui ai parlé de mon projet : un vol partait d'El Daman le lendemain matin. J'avais l'intention de retourner à Londres, pour tenter de faire passer mon histoire dans la presse et de convaincre un certain nombre de célébrités de lancer un appel à l'aide. J'espérais obtenir un créneau à la télé pour une émission spéciale. De cette façon, je pourrais réunir assez d'argent ou trouver des sponsors pour envoyer immédiatement de la nourriture par avion.

— Et vous croyez vraiment que c'est possible en un laps de temps aussi court ? Est-ce que les gens célèbres dont vous parlez vont vous suivre ?

— Oh... Je n'en sais rien. (Je fixais le fond de ma tasse d'un air maussade.) Je connaissais certains de ces gens, autrefois. Ça peut marcher. Je ne vois pas d'autre manière de trouver de la nourriture très vite. Qu'avons-nous à perdre ?

— Pardonnez-moi toutes mes questions. Est-il sage de laisser le camp en ce moment ?

Je serais virée, évidemment, si je faisais une chose pareille. Je lui ai donc dit que je démissionnerais. Si le plan aboutissait, SUSTAIN me reprendrait peut-être. Nous disposions d'à peu près trois semaines avant l'arrivée massive des réfugiés. Le camp était maintenant bien organisé et je me disais qu'Henry pouvait s'en sortir avec l'aide de Muhammad. Si, à Londres, je réussissais à lancer l'appel et à mettre l'opération en route rapidement, je reviendrais à temps avec l'approvisionnement.

Muhammad, le regard fixé sur les braises, était plongé dans ses réflexions.

— Qu'en dites-vous ?

— Ce bateau ne viendra pas dans dix jours.

— Non.

Il a réfléchi encore quelques instants. Il avait les joues très creuses à présent.

— Je crois que vous avez raison. Il faut essayer.

J'ai soupiré de soulagement.

— Merci.

Mais Muhammad avait toujours le regard perdu dans le feu et tout à coup je me suis rappelé son amie, Huda Letay. J'aurais dû prendre le temps de lui en parler sérieusement avant.

— Vous vous souvenez que vous m'avez parlé d'Huda quand vous étiez malade ?

— Vous ne l'avez pas trouvée.

— Non.

Il s'est levé tristement et est allé ranger le sucre sur les étagères.

— On m'a dit qu'il n'y avait personne d'Esareb parmi les réfugiés. Et que les sauterelles n'ont pas encore touché les villes. Je suis désolée.

— Non, c'est bien. (Il s'est retourné, le visage à nouveau calme.) Elle est sans doute en sécurité. Et maintenant il faut vous hâter d'exécuter votre projet.

— Voulez-vous que je vous rapporte quelque chose ?

— Oui... environ cinq cents tonnes de nourriture.

— Pour vous, je veux dire.

Il a réfléchi un instant.

— J'aimerais un exemplaire d'*Hamlet*.

— Auriez-vous l'intention de prendre part à cette émission de télé ?

Grand rire rauque.

— Peut-être. Il faut que je pense à mon public.

Tout le monde était réuni pour le petit déjeuner, le teint blême, l'air épuisé. Je leur ai dit ce que j'avais l'intention de faire.

— C'est aux Nations unies de trouver une solution, a dit Sharon. C'est bien de ta part de vouloir essayer, mais tu n'iras pas loin avec quelques sacs de blé et deux ou trois stars qui vont se faire photographier en embrassant des bébés.

— Il y aura moins de morts si nous parvenons à faire venir très vite une aide alimentaire.

— Impossible de faire venir des célébrités ici en ce moment. (Sharon a fait une grimace.) Vous imaginez le cauchemar !

— Je crois que ça vaut la peine de tenter le coup, a dit Linda.

— Qu'est-ce que j'ai à perdre ?

— Nous avons besoin de vous ici, a dit Sian.

— Vous seriez absente combien de temps ? a demandé Linda avec un enthousiasme à peine dissimulé.

— Peut-être trois semaines. Vous pouvez vous débrouiller sans moi, non ?

— Bien sûr, ma petite vieille, a répondu Henry. Ne te fais pas de bile. Nous nous arrangerons pour qu'ils meurent tous en bon ordre.

Voilà qui était d'un pessimisme inattendu de la part d'Henry.

— Bon. C'est bien ce qui va se passer quand nous aurons épuisé toutes les réserves de nourriture et de médicaments, non ? a-t-il ajouté.

— Exactement, ai-je dit. Vous ne trouvez pas qu'il faut au moins tenter de faire quelque chose, justement ?

— Que va dire SUSTAIN ? a demandé Sharon. Tu vas perdre ton boulot, et que se passera-t-il si ces gens célèbres refusent de t'écouter ?

— Il faut que je prenne le risque.

O'Rourke gardait un silence ostensible, le nez dans sa tasse de thé.

— Bon, si tu réussis, ma petite vieille, ce sera vachement super, a dit Henry. Dans le cas contraire, tu auras l'air d'une andouille.

— Ma foi, je trouve que c'est une merveilleuse idée, ma petite Rosie. (C'était Betty.) Absolument fantastique. Dans le doute, il vaut mieux agir que ne rien faire, c'est ce que je dis toujours. De plus, je me rappelle Marjorie Kemp à Wollo en 84. Ils ont hurlé à la famine pendant six mois et quelle aide ont-ils obtenue ? Aucune. Ce n'est que quand la BBC s'en est mêlée que les choses ont commencé à bouger. Si vous faites vraiment venir des célébrités ici, je suis sûre que nous pouvons leur organiser un excellent accueil. Et elles nous apporteront des friandises, j'en suis sûre. Glissez-leur un mot pour les choux de Bruxelles.

Oh non ! Betty organisant le comité d'accueil des célébrités. J'ai failli changer d'avis.

236

O'Rourke est venu dans ma case pendant que je préparais mes bagages.

— Je crois que tu ne devrais pas partir.

Je l'ai regardé.

— Pourquoi ?

— Ecoute, ce n'est pas que je trouve ça irresponsable. Je comprends ton raisonnement. Tu as tout parfaitement organisé ici. On peut se débrouiller pendant quinze jours.

— Alors, c'est quoi ?

Il s'est frictionné la nuque.

— Tu crois que je laisse les Nations unies et les agences humanitaires sur la touche ?

— Non. Ça pourrait avoir l'effet contraire. Ça risque même de les mettre dans l'embarras.

— Alors, de quoi *diantre* s'agit-il ?

Il a eu un sourire bref puis, redevenant sérieux :

— Je ne crois pas que les vedettes des médias devraient s'engager là-dedans. En tout cas je ne crois pas que nous devrions lâcher une foule de célébrités sur Safila.

— Pourquoi pas ?

— Parce que je pense que cette notion de vedettariat est complètement absurde. Tout ce que ça prouve, c'est à quel point les gens sont capables d'avaler n'importe quoi.

— Ce n'est pas la faute des célébrités.

— Non, tu as raison. C'est notre époque qui est dingue. Tout le monde veut croire qu'on peut devenir riche et puissant sans aucun rapport avec ce qu'on fait réellement. Alors on paye pour voir des vedettes qui y sont parvenues. Mais la raison pour laquelle les vedettes ont réussi, c'est justement parce qu'il y avait des gogos prêts à payer pour les voir. C'est complètement absurde.

— Et ce n'est pas bien de vouloir faire quelque chose ?

— Allons ! Qui aide qui ? L'engagement est un ingrédient indispensable de l'image des personnalités, de nos jours.

Nous étions debout face à face, chacun à un bout de la pièce. J'avais espéré qu'il me soutiendrait.

— Et tu crois que je n'ai pas réfléchi à tout ça ?

— Et alors, qu'en as-tu conclu ?

— Je crois qu'il y a deux cas de figure. D'un côté, il y a les personnalités qui aident plus la cause qu'elles ne s'aident elles-mêmes, et de l'autre les personnalités qui s'aident plus qu'elles n'aident la cause.

— On ne peut pas faire de distinction aussi simpliste quand il s'agit de questions humanitaires. Regarde la diversité des motivations qu'on trouve déjà ici. De toute façon, tu n'auras pas la possibilité de choisir qui tu veux en si peu de temps.

Il avait probablement raison sur ce point.

— Ce n'est peut-être pas la solution idéale, mais quel mal y a-t-il si ça nous permet d'obtenir la nourriture nécessaire ?

— C'est une question de dignité humaine. (Il s'est encore frictionné la nuque.) Tu sais aussi bien que moi que les inégalités Nord-Sud devraient se réduire et qu'il n'en est rien. Faire débarquer des stars avec leurs paillettes dans des zones ravagées par la famine, c'est pour moi un symbole indécent de cette division. C'est comme de dire : « Hé ! Le statu quo est acceptable. Il nous suffit de donner un coup de main ici et là et nous avons fait notre BA. » C'est une manière d'atténuer la culpabilité. C'est de l'hypocrisie.

— Est-ce que ça ne vaut pas mieux que de ne pas agir ?

— Peut-être. Pas sûr. Si ça contribue à donner aux gens l'illusion qu'on fait quelque chose alors qu'en réalité on ne fait quasiment rien.

— Ça pourrait sauver la vie de Liben Alye.

— Mais sa vie a-t-elle un sens sans Hazawi ?

Il a compris mon regard.

— Excuse-moi. Mais les campagnes médiatiques, par leur nature même, arrivent toujours trop tard. Ce n'est qu'un effet de réaction. Tu le sais bien.

— Pas tout le temps. Peut-être pas cette fois-ci. Nous avons trois semaines. Et nous réussirons peut-être à faire passer le message qu'on ne peut plus attendre qu'il soit trop tard, justement.

Il m'a regardée en hochant la tête.

— Tu es très naïve, parfois.

— C'est toi qui es naïf. Il faut voir le monde tel qu'il est. On ne peut pas le changer, il faut faire avec. Le public écoutera les vedettes.

— Pourquoi ne pas se contenter de faire sponsoriser un avion ? Tu n'es pas obligée d'y impliquer le showbiz.

— Parce qu'il n'y a pas que Safila qui manque de nourriture. Et les autres camps ? Si nous réussissons à attirer l'attention des médias sur ce qui se passe ici, les gouvernements seront obligés d'agir.

Il a hoché la tête.

Je me suis détournée vers le lit et j'ai continué à faire mes bagages. A cause de lui, je ne savais plus que penser.

— Il faut que je continue.

— Très bien, a-t-il dit avant de sortir.

Après son départ, je me suis assise sur le lit pour réfléchir. Je savais qu'il avait la logique pour lui, mais je ne voyais pas d'autre solution pour que l'aide alimentaire arrive à temps, et c'est ce qui me paraissait le plus important. Quand même, ça m'ennuyait qu'il estime que j'avais tort de partir.

La porte s'est ouverte avec bruit. C'était encore O'Rourke. Avec les photos du Kefti et les notes que nous avions prises.

— Ne pars pas sans emporter ça.

— Merci. Je laisserai une photocopie à Malcolm.

Il s'est assis sur la chaise.

— Si tu es décidée à te lancer là-dedans, je te soutiendrai.

— Merci.

— As-tu besoin d'argent ?

— Non, ça ira.

— Réfléchis bien, le billet d'avion, les vêtements que tu vas devoir acheter, les taxis, Londres... Tu es sûre ?

— J'en suis sûre, mais je te remercie.

Il m'a regardée. Ses yeux vert noisette me scrutaient.

— Ça va ?

Il n'y a rien de tel que la gentillesse pour vous donner envie de pleurer. Tout d'un coup, je n'avais qu'une envie, m'appuyer contre lui et sentir ses bras autour de moi. Mais il n'avait donné aucun signe, depuis l'autre nuit, de désirer ce genre de choses.

— Ça va très bien, ai-je menti.

— Je voulais te dire... notre nuit dans le désert, et cette conversation absurde avec Linda. Tu te sens bien ? Tu n'es pas en colère, ou malheureuse ?

Ne pas montrer ses sentiments, me suis-je dit. Ne pas prendre ce risque. Pas maintenant.

— Je ne voulais pas que tu partes à Londres avec l'impression...

— Est-ce qu'il y a quelque chose entre Linda et toi ?

— Non. Nous avons eu une brève liaison, il y a trois ans. Mais rien depuis, sauf ...

— Ça ne fait ...

— Sauf que depuis mon arrivée, j'ai eu l'impression qu'on me giflait avec une carte de la Saint-Valentin, si tu vois ce que je veux dire. Je ne savais même pas qu'elle était ici quand j'ai été nommé...

Il avait l'air gêné.

— Mais je...

— Ecoute, ce n'est pas grave. N'y pense plus.

Je ne voulais pas en entendre davantage. Je savais qu'il allait dire : « Je ne veux pas me lancer dans une histoire sentimentale avec quelqu'un d'autre, de toute façon. » C'est-à-dire avec moi. Je me sentais au bord des larmes.

Je me suis relevée.

— Si ça ne t'ennuie pas, il faut vraiment que je finisse mes bagages ou sinon je ne partirai jamais.

Je me suis retournée vers le lit et j'ai commencé à plier des vêtements. Je ne voulais pas qu'il voie mon visage.

240

Il est resté à sa place et j'ai continué à faire ma valise. Au bout d'un moment, il a dit doucement :

— On dirait que tu es sur la défensive.

Je n'ai pas répondu.

— Est-ce quelqu'un t'a fait souffrir ?

J'ai essuyé mes yeux d'un revers de main et j'ai continué à ranger.

— Il faut que je finisse cette valise. J'irai vous dire au revoir avant de partir.

Il a hésité un instant puis il est sorti, soulevant la porte de fer-blanc avant de l'ouvrir et la refermer.

18

« Geldenkrais, Arimacia, Beth-Luis, entrez à présent dans l'aura qui va vous guérir. Laissez-vous guider par le Guerrier de Jade. Voyez... sentez... vivez l'expérience. »

Bill Bonham flottait dans un réservoir d'eau faiblement éclairé, sous une pyramide turquoise décorée d'algues. « VOICI LA TRANSE DU SHAMAN TANTRA ! » a-t-il tonné. Sa silhouette épaisse a émergé du réservoir, tunique blanche dégoulinante : « OÙ ? OÙ SONT LES HOPI ? »

Je commençais à me demander ce que je faisais là. C'était la première d'un one-man show inhabituel, *La Guérison par l'énergie chakra,* annoncé comme « la nouveauté théâtrale New Age des années quatre-vingt-dix. Une exploration des potentialités spirituelles de l'homme par l'art du spectacle. » Je me souvenais de Bill comme d'un copain cynique d'Oliver, qui, avec son blouson de cuir, se faisait une gloire de ne pas supporter les imbéciles et passait son temps à filer aux toilettes pour aller sniffer de la cocaïne. Apparemment, entre la commande de ce spectacle et la production du scénario, il était devenu complètement dingue. Il se croyait descendu des Aztèques et chargé de révéler au monde la Route de l'Extase par le port de la turquoise.

Parfait, me suis-je dit. Excellente façon de passer le temps. Le Club des Célébrités était là en force, la recherche des Hopi n'étant que le prix à payer. Quelques sièges plus loin, Kate Fortune, vêtue comme d'habitude de ridicules fanfreluches, regardait la scène d'un air de total ravissement : ses lèvres luisantes reflétaient les lumières pourpres et dansantes et, de temps à autre, elle rejetait en arrière sa longue chevelure. Richard Jenner, le metteur en scène, minuscule et ratatiné, était assis à côté de sa copine Annalene, l'adolescente attardée. Je ne les avais pas revus depuis que j'avais vomi à leur dîner. Corinna Borghese, la fille acerbe qui présentait naguère *Soft Focus* avec Oliver, s'agitait sur son siège, les yeux exorbités, ses cheveux teints au henné coupés presque à ras. Elle portait des lunettes noires. Difficile de lui donner tort. De l'autre côté de l'allée, les profils distingués de Dinsdale Warburton et Barry Rhys regardaient droit devant eux, aussi impassibles que s'ils assistaient à une représentation du *Roi Lear* par la Royal Shakespeare Company. A côté de moi, Julian Alman pianotait désespérément sur son agenda électronique.

J'étais arrivée à Heathrow au petit matin et j'avais passé la plus grande partie de la journée à dormir, chez Shirley. Dans l'après-midi, j'avais appelé Julian Alman. Julian et Janey : de tous les amis d'Oliver, c'était ceux dont je m'étais sentie le plus proche. Julian, l'acteur le plus joyeux du pays, s'embourbait à présent dans la morosité, dans les affres de sa séparation d'avec Janey et il m'avait invitée avec enthousiasme à sortir ce soir-là avec lui. C'était l'occasion idéale que je cherchais.

Le bruit de vagues, de mouettes et de baleines a soudain empli l'auditorium. Bill Bonham était prostré sur le devant de la scène. « L'Esprit Cheval ! a-t-il articulé. Où, où est donc l'Esprit Cheval ? »

Des mèches de cheveux humides soulignaient sa calvitie et il avait le visage égaré. « Cherche, cherche, cherche », psalmodiait le chœur aztèque en voix off.

Silence. Puis soudain un gong a retenti, accompagné d'une sonnerie grêle et insistante, plus proche.

— Merde, a chuchoté Julian. Mon téléphone. Merde.

Il a farfouillé dans sa poche et en a extirpé le téléphone, signal vert clignotant.

243

— Bonjour, ici Julian Alman.

— Chut ! a sifflé Kate Fortune sans quitter la scène des yeux.

— Raccroche, ai-je soufflé.

— Chut, a dit quelqu'un derrière nous.

— Janey, écoute, nous ne pouvons pas continuer..., murmurait Julian dans son téléphone.

« L'Esprit Cheval est arrivé. »

Kate Fortune a lancé à Julian un regard assassin, les sourcils levés, avant de se retourner en vitesse vers la scène en balançant sa chevelure par-dessus son épaule.

— Ecoute, je te l'ai dit. J'ai besoin de faire le point et de me retrouver avant...

Je lui ai pris le téléphone des mains.

— Janey, c'est Rosie. Julian est au théâtre en ce moment. Il te rappellera dans une demi-heure.

J'ai éteint le téléphone et l'ai mis dans mon sac. Julian me regardait, l'air désespéré.

Où était Oliver ? Etait-il présent ?

Bill Bonham a réapparu, en jean et blouson de cuir. Il était éclairé par un projecteur sur le devant de la scène, assis sur un tas d'ossements.

« Vous riez, bien sûr, le chakra, balivernes, sornettes. Mais ensuite vous vous dites, Seigneur, mais qui est-ce qui rit ? Est-ce moi ? Ou est-ce l'enfant blessé qui est en moi ? »

De l'autre côté de l'allée, j'ai aperçu les épaules de Dinsdale s'agiter de façon rassurante.

Puis les lumières se sont éteintes.

« LAISSEZ-VOUS ALLER. »

Les projecteurs de scène ont viré au rose.

La pyramide et la plate-forme vibraient et soudain Bill Bonham est apparu sur la plate-forme, les mains de chaque côté du corps, paumes ouvertes vers le ciel.

« Ouvrez les vannes. »

Un flot de neige carbonique s'est élevé autour du réservoir flottant. Les gens du premier rang ont commencé à tousser.

« Fertilisation de la semence stellaire. »

La plate-forme et les bras de Bill se levaient.

Il y a eu un éclair rouge et, de l'autre côté de la salle, dans une loge au-dessus de nous, le visage d'Oliver a été illuminé une seconde, tout sourires en direction de la scène, avant de disparaître dans l'obscurité.

Quand la salle s'est éclairée, la loge était vide.

La foule sortait à flots du théâtre dans le bruit étourdissant, l'animation, les lumières et le froid de Picadilly Circus. Dinsdale et Barry, sans doute les deux plus célèbres acteurs du théâtre britannique, s'interpellaient au milieu du trottoir sans faire attention à la foule qui s'amassait autour d'eux.

— Quelle foutue saloperie, hurlait Barry. C'est de la connerie fumeuse, il s'écoute parler et en plus il articule mal. Complètement idiot.

— Mais non, mon chou, ne t'énerve pas, disait Dinsdale. Je ne peux pas *supporter* de te voir dans cet état. Ce garçon était superbe et tu le sais parfaitement. Tu as vu ces petites cuisses trapues sous la tunique mouillée et moulante, c'était divin ! Oh, regarde, voici ce jeune dieu indien, tu sais, ce type qui écrit de la poésie, a ajouté Dinsdale en apercevant Rajiv Sastry qui avançait vers eux, tête baissée, dans son pardessus de l'Armée du Salut.

— Comment vas-tu, mon chou ? a lancé coquettement Dinsdale.

— Je suis furax, putain ! a répondu Rajiv. Il m'a envoyé des billets pour le spectacle mais je ne suis pas invité à sa saloperie de réception, naturellement ! Foutue manière de marquer les différences de classe et de me faire marcher !

— Mais, mon chou, ne te fais pas de souci, tu viendras avec moi ! Rien au monde ne pourrait me faire plus *plaisir*.

Dinsdale a feint la surprise au moment où deux vieilles dames lui demandaient un autographe.

— Un autographe ? Mais ce serait un véritable honneur, un plaisir, je suis très ému. Dieu vous bénisse, mes chéries.

Mais vous aimeriez sûrement demander la même chose à mon distingué collègue ici présent, Barry Rhys ?

— Oh, pour l'amour du ciel, arrête tes conneries, a rugi Barry, furieux. Ça fait quarante ans que tu me fais le même coup. Ça n'était pas drôle la première fois et ça ne l'est toujours pas. Je vais à cette foutue réception.

— Bonjour, Dinsdale, comment allez-vous ? ai-je dit après le départ des deux vieilles dames.

— Bonjour, ma chérie, que puis-je faire pour vous ?

Il s'est tourné vers moi, s'attendant à signer un autre autographe.

— Rosie Richardson, ai-je dit.

Il m'a regardée une seconde, sans comprendre.

— Rosie Richardson. Ah, euh... je m'occupais de votre communication chez Ginsberg et Fink, rappelez-vous.

Il a ouvert les bras et m'a gratifiée d'une étreinte théâtrale.

— Ma chérie, quelle *joie* de vous voir ! Vous êtes superbe. (Visiblement, il ne se souvenait toujours pas.) Et connaissez-vous le plus beau, le plus talentueux de tous ? a-t-il ajouté en faisant un geste vague en direction de Rajiv.

— Comment allez-vous, Rajiv ? ai-je demandé.

— Super. Ouais. Ça va très bien. Nous faisons le premier filage du spectacle jeudi prochain.

— Comment avez-vous trouvé ce *merveilleux* spectacle ? N'était-ce pas tout simplement la chose la plus divine, la plus délicieusement choquante que vous ayez jamais, jamais vue ? Bien sûr, mes chéries. Dieu vous bénisse. Qu'est-ce que je mets comme nom ?

Une autre vieille dame lui demandait un autographe.

— J'ai été très heureux de vous voir, ma chérie, m'a-t-il lancé avec tact par-dessus son épaule. Dieu vous bénisse.

— Au revoir, ai-je dit docilement, la mort dans l'âme.

J'avais mis en Dinsdale mon principal espoir. Je suis revenue vers Julian qui était toujours à l'entrée du théâtre, se frottant anxieusement le menton avec son téléphone portable. Une jeune fille en caleçon et blouson de cuir était sur le point de le coincer, brandissant un bloc pour prendre des notes.

— Vous nous remontez vraiment le moral, hein ? disait-elle. Je veux dire, quand on vous voit, c'est comme si tout paraissait vraiment drôle, je veux dire, comme si on n'avait plus de soucis, vous voyez, hein ?

Il m'a aperçue par-dessus son épaule.

— Janey ne comprend tout simplement pas que je dois savoir qui je suis avant de pouvoir me lancer dans une aventure sentimentale, a-t-il gémi. Mais attends...

Il a recommencé à composer le numéro.

Je lui ai pris le téléphone des mains.

— Allons à cette réception, ai-je dit

— Merci beaucoup, hein ? a dit la fille, l'air perplexe.

— C'est impressionnant de voir quelqu'un se mettre spirituellement à nu de cette façon. Je me suis senti tout petit, très sincèrement.

— Un fiasco total... fin de sa carrière... tu vois, j'aime réellement ce type.

— Extrêmement rare de voir ce genre de courage primaire sur une scène.

— Quel enfoiré...

— Enfin, qu'est-ce qu'on peut dire à ce type ?

Les murs de la salle de restaurant du Café Royal disparaissaient derrière des étalages de camelote New Age, des cristaux, des runes et autres articles en plumes. Une pyramide de plexiglas, suspendue par des fils métalliques, dominait la plus grande réunion du Club des Célébrités que j'avais jamais vue.

— Je ne sais par quel bout commencer, ai-je dit à Julian. A qui crois-tu que je doive demander ?

— Le fait est, c'est extrêmement épanouissant quand nous sommes ensemble, a répondu Julian. Notre relation m'apporte énormément. Mais tu comprends, justement, je me demande si c'est normal d'avoir besoin de ce soutien pour vivre ?

Nous avions parlé de Janey depuis que Julian avait sonné à ma porte, exception faite de l'interruption due à *La Guérison par l'énergie chakra*. Maintenant, Janey avait un bébé. Elle s'était aperçue qu'elle était enceinte juste après leur séparation. Julian avait insisté pour appeler le bébé Irony. Tous mes efforts pour évoquer la crise au Nambula oriental n'avaient provoqué que des regards effarés et distraits.

— Oh, mon petit ange !

Les têtes se sont tournées au moment où Kate Fortune fondait sur une jeune fille portant un bébé. Elle a rejeté ses cheveux en arrière, s'est emparée du bébé et l'a pris dans ses bras pour le bercer. Les flashes crépitaient, elle s'est retrouvée environnée par un essaim de paparazzi.

— Le bébé est roumain, a dit Julian.

Son téléphone a sonné.

— Excuse-moi un instant, je te rejoindrai plus tard.

Et il s'est éclipsé dans un coin.

J'ai repéré Corinna Borghese, la lippe boudeuse, derrière le dos de Gloria Hunniford. Elle se passait la main dans ses cheveux hérissés. Que Corinna me joue son numéro condescendant ou non, ça m'était bien égal. Je n'étais plus la propriété d'Oliver. J'étais devenue grande.

Je me suis frayé un passage vers elle.

— Salut, Corinna. Comment allez-vous ?

Elle m'a dévisagée :

— Excusez-moi ? Nous nous connaissons ?

— Rosie Richardson.

— Oh, ouais... Ouais. Salut. Il y a longtemps qu'on ne vous a pas vue par ici.

— Non. J'étais au Nambula, en fait. Je travaille dans un camp de réfugiés, ai-je lancé avec désinvolture.

Corinna a eu un mouvement brusque de la tête.

— Seigneur, non, le néocolonialisme, ça suffit comme ça. Est-ce que vous vous rendez compte que nous sommes à la veille d'une guerre avec le tiers-monde à cause de cette attitude paternaliste à l'égard des Etats arabes ?

— Pardon. Je peux passer ?

Kate Fortune, le bébé toujours dans les bras, essayait de se frayer un passage, suivie de la nounou.

— Bonjour. Comment allez-vous ? ai-je demandé.

— Je vous demande pardon ?

Elle a rejeté ses cheveux en arrière en me jetant un regard distrait.

— Rosie Richardson. J'étais. l'amie d'Oliver Marchant, ai-je fini bêtement

— Oh, oh. Oui, bien sûr, a-t-elle dit d'une voix incertaine. Dites-moi, elle est magnifique, non ? Je l'ai ramenée de Roumanie, je suppose que vous le... Je ne peux dire à quel point elle a changé ma vie. Comment allez-vous ? Excusez-moi, mais je voudrais...

— Je vais bien. Ecoutez, auriez-vous une minute ? Je voulais vous demander de participer à une action que je cherche à organiser en faveur de l'Afrique.

— Bien sûr. Si vous en parlez à mon agent, elle vous enverra quelque chose, mais il faut que je trouve...

— Non, voilà, je travaille dans un camp de réfugiés et nous avons un problème, alors je voudrais réunir un maximum de gens pour lancer une émission pour récolter des fonds et je me demandais si...

— Eh bien... je m'investis beaucoup pour la Roumanie à l'heure actuelle, avec le bébé, et tout ça... mais si vous en parlez à mon agent...

— C'est extrêmement urgent.

— Mon chou, appelez mon agent demain matin et je suis sûre... Enfin, ça m'a fait plaisir de vous revoir. *Vraiment* plaisir. Ciao.

En me retournant j'ai surpris le regard glacial de Corinna. Ça allait être plus dur que je ne l'avais cru.

— Mmmm. Fais-moi une bise, mon chou, fais-moi une bise. (Le petit corps nerveux de Richard Jenner se collait contre moi.) Alors, chérie, comment t'appelles-tu, déjà ? Rappelle-moi.

— Rosie Richardson. Je vous ai rencontré quand je sortais avec Oliver.

— Bien sûr, bien sûr. Bien sûr. Celle qui a vomi sur la table ! Ha, ha, ha ! Je vais te chercher un verre. Mais tu ne vomiras pas cette fois, hein ? Ha, ha, ha ! Comment as-tu trouvé Bill ? D'un mauvais goût dramatique, non ? Paul et Linda sont ici. Tu les as vus ? Là-bas. Non, regarde, là-bas. Oh, mon Dieu, il y a Neil et Glenys. Il faut leur dire bonjour. Viens.

Il m'a prise par la main.

— Il faut que je vous parle, ai-je dit. Depuis quelques années, je travaille dans un camp en Afrique et nous nous trouvons confrontés à une nouvelle famine. On dirait que personne ne peut nous aider.

Il m'entraînait vers Neil et Glenys.

— Je t'écoute, je t'écoute. Continue.

— Non, arrêtez-vous une minute.

Richard s'est arrêté et s'est retourné.

— C'est urgent. Je suis revenue en Angleterre exprès. J'ai besoin de ... de votre aide et de celle des gens qui sont ici et que je connais, ai-je fini sottement.

Je commençais à me sentir complètement idiote.

— Quel genre d'aide ? Tu cherches de l'argent, ou de quoi d'autre as-tu besoin ?

Il jetait des regards anxieux vers Neil et Glenys qui s'éloignaient.

— Nous avons besoin d'argent, mais surtout de publicité. Je voudrais faire une émission pour lancer un appel à la télé et peut-être emmener quelques personnes en Afrique.

Il m'a prise par le bras :

— Jette un coup d'œil dans cette salle. Non, jette seulement un coup d'œil, chérie. Regarde.

J'ai regardé.

— Tu vois Kate Fortune avec ce bébé ?

J'ai fait oui de la tête.

— La Roumanie. Dave et Nikki Rufford ? La forêt amazonienne. Hughie ? La fondation Terrence Higgins. Il y a une représentation pour réunir des fonds vendredi. Je vais te signer un chèque, ma chérie. Ce sera avec plaisir. Appelle mon bureau demain matin et ils arrangeront quelque chose. Mais une émission de soutien ? Non, chérie, non. Sauf si tu as des mois et des mois pour organiser ça dans les règles. Non. Ça va foirer. Complètement. Non. Anneka ! Embrasse-moi, chérie. Mmm, mmm. (Il m'a fait un clin d'œil par-dessus l'épaule d'Anneka.) Téléphone à mon bureau demain, chérie. Je les tiens au courant.

C'était l'horreur. J'ai pris la décision d'aller faire un tour du côté des stands à l'autre bout de la salle pour me donner une contenance avant d'essayer de retrouver Julian. J'avais presque traversé la salle quand, par une trouée dans la foule des têtes, j'ai soudain aperçu Oliver, juste en face de moi.

Il a eu un mouvement de recul comme s'il s'était immobilisé brutalement. Nous nous sommes dévisagés tels deux lapins pris dans les phares d'une voiture. Puis la foule s'est refermée et il a disparu. Je me suis tournée vers le stand le plus proche, sous le choc, pour faire semblant de regarder les cristaux, les plumes et les prospectus. « Décoration intérieure FENG SHUI », proposait l'un d'eux. J'en ai pris un autre qui disait : « Le jeûne vous ouvre la voie de l'épanouissement. Stages, promenades organisées. » Soudain, il fallait que je sorte.

J'ai joué des coudes à travers la foule pour rejoindre les toilettes. Calme et fraîcheur, ouf ! Je suis entrée dans un box, j'ai baissé le siège et me suis assise. C'est alors que j'ai entendu la porte s'ouvrir et quelqu'un entrer.

— Tu as vu que cette fille est revenue ?

L'intonation citadine et monocorde de Corinna.

— Tu veux parler de la fille qui sortait avec Oliver, dans le temps ? (La voix suave de Kate Fortune.) La pauvre, c'en est gênant !

— Renversant. On croirait qu'elle est la première à travailler dans un camp de réfugiés, non ?

251

— Oh, c'est un vrai cauchemar. Tu comprends, on voudrait aider, mais bon... on ne peut pas tout faire...

— Tout à fait. Je veux dire, elle nous joue les Roberta Geldof, ou quoi ? Non, faut pas *charrier,* ça va bien.

Après leur départ, je suis restée à fixer la porte des toilettes pendant un bon moment, complètement traumatisée. Je comprenais leur réaction. Vous arrivez à la première d'un spectacle et une nana bien bronzée dont vous vous souvenez à peine débarque et commence à exiger que vous changiez les dates de votre agenda. J'ai soudain été envahie par une vague de souvenirs du camp : les conseils d'O'Rourke, les réfugiés qui affluaient. Sharon, Henry, Betty, Muhammad, qui attendaient de voir ce que je pouvais faire. Et ça n'allait pas marcher.

Je suis sortie, désespérée, me sentant idiote, et je suis partie à la recherche de Julian. Impossible de le trouver. La meilleure chose que j'avais à faire, c'était de rentrer chez moi. Je venais d'enfiler mon manteau et je me dirigeais vers l'escalier quand Oliver est sorti du vestiaire.

Il n'avait pas changé — le visage un peu plus plein, peut-être, les cheveux un peu plus longs, mais il était toujours le même.

— Rosie ! (Il est venu vers moi, souriant, maître de lui, charmant. Aucun signe de la perte de sang-froid perçue précédemment.) Tu es superbe !

Il s'est penché pour m'embrasser et l'odeur familière, le menton râpeux, les lèvres qui effleuraient les miennes, tout a déclenché l'ancienne alerte chimique. Atomes et particules ont recommencé leur sarabande : ALERTE, ALERTE. Tous systèmes en action.

Oh non ! me suis-je dit. Non ! Pas ça. Pas maintenant. Ça ne va pas recommencer ! Pitié, non !

Je me suis écartée.

— Bonjour. (Voix étranglée peu naturelle. Je me suis éclairci la gorge.) Bonjour, ai-je répété, d'une voix trop grave cette fois. Comment vas-tu ?

— Ma citrouille ! (Il m'a prise dans ses bras.) Tu m'as tant manqué. C'était comment, l'Afrique ?

Il était toute tendresse. Nous nous sommes raconté où nous en étions. Je lui ai dit pourquoi j'étais là.

— ... et alors finalement, je ne pouvais plus rien faire là-bas, j'avais essayé toutes les pistes imaginables. Et ça m'a semblé la seule solution.

Son regard était bienveillant. Il se mordillait la lèvre inférieure et penchait la tête sur le côté d'un air compréhensif.

— Tu as raison, a-t-il dit simplement. Nous devrions faire quelque chose.

Je l'ai regardé avec stupéfaction, l'esprit en ébullition. Il avait dû changer. Si Oliver voulait m'aider, je pourrais probablement réussir à monter l'opération. Il était la seule personne que je m'étais sentie obligée d'éviter, et peut-être était-il finalement ma meilleure chance.

— De quoi as-tu besoin ?

— D'un avion. Deux, ou trois avions si possible, peut-être plus.

— De combien de temps disposes-tu ? a-t-il demandé doucement.

— Trois semaines.

C'est alors que son humeur a changé du tout au tout.

— Trois semaines ? Trois *semaines ?*

Le ton que je connaissais. Son regard et sa voix me donnaient l'impression d'être la créature la plus méprisable, la plus pathétique et la plus affreuse de la terre. J'avais oublié ce sentiment.

— Je dois dire qu'à mon avis, tu es complètement folle, continua-t-il, aussi autoritaire et décourageant que s'il présidait une réunion de conseil d'administration et visait à annihiler toute opposition. C'est complètement absurde de tenter de faire une chose pareille en trois semaines. Et franchement, j'ai entendu dire que tu t'étais totalement ridiculisée ce soir.

Du calme, me dis-je. Ne réponds pas.

— Tu ne te souviens donc pas des règles que j'ai essayé de t'inculquer ? a-t-il continué. Hein ? Si tu veux être l'amie des gens célèbres, il faut savoir reconnaître tes limites. Il faut accepter le fossé qui te sépare d'eux sans attirer l'attention sur cette inégalité. Ne te comporte pas comme un membre du public. Ne les regarde pas avec de grands yeux, ne recherche pas les célébrités dans une assistance pour leur tomber dessus, ne les mets jamais au pied du mur, ne leur demande jamais de faveurs, rassure-les, ne leur donne pa. de leçons. Tu es revenue dans le Club et tu as enfreint toutes les règles. Je l'ai vu, tu as fait la même chose avec tout le monde. Tu étais dans les conditions idéales pour renouer le contact, tu es une vieille amie à présent et tu pouvais faire appel à leur loyauté. Tu te lances dans quelque chose de non médiatique qui peut leur donner l'impression de s'engager intellectuellement. Mais tu as tout gâché. Tu as oublié tout ce que je t'ai appris...

A cet instant, il a aperçu quelqu'un.

— Ma petite citrouille, a-t-il dit, mais pas à moi cette fois.

C'était Vicky Spankie, l'actrice qui avait été mariée à l'Indien d'Amazonie. Ses cheveux noirs luisants étaient coupés court. Elle portait ce qui aurait pu être une tunique amazonienne.

— On peut partir, maintenant, Olly ? a-t-elle demandé en posant les doigts sur le revers de son veston.

— Vicky, tu te souviens de Rosie, bien sûr ? a-t-il dit en la prenant par la main comme si elle avait eu cinq ans.

Je me suis demandé ce qu'il était advenu de l'Indien.

— Rosie revient d'Afrique avec un projet qui me paraît bien peu réaliste, malheureusement, a-t-il dit en riant. J'étais justement en train de lui expliquer l'horrible réalité du monde où nous vivons.

— Bonne nuit, ai-je lancé en me dirigeant vers l'escalier.

Ce n'est pas bonne nuit que j'aurais dû dire. Pendant le trajet en taxi dans Regent Street, je regardais les lumières en fermant à demi les yeux et en pensant à ce que j'aurais dû dire. Bonne nuit, minable. Non, enfoiré était mieux. Qui avait dit ça ce soir ? Bonne nuit, enfoiré. Va te faire foutre, petit con. Tu as toujours tes sautes d'humeur, hein ? Tu ne veux pas que je te donne le numéro d'un psychiatre ? Non. J'aurais dû être plus désinvolte. J'aurais dû glisser d'un ton mielleux, genre membre du Club : Je te trouve bien dur avec tes amis. Je crois que ces gens-là valent mieux que ça, non ?

Tandis que le taxi s'éloignait des lumières du West End pour prendre la direction du nord de Londres, je me suis calmée. Il valait sans doute mieux que je ne me sois pas lancée dans un conflit. Que je sois partie en le laissant pour ce qu'il était. C'est ce que j'aurais dû faire depuis la première minute.

19

Toutes mes dents tombaient. J'en tenais quelques-unes dans ma main et je m'efforçais de garder la bouche fermée pour ne pas perdre celles qui restaient et que personne ne remarque quoi que ce soit. J'ai ouvert les yeux. J'ai passé la langue dans ma bouche pour vérifier si mes dents étaient toujours là, mais à ce moment-là les souvenirs de la réception ont commencé à se frayer un chemin dans mon esprit. La nuit avait été horrible. Je n'avais cessé de m'endormir, de me réveiller et de retomber dans d'interminables cauchemars. Shirley dormait de l'autre côté du lit, ses longs cheveux étalés sur l'oreiller. Je suis restée immobile pour ne pas la réveiller, me rappelant ce qui s'était passé. Je n'aurais jamais dû quitter Safila. Les réfugiés étaient en route et ils n'auraient rien à manger en arrivant. Je les avais abandonnés pour un projet extravagant qui n'aboutirait à rien.

La soirée de la veille m'avait beaucoup plus secouée que je ne l'aurais cru. Là-bas, en Afrique, je croyais être devenue différente et forte et je me disais parfois que l'humiliation connue avec Oliver n'affecterait jamais celle que j'étais devenue. Mais vingt-quatre heures à Londres avaient suffi à m'en faire douter. Peut-être qu'il était impossible de changer les réactions chimiques entre les gens. Je fixais le plafond, désespérée. Oliver et le Club des Célébrités étaient au centre de mon projet et je n'avais aucun moyen d'action ni sur l'un ni sur l'autre. Tout était négatif. Les idées noires se

256

bousculaient dans ma tête. Des moments de la soirée d'hier, des images du camp me revenaient et, encouragés par le reste, des souvenirs du voyage au Kefti pointaient le bout de leur nez et dansaient en sarabande grotesque autour de moi. J'aurais voulu qu'O'Rourke soit là. Même si être à trois dans le même lit aurait encore compliqué les choses.

A un moment, Shirley s'est réveillée.

— Ça va ? m'a-t-elle demandé.

— Plus ou moins.

— Tu ne vas pas renouer avec ce type, il est fou, m'a-t-elle dit. Promets-le-moi. Ou tu perdras définitivement le sommeil.

— Je te le promets, ai-je dit sans conviction.

Ç'avait été un tel rayon d'espoir de penser qu'Oliver pourrait m'aider. Mais il n'avait pas changé et il fallait que je l'évite. Mais qu'est-ce que j'allais faire ? J'avais tout gâché. C'était fichu.

Vers cinq heures du matin, j'ai fini par m'assoupir. Une heure plus tard j'ai été réveillée par un épouvantable couinement de métal qu'on arrache, le bruit de lames déchirant du fer-blanc, le gémissement de vieux engins rouillés. Terrorisée, je me suis dressée comme un ressort. Le hululement strident d'une sirène s'ajoutait aux grincements. Puis plus rien. Puis une sonnerie assourdissante. Le couinement s'est arrêté, puis a repris, plus fort, plus proche.

— Désolée, a dit Shirley d'une voix ensommeillée. Ils ont privatisé le ramassage des ordures. Il va y en avoir d'autres d'ici huit heures. Chaque magasin a son propre service de collectage et ils n'enlèvent toujours pas nos sacs-poubelles.

— Mais les sonneries, qu'est-ce que c'est ?

— Les alarmes qui se déclenchent. Les camions-bennes déclenchent les systèmes d'alarme, ces idiots ! a-t-elle dit en riant.

Elle a ramené son bras sur son visage. Après qu'elle a été endormie, j'ai essayé de me blottir contre Shirley sans qu'elle s'en rende compte.

Le matin, évidemment, je me suis dit que c'était de la paranoïa. J'ai pris la décision de poursuivre mon projet sur des bases plus saines : tout d'abord, j'allais faire paraître mon histoire dans les journaux et aller voir SUSTAIN pour leur en parler. Ce n'était que le début, j'avais encore trois semaines devant moi.

— Et c'est avec l'UNHCR que vous travaillez ? a demandé Peter Kerr, du service étranger du *Times*.

— Oui, essentiellement, ainsi que SUSTAIN et la Commission d'aide aux réfugiés du Nambula, mais ce sont les Nations unies qui fournissent la nourriture.

— Très bien. Géraldine, a-t-il hurlé, tu peux appeler la documentation, s'il te plaît, mon chou ? Et l'agence de presse, pour voir ce qu'il y a eu dans les six derniers mois...

Il m'a jeté un coup d'œil interrogateur. J'ai acquiescé.

— ... les six derniers mois sur le Nambula et le Kefti. Les articles sur les réfugiés. Cherche aussi dans les rubriques humanitaire et sauterelles.

Il s'est mis à compulser les photos.

— Quelles sont vos relations actuelles avec SUSTAIN ?

— Sans problème. Je vais les voir aujourd'hui. J'ai donné ma démission à El Daman avant de partir.

— Je dois dire que ce n'est pas bien le moment pour sortir un article sur la famine.

— Que voulez-vous dire ? C'est quand, le moment ?

— Allons, allons. Vous savez comment ça se passe. Tous les yeux sont fixés sur l'Europe de l'Est et le Golfe, en ce moment.

— Mais est-ce que tout le monde s'imagine que le problème est réglé ? C'est faux. Regardez.

J'ai pris une photo de Liben Alye en train de déposer Hazawi dans sa tombe.

— C'est un ami, ai-je dit avec émotion. Ça se passait la semaine dernière. On n'a pas le droit de se demander si c'est ou non le sujet à la mode pour en parler.

258

Il a regardé autour de lui, puis il a pris la photo avec hésitation et l'a reposée.

— Ecoutez-moi. J'entends bien ce que vous me dites. Je ne fais que vous expliquer comment marche ce genre de choses, d'accord ? Nous sommes un journal.

Il s'est gratté la nuque.

— Bien sûr, vous pourriez faire un truc personnel dans les colonnes spécialisées. Qu'est-ce que vous en dites ? Mon expérience dans un camp humanitaire, ma mission, genre quête personnelle, vous voyez le genre...

— Non, il faut que ce soit un article d'information.

— Bon, c'est peut-être à nous d'en juger, non ? a-t-il grommelé. (Puis il a frappé du poing sur la table.) Laissez-moi faire, ma petite. Je vais voir ce que je peux faire, mais je ne vous promets rien.

Découragée, je suis ressortie de l'entretien pour affronter le froid glacial des docks londoniens, giflée par une rafale de vent qui hurlait lugubrement entre les grands immeubles de béton et de verre. Un passant pressé m'a heurtée sans s'excuser, vêtu d'un affreux treillis vert et violet. Un camion qui passait en changeant bruyamment de vitesse m'a éclaboussée, tachant d'eau boueuse le manteau que Shirley m'avait prêté. Le ciel était bas et gris. Je revoyais Safila au coucher du soleil, la terre rouge, le vent chaud dont le souffle emplissait les espaces déserts. Peut-être était-ce trop différent et trop loin pour que les gens d'ici puissent seulement l'imaginer.

De retour chez Shirley, j'ai nettoyé la boue de son manteau et je me suis fait une tasse de thé en me demandant quelle direction prendre. J'avais envisagé des articles à la une des journaux, avec les photos que j'avais prises. J'avais cru qu'il me serait facile de parler aux célébrités. Auparavant, dans ce monde de personnalités, j'avais toujours été l'autre moitié d'Oliver. J'avais oublié à quel point j'allais me retrouver seule et insignifiante. Je regardais le téléphone. Je voulais appeler SUSTAIN, mais il me fallait absolument quelque chose de concret à leur proposer pour les convaincre que ce projet de soutien médiatique pouvait marcher.

Qu'est-ce que je pouvais faire ? Pas question de recommencer à aller mendier les faveurs des célébrités qui ne se souvenaient même pas de moi. Je m'étais comportée comme la copine d'Hassan, au village de Safila, qui nous sautait dessus pour réclamer nos boucles d'oreilles. Muhammad, lui, avait réussi à s'intégrer à nous et à nous faire travailler pour lui. Je réfléchissais. Voyons, si c'était Muhammad qui cherchait à obtenir de l'aide pour le Kefti à l'occasion d'une réception entre Européens, comment s'y prendrait-il ? Certainement pas comme je l'avais fait hier soir. Il n'aurait jamais tenté ce genre de manœuvre à une soirée des Nations unies, par exemple. Trop primaire, trop difficile. Il aurait cherché un ami européen susceptible de l'aider. Il fallait que je trouve quelqu'un, ou quelque chose, pour m'aider. Mais quoi ? Qui ? J'ai pris la décision de téléphoner à d'autres journaux.

Une petite lumière rouge clignotait sur le répondeur. J'ai appuyé sur la touche.

— Salut, Rosie. C'est Oliver. Ecoute, j'ai eu ton numéro par ta mère. Je voulais juste m'excuser d'avoir été un peu vif hier soir et te souhaiter bonne chance pour ton projet. Voilà. Si je peux t'être utile à quelque chose, passe-moi un coup de fil.

J'ai été tout excitée pendant environ quatre minutes, puis je me suis calmée. C'était juste le scénario habituel. Il était sympa. Puis horrible. Puis de nouveau sympa. Et de nouveau horrible. C'était un malade mental. Il avait sur moi un effet négatif. Mais quand même... C'était sans aucun doute mon meilleur atout. Il m'avait dit la veille au soir qu'il avait un nouveau boulot, en tant que directeur de programme, ou quelque chose d'approchant, pour l'une des compagnies ITV. Il présentait toujours *Soft Focus,* qui était passé chez ITV en même temps que lui. Il avait donc le pouvoir de nous procurer un créneau télévisé et les personnalités nous rejoindraient s'il le leur demandait. Elles lui faisaient confiance. Professionnellement, en tout cas.

Mais pourquoi ferait-il ça ? Il était profondément cynique. Par conscience ? Et pourquoi pas ? La plupart du temps, aussi bien socialement que professionnellement, Oliver affichait l'attitude très convaincante du type sympa, fort, moral et paternel. Sûrement qu'au fond de lui, il voulait vraiment être comme ça, ou du moins imaginer qu'il l'était. Peut-être que je pourrais jouer là-dessus. D'autre part, il y avait le fait que ce soit moi. Je me demandais si j'avais encore une quelconque emprise sur lui. C'est moi qui l'avais laissé tomber. Etant donné son autoritarisme caractériel, il ne serait probablement jamais capable de l'accepter. Mais était-ce un projet sensé de se procurer de la nourriture pour secourir les victimes d'une famine en tentant de manipuler un dingue sous prétexte qu'il en avait le pouvoir ? Non, pas vraiment.

Une demi-heure plus tard, j'ai sorti l'annuaire et composé le numéro de la compagnie.

— Pourrais-je parler à Oliver Marchant, s'il vous plaît ?

J'étais au pied du mur. Il me fallait jouer toutes les cartes possibles.

— Je vous le passe.

Le monde était en déséquilibre, la moitié était dans un état permanent de vulnérabilité et si la vie des gens dépendait de facteurs aléatoires comme la politique, l'économie, la mode et les humeurs d'Oliver Marchant, alors il fallait faire avec.

— Ici le bureau d'Oliver Marchant.

Mon Dieu ! C'était Gwen. Il avait encore la même secrétaire chiante.

— Bonjour. C'est Rosie Richardson. Pourrais-je parler à Oliver, s'il vous plaît ?

— Oh... Bonjour. Eh bien, il est très occupé, en fait.

— Je le sais. Mais il m'a téléphoné et m'a demandé de le rappeler.

— Je vois... Bon. Il est en réunion en ce moment. Voulez-vous que je lui dise de vous rappeler ?

— En fait, il m'a dit de fixer une heure pour passer le voir cet après-midi.

Petit mensonge, mais tant pis. Une conversation téléphonique ne ferait pas l'affaire.

— Ne quittez pas, je vous prie, a-t-elle dit d'une voix glaciale et sceptique.

Merde, elle allait lui demander. J'ai attendu. Ça n'avait rien à voir avec nos rapports personnels, après tout. Je pouvais simplement lui poser la question sur le plan professionnel, d'égal à égal, et faire appel à son bon naturel.

— Il a une possibilité à quatre heures et demie.

— Parfait. Je vous remercie.

A quatre heures vingt-cinq, je suis arrivée au septième étage de l'immeuble de Capital Daily Television. Gwen m'attendait à la porte de l'ascenseur.

— Bonjour, Rosie. Qu'est-ce que vous avez changé !

Que voulait-elle dire ?

— C'est par ici. Il ne va pas pouvoir vous accorder beaucoup de temps. Vous avez énormément de chance qu'il ait pu s'arranger pour vous recevoir. Vous vous amusez bien en Afrique ?

— Je ne suis pas sûre que s'amuser soit le mot qui convient.

— Prenez un siège, a-t-elle dit. Il ne va pas tarder.

J'ai regardé Gwen taper pendant vingt-cinq minutes. J'étais très inquiète. Il était plus fort que moi. Tout à coup, il a ouvert la porte, en regardant sa montre. Il a fait comme s'il ne me voyait pas.

— Appelez Paul Jackson, s'il vous plaît, pour lui dire que je suis en retard. Entre, a-t-il ajouté, toujours sans me regarder. Est-ce que Sam Fletcher a téléphoné ?

— Oui. Et Greg Dyke aussi, au fait, a répondu Gwen.

262

— Je les rappellerai quand j'en aurai fini avec Rosie. J'en ai pour dix minutes.

Dix minutes ? Pas plus ?

Le bureau était une grande pièce blanche au sol parqueté, meublé de canapés blancs et moelleux sur trois murs, avec de grandes baies vitrées derrière le bureau, offrant une vue panoramique de la ville. Au centre de la pièce, il y avait un échafaudage d'étagères noires d'aspect mat sur lequel des trophées dorés étaient artistement disposés sur plusieurs niveaux. Oliver s'est assis derrière son bureau, sur lequel il n'y avait rien, sauf un téléphone noir, un cendrier noir plat et un carnet de notes noir ouvert à une page d'une blancheur virginale. Le mur à droite d'Oliver était couvert de photos d'Oliver avec des personnalités : Oliver avec Mick Jagger, Oliver avec Kenneth Branagh, Oliver entre Margaret et Denis Thatcher.

Je me suis assise sur la chaise droite en face de lui.

— Alors. Où en sommes-nous ? Désolé, je n'ai pas beaucoup de temps.

Il était complètement détaché, officiel. Il posait les mains à plat devant lui sur le bureau, je voyais leurs poils noirs sur le côté, les longs doigts familiers.

— De quoi veux-tu me parler ? a-t-il demandé en jetant un coup d'œil à la montre d'acier noir mat que nous avions choisie ensemble.

J'aurais pu être une étrangère proposant un projet de feuilleton. C'était mal parti.

— Tu sais de quoi je veux te parler, ai-je dit.

Il m'a regardée en plissant les yeux.

— Tu m'as appelée ce matin. Tu as déjà oublié ? Tu es devenu sénile ou quoi ?

Il a baissé les yeux et émis trois éclats de rire par le nez, puis s'est appuyé au dossier de son fauteuil en levant les bras derrière la tête.

— Bon. Tu n'as pas changé, on dirait.

— Je crois que si, ai-je répondu. C'était très gentil de m'appeler ce matin.

— C'est tout naturel.

— Tu es la seule personne que je connaisse qui puisse faire aboutir ce projet. Je crois que tu es quelqu'un de bon. Je voudrais que tu m'aides.

J'observais son visage. Il était flatté. Ça marchait.

— Que suggères-tu ?

— Rien de compliqué. Nous avons seulement besoin d'amener une poignée de personnalités à accepter de participer à une émission. Tu as tout à fait raison. Je m'y suis très mal prise hier soir. Mais si c'est toi qui les contactes, elles accepteront.

— Elles accepteront quoi ?

— De lancer un appel à la télé. Juste un petit spectacle.

— Mais tu dis que tu n'as pas plus de trois semaines pour monter ça ?

— C'est suffisant. Est-ce que ça ne pourrait pas se faire dans le cadre de *Soft Focus ?*

Il s'est levé pour faire quelques pas dans la pièce en réfléchissant. Puis il s'est tourné vers moi, hochant la tête :

— Je suis désolé, chérie. J'aimerais t'aider mais ça ne peut pas se faire. Pas dans un temps aussi court.

J'ai regardé l'échafaudage, puis je me suis levée et je suis allée prendre l'un des trophées sur l'étagère.

— Tu te souviens quand tu as gagné celui-là ? Tu te rappelles combien il t'a fallu de temps pour monter l'émission ? Dix jours.

— Je me souviens, a-t-il dit doucement.

Il me regardait dans les yeux, soutenant mon regard, trop longtemps, comme naguère. J'ai rompu le charme et je suis retournée m'asseoir. J'ai vu son visage changer.

— Ça ne peut pas se faire, a-t-il dit. Tu pourrais trouver l'argent pour un premier approvisionnement en nourriture. Je te donnerai quelques centaines de livres. Dave Rufford a des millions dont il ne sait que faire. Si tu joues les psychothérapeutes, tu peux tirer de Julian jusqu'à son dernier sou. Bill Bonham est devenu complètement timbré. Tu pourrais sans doute tout obtenir de lui si tu réussissais à le convaincre que ça serait bon pour son aura. De combien as-tu besoin ?

— La nourriture est inutile si on n'a pas les moyens de l'envoyer par avion. Et je ne peux faire sponsoriser un vol sans publicité. Le problème dépasse notre camp. Nous avons besoin de la pression de l'opinion publique et il nous faut expliquer pourquoi on en est arrivés là. Il ne s'agit pas seulement de faire pleurer dans les chaumières.

— Tu as essayé les journaux ?

— J'ai contacté le *Times* aujourd'hui, mais apparemment la famine n'est pas à la mode en ce moment.

— Tu as vu *Today* ?

— Non, je t'ai dit que j'avais essayé le *Times*.

— Ce sont les journaux populaires que tu dois contacter. Je vais te donner le nom de quelqu'un au *News*. Ils pourraient te faire un truc génial dans le genre : *La belle infirmière force la main de son ancien amant pour vaincre la famine.*

— Oh, je t'en prie, ai-je lancé, furieuse.

— C'est une belle histoire, une belle image. Tu veux bien défaire encore un bouton de ton chemisier, chérie ?

Je lui ai jeté un regard outré.

— Pardon, pardon. Je fais l'idiot, c'est tout.

— Arrête, s'il te plaît.

— Tu as effectivement changé, hein ? a-t-il dit avec amertume.

— Oui.

— Ecoute. Je ne peux pas t'aider. Je sais que c'est une idée qui fait chaud au cœur mais c'est irréaliste. Il est tout simplement impossible de coller un paquet d'acteurs devant une caméra de cette façon-là.

— Je ne dis pas que c'est ce que nous devons faire. Il faut organiser ça très précisément, au contraire. C'est pourquoi tu es indispensable, et qu'il nous faut un bureau et du personnel.

— Ça ne marchera pas. Que veux-tu que je te dise ?

Il a levé les bras et les a laissé retomber.

— Tu pourrais dire que tu vas essayer. Tu es quelqu'un de bien, non ?

— Ecoute, je viens de prendre des responsabilités dans une nouvelle compagnie. Je ne peux pas débarquer à ce stade avec une idée qui va foirer au premier coup.

— Oliver, je sais que c'est très difficile pour toi, mais essaie. Essaie simplement de t'accrocher à l'idée qu'il y a peut-être des choses plus importantes que ta carrière dans la vie.

Je me suis levée.

— Je ne peux pas réussir toute seule, mais si tu ne veux pas m'aider, je trouverai quelqu'un d'autre. J'y arriverai. Tu verras.

C'est ça. Lâcher la pression, partir. J'ai pris mon sac et je me suis dirigée vers la porte.

— Merci de m'avoir reçue. C'était très gentil de ta part. Je te reverrai dans un an ou deux. Salut.

Quand je suis rentrée chez Shirley, naturellement, la petite lampe du répondeur clignotait.

— Oh, Rosie, c'est Oliver...

Excellent. Excellent.

— ... Ecoute, si tu veux que nous reparlions de ton projet, je serai au Groucho à huit heures. A tout à l'heure peut-être.

Je me suis affalée sur une chaise avec un soupir de soulagement.

20

— *Barrrry !*

Dinsdale a donné un magnifique départ à la soirée en poussant un barrissement digne d'une vieille femelle éléphant.

— Barry, dis-moi, est-ce toi qui seras président ? Je ne pourrais pas le supporter. Je veux absolument que ce soit moi. Je ferais n'importe quoi pour ça.

— Oh, la ferme, espèce d'idiot. Tu es complètement dingue. Tu sais parfaitement qui est ce putain de président. Quand est-ce qu'on boit, putain ? C'est tout ce que je veux savoir. Putain, c'est dingue.

Quand Oliver décidait de se lancer, c'était pour de bon. Il y avait tout juste cinq jours que je l'avais vu au Groucho et déjà plus d'une douzaine de célébrités étaient assemblées dans une salle de conférences de la Capital Daily Television pour notre première réunion. La branche active du Club des Célébrités, plus quelques personnalités clés. Edwina Roper et les silhouettes barbues des attachés de presse de SUSTAIN constituaient un premier petit groupe avec Oliver, Vicky Spankie et Julian. Vicky portait une veste de treillis kaki et une casquette avec faucille et marteau.

Oliver jouait dans le mode charmeur et directif, menant les débats, cherchant à détendre tout le monde. Il était en train de parler avec Edwina Roper, lui prenant le bras, la regardant comme si elle était la personne la plus intéressante du monde. Sous le charme, Edwina rougissait un peu, portait la main à sa gorge.

L'acteur irlandais Liam Doyle formait un autre groupe avec trois comédiens de la RSC. Bill Bonham était déjà assis à table, parlant tout seul, récitant sans doute un mantra. Rajiv Sastry et ses copains parlaient à voix basse, sur un ton désabusé, en jetant des coups d'œil autour d'eux. Derrière eux, Corinna Borghese chapitrait un groupe du personnel de *Soft Focus.* Et Dave Rufford, l'ex-rock star pleine aux as, passait à la ronde des photos de son fils de cinq ans, Max, monté sur un poney shetland et harnaché de pied en cap pour la chasse au renard.

Je discutais avec Nigel Hoggart, un jeune homme très élégant en complet gris, qui représentait la compagnie Circle Line Cargo. Ils m'avaient plus ou moins promis de sponsoriser un vol pour transporter le premier convoi de nourriture, à condition que la publicité leur convienne.

Grand branle-bas à la porte au moment où Kate Fortune a fait une entrée virevoltante, suivie de la nounou, du bébé et de deux accompagnatrices. Elle a positivement fondu sur Oliver, empoignant sa chevelure pour la balancer dans les yeux de Barry qui la suivait de près, tout excité, pour l'accueillir.

Dinsdale s'est emparé de mon bras :

— Vous savez, ma chérie, je suis affreusement confus. Je ne suis qu'un vieil imbécile *sénile*. Je n'avais pas la moindre idée de qui vous pouviez être, l'autre soir au théâtre. Je ne m'en suis souvenu qu'après votre départ et j'étais au désespoir. Vous devez me prendre pour le pire des butors.

— Pas de problème, je suis ravie...

— Mais pourriez-vous m'aider, ma chérie, je vous en prie ? Vous accepteriez, dites-moi ? Pour quel pays sommes-nous en train de réunir des fonds ? Le savez-vous ? Auriez-vous l'infinie gentillesse de me le dire ? S'il vous plaît ?

— Le Nambula.

— Oh ! Le *Nambulaaa !* (Ses yeux bruns se firent compatissants.) Ah oui ! Le Nambula. Ils ont des voisins encombrants, des soucis de frontière, je crois. Quel est le problème, déjà ? Des réfugiés ? Du Kefti ? Il faut absolument faire quelque chose pour les soutenir. Les aider. Il le faut.

— Oui, ce sont les Keftiens. J'ignorais que vous étiez un spécialiste de l'Afrique, Dinsdale.

— Oh, je lis les journaux, vous savez. Tous les jours, ma chérie. De la première à la dernière page. Régulièrement. *Barry !* a-t-il clamé.

— Qu'est-ce qu'il y a encore, espèce d'idiot ?

— C'est le *Nambuuula.* Le *Nambuuula.*

— D'accord, d'accord. Pas la peine d'en faire un fromage, putain !

Edwina Roper m'a tapé sur l'épaule :

— Rosie, c'est génial, quelle foule ! Vous vous êtes bien débrouillée. Oliver Marchant est vraiment un type charmant, vous ne trouvez pas ?

— Je vous présente Nigel Hoggart, de la Circle Line Cargo, qui va nous aider pour le vol, nous l'espérons..., ai-je dit avec mon sourire le plus servile.

— Oui, je suis au courant. Cette jeune dame nous a forcé la main toute la semaine, je peux le dire, a dit Nigel. Voilà comment ça s'est passé !

Il a fait un clin d'œil à Edwina.

— Avez-vous des nouvelles du gouvernement ? lui ai-je demandé.

— Oui, j'ai eu l'agence d'aide au tiers-monde au téléphone. Ça se présente mal, j'en ai peur. Ils sont au courant de la situation au Kefti. Ils sont inquiets, mais n'ont pas de moyens disponibles en ce moment. Ils attendent un supplément budgétaire pour pouvoir faire quelque chose, surtout si maintenant il est question de transport aérien.

— Vous avez eu des nouvelles de Safila ?

— Pas récemment, je le crains. Il n'y a toujours pas de liaison radio et Malcolm était en déplacement. Mais nous avons des échos de nouvelles arrivées à Wad Denazen et Chaboulah.

— Est-ce que les Nations unies ont enfin pris une position ?

Elle a fait non de la tête.

— Je crois que notre meilleure chance se trouve dans cette pièce.

Oliver était un bon président de séance, à la fois détendu et plein d'autorité.

— Bon, disait-il en faisant du regard le tour de la table : Agir ? Action ? Acteurs ? Afrique ? Quel nom allons-nous donner à notre émission ?

— Agir pour l'Afrique, a suggéré Vicky en lui lançant un regard confiant.

— Prendre le monde dans ses bras ? a dit Kate Fortune. Les cœurs ? Un cœur pour l'Afrique ?

— A vot'bon cœur pour l'Afrique, tant qu'on y est, a lancé sèchement Corinna en ôtant ses lunettes noires.

— Crise Africaine ? a dit Julian. Merde, non. Les planches. Planche de salut ? Il doit y avoir quelque chose à trouver sur ce thème.

— Aider son prochain, a suggéré Kate Fortune. Aider un enfant par amour ? Prendre un enfant par la main ?

— Amour et entraide, a dit Rajiv.

— Ça, c'est pas mal, a dit Oliver. Amour et entraide. Qu'est-ce que vous en pensez ? Un peu facile ?

— Complètement idiot.

— Actions, acteurs, allons, a dit Oliver. Acteurs pour l'Afrique, action humanitaire, famine, charité, les acteurs de la charité. (Il s'est tourné vers moi pour me lancer un long regard satisfait.) Les Acteurs de la Charité, qu'en dites-vous ?

Ce serait donc les Acteurs de la Charité.

— Je peux l'intégrer dans le créneau de *Soft Focus* soit dans quinze jours, soit dans trois semaines, mais dix heures du soir en semaine n'est pas l'heure idéale. Il va falloir l'approbation de Vernon Briggs, et c'est lui qui décidera si nous devons changer de créneau.

Il y a eu quelques bruits puérils autour de la table. Vernon Briggs était le patron d'Oliver, un vieux de la vieille en matière d'animation télévisuelle. Pas très bien vu de la jeune génération de célébrités.

— Attendez, OK, si je dois travailler avec Vernon, alors là, bon, ne comptez pas sur moi, a dit Rajiv.

— Allons, voyons, a dit Oliver.

— Est-ce que vous croyez vraiment que ça peut passer dans le cadre de *Soft Focus* ? a demandé Corinna. Je veux dire, ça n'a pas grand-chose à voir avec le domaine artistique, non ?

— Mais nous sommes des artistes, quand même ! Le théâtre, c'est bien de l'art, non ? a dit Vicky. Je veux dire, je me considère comme une artiste, c'est évident. Nous sommes bien des artistes, non ?

— Vachement dingue, grogna Barry. Nous sommes assis sur notre cul à nous poser des questions, est-ce que c'est de l'art, est-ce que ça n'en est pas ? C'est absurde, putain ! Ce qui compte, c'est le spectacle. C'est quoi, le spectacle ? Aucun d'entre nous n'a la moindre idée du texte qu'on va devoir apprendre. C'est complètement dingue.

— Ne faites pas attention à lui, mes chéris. Il a perdu la boule. Depuis longtemps.

— Quand même, c'est une bonne question, a dit Oliver. Quel va être le thème du spectacle ? Il faut que ce soit court, on ne peut pas tabler sur plus d'une heure. Et les spectateurs doivent avoir l'impression d'en avoir pour leur argent si on veut qu'ils sortent leur porte-monnaie. Ce qu'ils attendent, c'est un spectacle qui sorte de l'ordinaire. Il faut que ce soit simple et qu'il y ait une relation directe avec le théâtre.

— Est-ce que je peux dire quelque chose ? a demandé Eamonn Salt, de sa voix monocorde. Il est clair que nous sommes très reconnaissants de vous avoir tous là ce soir.

271

— Absolument, a ajouté Edwina Roper. C'est extrêmement généreux de votre part de donner votre temps et votre énergie pour cette magnifique cause. Merci.

— Oui, ai-je dit. J'aimerais remercier tout le monde, moi aussi, au nom du camp de Safila.

— Excusez-moi, a dit Corinna. Excusez-moi. Je trouve ça plutôt bizarre que des professionnels de l'aide humanitaire soient émus aux larmes par la générosité d'une poignée d'acteurs qui vont consacrer à la cause quelques malheureux jours de travail... Je crois que c'est nous qui devrions être reconnaissants.

— Bien, disons que nous sommes mutuellement reconnaissants et tâchons de ne pas perdre le fil, OK ? a dit Oliver après un instant de flottement. Alors, que disiez-vous, Eamonn ?

— Oui, en effet, a poursuivi Eamonn de la même voix uniforme. Je crois qu'il serait judicieux que le contenu de l'émission reflète en quelque sorte le thème de l'appel. L'argent que nous récolterons va apporter une aide à court terme, mais il s'agit essentiellement d'un problème politique. Nous ne sommes pas très bien placés, en tant que membres d'une association caritative, pour dire certaines choses, mais vous pourriez être notre porte-parole.

— Excusez-moi, a dit Corinna. Si nous nous retrouvons devant la caméra, sommes-nous censés dire ce que *nous* pensons, ou ce que *vous* pensez ? Je veux dire, bon, on entend partout que nous ne sommes que des têtes de linotte sans opinion. Est-ce que nous sommes autorisés à dire vraiment ce que nous pensons ?

— Voyons, écoutons d'abord ce qu'en pense SUSTAIN, a dit Oliver.

— Oui, bien sûr. Tout d'abord le déplacement du peuple keftien est le résultat d'une guerre, elle-même provoquée par la position de la dictature corrompue de l'Abouti. Deuxièmement, si l'aide aux réfugiés n'a pas été mise en place, c'est à cause d'une certaine lenteur de réaction des Nations unies jointe à leur lourdeur administrative, mais aussi, surtout devrais-je dire, à cause du temps qu'ont mis les gouvernements à réagir. La raison pour laquelle il n'y a pas d'approvisionnement en nourriture, c'est en fait parce que notre gouvernement et le gouvernement français n'ont pas envoyé ce qu'ils étaient censés envoyer quand ils avaient dit qu'ils le feraient.

Kate Fortune observait avec une attention intense l'ongle de son index. Elle l'a replié et s'est mise à le gratter avec le pouce. Julian commençait à jouer avec son agenda électronique. Eamonn n'était pas un orateur hors pair.

— En poussant l'analyse plus loin, a-t-il poursuivi, on s'aperçoit que si le Nambula n'était pas empêtré par une dette massive à cause des prêts que lui a consentis la Banque mondiale pendant le boom pétrolier des années soixante-dix, il ne serait pas obligé d'utiliser toutes ses terres cultivables pour produire pour l'exportation, et aurait largement assez de nourriture pour faire face à sa crise de réfugiés.

— Bien, pas de problème, ça devrait être assez facile de faire un spectacle distrayant d'une petite demi-heure, à partir d'un sujet pareil, a dit Rajiv.

— Oh, mais écoutez-moi, tout le monde. Vous ne croyez pas, malgré tout, que c'est par les enfants qu'on peut toucher le plus facilement les gens ? a dit Kate Fortune. Je crois que nous ne devrions pas nous embarquer dans la politique. C'est aux enfants qu'il faut penser.

— Quelle conne ! a marmonné Barry.

— Mon chou, si on jouait des saynètes élisabéthaines ? s'est écriée Vicky Spankie en regardant Oliver avec des yeux étincelants. On y trouve les racines personnifiées du problème de la famine : la guerre, les dettes, le mauvais gouvernement.

Ça a déclenché l'hilarité de Barry.

— Oyez ! Je suis le Mauvais Gouvernement ! Je suis le descendant d'un gros chef nègre rapace dans sa Rolls en plaqué or ! a-t-il déclamé de sa voix de stentor en imitant un célèbre phrasé caricatural.

273

— Oyez ! Je suis l'Incompétence..., a commencé Dinsdale.

Kate Fortune s'est levée, refoulant ses larmes :

— Excusez-moi. Je crois que nous ne devrions pas plaisanter alors que... alors que des enfants sont en train de mourir.

— D'accord. Bon, calmons-nous, a dit Oliver, jetant un coup d'œil à Vicky qui avait rougi et semblait furieuse.

Bill Bonham a risqué, d'une voix de fausset :

— Et si nous faisions un spectacle sur un thème qui préoccupe le monde actuellement, en reliant tout ça à une quête spirituelle de karma. Faire le bien en se sentant bien soi-même. On pourrait présenter ça comme une sorte de voyage...

— Oui, merci, Bill, a dit Oliver en ajoutant discrètement : Y a-t-il d'autres suggestions débiles, tant que nous y sommes ?

— Je dois dire qu'à mon avis nous ne devrions rien faire du tout, en fait, a dit Corinna.

Silence.

— Je pense vraiment que ça risque, disons, de faire un effet totalement contraire, a-t-elle poursuivi. Toute cette situation merdique est le résultat d'une connerie de la droite et nous, nous disons : OK, les mecs, nous allons ramasser les morceaux, pas de problème. Je veux dire, faut pas *charrier*...

— Et, bien entendu, nous donnons seulement l'illusion de ramasser les morceaux, c'est ça ? a dit Oliver. Est-ce que ce n'est pas une goutte d'eau dans la mer ?

— C'est vrai que le total des fonds réunis par Live Aid et Band Aid ne représente même pas cinq pour cent du budget de l'aide gouvernementale aux pays en voie de développement pour cette année, a dit Eamonn Salt.

Tout le monde l'a regardé, essayant de digérer l'information.

— Mais l'action de Live Aid a été extrêmement positive, pourtant ? a dit Julian, l'air vexé.

— Bien sûr, a dit Dave Rufford avec chaleur.

274

— Bien entendu, Live Aid a énormément aidé, a dit Edwina Roper. Ils ont changé complètement la notion d'action caritative. C'est devenu un plaisir de donner et ça a lancé un nouveau mouvement qui n'existait absolument pas, au niveau des jeunes en particulier. Ce qui a considérablement aidé les agences humanitaires.

— Ouais, c'était une sorte de rébellion. Nous disions à la droite, écoutez, bandes de cons, on ne veut plus de vos salades, a dit Dave.

— Oh ouais, ça a eu son charme. (Corinna bâillait discrètement.) Mais c'est fini. Maintenant le premier mannequin venu se précipite aux quatre coins de la planète pour se faire photographier avec des gens qui crèvent de faim. C'est scandaleux. Je veux dire, c'est de l'impérialisme culturel à son pire niveau. Du genre, nous voilà, nous, les vedettes, nous allons sauver les petits négrillons, comptez sur nous. C'est de l'autosatisfaction écœurante.

Une ambiance défaitiste s'est abattue sur le groupe.

— Ouais, c'est vrai, en fait, a dit Rajiv. Je suis d'accord avec Corinna là-dessus. Je ne me mêle pas de ça.

— Alors vous croyez qu'il n'y a rien à faire ? a demandé Julian, déconfit.

— Bon. Il faut effectivement tenir compte de tout ça, a dit Oliver. Cette façon de dire : Rangez-vous, j'arrive, je vais vous aider, je suis célèbre. Est-ce vraiment responsable ?

Pour un peu, il aurait eu l'air soulagé. Je ne pouvais pas y croire. Nous avions presque touché au but et voilà que tout nous glissait entre les doigts.

— C'est nul, je dirais. Comme si on voulait hypocritement rassurer les gens, leur donner bonne conscience, a dit Rajiv.

— Exactement, a ajouté Corinna, l'air satisfait. Et d'abord, pourquoi ce bateau n'est-il pas arrivé ? Qui est responsable de la connerie ? Voilà ce que nous devrions demander, au lieu d'extorquer des sous aux petits retraités.

— C'est vrai, c'est voler les pauvres pour cautionner ces cons de riches, a dit Dave Rufford.

— Tout à fait, a dit Corinna. Je veux dire, non, faut pas *charrier*.

— C'est complètement dingue ! a hurlé Barry, en se levant pour taper du poing sur la table. Est-ce que vous avez tous perdu la boule ? (Il s'est immobilisé, lançant des regards furieux autour de lui, un sourcil levé.) Vous êtes devenus fous ou quoi ? Voilà un camp..., a-t-il dit, levant une main, le regard fixe, un camp au plus profond de l'Afrique, grouillant de gens qui meurent de faim. Ils nous demandent notre aide... (sa voix n'était plus qu'un murmure :) ... et nous allons dire non ? Si vous étiez en face d'un enfant mourant qui vous tendait la main en vous demandant de la nourriture, est-ce que vous lui diriez non ?

Il s'est arrêté, tournant la tête de tous côtés en jetant des regards furieux.

— Alors, continuons, putain ! a-t-il rugi.

— Mais c'est exactement ce que je disais, a dit Kate Fortune. Ce sont les enfants...

— Oh, faut pas *charrier,* a marmonné Corinna. Je veux dire, ça revient à propager le néocolonialisme...

Dinsdale s'est levé d'un bond.

— Voilà les premières paroles sensées que j'entends dire à ce vieux fou depuis cinquante ans, a-t-il claironné. Il est évident que nous devons faire tout ce que nous pouvons, mes chéris, qu'est-ce qui vous prend ? Il faut faire quelque chose ! Il faut nous *atttteler* à la tâche !

— Ouais, je suis bien d'accord avec toi, Dinsdale. Inutile de continuer à palabrer quand ces pauvres types sont en train de crever de faim, a dit Dave Rufford.

— Ouais.

— Absolument.

— Je suis de votre avis, a renchéri Julian. Je veux absolument faire quelque chose. Oh, merde !

Son téléphone s'était remis à sonner.

Après ça, tout a marché comme sur des roulettes. Oliver devenait de plus en plus ambitieux. Il parlait d'une émission transmise par satellite à partir du camp. Il était absolument super. Même Corinna commençait à se laisser convaincre.

Kate Fortune s'est levée en faisant des manières.

— Bon. Je voudrais dire ici et maintenant que je serais très heureuse de me rendre au Nambula.

La tête de Barry s'est écrasée sur la table.

— Nous pourrons discuter plus tard de ceux qui partiront, a dit Oliver. Parlons du spectacle. Nous pouvons y intégrer quelques sketches individuels et des monologues, mais nous avons besoin d'un élément central à partir d'une pièce de théâtre.

— Shakespeare, a dit Barry. Le Barde est tout indiqué.

— Que diriez-vous d'un sketch à partir de Shakespeare ? a proposé Julian. Quelque chose de comique.

— Bonne idée, a dit Julian. Peut-être un Shakespeare accéléré. Pourquoi pas *Hamlet* en cinquante minutes ? Evidemment, il faudra autre chose autour, mais ça pourrait constituer le principal.

— J'adorerais jouer le rôle d'Ophélie, a dit Vicky.

— Oh, oui ! Moi aussi, a dit Kate.

— Plutôt celui de Gertrude, chérie, ça te conviendrait mieux, a murmuré quelqu'un.

Et ainsi de suite. Ça m'était bien égal. Ce qui comptait, c'est que ça allait se faire. Et l'idée m'a traversé l'esprit que si Muhammad et les représentants du RESOK se retrouvaient dans le Club des Célébrités, ils ne vaudraient pas mieux. Le déplacement de la tente keftienne, la stratégie politique, tout participait du même esprit. Les Keftiens voulaient ne plus avoir faim, ne pas être malades afin de continuer à vivre, améliorer leur sort et leur condition, se mettre en valeur et profiter des petites vanités de la vie comme tout le monde.

— Bon. (Oliver a refermé son grand carnet noir en plaquant bruyamment la main dessus.) Je vous remercie tous. Nous nous retrouvons ici à la même heure dans une semaine et d'ici là nous aurons préparé un ordre de passage et des textes.

277

— Attendez une minute. Qui s'occupe du casting ? a demandé Liam Doyle.

— C'est moi, a dit Oliver. Merci beaucoup, la réunion est terminée.

Sous la table, Oliver a glissé une main sur mon genou. Je l'ai prise et reposée sur le sien.

Immédiatement, il s'est éclairci la voix et a enchaîné :

— Au fait, avant de nous emballer, je rappelle que tout ceci doit être accepté par Vernon Briggs, sous peine de ne pas pouvoir continuer. Et n'oublions pas que nous avons affaire à quelqu'un qui pense qu'*Hamlet* est une marque de cigares et qu'un sketch comique inclut nécessairement une belle-mère, une peau de banane et trois clichés racistes. Nous vous tiendrons au courant, de toute façon. Merci à vous.

Zut ! Pourquoi essayait-il de nous refroidir de cette manière, alors que tout le monde était enthousiaste ?

21

Ça commençait à bouger à la Capital Daily Television. Oliver nous avait trouvé un bureau dans le même couloir que le sien. Un attaché de presse de l'équipe de *Soft Focus* entrait de temps en temps pour donner des coups de téléphone. J'étais chargée de trouver le financement des vols, d'établir le lien avec SUSTAIN et de transmettre les informations aux célébrités. Tous les jours, en arrivant, je voyais les documents de production de télévision augmenter peu à peu, les listes, les dossiers, les papiers divers, mais l'ambiance était à la méfiance. Le lendemain de la grande réunion, il avait été curieusement impossible de joindre Oliver. Il avait passé une fois la tête dans la porte mais il était trop occupé pour avoir le temps de discuter. Il nous restait deux semaines.

Les journées s'écoulaient sans trop de peine, j'avais beaucoup à faire et beaucoup de gens à voir, mais je redoutais la nuit, quand les étoiles étaient les mêmes que celles qu'ils voyaient au camp, là-bas. J'avais pris la nuit en horreur depuis l'explosion du Kefti. A chaque fois que j'y pensais, c'était comme une blessure qui se rouvrait. J'étais la proie de flux négatifs qui mettaient longtemps à disparaître. La nuit, je restais sans dormir, à voir Safila. Nous n'avions toujours aucun contact avec le camp. Peut-être des messages avaient-ils été envoyés, qui attendaient dans une serviette sur le siège arrière d'une Land Rover, ou empilés sur le

279

bureau de Malcolm ? Le silence ne voulait rien dire. L'horreur pouvait germer secrètement en ces endroits inaccessibles, pour éclater soudain au grand jour dans toute son ampleur, comme si elle avait poussé en une nuit.

Je me précipitais tous les matins chez le marchand de journaux et je passais la presse au peigne fin. Il n'y avait jamais rien. J'avais passé deux heures avec la fille que connaissait Oliver au journal *News*. Elle avait eu l'air intéressée. Je lui avais parlé de la crise au Kefti et de ce que j'espérais faire avec les fonds que nous réunirions, et elle m'avait demandé de la rappeler plus tard dans la journée, mais finalement rien n'avait paru. Aucune nouvelle du Nambula. Je commençais à m'inquiéter. Je me demandais parfois si je devenais folle et si j'avais imaginé tout ça.

Le lendemain, il y a eu un tout petit article dans les brèves de l'un des grands quotidiens.

LA CRISE DES RÉFUGIÉS AU NAMBULA

Le personnel humanitaire au Nambula oriental signale un afflux de plus de 10 000 réfugiés fuyant le Kefti, une province sécessionniste de l'Abouti, ravagée par la guerre et le fléau des sauterelles. Les travailleurs humanitaires dénoncent l'insuffisance de l'approvisionnement et mettent en garde contre une catastrophe d'une ampleur comparable à la famine de 1985.

Le lendemain, il y avait trois colonnes dans les pages d'informations étrangères du *Times* sous la signature d'un correspondant à El Daman. Il estimait le nombre des réfugiés à vingt mille et rapportait que des « engagés humanitaires », sans plus de précision, avaient estimé que les réserves de nourriture dans les camps ne dureraient pas plus de deux semaines. Suivait une citation sans intérêt de ce que j'avais dit, complétée par l'information selon laquelle j'avais démissionné parce que je trouvais frustrant de ne pas pouvoir agir. Une autre citation du gouvernement d'El Daman soulignait comme d'habitude que le Nambula n'avait pas de quoi nourrir ses propres ressortissants et encore moins ceux des autres pays. Puis une déclaration des Nations unies :

> Il est impossible pour l'instant de vérifier les renseignements concernant les mouvements de réfugiés en provenance des montagnes du Kefti en direction de la frontière nambulane, à cause de l'instabilité qui règne dans cette région. Une source proche des Nations unies a parlé aujourd'hui de la « politique de l'autruche » des fonctionnaires et de « bureaucratie paralysante ».

Peut-être que ça allait faire de l'effet. Je me suis précipitée au bureau avec une confiance retrouvée. Personne n'était arrivé. J'ai appelé Oliver pour lui en parler mais Gwen m'a informée qu'il était en conférence toute la matinée et qu'il rappellerait dans l'après-midi.

Le téléphone a sonné. C'était Eamonn Salt.

— Vous avez vu le *Times* ? ai-je demandé tout excitée.

— Oui, en effet. Ça marque plutôt mal pour SUSTAIN, non ?

— Pourquoi, que voulez-vous dire ?

— Ils mentionnent que vous avez démissionné et nous ne sommes cités nulle part.

— Mais je vous avais dit que j'avais contacté le *Times* et *News* dès mon arrivée. Vous les avez appelés ?

Silence.

— Quel est le problème ?

— Je crois que nous devrions éclaircir la question de la presse. Il nous faudra un bon lancement de l'opération dans les journaux. Est-il possible d'en parler avec Oliver ?

— Il n'est pas libre ce matin. Voulez-vous que je fixe un rendez-vous ?

— Evidemment, oui. Et en attendant, il vaut mieux que vous appeliez toutes les personnalités concernées pour vous assurer que personne n'ouvrira la bouche avant que nous n'ayons défini la marche à suivre.

J'ai téléphoné à tous les numéros que j'avais, tombant parfois sur des agents, parfois des répondeurs, et j'ai demandé à tout le monde de ne rien dire à la presse afin de ménager l'effet de surprise jusqu'au lancement officiel.

J'ai passé le reste de la journée à travailler sur les dossiers, à téléphoner à Circle Line pour les vols et le contrat de sponsoring. Tout allait bien de ce côté-là. Si nous leur donnions des assurances sur la campagne publicitaire et réunissions la première cargaison de nourriture, ils mettraient un avion à notre disposition dans quinze jours.

Mais l'équipe de *Soft Focus* continuait à aller et venir, sans objectif précis, bizarrement, et personne ne semblait dans le coup. On aurait dit que tout le monde attendait.

A cinq heures, Oliver a appelé.

— Bonjour, tu peux passer me voir une minute ?

Enfoncé dans le canapé de cuir en forme de L, les bras derrière la nuque, il était en bras de chemise.

— Entre. Prends un siège.

Je me suis assise sur l'autre bras du L et je lui ai tendu le reportage du *Times*.

— Génial, non ? ai-je commenté pendant qu'il lisait.

— Ouais, ça n'est pas génial pour les réfugiés, en tout cas, a-t-il répondu en me rendant l'article.

On a frappé à la porte et Gwen est entrée avec deux tasses de thé.

— Vous pouvez partir si vous voulez, Gwen, a-t-il dit. C'est bien ce soir que vous avez votre cours de conversation française ?

— Super, merci, a-t-elle dit tendrement.

— Tu fais quelque chose demain soir ? a-t-il demandé quand elle a été partie.

— Pourquoi ?

— Parfait, nous dînerons ensemble.

— Pourquoi ?

— Il faut que je te parle.

— De quoi ? Tu peux me parler tout de suite.

Il a soupiré en tournant son thé.

— J'ai eu ton Eamonn Salt au téléphone, à propos du lancement de la campagne de presse.

— Je sais. Quand crois-tu que ça doit se faire ?

Il s'est levé tout à coup et s'est approché des étagères.

— Est-ce que tu fais attention à ce que je te dis ?

Je l'ai regardé.

— Je t'ai dit que rien n'était décidé. Nous sommes en train d'étudier un projet, c'est tout. Ça ne marchera vraisemblablement pas. L'idée d'une campagne de presse à ce stade est ridicule. Je ne t'ai jamais dit que l'opération était lancée... (Un tic nerveux lui agitait la bouche.) ... J'ai l'impression qu'on me harcèle. Qu'on me force la main.

Je me suis sentie inondée de sueur. Si ce projet ne marchait pas, il était trop tard pour tenter autre chose. Je ne pouvais pas y croire. Nous avions fait cette réunion, une douzaine de stars de premier plan avaient accepté de participer. Nous disposions d'un bureau, l'équipe de *Soft Focus* commençait à se mettre en marche. L'attaché de presse se renseignait pour faire envoyer une antenne satellite au Nambula à partir de Nairobi. Mais Oliver avait le pouvoir de tout arrêter. Je n'ai rien dit. Ça avait toujours été comme ça. Un jour il parlait de passer le reste de sa vie avec moi et le lendemain il ne pouvait même pas faire l'effort de me téléphoner.

— Donc, il faut que nous dînions ensemble demain soir pour discuter, a-t-il dit.

Il me regardait très bizarrement. Qu'est-ce qu'il y avait encore ? Je n'ai rien dit.

— Je te demande de dîner avec moi demain soir.

J'ai baissé la tête.

— ROSIE, JE TE DEMANDE DE DÎNER AVEC MOI.

Incroyable qu'il recommence ce genre de scène, comme si c'était une danse, ou une partie d'échecs sur ordinateur. Il faisait ceci, je faisais cela, et c'était reparti. Je savais ce qui m'attendait. Mais quand même, il ne pouvait pas agir de cette façon avec tous les membres de ses commissions de programmation ?

— Quel est exactement le problème en ce qui concerne l'émission ? ai-je demandé.

Il s'est retourné et m'a dévisagée, l'air absent.

— Pourquoi dis-tu que ça ne marcherait vraisemblablement pas ?

— Ah ! Vernon Briggs...

— Vernon Briggs.

— Oui. Il n'en a rien à foutre, des comédiens, de l'art, de faire passer des messages sur la dette internationale. Ce n'est pas du tout son truc. Il n'y a pas de possibilité budgétaire et nous sommes en plein renouvellement de contrats de production. Je ne vois absolument pas comment il pourrait accepter ce projet.

— Mais enfin, il est bien au courant de ce qui se passe. Tu dois bien lui en avoir parlé. Qu'est-ce qu'il en pense ?

— Ce n'est pas son truc, je te dis.

— Lui en as-tu parlé ?

Pas de réponse. Une petite idée a surgi dans mon esprit.

— Oliver. En as-tu parlé à Vernon Briggs ?

Il gardait la tête baissée.

— Oliver, je te pose une question. As-tu parlé à Vernon Briggs du projet Acteurs de la Charité ?

Silence.

— Oui ou non ?

Toujours rien.

J'ai pris le téléphone et appelé le standard.

— Passez-moi le bureau de Vernon Briggs, s'il vous plaît.

Oliver me regardait, atterré mais curieusement impuissant.

— Ah. Ici le bureau d'Oliver Marchant. Est-ce qu'Oliver peut voir M. Briggs une minute pour un entretien urgent ?

— Un instant, s'il vous plaît.

J'ai attendu, le cœur battant. C'était affreux d'avoir cru que tout allait marcher et de voir mes espoirs s'effondrer.

— Vernon peut le recevoir dans dix minutes.

— Merci. Dites-lui que Rosie Richardson l'accompagnera.

J'ai regardé Oliver, assis, tête baissée.

— Nous sommes aussi fous l'un que l'autre, tu sais. Si on nous voyait, on nous ferait enfermer.

Il a levé les yeux avec un sourire penaud :

— Je le sais.

— Viens t'asseoir sur mes genoux, a-t-il ensuite ajouté.

— Va te faire voir, espèce de vieux dingue dégoûtant.

Vernon Briggs s'est hissé de son fauteuil derrière son bureau noir à bordure dorée pour venir nous accueillir, frappant dans ses mains et se les frictionnant énergiquement.

— Salut, les copains ! a-t-il lancé de sa voix rauque avec l'accent du Yorkshire. On s'ennuie à mourir dans le coin. Vous voulez boire quelque chose ?

— Non, merci. Vous vous souvenez de Rosie Richardson ? a dit Oliver.

— Si je m'en souviens ! La femme qui aurait pu être la mère de mon enfant si elle avait su y faire. Un vrai régal pour des yeux fatigués comme les miens. Alors comme ça, vous êtes à nouveau ensemble ? Vous êtes venus demander la bénédiction de tonton Vernon. Comment allez-vous, chérie ?

Vernon Briggs ne s'était pas arrangé avec le temps, malgré l'ajout d'une superbe moustache en guidon de vélo.

— Vous aimez ? a demandé monsieur le directeur des programmes en en caressant les pointes cirées. Parfait comme chatouilleuse de con.

Le tapis sur lequel il avançait était noir et épais, avec une imitation de peau de zèbre au centre. J'ai jeté un deuxième coup d'œil rapide, espérant que c'était effectivement une imitation.

— Alors, fiston ? a dit Vernon en tapant sur l'épaule d'Oliver. Ça me fait plaisir de te voir. De te voir... ?

Oliver se taisait.

— Hé, hé ! Pas de ça, fiston. Pas de grands airs. Pas avant d'avoir fait tes preuves, d'être sorti du rang, d'avoir montré qu'un fils à papa, un blanc-bec d'universitaire peut avoir un peu de jugeote. Tu parles d'un ramassis de ringards que tu nous as dégottés l'autre soir ! Tu as vu l'audimat ? Deux millions quatre ! Merde ! Ce qu'on veut, ce sont des culs sur des chaises, mon gars, des culs sur des chaises. Pas du charabia pseudo-intellectuel !

Il y avait sur les murs des gravures style années soixante-dix dans des tons de rose et de mauve, avec des cadres dorés. Elles représentaient des filles aux longs cheveux et aux longues jambes et divers objets roses : des filles descendant de voitures de sport roses, buvant des cocktails roses dans des verres triangulaires, accoudées à des comptoirs roses, les hanches saillantes sous des robes roses moulantes. Quel dommage que Corinna n'ait pas été là.

— Prenez un siège, prenez un siège.

Nous nous sommes assis en face de lui, sur des chaises chinoises laquées noir et or.

— Allez, mettez tout sur la table. Qu'est-ce que vous mijotez ?

Oliver a soupiré.

— Nous avions parlé ensemble du renouvellement des contrats de production..., a-t-il commencé.

J'avais été très ferme avec lui durant les dix dernières minutes.

— Nous en avons parlé, fiston, tout à fait exact. Dix sur dix, a dit Vernon en clignant de l'œil à mon intention. Il est futé, le petit. Je vais te dire une chose, fiston, je te dispense de ton exercice de latin ce soir, en récompense de tes progrès.

Oliver a redressé sa cravate, mal à l'aise.

— Comme vous le savez, en pensant à ces contrats de production, j'ai cherché des projets qu'on puisse passer rapidement et qui pourraient montrer notre volonté d'engagement au service du public sur des sujets d'une valeur morale incontestable...

Je ne l'avais jamais vu si peu convaincant.

286

— Voilà, voilà ! Il va y arriver. Il commence à savoir sa leçon, ça n'est pas trop tôt !

Oliver a décroisé ses longues jambes dans son costume bien coupé.

— Eh bien... j'ai un projet tout prêt qui pourrait aller dans ce sens.

— Quoi, pas possible ! (Vernon a pris une voix distinguée :) Monsieur a un projet tout prêt qui pourrait aller dans ce sens. Donne-moi des noms, fiston, des noms.

— Barry Rhys, Dinsdale Warburton, Vicky Spankie...

— Oh, je t'en prie, pas de gros mots.

— Julian Alman, Liam Doyle...

— N'en dis pas plus, laisse-moi deviner, ça sera un pince-fesses artistique ?

— Kate Fortune...

— Allons, tu me fais marcher. Ouf ! ...scusez-moi. Je mets mes lunettes. Et alors, l'incontestable valeur morale, où elle est, là-dedans ?

— Euh... voilà : Rosie rentre du Nambula où elle travaillait dans un camp de réfugiés. Ils ont sept mille réfugiés mourant de faim sur le point de débarquer dans leur camp et rien pour les nourrir. Ils ont besoin d'un envoi aérien de nourriture le plus tôt possible. L'idée, c'est de faire une représentation unique en direct d'une version accélérée de *Hamlet,* avec la participation de tous les comédiens que je viens de citer, et nous lançons des deux côtés un appel à un soutien d'urgence. Ça paraît peut-être un peu tiré par les cheveux, mais...

— Continue, mon gars, continue.

Oliver lui a jeté un regard rapide, perplexe.

— Le problème, si nous voulons que ça en vaille la peine, c'est qu'il faut passer cette émission dans un délai impraticable, dans les deux ou trois semaines qui viennent, en fait.

— Ah, je comprends. C'est emmerdant, ça. Ouais. Très emmerdant... Non, laisse tomber. Le délai est trop court...

— Non, c'est faisable dans le temps qui nous reste, ai-je dit. On nous sponsorise un vol pour transporter la nourriture au Nambula et la compagnie Nambula Airways pourrait offrir des vols gratuits pour emmener une équipe de tournage et un certain nombre de comédiens. On pourrait sauver des milliers de vies, peut-être dix mille.

Oliver était assis là comme un sac de pommes de terre. Je lui ai écrasé le pied. Il s'est redressé d'un bond.

— Je me demandais si on ne pourrait pas faire passer l'émission dans le créneau horaire de *Soft Focus,* a-t-il balbutié. Et il y a aussi une antenne satellite disponible à Nairobi en ce moment.

— Si nous attendons encore, il sera trop tard, ai-je dit. Nous avons déjà vingt mille réfugiés dans le camp, qui commencent à dépérir parce qu'il n'y a pas assez de nourriture, et quand les autres vont arriver...

Le visage bouffi de Vernon s'est troublé.

— Ça va mal pour les mômes, hein ?

— Je voudrais que vous les voyiez.

Il a détourné le regard, les yeux embués. La chatouilleuse tremblotait. Vernon est resté assis un instant, en lissant les pointes.

— Ce sont toujours les enfants qui trinquent en premier, c'est ça le pire.

— On va le faire, a-t-il déclaré. (Il s'est levé d'un bond.) On va le faire. Faites envoyer l'antenne satellite. Appelez-les au téléphone. Pour Global Machin, c'est vraiment du billard.

Oliver avait l'air de quelqu'un qui essaie d'avaler une huître avec sa coquille.

— Faites préparer une banderole : MERCI CAPITAL DAILY TÉLÉVISION, et vous la ferez porter par vos petits négrillons.

J'ai ouvert la bouche pour dire quelque chose... et je l'ai refermée.

— Embarquez Kate Fortune dans une petite tenue safari. Et pourquoi pas Tarby ? Et Monkhouse ? Mon vieux, ce qu'il nous faut, ce sont des gens qui ont du cœur.

288

Oliver se frictionnait la nuque.

— Et laissons tomber le créneau de *Soft Focus.* Cette bande d'enculeurs de mouches. Ça, c'est un sujet de grande écoute. Faites-moi passer ces mômes en plein milieu des programmes du soir, que tout le monde les voie. Je ne veux pas qu'un œil reste sec. Je vais peut-être y aller moi-même, avec un peu de chance.

Il s'est avancé lourdement au milieu de la peau de zèbre et s'est immobilisé pour réfléchir, tripotant pensivement sa moustache.

— Tiens ma foi, c'est peut-être une très bonne idée. Je vais y aller moi-même. Je ne suis pas allé en Afrique depuis 1944. J'ai envie de voyager. Je pourrais même dire deux ou trois mots, tant que j'y suis.

Il s'est tourné vers moi.

— Ne vous inquiétez pas, ma belle. Je vais arranger ça pour les mômes. Bon, mon gars, prends le téléphone. Appelle Ian Parker des télécoms internationales. Dis-lui que tu appelles de la part de Vernon Briggs et que je veux qu'il fasse transporter l'antenne satellite de Nairobi au camp, avec une équipe, pour demain à cette heure-ci. Et je me charge de l'heure de passage, fiston. Occupe-toi de m'arranger cette liste des comédiens. Pas question de se contenter de cette brigade lamentable. Trouve-moi des grands noms et au trot.

Allez, Oliver, fonce, me disais-je. Du nerf. Dis-lui ce que nous essayons de faire. Dis-lui que nous ne voulons pas d'une kermesse pour faire pleurer dans les chaumières. Mais il restait complètement muet. C'était extraordinaire.

— Le chat a mangé ta langue, fiston ? Allez, en avant... (Vernon a ouvert la porte et nous a accompagnés vers la sortie.) Je te vois demain à la même heure pour constater comment tu te débrouilles. Remets-moi tout ça dans ta culotte et fonce.

Oliver a tenté de sortir nonchalamment, moi sur ses talons.

— Ne vous inquiétez pas, ma belle, faites-moi confiance, a dit Vernon en me donnant une petite tape sur les fesses. A mi-chemin du couloir, j'ai été prise de fou rire.

— Qu'est-ce qu'on va faire ? ai-je demandé, entre deux hoquets, c'est bien qu'il nous soutienne, mais...

— Comme tu dis, a renchéri Oliver en riant à son tour. On ne peut quand même pas le laisser diriger l'émission en Afrique.

— Avec sa chatouilleuse...

— Ne t'inquiète pas, je vais le contrôler.

— Mais c'est ça qui est trop drôle, tu ne peux pas...

Et je me suis écroulée de rire.

— Allons boire un verre, a-t-il dit, hilare.

C'est ce que nous avons fait. Nous avons discuté. C'était sympa. Amical. D'égal à égal.

Quand je suis rentrée, j'étais toute contente. Tout se passait à merveille. Vernon prenait l'émission en charge. Oliver était revenu à la raison pour le moment. Le financement des sponsors était en route. SUSTAIN pensait pouvoir réunir la première cargaison de nourriture jusqu'à ce que nous obtenions les fonds. Les scripts arrivaient. Les stars se rendaient utiles. Il y avait une heure que j'étais rentrée, j'avais pris un bain, mangé des tartines de fromage dans la cuisine. A neuf heures, en voulant allumer la télé, j'ai vu un message laissé par Shirley sur la cheminée :

CATHERINE KELLY, DU DAILY NEWS, A TÉLÉPHONÉ

Catherine Kelly était la fille que connaissait Oliver au journal. J'avais eu un entretien avec elle le lendemain de ma visite au bureau d'Oliver, avant la constitution des Acteurs de la Charité. Je lui avais donné tous les détails sur l'histoire du Kefti et elle avait paru très intéressée, mais rien n'avait été publié.

J'ai pris le téléphone pour appeler le *News*.

— C'est Catherine que vous voulez ? Ne quittez pas, je vous la passe... Désolée, elle est partie depuis cinq minutes. Puis-je lui laisser un message ?

— Dites seulement que Rosie Richardson l'a rappelée.

J'ai laissé le numéro du bureau.

Le lendemain matin, je me suis précipitée chez le marchand de journaux comme d'habitude et j'ai feuilleté le *News,* folle d'impatience. Rien, rien de rien. Puis j'ai ouvert la page centrale et j'ai failli laisser tomber le journal. Il y en avait une pleine page, avec une photo de moi en robe du soir, à côté du dessin d'un insecte aux gigantesques mandibules en surimpression d'une photo d'enfants africains mourant de faim. Le titre indiquait :

LES STARS ONT LE DEVOIR D'AIDER LES VICTIMES DE LA FAMINE, DÉCLARE L'HÉROÏNE ABANDONNÉE

— Au fait, donnez-moi aussi un paquet de Rothman.

Au-dessous de la sauterelle, il y avait une photo d'Oliver, le bras passé autour de la taille de Vicky Spankie et, en bas de la page, des photos minuscules de Julian, Liam, Dinsdale et Barry.

J'ai immédiatement pensé aux coups de téléphone que j'avais passés aux célébrités la veille. Pas un mot à la presse, avais-je dit, il faut garder l'effet de surprise. Oh, non ! Où avaient-ils trouvé cette photo de moi ? Je portais ma fameuse robe noire de demoiselle d'honneur, genre bergère effarouchée. Ce ne pouvait être qu'à la cérémonie de remise des trophées où j'étais allée avec Oliver. Merde. Merde. Qu'est-ce qui s'était passé ? J'avais parlé à Catherine du Kefti, mais absolument pas des célébrités. Aucune n'était engagée dans l'opération à ce stade.

L'ancienne amie d'Oliver Marchant, directeur de production de l'émission de télévision *Soft Focus,* âgé de 38 ans, est arrivée à Londres cette semaine pour tenter la courageuse et dramatique mission de sauver la vie de milliers de réfugiés menacés par une invasion de sauterelles de proportions bibliques. Rosie Richardson, âgée de 37 ans *(je n'avais absolument pas 37 ans, mais 31)* a vu sa vie brisée quand, il y a quatre ans, Marchant a refusé de l'épouser et mis un terme à leurs relations. *(Où avaient-ils été pêcher tout ça ?)* Jurant de ne jamais revenir en Angleterre, elle est partie travailler dans un camp de réfugiés au Nambula, en Afrique orientale, qu'elle n'a pas quitté depuis. Cependant, au cours des dernières semaines, le camp a été envahi par des essaims terrifiants de sauterelles, de plusieurs kilomètres de long, qui cachent le soleil et s'agglutinent en s'abattant sur les réfugiés et leurs récoltes. Frustrée par l'inaction des agences humanitaires, Richardson a quitté le camp en jurant de retourner en Angleterre pour faire payer celui qui l'avait abandonnée.

« A mon retour, j'ai trouvé affreusement difficile de m'adapter au luxe qui règne ici par contraste avec la pauvreté de là-bas », dit Richardson.

(Je n'avais jamais dit ça. Ou peut-être que si, après tout, mais ce n'était même pas la moitié de ce que j'avais dit, et je parlais de mon premier retour en 85. De plus, ça n'était pas pendant l'interview, mais quand nous bavardions de façon informelle juste avant qu'elle parte. Qu'est-ce que j'avais dit d'autre ?)

Encore traumatisée d'avoir vu un de ses vieux amis, Libren Aleen, perdre ses 26 enfants victimes de la famine, Richardson a ajouté : « Ces vedettes pleines de fric ont le devoir d'aider. »

(J'avais peut-être dit que les célébrités *se sentaient* le devoir d'aider.)

« Leur talent leur rapporte beaucoup d'argent. Elles ont aujourd'hui l'occasion d'en rendre une partie et je vais m'y employer. » *(Jamais dit ça.)*

Après un stage de formation humanitaire à Basingstoke, Richardson a été engagée par SUSTAIN, pour diriger le camp de Safila, au Nambula oriental, qui compte au moins 2 000 réfugiés provenant du Kefti *(très bien, très bien)* et a défié la mort au cours d'un périlleux voyage en pleine zone de guerre. « Les Nations unies sont totalement incompétentes », déclare Richardson, *(Oh, Seigneur)* (...) Furieuse que SUSTAIN refuse de croire à son histoire et d'augmenter les envois d'aide alimentaire, elle a démissionné et pris le premier avion pour Londres. « Les célébrités et le public britannique sont les seuls sur qui nous pouvons compter maintenant. »

Tout d'abord Marchant, qui selon certains amis s'était plaint d'avoir été « harcelé » par Richardson après leur rupture, a refusé son aide, sous le prétexte que le projet était irréalisable dans un délai aussi court. Mais l'amie actuelle de Marchant, l'actrice Vicky Spankie, star du film *Les Dernières Feuilles de l'été indien,* âgée de 26 ans *(tu parles, elle en avait 30 au bas mot !)* a été émue par les malheurs de Richardson et a convaincu Marchant d'apporter son soutien au projet.

Vicky Spankie ! C'était sûrement elle. Ils avaient eu connaissance des noms de toutes les vedettes, hormis Kate Fortune et Corinna. Ce ne pouvait être que cette salope de Vicky Spankie. J'ai scruté avec plus d'attention la photo d'Afrique. Elle n'avait été prise ni au Nambula ni au Kefti. Ça ressemblait plutôt au Mozambique. En bas de la page, il y avait une déclaration des Nations unies, disant qu'ils étaient en train de vérifier les rapports et que toutes les mesures possibles étaient mises en œuvre. Puis suivait un autre article :

Eamonn Salt, porte-parole de SUSTAIN, a confirmé hier que Richardson n'était plus employée par l'agence. « Il est strictement interdit au personnel de SUSTAIN de pénétrer au Kefti, pour des raisons de sécurité et de relations diplomatiques. Tout employé désobéissant à cette règle encourrait de graves sanctions. » Ni SUSTAIN ni Capital Daily Television, où Marchant est directeur des programmes *(Vernon n'allait pas apprécier !)* ne semblent au courant du projet lancé par les Acteurs de la Charité.

Certains amis de Marchant ont exprimé l'inquiétude que Richardson n'utilise le prétexte de la crise pour regagner les faveurs de Marchant au détriment de Vicky, la vedette de télévision. « Naturellement, tout le monde veut aider les Africains qui meurent de faim, a dit l'un d'eux, mais il est parfois possible de douter des motivations réelles des gens. » Le mariage des deux stars est prévu pour le début de l'année prochaine.

22

J'ai allumé une Rothman et j'ai failli m'étrangler. Je suis revenue à l'appartement sans m'en rendre compte.

Le téléphone sonnait quand je suis entrée. Je me suis assise devant la table de la cuisine et j'ai laissé sonner. Il s'est arrêté puis a repris. Dring dring dring dring. J'ai décroché. Un bruit indistinct, comme une alarme, s'est déclenché. Puis une voix a dit : « Raccrochez votre combiné. » Bruit d'alarme. « Raccrochez votre combiné. » J'ai raccroché. Le téléphone a immédiatement sonné. Je me suis penchée pour le débrancher, j'ai allumé une autre cigarette, me suis étranglée avec la fumée, je l'ai éteinte, j'ai mis ma tête dans mes mains et je me suis mise à pleurer.

Ressaisis-toi, me suis-je dit soudain. J'ai les épaules étroites, mais le derrière large. Je me suis essuyé la figure avec un morceau de sopalin, j'ai mis le *Daily News* à la poubelle et j'ai fait tout ce que j'ai pu pour reprendre mon calme.

Le téléphone sonnait déjà quand je suis arrivée au bureau.

— C'est l'héroïne abandonnée ? Bienvenue au Club des Célébrités.

C'était Oliver.

— La ferme. C'est horrible.

— Horrible ? Ne sois pas ridicule. Regarde ce qui se passe. Toute publicité est bonne à prendre, rappelle-toi.

— Mais j'avais demandé à tous les comédiens de ne rien dire à la presse. Ils vont penser que je cherche seulement à attirer l'attention sur moi.

— Je crois que tu vas te rendre compte qu'ils sont plus intelligents que ça. Et maintenant calme-toi.

Le téléphone a recommencé à sonner.

— Rosie Richardson, s'il vous plaît ?

— De la part de qui ?

— Pat Wilson, de l'*Express.*

— Pouvez-vous appeler le service de presse, s'il vous plaît ?

— C'est ce que je viens de faire. On m'a donné ce numéro.

— Rappelez-les et dites-leur... dites-leur...

— Non, je n'ai pas l'intention de jouer au téléphone musical, ma petite. Nous voulons une interview de Rosie Richardson aujourd'hui, avec une photo. Vous pouvez me donner son numéro ?

— Je regrette, il faut que vous appeliez le service de presse, ce n'est pas le bon... je ne peux pas vous aider.

— D'accord. Si c'est comme ça que Capital Daily Television veut la jouer, je m'en souviendrai. Salut.

Nouvelle sonnerie.

— Allo, ici *Woman's Hour,* puis-je...

J'ai eu une inspiration.

— Je vous passe le service de presse.

Téléphone.

— Allo, Rosie Richardson ?

— Vous voulez le service de presse ? Je vous le passe.

— Non, c'est le service de presse à l'appareil.

— Ah.

A cet instant précis, Oliver a passé la tête par la porte ouverte.

— Oh, mon Dieu... je regrette. Oui... oui... oh, là, la !... je vois... oui. Melissa ? Je peux vous interrompre une seconde. Oui... je regrette... oh, là, là !...

— Passe-la-moi.

Oliver m'a pris le téléphone.

— Ici Oliver Marchant. Quel est le problème ? OK OK OK. Et alors ? Quel est le problème ? (Il roulait des yeux expressifs en me regardant.) ... mais c'est exactement pour quoi vous êtes payée, en tant qu'attachée de presse, non ? Autre chose ? Parfait. Au revoir.

Le téléphone a recommencé à sonner. Il a décroché.

— Bonjour. Ouais. Ouais. Allons, Corinna, je t'en prie. Ça t'est arrivé assez souvent. Bien sûr qu'elle ne l'a pas fait exprès. Mais oui, mais oui, je pense que ça a probablement un rapport avec Vicky. D'accord, je le lui dirai. Parfait. A demain.

— Corinna te fait savoir qu'elle compatit, a-t-il dit. Il a fallu un tout petit peu la convaincre. Et maintenant oublie tout ça.

Téléphone. C'est moi qui ai décroché, cette fois.

— Allo, les Acteurs de la Charité ?

— De la part de qui, s'il vous plaît ?

— Bonjour. Je suis content de vous avoir. Je m'appelle Mike de Sykes. Je représente Nadia Simpson.

Silence. Il attendait visiblement une réaction.

— Nadia Simpson ? ai-je murmuré à Oliver.

— Un mannequin connu.

— Quoi ?

— Très connu.

— Oh, bonjour. Que désirez-vous exactement ? ai-je répondu au téléphone.

— En fait, je suis surpris que vous n'ayez pas cherché à nous joindre.

— Pardonnez-moi, je ne comprends pas ?

— Passe-le-moi.

Oliver tentait une nouvelle fois de reprendre l'avantage. J'ai fait non de la tête pour l'écarter.

— Saviez-vous que Nadia est originaire du Nambula ?

— Elle est du Nambula, ai-je soufflé.

Oliver a éclaté de rire.

— Tu parles, elle est née à Huddersfield.

297

— Chut !... Non, je l'ignorais, en fait.

— Ecoutez, Nadia veut participer. Nadia est bouleversée par ce qui arrive à son peuple. Elle est effondrée. Alors voilà, j'ai une surprise pour vous : Nadia me dit qu'elle est prête à aller au Nambula.

— Oh.

— Elle veut aller au Nambula, ai-je murmuré.

Oliver a fait le geste de se couper la gorge avec un doigt.

— Je vous amène Nadia cet après-midi ? Elle a un moment de libre à trois heures, ça vous va ?

— Je crois que ça ne pourra pas être avant la fin de soirée, j'en ai peur.

— Disons six heures et demie. Au Groucho.

— Six heures trente, au Groucho. Parfait, j'y serai.

Oliver a hoché la tête.

— Tu perds ton temps.

Téléphone. Il s'est penché pour appuyer sur un bouton.

— Gwen, pouvez-vous prendre les communications de Rosie pendant un moment, s'il vous plaît. Merci.

Il s'est assis sur le rebord de mon bureau.

— Alors, ma petite héroïne abandonnée ! Puisque tout le monde est au courant de l'histoire, on va faire avec. Fixe une conférence de presse pour jeudi, soit à dix heures soit à trois heures, dans une des salles de réunion. Je vais en parler à Melissa pour qu'elle te donne un coup de main. Je m'occupe d'informer les stars si tu me donnes tous les documents. Et il faut mettre en place la retransmission en direct d'Afrique et savoir qui va y aller. Kate Fortune m'a déjà téléphoné deux fois pour ça. Cette femme a une vocation de missionnaire.

— C'est moi qui ai eu l'idée, gémissait ostensiblement un type chauve à lunettes à monture d'écaille entre le bar et moi.

J'observais la scène dans le miroir, tandis que les gens les plus connus des médias se retrouvaient au Groucho pour leur apéro de fin de journée, se répandant dans des fauteuils confortables et se demandant mutuellement des nouvelles.

— Je croyais que c'était Jeremy qui avait eu l'idée. Salut, Roland, comment vas-tu ?

— Roland, salut. Comment ça va ? Jeremy a monté la première mouture, mais c'est moi qui ai eu l'idée. Nous étions ici, justement. Avec Rory, à l'endroit où Jerôme et Simon sont assis en ce moment. Et j'ai dit : et les travailleurs sociaux, alors ? Les séries en douze épisodes sur Londres intra-muros, les Tours Hamlet, les enfants battus, l'exil, l'abus de biens sociaux, et Jeremy qui disait, bon Dieu, que c'est chiant... — Salut, ça va ? — Et tout d'un coup, Jeremy a porté ça à Jonathan et voilà, si tu veux, il a eu le feu vert, et c'est parti ; je veux dire, je sens que j'aurais le droit de téléphoner à Jonathan pour râler. Tu comprends... — Salut, ça va ? — ... c'est moi qui avais eu l'idée.

— Voilà. (Mike de Sykes, un petit bonhomme grassouillet en complet blanc a posé les verres sur notre table.) Nadia ne va pas tarder. Elle est juste descendue une minute pour se refaire une beauté. Ah, la voilà, a-t-il ajouté en regardant vers la porte. La demoiselle en personne. Vous allez l'adorer, Rosie, j'en suis sûr.

Nadia était une fille superbe, avec des traits sculpturaux de type arabe, mais quelque chose dans la façon dont elle était coiffée, les cheveux tirés sévèrement sur les tempes et retombant ensuite bizarrement en bouclettes à partir de deux couettes symétriques, me faisait penser à un mouton. Quelques minutes plus tard, nous étions en grande conversation. Enfin, quand je dis conversation...

— Alors Mikey me dit : Nadia, tu devrais aller au Nambula. Et je me dis : pourquoi ? Et je lui en voulais. Vous comprenez ? Puis je vois les photos. Et Mike y me dit : Nadia, ce sont des gens de ton peuple. Et je regarde ces photos, ces enfants mourants et je pense : ça a l'air vrai, tu sais. Ça a l'air tellement vrai. C'est mon peuple. Et alors je dis : Mikey, je vais au Nambula.

— Nadia est une fille extrêmement sensible, a dit Mike en se fourrant une poignée de Twiglets dans la bouche.

— Et Mikey me dit : Nadia, il ne suffit pas de pleurer. Et je regarde ces photos et je pense, je pense vraiment, vous savez, je vais aller au Nambula.

— De quelles photos parlez-vous ?

— Celles du *News,* mon chou, a dit Mike, en saisissant une deuxième poignée de Twiglets. Nadia a été tout simplement bouleversée quand elle a vu ces photos.

— Si c'est l'article auquel je pense, il n'y avait qu'une photo et elle n'avait pas été prise au Nambula. Je crois que ça avait été pris au Mozambique, pour autant qu'on puisse le savoir.

— Le Nambula fait partie du Mozambique ? a demandé Nadia.

— Non, non. C'est un pays voisin, au nord. A trois mille kilomètres au nord, en fait.

— Alors ils ont mis une photo de quelqu'un d'autre à la place de celle de mon peuple ?

— Nadia, ne t'énerve pas.

— Je m'énerve, Mikey. Tu me dis, ne t'énerve pas. Je suis énervée. Tout ça, c'est réel pour moi, tu comprends ? Ils mettent une photo de ce Mozambique à la place de celle de mon peuple. Il faut que j'aille au Nambula.

— Etes-vous née au Nambula ? ai-je demandé.

— C'est exactement ce que je dis à Mikey. Je ne suis pas née au Nambula. Pourquoi j'irais au Nambula ?

— Mais vos parents sont du Nambula ?

— Mikey, je lui ai dit, ma mère est anglaise, mon père est anglais, (et son accent était américain) alors pourquoi est-ce que suis devenue nambulane tout d'un coup ?

— Ton père est nambulan, mon chou. Son père était du Nambula.

— Alors votre grand-père était du Nambula ?

— Son grand-père était du Nambula, oui. Nadia se sent très proche du peuple nambulan.

— Mais vous savez que le peuple auquel nous cherchons à venir en aide, c'est celui du Kefti ?

— Quoi, Mikey ? Je ne comprends pas.

— Attendez, dit Mike, le menton agressif, vous voulez dire que ces gens qui meurent de faim, ce ne sont pas des Nambulans ?

Une demi-heure plus tard Nadia avait fini par accepter l'idée de l'infiltration de son peuple par les Keftiens.

— Je trouve vraiment ma vie ennuyeuse, vous voyez ? disait-elle. Je veux changer de vie. C'est quelque chose qui me paraît réel, vous voyez ? Et si je vais là-bas pour faire des photos, je suis sûre que quelque chose de bien va se passer.

— Qu'est-ce que vous voulez faire au Nambula, en fait ? a demandé une voix derrière moi.

C'était Oliver, l'air très content de lui.

Qu'est-ce qu'il faisait là ?

— Ha ! Oliver Marchant. Bonjour monsieur. Vous êtes l'homme important. Je vais vous chercher à boire, monsieur, a dit Mike en se levant d'un bond. Oliver Marchant, je vous présente Nadia Simpson.

— Ravi de vous rencontrer. Continuez, continuez, je ne veux pas vous interrompre, a dit Oliver en tirant un fauteuil vers la table et en faisant un signe au garçon. Un grand scotch, Hannes. Quelqu'un d'autre veut boire ? Continuez, Nadia, je vous écoute.

— Nadia veut que les gens se rendent compte de ce qui se passe.

— Et que se passe-t-il ?

— Il y a des gens qui souffrent, a dit Mike.

— Pourquoi ? Allons. C'est important. C'est une question politique.

— Quoi ? a dit Nadia, soudain inquiète. Je ne veux pas parler de politique. Je ne m'occupe pas de politique.

— Nadia ne s'occupe pas de politique.

— Je ne m'occupe pas de politique, mais si vous voulez, je me rends compte que ça ne suffit pas de s'émouvoir, quoi...

301

— Ça ne suffit pas de pleurer sur le sort des autres, a ajouté Mike, encourageant.

— Je sais, ce qu'elle veut, c'est pleurer devant la caméra, a dit Oliver en riant. Bon, c'est bien gentil, mais j'ai peur que ça ne soit pas le genre de l'émission.

Nadia a eu l'air vexé. Elle paraissait très jeune.

— Mais c'est formidable de vouloir nous aider, ai-je dit très vite.

— Attendez, je ne vous suis pas, a dit Mike. Je ne vous suis pas. Nadia Simpson est en train de vous dire qu'elle vous offre sa participation, qu'elle ira au Nambula pour vous, sans demander de cachet, seulement un défraiement, et vous répondez : nous vous rappellerons ?

— C'est exactement ça, a dit Oliver, en s'adossant à son fauteuil pour boire son scotch. Nous avons beaucoup d'artistes qui souhaitent participer et nous faisons une sélection rigoureuse. Si des artistes doivent apparaître à la télévision, dans un camp de réfugiés, pour transmettre un message au public, ils se doivent d'être extrêmement informés et d'avoir un discours responsable.

— Nous partons, Nadia, a dit Mike en se levant.

— Mais Nadia veut effectivement s'informer, ai-je dit.

— Allez viens, mon chou. Je ne laisserai personne te parler sur ce ton.

— Hé, attends, Mikey. Je veux parler à la dame. Je veux parler à la dame. OK, Mikey, je veux parler à la dame.

Elle tapotait sa coiffure de mouton.

— Les gens aiment être négatifs, si vous voulez. Les gens aiment être négatifs quand ils font le bien. Je ne sais pas pourquoi ils aiment être négatifs, les gens, quand ils font le bien. Ils aiment être négatifs.

— Ils aiment être prudents, a dit Oliver.

— Allez, viens, Nadia, nous perdons notre temps avec ces gens-là. Partons.

Mike l'aidait à se lever, la conduisait vers la porte.

— Mais tu m'as dit : va au Nambula.

— Tu vas aller au Nambula, mon chou. Tu es partie pour le Nambula.

Il ouvrait la porte et la faisait sortir.

— Le monde entier va savoir que tu vas au Nambula, putain !

— Avais-tu besoin d'être aussi grossier ? ai-je demandé à Oliver quand ils ont été partis.

— Je n'ai pas été grossier. J'ai arrêté les frais dès le départ. Allons ! Tu as autre chose à faire. Tu n'as pas de temps à perdre avec ces imbéciles.

— Tu aurais au moins pu la remercier.

— Pour quelle raison ? Je ne vois pas pourquoi elle s'attendrait à notre infinie gratitude. Qu'est-ce qu'elle a à nous offrir ? Je te le demande. C'est à double tranchant, ce genre d'échange. Si les agences humanitaires se tenaient un peu mieux et posaient davantage de questions avant de se répandre en lamentations de reconnaissance auprès des stars, elles auraient un peu moins de soucis, crois-moi.

— C'est ce qui s'appelle écraser une mouche avec un marteau pilon, si c'est l'expression qui convient.

— Oh, allez, chérie, fais-nous un sourire. Tu veux boire un autre verre ? J'ai commencé à préparer le script pour l'émission en Afrique. Je voudrais que tu y jettes un coup d'œil.

Il avait fait ça en deux heures. C'était génial. J'ai retrouvé ma bonne humeur.

Ce n'était pas simple, entre Oliver et moi. Je connaissais ses défauts et je ne lui faisais pas confiance. Mais le charme de l'autorité d'un homme plus compétent que vous, qui vous soutient, a quelque chose de très séduisant. Pendant les quelques jours suivants que j'ai passés à Londres, à mesure que je le voyais utiliser son intelligence et son pouvoir pour monter son émission, et que tout fonctionnait, la campagne de presse, les sponsors, la collecte alimentaire, l'horaire de l'émission, les scripts, et que je le sentais derrière moi pour m'aider à franchir les obstacles, je sentais d'heure en heure que les choses allaient s'arranger pour Safila, et je perdais de plus en plus pied.

23

Nous nous embrassions goulûment dans l'appartement d'Oliver. Sa main était dans mon chemisier. C'était le lendemain soir du lancement de la campagne de presse. Nous avions passé la journée au téléphone, avec les sponsors, les artistes, les ingénieurs, les cameramen, les journalistes. A ce moment précis je ne souhaitais rien de plus que de me laisser aller au bien-être sensuel que me proposait Oliver. Il a glissé une main dans mon dos et dégrafé prestement mon soutien-gorge, ôtant mon chemisier de l'autre.

— Il ne faut pas faire ça, ai-je dit, les yeux fermés, la respiration incertaine.

— Je crois que si, a-t-il murmuré dans mon cou.

Je me suis dégagée.

— Pourquoi pas ? a-t-il demandé en me retenant par le bras.

Je me suis écartée.

— Tu sais très bien pourquoi.

Pendant qu'il allait chercher à boire, je me suis assise, me frottant le front, rajustant mes vêtements. Comment avais-je pu me retrouver là ? Il m'avait demandé à nouveau de dîner avec lui. Tout se passait si bien entre nous, il se montrait si gentil et si serviable qu'il m'avait semblé grossier et curieusement vaniteux de ma part de refuser.

Il avait voulu aller au cinéma avant le dîner, pour, avait-il dit, se détendre et oublier un peu le boulot. Le seul film où il restait de la place était un film à grand spectacle sur la guerre du Viêt-nam. Je pensais que ça me conviendrait mais au premier tir de mitrailleuse, quand le premier soldat vêtu de kaki s'est retrouvé éventré et pissant le sang, j'avais eu l'impression de recevoir un coup sur une blessure encore ouverte.

Je m'étais levée en m'excusant de déranger les gens et j'étais sortie de la salle. Dehors, dans le grouillement populaire des jeunes de Leicester Square, je m'étais appuyée contre un mur pour tenter de calmer mes fantômes. J'avais vu Oliver qui me cherchait à la sortie du cinéma. Je n'avais pas l'intention de lui parler de l'explosion de la mine. Les expériences personnelles horribles ont vite tendance à tourner à l'anecdote. Des événements qui, comme aurait dit Nadia Simpson, vous semblent réels, et douloureux, se transforment en divertissement pour les autres. C'était peut-être une bonne façon de se rendre intéressant, mais pas très glorieux.

Finalement, pourtant, je lui avais raconté. Il s'était montré très compréhensif. Et comme, avait-il dit, j'étais trop bouleversée pour aller au restaurant, il m'avait emmenée chez lui et décidé de nous faire livrer une pizza. Nous avions eu tous deux, je crois, un petit pincement au cœur au souvenir de la vieille plaisanterie sur les pizzas de naguère. Puis, une fois chez lui, dès la porte fermée, il avait laissé tomber son manteau sur le sol et m'avait prise dans ses bras. Et moi, j'avais besoin de m'appuyer sur lui parce que j'étais secouée, bouleversée, poussée par un sentiment de solitude, mais aussi parce que notre attirance mutuelle était toujours vivace, je n'avais pas résisté.

Il est revenu avec nos verres et a allumé une cigarette.

— Tu te rends compte que je ne peux pas faire ça ? a-t-il dit.

— Je sais. Il ne faut pas.

— Je ne te parle pas de ça. C'est des Acteurs de la Charité que je parle.

J'ai eu l'impression que mes entrailles se révulsaient.

— Qu'est-ce que tu dis ? Comment peux-tu faire autrement maintenant ?

— Tout est lancé. Vernon peut diriger.

— Mais tu sais très bien que ça ne marcherait pas. C'est déjà assez fragile comme ça. Tout le projet s'écroulerait. Nous comptons sur la bonne volonté des participants et ils pensent tous qu'il est incapable de diriger.

— Il va prendre les choses en main, que je sois là ou non. Il vient en Afrique. Et comme tu l'as dit toi-même, je suis incapable de le contrôler.

— Pourquoi dis-tu que tu ne peux plus t'en charger ?

— Si Vernon s'implique — ce qui est le cas —, il vaut mieux que je retire mes billes. Je n'ai pas le temps, de toute façon.

— Mais tu vas t'occuper de l'émission à Londres, quand même ? ai-je demandé, essayant de garder une voix calme.

— Non.

— Pourquoi ? Pourquoi est-ce que tu prends cette décision maintenant ?

— Comme je viens de te le dire, je n'ai pas le temps.

J'ai réfléchi une minute.

— Si je t'avais dit oui tout à l'heure, tu aurais trouvé le temps ?

Il avait l'air furieux.

— Ça ne t'était pas venu à l'idée, hein ? Pas du tout ? Tu reviens avec ta bonne conscience, tes gens qui meurent de faim et ta cause à défendre. Je croyais que tu étais revenue pour moi. Tu me fais marcher pour obtenir ce que tu veux. Je t'aime. A partir de là, on ne peut pas me demander de travailler avec toi. Je ne peux pas partir en Afrique si nous continuons ce petit jeu stupide qui consiste à faire semblant de n'être que de simples collègues.

Il mentait, j'en étais sûre. Il n'avait pu se méprendre à aucun moment. Je ne lui avais rien laissé entendre du tout. Il ne m'aimait pas. Il fallait seulement qu'il vérifie que j'étais encore à sa disposition s'il le désirait.

— Et Vicky, là-dedans ?

307

— Bah ! Vicky... C'est fini.

— Et si j'accepte de coucher avec toi ?

Personne, sûrement, même pas lui, ne pouvait jouer un jeu aussi dégueulasse.

— Ça serait plus facile pour moi.

Si, il le pouvait.

Il est parti dans la cuisine, en rage. Il était onze heures. Je savais que nous ne pouvions pas faire l'émission sans lui. Je regardais la pluie frapper la fenêtre. Le camp, là-bas était dans l'obscurité à cette heure-ci, sauf l'hôpital et le centre de distribution de nourriture. Il restait douze jours avant la retransmission de l'émission. Il leur restait dix jours de nourriture. Les nouveaux réfugiés allaient arriver d'un jour à l'autre. Ils commençaient à traverser le désert en direction de Safila, affluant des montagnes vers la frontière. Ils étaient cinq, peut-être dix mille, et ils n'avaient rien à manger. Il m'est venu à l'idée que ma vie sentimentale n'avait pas grande importance. Pas plus que celle d'Oliver ou de Vicky Spankie. Peut-être que je devais accepter, tout simplement.

Le téléphone a sonné deux fois et le répondeur s'est enclenché. La voix de Vicky Spankie s'est répercutée sur les lattes du plancher.

— Olly, c'est Vicky. Je sais où tu es. Tu n'es pas avec Julian. Tu es sorti avec Rosie, c'est ça ? Ou Kirsty, peut-être ? (Bruit indéterminé qui pouvait être celui d'un sanglot. Ou autre chose.) Rappelle-moi quand tu rentreras. S'il te plaît.

Oliver est sorti de la cuisine et a foncé sur le téléphone pour couper le répondeur.

— Allô, c'est moi. Qu'est-ce que tu racontes ?

Il avait pris le téléphone et, tirant sur le cordon, s'enfermait dans la salle de bains.

Bizarrement, la voix de Vicky a répété :

— Olly, rappelle-moi quand tu rentreras.

Je me suis approchée du répondeur. Il avait appuyé sur *écoute* au lieu de couper. J'allais le faire quand un autre message a commencé.

— Salut, c'est Kirsty. Je t'appelais juste pour voir... euh... juste parce que tu avais dit que tu me téléphonerais après ... et ... Bip.

— Olly, où es-tu ? Encore Vicky. Tu avais dit que nous... J'ai appelé Julian et il m'a dit qu'il ne te voyait pas ce soir. Pourquoi me fais-tu toujours ça ? J'ai l'impression d'être une pauvre idiote, je me sens complètement diminuée. Que faisons-nous ce week-end ? Je n'en peux plus.

Je me rappelais si bien ce sentiment !

— Oliver, c'est maman. Passe-moi juste un petit coup de fil, mon chéri. Je n'arrête pas de te laisser des messages et je n'ai pas eu la moindre occasion de bavarder un peu avec toi depuis deux mois.

Bip. Quelqu'un avait apparemment raccroché. Nouveau bip. Une voix de femme, différente cette fois :

— Allô, pervers. Je t'appelle juste pour te dire que la crise est évitée. Le gros porc a tout gobé. Je travaillerai tard au bureau lundi, d'accord ? J'espère que tu pourras te libérer. Ne m'appelle pas chez moi ce soir. Je te téléphone demain. Je te fais des bisous cochons là où tu sais.

Sans prendre la peine d'arrêter le répondeur, j'ai mis mon manteau et je suis partie.

Il m'a rattrapée en voiture juste au moment où j'arrivais à l'arrêt d'autobus de King's Road.

— Monte.

— J'attends l'autobus.

— Je te ramène chez toi.

— Non, merci.

— Ecoute, excuse-moi. Laisse-moi au moins te ramener chez toi.

Il pleuvait à verse. Je suis montée dans la voiture. Nous avons pris la direction du nord dans un silence particulièrement pesant. Au milieu de Hyde Park, il a bifurqué dans le parking qui borde la Serpentine et a arrêté le moteur. Un couple de Japonais se promenait au bord du lac, le bras de l'homme autour des épaules de sa compagne. Deux canards traçaient un sillage net sur l'eau noire.

309

Il avait l'air triste, abattu.

— Je suis très malheureux, a-t-il dit.

Comme il le savait, la plupart des femmes ne peuvent s'empêcher, quand elles sont en face d'un homme brisé, d'essayer de recoller les morceaux. Ce n'était pas pour jouer à ce petit jeu que j'étais revenue en Angleterre.

Il se frottait la tête avec l'avant-bras, lamentablement.

D'autre part, me suis-je dit, nous allons être dans un sacré pétrin sans lui.

— Je me déteste, a-t-il dit.

Effectivement, c'était ridicule de croire qu'il avait fait tout ce travail juste pour que je couche avec lui.

— Je me sens si malheureux.

— Tu peux mettre le chauffage ?

Nous avons tous des faiblesses. Il avait sans doute seulement perdu son sang-froid et laissé son besoin instinctif de contrôle reprendre le dessus. Je ne pouvais pas faire moins que de lui laisser une chance de sortie.

— Tu ne voulais pas vraiment dire que tu abandonnais l'émission, hein ?

— Si, a-t-il dit, la voix mal assurée.

La voiture commençait à se réchauffer.

— Tu as été merveilleux ces deux dernières semaines. Tu as tout arrangé, tu as rassemblé tout le monde, tu as mis le projet sur les rails. C'est grâce à toi que tout est possible. A chaque fois que je pense au camp, je me dis qu'ils dépendent tous de toi, là-bas, et que tu es formidable.

Il se rasérénait comme un petit enfant. Ce qui était idiot, c'est que tout ce que je disais était vrai.

— Je sais que tu te préoccupes du sort des réfugiés. Tu as mis de côté tout le reste de ton travail et tu as réussi à tenir tête à Vernon. Tu ne vas pas tout abandonner maintenant.

J'espère, ai-je ajouté mentalement.

Je le voyais peser le pour et le contre.

— Tu ne tiens pas plus que ça à recommencer une histoire difficile avec moi. Nous sommes très bien comme ça.

Il regardait ses mains.

— Mais je tiens vraiment à toi.

Peut-être était-il en train de changer ?

— J'ai l'impression... Tu sais, j'ai vraiment adoré faire tout ça. C'est... (Il gardait la tête baissée et frottait son pouce contre ses doigts.) C'est vraiment bien de faire quelque chose pour les autres. Oh, Seigneur, ça a l'air con. Je veux dire, ça me fait du bien.

— Alors, tu vas continuer ?

— Oui. Je veux continuer.

Alors il s'est penché et m'a embrassée légèrement sur les lèvres.

— C'est ce que j'aurais fait, de toute façon, a-t-il ajouté comme si de rien n'était.

Le salaud !

24

C'était un dimanche matin, six jours avant le départ prévu pour l'Afrique. L'équipe de réalisation des Acteurs de la Charité avait élu domicile dans le château de Dave Rufford pour la première répétition complète. Ils vadrouillaient dans son studio d'enregistrement dans le grand hall, attendant le début des opérations. Vernon nous avait trouvé un supercréneau horaire d'une heure en pleine soirée, le mercredi de la semaine suivante. Dans dix jours. En regardant autour de moi, je me demandais si nous allions réussir à tout monter à temps.

Les comédiens étaient gaiement installés sur des canapés, se goinfrant de saumon et de fromage à la crème, de cappuccinos et de champagne au jus d'orange, lisant les journaux. Un petit groupe s'était rassemblé pour prendre connaissance de la liste de la distribution du *Hamlet* accéléré et on les entendait rire et glousser. Corinna fixait rageusement une rangée de massacres de cervidés qui portaient tous des lunettes noires. Oliver courait d'un groupe à l'autre, faisant des remontrances comme un vrai maître d'école, puis se concentrant furieusement sur son manuscrit. Le concept de l'Oliver Marchant en saint sauveur de l'humanité semblait lui être monté à la tête. Dave Rufford jouait avec une télécommande à faire rentrer dans les murs les cadres dorés de ses ancêtres décorés de fausses moustaches. Des panneaux de bois glissaient de bas en haut quand il

312

appuyait sur ses boutons. Oliver, en train de hurler ses instructions à un attaché de presse, a télescopé de front le petit Max Rufford, qui évoluait sur le plancher ciré au volant d'une Aston Martin miniature, équipée d'un vrai moteur à essence.

— Bon Dieu ! a-t-il hurlé. Qu'est-ce que c'est que ce merdier ? Je croyais que nous tentions de trouver de l'argent pour des gens qui crèvent de faim.

L'un des attachés de presse de *Soft Focus* m'a tendu une enveloppe.

— Ce fax est arrivé pour vous de la part de SUSTAIN.

C'était la copie d'un télex d'Henry. Les premières nouvelles de Safila depuis que j'étais partie.

```
    Espérons que tout se passe bien pour
collecte. En avons bien besoin. Réfugiés
continuent d'arriver. Aucune décision UNHCR.
Toujours pas de bateau. Pas de matériel
médical venant d'André. RESOK panique : exode
massif sauterelles, décès quotidiens doublés.
Nous efforçons de nous préparer. Rien pour
faire face quand les vannes s'ouvriront.
Comptons sur toi, ma petite vieille. Henry.
```

Je n'avais jamais eu de message aussi concis de la part d'Henry. J'ai regardé la date. Il avait été envoyé cinq jours plus tôt d'El Daman. Il devait dater d'au moins une semaine. Peut-être plus. J'essayais d'imaginer ce qui se passait là-bas en ce moment. J'ai jeté un regard angoissé autour de moi.

— Mon chou ! Nous avons un *désastre* sur les bras !
(Dinsdale désignait la liste de distribution d'un geste théâtral.) *Excellente* distribution. Une véritable *perfection*. Mais où, dites-moi où est le *fantôme ?*

Oliver a levé la tête, affolé.

Dinsdale fronçait le sourcil :

— Je vais intervenir. Ne vous faites pas de souci, mon chou. Je saurai me montrer à la hauteur de la situation et je comblerai le manque. Moi, Dinsdale, je serai le fantôme. Ce sera le rôle de ma carrière.

— Mais tu es censé jouer ce putain de Claudius, espèce d'idiot. Tu ne peux pas jouer à la fois ce putain de fantôme et l'assassin de ce putain de fantôme ? C'est complètement dingue ! beuglait Barry.

— C'est parfait. Bonne idée. Il y aura un air de famille, a dit Oliver en revenant à son script.

— Complètement dingue, a répété Barry.

— Oh, la ferme, arrête de jouer les trouble-fête. Juste parce que j'ai deux rôles et que tu n'en as qu'un.

— Oliver, je peux vous dire deux mots ? Excusez-moi, mais ça ne me plaît pas vraiment de jouer le rôle d'une femme de cet âge-là. Je veux dire, je ne marche pas. Je regrette, mais je ne marche pas.

— Une minute, Kate. Ecoutez-moi, tout le monde. Lisez jusqu'au bout, s'il vous plaît. Mettons les chaises en cercle.

Tout le monde continuait à parler.

— Où est Julian ? a demandé Oliver, fonçant sur moi et regardant sa montre.

— Il doit être en route. J'ai essayé de l'appeler sur son téléphone de voiture et ça sonnait occupé.

— S'il était payé pour ce boulot, il serait ici à l'heure. C'est un truc caritatif, alors il est en retard. Essaye de le rappeler.

— Ecoutez, j'veux pas faire chier, mais mon personnage dirait jamais cette réplique, disait Liam Doyle poursuivant Oliver. Ça va pas.

— Fermez-la, Liam, s'il vous plaît.

— Je viens d'avoir un coup de téléphone de Jerry Jones à propos de Natalie D'Arby, disait Nikki, la femme de Dave Rufford. Il m'a dit qu'il vous en avait parlé et que vous pensiez qu'il pourrait y avoir un rôle pour elle.

— J'ai dit qu'elle correspondait peut-être à un rôle, c'est tout.

— Je suis hors de moi, me disait Kate en jetant des regards furieux à Oliver. Je suis sûre que c'est une manœuvre de Vicky Spankie pour me forcer à jouer le rôle d'une femme qui a le double de mon âge.

— La mère d'Hamlet était très jeune, j'en suis sûre, ai-je répondu. Elles avaient facilement des enfants avant l'âge de la puberté, dans ce temps-là.

— C'est vrai ? Vous croyez vraiment ?

— Max, va dehors, a dit Nikki à son fils qui venait d'éviter de peu de lui percuter le tibia avec sa voiture.

— Laisse le petit tranquille. Il ne fait pas de mal, a dit Dave.

— Que tout le monde prenne une chaise, s'il vous plaît, nous allons commencer, a hurlé Oliver. J'ai l'impression d'essayer de monter *Aïda* avec un troupeau de moutons.

J'étais appuyée contre le piano et je parcourais le courrier parvenu depuis le lancement de la campagne de presse le jeudi précédent. Il en avait été question dans l'*Evening Standard,* à la BBC, sur ITN et dans la plupart des quotidiens le lendemain matin. Dès le samedi, un sac de lettres attendait au bureau. Le public avait répondu de façon extraordinaire, il y avait des pièces d'une livre scotchées sur des dessins provenant d'enfants de huit ans, des billets de vingt livres de la part des retraités. Dinsdale, Barry, Oliver et Nikki avaient tous discrètement rédigé des chèques substantiels ce matin même. Nous aurions probablement presque de quoi payer la première cargaison de nourriture avant de partir.

Réunir les gens en cercle sur des chaises se révélait une entreprise plutôt lente à réaliser. Certains scripts s'étaient égarés de façon incompréhensible, ou n'avaient pas été donnés au bon destinataire, il fallait que l'un aille chercher ses lunettes dans sa voiture, que l'autre aille boire un verre d'eau, ou se rende aux toilettes, ou téléphone à la nounou du bébé. Oliver, debout dans le tumulte, hurlait :

— Venez, tout le monde, *s'il vous plaît !* Où est passé Dinsdale ?

La voix de Barry se répercutait dans la grande salle malgré les panneaux acoustiques :

— Que les anges et les ministres de la grâce nous défendent ! tonnait-il en regardant avec terreur la galerie des ménestrels où Dinsdale avait fait son apparition vêtu d'un drap, ses lunettes en demi-lune sur le nez.

— Es-tu un esprit du bien ou un démon de l'enfer ? rugissait Barry.

Dinsdale s'est mis à ôter drap et lunettes.

— Comment oses-tu me couper mon effet, épouvantable vieille pute ? C'est de la pure méchanceté pour ma première entrée. Complètement inique. Je ne te le pardonnerai jamais. Je ne t'adresserai plus la parole jusqu'à la fin de mes jours.

— Oh, ciel ! Qu'est-ce encore ? Fi ! Calme-toi, mon cœur ! Calme-toi !

Barry s'étreignait la poitrine en trébuchant de façon théâtrale. Tout le monde riait.

— Tout ça est en train de tourner à la farce, a hurlé Oliver. Arrêtez immédiatement.

Tout le monde l'a regardé d'un air ahuri.

— Je crois que nous devrions avoir assez de jugeote pour ne pas nous comporter comme des gamins alors que des vies humaines dépendent de nous.

Silence.

— Oui, vous comprenez, j'estime que nous devrions nous souvenir pourquoi nous sommes ici, a-t-il déclaré d'un air pincé.

Je m'attendais à ce qu'il ajoute : « Ce n'est pas drôle, ce n'est pas intelligent, c'est simplement idiot », mais il s'est contenté de regagner rageusement sa chaise et de tambouriner sur son script.

Je me suis frotté le front du revers du bras, inquiète. Puis j'ai pris le parti de continuer à lire mes lettres en essayant de ne pas trop réfléchir.

— Ça va, mon petit ? Vous avez l'air épuisée. Avez-vous eu le temps de déjeuner ?

Nikki Rufford est venue s'appuyer contre le piano, à côté de moi. J'étais en train de parcourir les coupures de presse à présent, prête à les photocopier pour les célébrités.

— Mon Dieu ! J'aimerais que Dave s'abstienne de faire ça, a-t-elle dit en découvrant la fausse barbe et la moustache sur le portrait d'Holbein au-dessus d'elle.

— Vous-même devez être épuisée après le tournage dans la forêt équatoriale.

— Oh, ça va. Dave adore ça. (Elle a ri affectueusement.) Il est excité comme un pou de jouer le rôle du fossoyeur.

Nous les regardions préparer leur scène dans le fond de la pièce. C'était extraordinaire de voir à quelle vitesse les choses se mettaient en place, une fois qu'ils avaient démarré.

— Hélas, pauvre Yorick. Je le connaissais bien ! Ne vous interrompez pas, les amis, continuez. Je suis seulement venu inspecter les troupes. Continuez. Est-ce que j'ai raté le *to be or not to be* ?

La répétition a fini par s'arrêter peu à peu après l'entrée en fanfare de Vernon Briggs qui clamait :

— Continuez, ne faites pas attention à moi. Continuez, les petits.

Il s'est dirigé vers Nikki et moi, l'air avantageux :

— Mesdames, mesdames ! Bonjour mes chéries. Enchanté de vous voir, de vous voir...

— Enchantée, avons-nous bêtement balbutié à son arrivée.

— Quel tas de vieilles conneries, hein ? a-t-il dit trop fort en faisant un signe de tête en direction des acteurs. Ne vous inquiétez pas, ma chérie (il a tendu la main pour me tapoter les fesses), je vais faire ce qu'il faut pour les mômes. Je vais vous arranger ça et vous trouver des vraies têtes d'affiche. Tarby. C'est lui qu'il nous faut. Quelqu'un avec un peu de cœur. On ne va pas laisser ce con de Michelangelo Marchant nous faire chier là-bas en Afrique et faire des conférences à tout le monde sur ce putain de siège d'Omdurman. Bon, je ne fais que passer. Il faut que je sois à Newbury pour la course de quatre heures et quart. J'ai deux mots à dire à tous ceux qui viennent en Afrique. Vous pouvez nous organiser une petite réunion vite fait, mon chou ?

Corinna, Julian et Kate jetaient des coups d'œil inquiets de Vernon à Oliver. C'étaient eux la sélection de célébrités qui devait prendre possession du continent noir au nom des Acteurs de la Charité. Pas sûr que ce soit le choix idéal, compte tenu de la ferveur anticolonialiste de Corinna, des ennuis sentimentaux de Julian et de la conviction de Kate qui croyait que prendre un bébé dans ses bras menait infailliblement à la paix universelle, mais dans un délai de deux semaines, c'est tout ce que nous avions pu trouver. Le téléphone portable de Julian ne fonctionnerait pas à Safila, c'était déjà ça.

— Donc, j'ai l'intention de faire une introduction et trois séquences principales, chacune présentée par l'un de nous en trois endroits différents du camp : le centre de distribution de nourriture, l'hôpital et devant une des cases, expliquait Oliver. Tous ces lieux seront câblés. Il y aura des discussions avec les réfugiés en essayant d'analyser leur façon de ressentir l'aide occidentale et leur perception des causes de la pauvreté et du clivage Nord-Sud et...

— D'accord fiston, tu t'en charges, si tu arrives à t'empêcher d'opiner du bonnet à chaque phrase. Je dirigerai une caméra sur Kate Fortune portant un de ces mômes, il y aura une musique de fond et les numéros de téléphone défileront en bas de l'écran. Musique genre cantique de Noël, voilà ce qu'il nous faut.

Julian, Oliver et Corinna se sont mis à parler tous les trois ensemble.

— Mais...

— Il faut que...

— Je ne peux absolument pas...

Seule, Kate couvait Vernon d'un regard rayonnant.

Il a continué avec ses gros sabots :

— Alors, fiston, qui est-ce qui se charge du spectacle ici pendant que nous serons partis ?

— Eh bien, je vais enregistrer le *Hamlet* et les prestations individuelles mercredi prochain et Marcus Miles dirigera le tournage du direct le jour même.

— Quoi ? Tu crois que tu vas avoir le temps de mettre ce tas de conneries en forme d'ici mercredi, c'est ça ? J'aime mieux que ça soit toi que moi, mon pote ! Enfin. L'antenne satellite est en route. Où en est-on avec les vols ? Nous avons la bouffe, hein ? Quand la première cargaison part-elle ?

— Le vol est prévu vendredi matin avec la nourriture et l'équipe de tournage, ai-je dit.

— Tout est pris en charge gratuitement ?

— Il faudra qu'on rembourse la nourriture avec les fonds de la collecte, et la compagnie Circle Line nous offre le premier vol, à condition que nous mentionnions leur participation.

— Et vous partez samedi ?

— Oui. A deux heures de l'après-midi, d'Heathrow.

— Tout le monde est paré ? Vous avez tous votre trousse de secours ?

— Oh, Rosie, je voulais te demander... (Julian est intervenu.) Est-ce qu'on doit emmener les gourdes que tu nous as achetées ? Parce que, tu vois, j'en ai trouvé une avec une attache en cuir qu'on peut porter à la ceinture. Et elle contient la même quantité.

— Est-ce que les textes sont prêts ? a demandé Corinna. Je veux savoir de quoi je vais parler.

— Tu les auras à la fin de la journée.

— Est-ce qu'il y aura de quoi brancher un sèche-cheveux au camp ? a demandé Kate.

— Est-ce que ce sont les pilules du flacon blanc que nous devons prendre tous les jours ?

— Sur quelle compagnie aérienne partons-nous ? a demandé Oliver.

— Nambulan Airways.

— Est-ce que... Est-ce qu'ils sont OK ? a dit Julian.

— *Et hop, emmène-moi tout là-haut, sur les cocotiers...,* a chantonné Vernon.

Je me suis mordillé le pouce. Je n'étais pas certaine que ni eux, ni Safila, savaient vraiment ce qui les attendait.

25

— Si l'avion s'écrase, est-ce que je pourrai te manger ? a demandé Oliver.

Nous étions samedi et le jet de la Nambulan Airways avait fini par se hisser dans les airs avec moins de cinq heures et demie de retard sur l'horaire prévu pour le décollage. Une variété de bruits de moteur inhabituels faisaient vibrer la cabine et un sifflement perçant, qui, selon ce que l'hôtesse avait annoncé, aurait dû cesser après le décollage, n'avait surpris personne en persistant.

Une image de notre avion apparaissait en ce moment sur un des écrans vidéo pour descendre immédiatement en bas de l'écran avec le reste des images, suivie d'une ligne blanche clignotante et d'une nouvelle image d'un skieur nautique fort séduisant, chevelure noire au vent, qui lâchait la corde d'une main pour saluer et sourire à la caméra. L'image s'est agrandie et on a vu le skieur filer au ras des marais boueux de la rivière dans le centre d'El Daman. Il était à présent en équilibre sur une jambe et l'on distinguait tout juste dans le fond les silhouettes minuscules des crocodiles. Pendant un instant, j'ai été hypnotisée par cette vision du Nambula présenté comme un haut lieu de loisirs pour playboys, jusqu'à ce que le skieur subisse le même sort que l'avion et soit remplacé par la ligne blanche clignotante puis, cette fois, par un soleil couchant dans le désert sur fond de musique arabe, avec silhouette de nomade sur chameau et montagnes de Sidra en toile de fond. J'ai eu une soudaine bouffée de joie à cette image et j'ai jeté un coup d'œil à Kate Fortune pour voir si elle partageait mon sentiment.

Probablement pas. Kate avait gardé la même expression bouleversée et hagarde depuis qu'elle s'était retrouvée en montant dans l'avion assise à côté d'un petit homme rabougri dans une djellaba très sale, qui transportait des œufs dans un paquet de papier journal.

En ce moment elle se livrait avec lui à un jeu psychologique subtil dont l'enjeu était l'occupation de l'accoudoir. Elle a saisi sa manche de gabardine rose pêche et l'a éloignée de sa manche à lui, qui avait dû être blanche un jour, en levant ostensiblement les yeux vers lui. Le type l'a regardée, a regardé sa manche et l'a regardée à nouveau d'un air perplexe. Puis, sans la quitter des yeux, il a fouillé dans les plis de sa djellaba, en a sorti une poignée de feuilles qu'il s'est fourrée dans la bouche.

— Excusez-moi.

Julian était pris en sandwich entre deux femmes nambulanes encore plus grosses que lui. Elles étaient enveloppées des longues tuniques colorées et parfumées de musc qui sont l'apanage des jeunes mariées.

— Excusez-moi.

Julian tentait d'attirer l'attention de l'hôtesse, qui lui a lancé un regard d'ennui et n'a pas fait mine de bouger.

A présent, le vieil homme en djellaba ouvrait la bouche, qui était teintée de rouge vif et dont sortaient des bribes de feuilles. A l'aide du pouce et d'un doigt, il a extirpé une chique de feuilles mâchées et, avec un sourire touchant, l'a offerte à Kate. L'espace d'une seconde, j'ai vu pour la première fois le visage de la célèbre actrice se fendre d'un sourire spontané.

— Excusez-moi.

Julian s'efforçait de faufiler son énorme masse entre le dossier du siège de devant et l'une des jeunes mariées. Grâce à un mélange d'escalade et de compression, il a réussi à s'extirper et s'est dirigé vers l'hôtesse qui, comme tout le monde dans la cabine, l'observait d'un air soupçonneux.

— Excusez-moi ? Est-il possible de passer en première classe maintenant ? a demandé discrètement Julian.

— Pas de première classe, a répondu l'hôtesse à voix haute.

— Chut. Mais si, je la vois par le rideau, a dit Julian en jetant des regards inquiets autour de lui.

— Pas de première classe.

— Mme Karar, la dame à qui nous avons parlé au comptoir d'enregistrement, nous a dit que nous pourrions passer en première classe après le décollage, a-t-il dit entre ses dents.

— Allez vous asseoir.

— Nous sommes avec la télé. (Julian s'est livré à un mime incompréhensible.) Moi très gros. Première classe ?

— Où est votre billet ?

Julian a fouillé dans ses poches.

— Merde.

Un rouleau de billets de vingt dollars est tombé par terre. Un type maigre vêtu d'un complet en tergal avec un trou au coude s'est penché pour le ramasser et le lui a rendu.

— Merci. Merde.

Finalement, il a retrouvé le billet et l'a tendu à l'hôtesse.

— Nous sommes de la télé. Nous faisons une collecte pour les réfugiés, a-t-il dit en se frottant l'estomac avec une mimique affamée. Première classe ?

L'hôtesse examinait froidement le billet.

— Mme Karar..., a recommencé Julian.

— C'est un billet gratuit, a dit l'hôtesse.

— Oui, c'est exact. Vous comprenez, Nambulan Airways m'a offert **un** billet gratuit parce que nous allons tourner une émission pour venir en aide au Nambula. C'est pourquoi Mme Karar m'a dit que je pouvais passer en première classe, a-t-il dit, écarlate à présent.

— Vous n'avoir pas payé ce billet. Alors vous vous asseoir.

Un éclat de rire a secoué la cabine, tandis que Julian essayait de regagner son siège, l'air humilié.

— Excusez-moi.

L'hôtesse a levé le menton en direction d'Oliver.

— Pouvez-vous m'apporter un scotch-soda ?

— Pas d'alcool.

— Je vous demande pardon ?

— Le Nambula est un pays musulman. Alcool interdit.

Oliver m'a jeté un regard où brillait une lueur de pure panique.

— Avons-nous emporté du scotch ?

— Non.

— QUOI ?

Silence.

— J'ai oublié mes lunettes de soleil, a-t-il déclaré.

— Oh mon Dieu, ai-je répondu.

Nouveau silence.

— Merde ! a-t-il dit.

J'ai soupiré :

— Quoi encore ?

— Je ne supporte pas le soleil. J'avais oublié.

— Tu n'auras qu'à mettre un chapeau.

Un calme docile s'était abattu sur la cabine, selon le rythme mystérieux des voyages aériens. Corinna Borghese dormait, les yeux couverts d'un masque taché de gel vert. Vernon somnolait, une demi-bouteille de whisky ostensiblement posée sur son gros ventre. Je l'avais vu soudoyer l'hôtesse. Oliver était hors de lui, il aurait voulu du whisky mais refusait d'admettre que Vernon avait été plus malin que lui, et continuait à se lamenter sur l'oubli de ses lunettes de soleil.

Nous étions sur un pont étrange entre deux mondes : dans ce jet apparemment moderne rien ne fonctionnait plus, les odeurs de chèvres et de musc voisinaient avec les complets Marks et Spencer des hommes d'affaires, et des objets impossibles à identifier enveloppés de papier journal et de ficelle dégringolaient des casiers à bagages sur la tête des passagers. C'est à ce stade que tous les objets contenus dans votre sac deviennent précieux et irremplaçables. Vous vous souvenez soudain que la possibilité de se procurer n'importe quoi n'importe quand est loin d'être universelle et vous commencez à paniquer un peu. Nous entamions la pente glissante qui nous éloignait des emplois du temps surchargés, des horaires impératifs et de la course contre la montre, mais aussi de l'ordre, de l'efficacité et de la logique.

Je me suis installée confortablement, savourant une bouffée de liberté. Aucun coup de téléphone ne pouvait nous atteindre. Dix heures pour se reposer. La journée précédente avait été un sacré cauchemar, chaque minute prise par de multiples tâches. A cinq heures et demie, coincée dans un embouteillage dans un taxi avec une liste de dix-huit choses à faire avant six heures, j'avais, d'énervement, déchiré mon collant de mes propres mains.

Juste au moment où tout le monde s'était endormi, l'hôtesse est apparue avec un chariot exhalant des fumets peu ragoûtants. Oliver a abaissé sa tablette et s'est mis à tambouriner dessus avec impatience. Quand l'hôtesse est arrivée, elle m'a tendu mon plateau et a déposé sans ménagement celui d'Oliver sur la table.

— S'il vous plaît, a-t-il dit à son intention alors qu'elle s'éloignait déjà, et il a ôté le couvercle sans regarder ce qu'il faisait. Excusez-moi...

J'ai réagi trop tard. La table n'était pas d'aplomb. Le plateau était en train de glisser. J'ai plongé en direction des genoux d'Oliver et j'ai eu la main recouverte d'une indéfinissable mixture où surnageaient en vrac des étrons brunâtres.

Nos voisins nambulans se régalaient du divertissement. Oliver était debout dans l'allée, frottant rageusement une énorme tache qui s'étendait du milieu de sa chemise blanche bien repassée jusqu'à l'entrejambe de son beau pantalon marine.

— Où est le steward en chef ? demandait-il à l'hôtesse qui lui tendait, impassible, une serviette douteuse. Où est le responsable de la compagnie ? C'est complètement insensé ! Je ne peux pas voyager dans ces conditions ! Il faut que je me change !

— Première classe. (Julian lui apportait son soutien.) Il faut que vous le fassiez passer en première classe.

— Allez, enlève ton froc, qu'on rigole un peu. (Vernon riait de bon cœur.) Tu n'as qu'à mettre une de leurs chemises de nuit africaines.

C'est alors que Corinna est arrivée, l'air affolée, derrière l'hôtesse.

— Les toilettes sont bouchées, a-t-elle annoncé. La puanteur est intolérable.

— Première classe ? a repris Julian avec espoir.

Le lendemain matin, je m'éveillais dans l'hôtel Hilton d'El Daman, trois semaines exactement après mon départ du Nambula. C'était un dimanche. La transmission de l'émission était prévue pour le mercredi suivant à quatre heures. Tous les numéros d'acteurs avaient été enregistrés. Barry et Dinsdale devaient présenter le spectacle en direct depuis Londres, avec des raccords en direct transmis par satellite de Safila, si tout se passait bien.

C'était là le souci majeur. Trop de choses en dépendaient. La colonne de réfugiés allait arriver d'une minute à l'autre et les rations devaient être plus ou moins réduites à zéro. Grâce à la nourriture que nous apportions, nous pouvions sauver la situation pendant, disons, une semaine. Après ça, tout dépendait de nous. A moins que le bateau longtemps promis ne finisse par arriver. Circle Line avait un autre avion prêt à partir de Londres. Il n'y avait plus qu'à charger la nourriture. Tout ce qu'il nous fallait, c'était assez de dons par carte de crédit mercredi soir, et ensuite les avions réguliers pouvaient assurer l'approvisionnement jusqu'à ce que le danger soit éloigné. Si la transmission de l'émission se passait sans encombre, tout devrait marcher.

L'hôtel Hilton d'El Daman nous avait accordé des réductions, ce qui pour moi était l'un luxe. Le foyer était l'épicentre de la communauté privilégiée des Européens à El Daman. Les équipages des compagnies aériennes, les diplomates, les officiels des Nations unies et de l'aide humanitaire de la Communauté européenne se retrouvaient dans ce petit havre occidental pour jouer au tennis, nager, boire du punch aux fruits et échanger des potins. Pour le personnel des agences humanitaires non gouvernementales, passer son temps à l'hôtel Hilton était considéré comme une perte de temps condamnable. Il était jugé plus correct de hanter le restaurant douteux et puant de l'hôtel El Souk. Mais au moindre prétexte respectable, comme de rencontrer un journaliste étranger, par exemple, aucun ne se faisait prier pour rappliquer à toutes jambes à la piscine du Hilton.

Je suis descendue au foyer à huit heures, après avoir abondamment utilisé tous les articles de toilette, y compris le bain moussant et le bonnet de douche, et demandé quelques suppléments à la femme de chambre, que j'avais précieusement stockés dans mon sac pour les douches de Safila. Les célébrités dormaient dans leurs chambres. J'étais à la recherche de l'équipe de tournage composée d'un cameraman, d'un ingénieur du son et de son assistant et du photographe du *News*. Ils avaient, ainsi qu'Edwina Roper, notre responsable de SUSTAIN, tiré la plus courte paille et avaient finalement dû voyager dans l'avion cargo. Ils auraient normalement dû arriver la veille dans l'après-midi, mais aucun n'avait pris sa chambre. J'ai demandé à la réception s'il y avait des messages pour moi. Il y en avait deux. Le premier venait de Malcolm.

    Bienvenue à vous et au cirque volant.
    Regrette d'avoir dû partir en urgence Port
    Nambula. Pas eu le temps de m'occuper
    autorisations. Bonne chance. Malcolm.

Super. Le deuxième était de Patterson, le consul britannique.

```
  Votre équipe de tournage et votre
responsable d'agence ont été retenus à
l'aéroport. Regrette de ne pouvoir vous aider
aujourd'hui. Ma femme malade. Ai organisé pour
vous entrevue avec général Farouk chef de la
Sécurité au bureau central de la Sécurité à
9 heures.
```

J'ai regardé ma montre. Huit heures et quart. Pas de temps à perdre, me suis-je dit, mais nous n'avions pas encore prévu de véhicules. Juste à ce moment, André, de l'UNHCR, est apparu dans la porte tournante.

— Bonjour ! Comment va ? Je suis content de vous revoir, OK.

Nous nous sommes embrassés sur les deux joues.

— Et comment va notre héroïne abandonnée avec ses sauterelles ?

— Mon Dieu ! Vous avez donc vu ça ?

— Si je l'ai vu ? Ils n'ont parlé que de ça toute la semaine, OK ?

— Ce n'est qu'un ramassis de mensonges.

— Ne vous en faites pas. Ça a fait très bon effet. Ça a rendu Gunter furieux, pour commencer.

— J'ai un message de Patterson me disant d'aller voir Farouk.

— Je sais. Je suis venu vous chercher, OK ? Farouk vous attend à huit heures et demie.

— Patterson m'avait dit neuf heures.

— Patterson est un crétin.

— Qu'est-ce qui se passe à Safila ? Est-ce que le bateau est arrivé ?

— OK, d'accord. Le bateau n'est pas arrivé. OK ? Et pour des raisons que j'expliquerai plus tard, il n'y aura vraisemblablement pas d'autre bateau pendant un certain temps. OK, d'accord. Les réfugiés, comme vous l'aviez prévu, sont en route, non seulement vers Safila, mais vers tous les camps le long de la frontière.

— Et alors, quelle est la situation à Safila ?

Il n'a pas répondu tout de suite.

— OK, d'accord. Regardons les choses en face. Combien de tonnes y a-t-il sur cet avion de la Circle Line ?

— Quarante.

— Faites-les décharger et porter là-bas aujourd'hui.

C'était si grave que ça. Je me suis surprise à battre des paupières à toute vitesse.

— Bonjour, mon cœur. (C'était Oliver.) J'ai passé une supernuit, figure-toi. Des appels à la prière toutes les demi-heures. J'ouvre le mini-bar et qu'est-ce que je trouve ? Uniquement du nectar d'abricot. A quatre heures et demie, la réception me réveille pour me dire que mon avion n'a pas de retard. Je vais te dire ma priorité pour aujourd'hui : partir à la recherche de scotch.

J'ai regardé Oliver bouche bée, un quart de seconde. Je n'avais que faire de lui ici.

— Oliver, je te présente André Michel, de l'UNHCR. André, Oliver Marchant qui est...qui est...

— Le réalisateur du spectacle. Ravi de faire votre connaissance, André. Que se passe-t-il ?

— Tu ne veux pas déjeuner un peu avant de partir ? ai-je demandé à Oliver en lui montrant la salle à manger.

— Tu as récupéré l'équipe de tournage ?

— Non, c'est-à-dire...

— Est-ce qu'ils ont pris leur chambre ?

— Non.

— Quoi ? Mais putain ! Où sont-ils ?

— OK. C'est le deuxième problème, a dit André.

— Dites-moi tout, ai-je dit avec inquiétude.

— Votre équipe et la responsable d'agence sont dans la cage à l'aéroport.

— Dans une cage ? Seigneur ! a demandé Oliver. Mais qu'est-ce que ça signifie ?

— Ce n'est pas une cage, ai-je dit pour tenter de le calmer. C'est une cellule.

— Une cellule ? Oh, mais c'est parfait, alors ? Du moment que ce n'est qu'une *cellule,* tout va bien. Si mon équipe est bouclée dans une cellule à l'aéroport, je n'ai aucune raison de me faire du souci. Charmant. Une cellule. Pas de problème.

Nous avons traversé El Daman en voiture pour nous rendre au bureau de police. Nous avons pris une route non goudronnée bordée de chaque côté d'immeubles coloniaux à moitié en ruine. Une forêt de câbles téléphoniques et électriques s'emmêlait au-dessus de nos têtes. Tout était lépreux, fissuré et couvert de poussière. Dans un vacarme de klaxons, les camions et les taxis louvoyaient frénétiquement entre les charrettes à âne et les chameaux.

— OK. Que je vous raconte. A neuf heures samedi soir, Patterson m'appelle..., a dit André.

Oliver, assis à l'arrière, regardait par la fenêtre d'un air exaspéré et laissait échapper de temps à autre des jurons bien sentis.

— Patterson m'annonce que trois membres des Acteurs de la Charité et un représentant officiel sont retenus à l'aéroport, a continué André. OK, d'accord. « Patterson, je lui dis, pourquoi m'appelez-vous ? En quoi ça me concerne ? » Apparemment, donc, Malcolm est parti à Port Nambula et Patterson ne peut quitter sa femme parce qu'elle est soûle. OK, très bien. Je vais à l'aéroport. Je repère votre équipe de tournage et Edwina Roper, qui sont dans la cage. Il est déjà onze heures. Je réveille la Sécurité. Pas de problème avec les visas. OK, d'accord. Alors pourquoi sont-ils dans la cage ? Vous savez ce qu'on m'a répondu : le gouvernement ne veut plus de personnel humanitaire non musulman au Nambula.

Sur le bord de la route, des enfants jouaient dans un égout, plongeant sous l'eau, nageant et s'éclaboussant en riant aux éclats.

— Seigneur ! a dit Oliver.

Un homme était assis en tailleur près d'une pyramide de paquets de Benson and Hedges. Sa djellaba était relevée, révélant une paire de testicules grotesquement gonflés, chacun de la taille d'un petit ballon.

— Oh, bon dieu ! Seigneur, c'est dégueulasse.

Devant nous, une affiche montrait le président Rashid, le dictateur militaire du Nambula, souriant de toutes ses dents et étreignant Saddam Hussein.

— Et ce genre de choses freine la bonne volonté des gouvernements étrangers, je suppose ? ai-je demandé en désignant l'affiche.

— Exactement. Nous sommes en pleine histoire d'amour, OK ? C'est du sérieux. Saddam et Rashid vont se marier et faire des enfants d'une minute à l'autre. La dernière obsession en date de Rashid, c'est qu'il y a trop d'Occidentaux au Nambula. Il veut leur aide et leur argent, mais pas de leur présence.

— Alors les gouvernements refusent de suivre ?

— Vous avez tout compris. En particulier les Américains. Ils n'ont pas officiellement interrompu les envois ultérieurs. Mais les bateaux ne partent pas des Etats-Unis.

— Je vois.

— Rashid est contre la presse occidentale maintenant et ne veut pas des médias ici. Voilà pourquoi vos mecs sont encore à l'aéroport.

— Oh, bon dieu, que mange ce gamin ? a demandé Oliver.

— Alors comment se fait-il qu'on nous ait permis d'entrer, à nous ? ai-je demandé.

— Bonne question. Peut-être parce qu'ils pensent que vous représentez l'action de collecte de fonds plutôt que la presse. Ou peut-être que votre équipe a dit un truc qu'il ne fallait pas dire. Mais, quoi qu'il en soit, c'est bien emmerdant. Je me méfierais de Gunter, aussi. Il ne veut pas de vous ici non plus. Pas avant d'avoir eu son bateau. Vous avez une antenne satellite qui vous attend, vous êtes au courant ?

— Oh, merde, j'avais oublié. Quand est-elle arrivée ?

— Ce matin. Elle est dans les locaux de SUSTAIN. Je crois que les gars doivent y prendre leur petit déjeuner avant d'aller au Hilton. Je la surveillerais de près, à votre place, OK ? Rashid adorerait sûrement avoir une antenne satellite pour forcer tout le monde à regarder ses parades militaires superchiantes.

Nous avions pris la route qui encerclait le souk. Dans une dénivellation de terrain au centre de la place s'entassaient des rangées de stalles de bois avec des auvents crasseux. Des mouches bourdonnaient autour des quartiers de viande brunâtre suspendus aux étals. Au moment où nous passions, un couperet s'est abattu, décapitant un poulet vivant.

— Oh non ! Non, pitié ! a gémi Oliver.

Une main sale a saisi le cou, le sang jaillissait tandis que le corps du poulet tressautait et que les pattes se crispaient avec rage.

— Oh, doux Jésus !

— Est-ce qu'ils ont commencé à décharger l'avion ? ai-je demandé.

— Ils n'avaient pas commencé à sept heures et demie ce matin, a répondu André.

— Mais Malcolm s'est arrangé pour que les camions soient là, comme nous l'avions prévu ?

— Les camions sont là, mais je ne sais pas si c'est grâce à Malcolm.

— Et l'équipe est toujours dans la cage ?

— Ils y sont encore.

— Arrêtez-vous une seconde, voulez-vous ? Je veux juste acheter une paire de lunettes de soleil.

Oliver avait repéré un marchand qui vendait des lunettes à verres réfléchissants, style Michael Jackson. André s'est arrêté brusquement sur le bord de la place.

— Oliver, nous n'avons pas le temps...

— J'en ai pour une seconde.

Il était déjà à moitié sorti de la voiture.

— Nous sommes très pressés.

— Ecoute, j'ai seulement besoin d'une paire de lunettes, OK ?

Le voyage n'avait pas réussi à lui faire perdre son air autoritaire.

J'ai regardé avec inquiétude Oliver se lancer dans la chaleur aveuglante en direction de la foule. Il portait un panama, un pantalon crème et une chemise de soie vert pâle. Pour une raison connue de lui seul, il avait sous le bras une serviette de cuir.

— Je ferais mieux de le suivre.

— Laissez-le, il va se débrouiller, a dit André, ajoutant avec un regard ironique : c'est lui le réalisateur.

Dans un rayon de deux cents mètres, tous les enfants se sont mis à courir vers Oliver en criant : « Hawadga ! » Il regardait, horrifié, un cul-de-jatte qui se propulsait sur ses énormes bras musculeux. Des gens commençaient à arriver de toutes les directions, tendant agressivement des peaux de serpents, des morceaux de créosote, des vessies de moutons.

— Oliver, fais attention à ton sa..., ai-je hurlé par la portière juste au moment où un minuscule gamin lui fauchait en un clin d'œil le sac qu'il avait sous le bras.

J'ai vu Oliver se retourner vers nous, l'air aussi effaré que si on lui avait demandé de décapiter un poulet. La foule se resserrait autour de lui.

— Allez, André, ne perdons pas de temps.

— OK, a-t-il dit avec mauvaise grâce.

Il a mis le moteur en marche, fendant lentement la foule à grand renfort de klaxon. Les gens se sont écartés pour nous laisser passer, mais Oliver avait complètement disparu.

— Arrêtez la voiture, ai-je dit en descendant d'un bond.

Il y avait un groupe plus dense au centre de la foule. Où était-il passé ? Un gamin nambulan m'a prise par le bras en me désignant le sol. Un mocassin marron de chez Gucci apparaissait parmi les djellabas.

— Ecartez-vous ! ai-je hurlé.

Il était étendu sur un tas de saletés. Les gens se pressaient autour de lui, l'air inquiet. Je me suis penchée. Il a cligné des paupières.

— Que s'est-il passé ? ai-je soufflé. Ça va ? Tu n'as pas de mal ?

Il a ouvert les yeux.

— Je crois, euh... que je me suis évanoui, a-t-il répondu, hébété. (Puis une expression d'horreur s'est inscrite sur son visage.) Oh, Seigneur ! a-t-il dit en baissant les yeux, atterré, sur son pantalon de lin crème. Est-ce qu'il y a des toilettes dans le coin ?

Nous avons expédié Oliver au Hilton en taxi, mais le temps que nous arrivions au bureau de police, il était neuf heures et demie et le général Farouk n'était plus là. Il était parti à l'aéroport accueillir un visiteur important. Après deux heures d'allées et venues entre cinq ministères différents, nous sommes ressortis en nage avec un paquet de papiers dûment tamponnés. Nous avions l'autorisation de commencer à décharger l'avion, l'autorisation de libérer l'équipe de tournage, de voyager librement, de prendre des photos, de changer de l'argent et l'autorisation verbale, plus incertaine, pour tous les membres du groupe d'émettre par satellite.

A midi, tout ceci accompli, nous avons foncé à l'aéroport, nous précipitant au bureau de police, pour apprendre qu'Edwina Roper avait déjà été renvoyée à Londres et que notre autorisation de libérer l'équipe de tournage n'était pas valable parce qu'elle n'était pas signée du général Farouk. Il a fallu encore plusieurs heures pour arranger ça, et quand enfin l'équipe, de très mauvaise humeur, a fini par quitter le Hilton en menaçant de faire payer des heures supplémentaires, la chaleur était tombée, les chauffeurs des camions avaient disparu et il n'y avait personne pour nous ouvrir les portes de l'avion.

Il était dix heures du soir quand André m'a laissée devant l'hôtel. Au moment où je me retournais pour lui faire un signe d'adieu, un convoi de limousines blanches s'engageait dans l'allée, petits drapeaux au vent sur le capot. Avant même que les voitures ne se soient immobilisées, les portières se sont ouvertes et deux soldats ont bondi de chacune d'elles pour aller au petit trot former une haie d'honneur devant la porte d'entrée, arme au pied. Puis la haute silhouette en uniforme du général Farouk a émergé de la deuxième voiture. Il s'est retourné galamment pour aider à sortir une grande jeune femme mince vêtue d'un boubou africain multicolore et d'un énorme turban. Un petit homme grassouillet courait derrière eux, dans un complet blanc froissé et trop serré. On aurait dit Mike de Sykes. Il a tourné la tête un instant et j'ai aperçu son visage. C'était effectivement Mike de Sykes. Mike de Sykes et Nadia Simpson. C'étaient eux les invités de marque que le général Farouk était allé accueillir à l'aéroport.

Le portier m'a regardée bizarrement quand je suis entrée dans le hall.

— Puis-je vous aider ? m'a-t-il dit avec inquiétude.

Je me suis rendu compte que je devais avoir une apparence plutôt sale. J'ai fait un brin de toilette avant de me rendre au bar où Vernon, Corinna et Julian étaient installés, l'air de s'ennuyer à mourir. Quatre globes dorés gigantesques étaient suspendus au-dessus du bar où des groupes de représentants humanitaires, sur leur trente et un, parlaient à voix basse d'un ton important, tandis que des pilotes et des mécaniciens d'avions de tourisme, reconnaissables à leur visage bronzé et leur moustache roussie, jetaient autour d'eux des regards d'ennui. Disséminés parmi les autres, des hommes en uniforme vert foncé, armés jusqu'aux dents, sirotaient de grands verres de punch aux fruits.

J'ai failli m'étrangler en apercevant Vernon. Il y avait une demi-bouteille de scotch contre le pied de sa chaise.

— Dites-moi, Vernon. Savez-vous que tous ces gens en uniforme sont de la police ?

Ma voix a résonné de manière plus aiguë que je ne l'aurais voulu.

— Ne vous inquiétez pas, ma chérie. J'ai plein de dollars dans ma poche arrière.

— Je vous en prie, Vernon, cachez le scotch.

Non, non, faites que nous ne soyons pas arrêtés pour ça. Je priais de toutes mes forces. Je vous en prie, faites que nous n'ayons plus d'histoire avec les forces de sécurité.

— Non.

Vernon tendait la main vers la bouteille, dévissait le bouchon.

— Vernon, faites disparaître ce scotch.

Le ton que j'avais employé l'a fait sursauter.

— Dites donc, ma petite, vous allez vous prendre une claque, si vous continuez.

— Eh, faut pas *charrier,* a lancé sèchement Corinna.

— Mais où étais-tu passée ? a demandé Julian d'un ton geignard. Oliver est au lit, il a mal au ventre. Et Kate est dans tous ses états à cause de ce qu'on a fait à ses cheveux. Je lui ai dit que ça lui allait bien mais...

Je leur ai expliqué.

— Vous avez intérêt à arranger ça, ma petite, a dit Vernon. Encore quelques ratés de ce genre et on ne pourra pas mettre l'émission en place.

— Les camions seront chargés dans une heure, ai-je dit. Ils doivent passer tout à l'heure pour confirmer que tout va bien, avant de partir pour Safila. Ils devraient arriver là-bas à l'aube.

— Vous dites ? a demandé Vernon.

J'ai répété ma phrase.

— Ecoutez-moi bien, chérie. Ces camions n'iront nulle part cette nuit.

— Que voulez-vous dire ?

— Vous pouvez me traiter de vieux schnock, mais j'avais cru comprendre que nous étions ici pour faire une émission sur une famine. Alors quand ces camions vont se mettre en route pour le camp, nous allons filmer leur départ. Et quand la nourriture arrivera au camp, nous filmerons l'arrivée au camp. *Comprende ?* C'est ce que chez nous à la télé on appelle faire une émission de télé.

— Eh, faut pas *charrier*..., a dit Corinna.

J'ai respiré à fond plusieurs fois. Et j'ai repris l'exposé de la situation.

— Les camions doivent partir ce soir.

— Non, pas question. Plus on attend, mieux c'est. Vous ne voyez pas les images : nous arrivons à fond de train dans le camp, six camions en convoi, CDT arrive pour mettre fin à la famine ?

Il était complètement soûl, tout simplement. Il avait perdu tout bon sens.

— Les camions partent ce soir, ai-je dit d'un ton menaçant.

— Les camions, ma chérie, ne vont nulle part sans nous.

— Alors vous feriez mieux de faire vos bagages. Nous partons dans une heure.

— Merde ! C'est d'accord, a dit Julian. D'accord, absolument d'accord.

— Assis, fiston ! a tonné Vernon. On ne peut pas filmer dans le noir.

Nous étions dans l'impasse. Il ne changerait pas d'avis. C'est Corinna qui a sauvé la situation.

— Vernon, a-t-elle dit en se penchant vers lui. Avez-vous pensé aux enfants ? (Elle a posé la main sur son genou.) Les mômes, les petits mômes qui ont faim et qui vont mourir parce que vous êtes soûl ?

Cinq minutes après, Vernon essuyait encore ses larmes et nous avions trouvé un arrangement. Il y avait six camions. Trois partiraient ce soir, chargés. Les trois autres partiraient à sept heures demain matin, avec nous.

26

— Oh, regardez ! Merde, je l'ai raté. Oh, regardez, encore un ! disait Julian les yeux rivés au désert qui défilait à la fenêtre.

— Encore un quoi ?

— Un chameau. Regardez. Dites, je suppose que je ne peux pas m'arrêter pour prendre une photo, si ?

— Tu as déjà pris douze photos de chameaux.

— Mais vous comprenez, j'ai le soleil derrière maintenant, c'est beaucoup mieux parce que...

— Attends qu'on s'arrête encore une fois pour Oliver.

Le pauvre Oliver était constamment obligé de s'aventurer dans les dunes pour aller s'accroupir derrière un maigre buisson avec un rouleau de papier toilette.

— Crois-tu que si je donnais de l'argent aux gens du camp, ça leur rendrait service, où est-ce uniquement de nourriture qu'ils ont besoin ? a demandé Julian.

— Ça aiderait, mais il faut que tu t'y prennes bien.

— Je peux avoir un autre bonbon stérilisé, s'il te plaît ?

— Bien sûr. Tiens, lui ai-je dit, et je lui ai laissé mettre le papier dans mon sac.

Nous étions sur la route depuis sept heures du matin. L'air au-dessus du macadam tremblait de chaleur, le désert s'étendait jusqu'à l'horizon des deux côtés. A notre gauche, un groupe de cases brun clair se détachaient à peine sur le sable. A notre droite, à quatre cents mètres, le chameau qui

337

avait attiré Julian broutait un buisson épineux. Un nomade vêtu de gris et bleu pâle était assis, immobile, sur son dos.

— Aah ! Oh ! Oh !

Kate Fortune a poussé un cri.

Le camion qui nous précédait avait légèrement freiné. Elle a porté une main à son front et l'autre à sa poitrine.

— Euh... Oh, excusez-moi. Oh !

Fayed, le conducteur, lui a lancé un regard meurtrier sous son turban. Nous étions le deuxième véhicule du convoi.

— Excusez-moi. Je crois que... Vous savez, j'ai un enfant à charge chez moi et tout ça est vraiment dangereux.

Elle a porté la main à ses cheveux pour les rejeter en arrière et une expression d'angoisse est apparue sur son visage. Kate avait décidé de se faire faire une légère ondulation permanente au salon de coiffure de l'hôtel. Cette décision anodine avait transformé ses longues mèches soyeuses en une toison sèche et frisottée, qui faisait penser aux vieilles dames qu'on voit au marché et dont la coiffure est le dernier des soucis. Depuis le début du voyage, Kate s'était évertuée à lisser sa tignasse avec un produit assouplissant mais l'effet combiné du gel et de la chaleur sèche n'avait servi qu'à agglutiner la masse frisottée.

Elle a laissé échapper un sanglot et a saisi férocement une poignée de la toison crêpelée.

— Je ne peux pas croire qu'une chose pareille m'est arrivée. C'est trop affreux. Je ne peux pas apparaître à l'écran comme ça. Je vais leur faire un procès. Un procès, je vous jure.

Elle s'est tournée vers moi, l'air suppliant :

— Est-ce que c'est vraiment horrible ?

— Tu pourras toujours mettre un chapeau, a suggéré Julian.

Elle s'est mise à gémir. Fayed s'est retourné pour lui lancer un regard furieux.

— Ou un foulard, a ajouté Julian pour arranger les choses.

— C'est joli, Kate, je vous assure, ai-je menti. C'est bien de changer de look pour une émission comme celle-ci. Et ça vous va bien.

— Vous trouvez ? Vraiment ?

Elle s'est emparée du rétroviseur et l'a tourné vers elle. Fayed a maugréé quelque chose d'inintelligible, a saisi le rétro et l'a remis en place. Il n'arrêtait pas de lui lancer des regards furtifs à présent, comme si c'était une folle dangereuse. Elle a éclaté à nouveau en sanglots.

En fait, je la plaignais vraiment. Ce n'était pas parce qu'il y avait une famine que ça empêchait les gens d'avoir leurs propres problèmes.

— Ce n'est pas votre apparence qui compte, c'est ce que vous êtes au fond de vous, ai-je risqué sans conviction.

— Donc j'ai vraiment l'air atroce, a-t-elle gémi.

Fayed a rétrogradé violemment.

Aussitôt, nous nous sommes retrouvés dans un nuage de poussière qui semblait avoir été soulevé par les roues de notre convoi. Nous avons fermé toutes les fenêtres et arrêté la climatisation, mais la poussière a envahi la cabine et nous avons dû nous envelopper la tête pour nous protéger les yeux et nous empêcher de tousser. Kate essayait d'ôter ses lentilles de contact à l'abri d'un carré de coton blanc.

— Qu'est-ce que c'est que ça ? a demandé Julian.

Le camion devant nous s'était arrêté en grinçant et avait ensuite commencé à reculer vers nous. J'ai regardé ce que montrait Julian et j'ai vu un cadavre nu, recroquevillé en position fœtale dans un creux de rocher. Le vent le faisait osciller. Il était raidi et une couche de sable lui balayait les côtes. L'ensemble du convoi s'arrêtait et j'ai demandé à Julian de me laisser sortir, mais il est descendu avant moi. Les conducteurs de notre camion et de celui de devant sont allés vers le corps. J'ai rejoint les autres véhicules. Nous étions dans une des zones où des effloraisons rocheuses parsemaient le désert comme des taupinières géantes. Des roches de grès se dressaient des deux côtés, érodées par le vent en sculptures aux formes douces, avec d'énormes rochers et des cailloux plus petits retenus en éboulis dans les anfractuosités. Une brume de poussière s'accrochait aux collines. Le vent s'était levé et j'ai dû relever mon châle pour protéger mon visage des morsures du sable. Le véhicule qui nous suivait était la Land Rover où avaient pris place Corinna et l'ingénieur du son. Corinna portait des lunettes noires et écoutait son walkman. J'ai demandé à l'ingénieur du son d'aller dire aux autres de rester dans les voitures parce qu'il ne fallait pas que tout le monde s'agglutine autour du corps.

Quand je suis revenue, les conducteurs enveloppaient le corps dans une toile de sac. Je leur ai demandé d'arrêter et de défaire le sac. C'était une vieille femme, très maigre. Elle était morte les yeux et la bouche grands ouverts. Elle n'avait plus de dents et ses gencives étaient tailladées, sèches et pleines de mouches. Les conducteurs l'ont réenveloppée et hissée à l'arrière du camion de tête.

— Que crois-tu qui s'est passé ? m'a demandé Julian quand nous avons repris la route.

Il avait le visage en sueur.

— Je ne sais pas. Ils ne laissent pas leurs morts sans sépulture, d'habitude. Elle était peut-être folle.

— Pourquoi folle ?

— Parfois les villages se débarrassent des malades mentaux dans le désert. C'est peut-être pour ça qu'elle est morte seule. Je l'espère.

— Pourquoi ?

Je n'ai pas répondu.

— Pourquoi, Rosie ?

— Parce que sinon, c'était une réfugiée du Kefti et les réfugiés du Kefti n'abandonnent pas les mourants et ne laissent pas les morts sans sépulture.

— Alors pourquoi l'auraient-ils abandonnée ?

Mais tais-toi donc. S'il te plaît, laisse-moi réfléchir.

— Parce qu'ils étaient dans une situation désespérée, ai-je répondu à haute voix.

Mais pour en arriver là, il fallait vraiment qu'ils soient à bout de ressources. Elle n'avait même pas de linceul.

— Mais pourquoi ... ?

— Je t'en prie. Ne dis plus rien. Regarde, un rat du désert. Là, dans la direction de mon doigt.

La route amorçait un virage à la sortie duquel nous allions retomber dans le désert uniformément plat. Je redoutais ce que nous allions découvrir, parce qu'ensuite la route suivait la frontière du Kefti et notre itinéraire allait converger avec celui des réfugiés. Le premier camion avait disparu au tournant que nous abordions à notre tour. J'avais la respiration bloquée. Après le tournant, sous le ciel jaune et opaque, le désert s'ouvrait, plat, uniforme, vide. J'étais sidérée. Où étaient-ils donc ? S'il ne restait même plus de retardataires sur cette partie de la piste, le désastre avait dû s'abattre sur Safila encore plus soudainement que prévu.

Après avoir roulé encore à peu près une demi-heure, nous avons entendu le vrombissement d'un avion, dans le lointain.

— Hé ! Qu'est-ce que c'est ?

— Un avion, Julian.

— Qui crois-tu que ce soit ?

— Probablement les Nations unies, ai-je répondu avec plus d'assurance que je n'en éprouvais.

Le conducteur m'a jeté un regard. A une telle proximité de la frontière, les avions étaient très inquiétants. Nous ne pouvions pas être une cible plus évidente pour les Abou-tiens : neuf véhicules en plein désert transportant de la nourriture pour les Keftiens.

— Dis-moi, a demandé Julian, se tournant vers moi les yeux agrandis, dis-moi, ça ne peut pas être un avion de chasse à la poursuite des rebelles, hein ?

— Oh non ! Je ne peux pas le croire ! (Kate Fortune respirait avec difficulté.) On m'avait dit qu'il n'y avait pas de danger. Je ne peux pas le croire. J'ai un enfant qui m'attend. On m'avait dit qu'il n'y avait pas de danger.

— Il n'y a pas de danger. Tout va bien. Nous sommes sur le territoire du Nambula, ai-je affirmé gaiement, essayant d'identifier le bruit de l'avion qui approchait.

Ça n'avait pas l'air d'être un Mig. C'était un petit avion, qui volait assez bas. Il était au-dessus de nous à présent. Nous avons tous tenté de regarder par le pare-brise. C'était un Cessna : vert foncé, avec le sigle des forces de sécurité du Nambula peint sur les flancs. Il se dirigeait vers Safila. Qu'est-ce que ça voulait dire ? Je n'y comprenais rien.

Une heure avant d'arriver à Safila, nous nous sommes arrêtés dans un village où il y avait un restaurant, ou plus exactement un bouiboui d'une saleté indescriptible avec des marmites fumantes et des gamelles de soda. Par ici, le sol était couvert d'une herbe jaune et sèche et quelques rares arbres rabougris poussaient çà et là. Le ciel était encore couvert et aucun souffle n'atténuait la chaleur oppressante. Il était trois heures. Je voulais arriver à Safila avant la nuit pour distribuer la nourriture. Oliver se précipitait déjà dans les buissons avec son rouleau de papier toilette. Tous les autres sont descendus à leur tour, se frottant les reins, s'étirant. Des gens en djellaba, sortant de nulle part, ont commencé à s'assembler autour des camions. Je savais que si nous engagions la conversation nous allions perdre du temps. Maintenant que nous étions près du but, j'avais désespérément hâte de rentrer. J'ai demandé au patron du restaurant s'il avait des nouvelles de ce qui se passait à Safila. Il avait entendu dire que ça allait très mal, c'était tout. Il était dur de croire que la situation vécue à Safila en 85 pouvait se reproduire, mais je savais que c'était possible. Il ne fallait pas très longtemps pour que les choses prennent une tournure incontrôlable.

— Eh, est-ce qu'on peut vraiment manger ce truc-là ? a demandé Vernon en désignant la marmite.

— Tout dépend à quel point vous avez faim.

Corinna était assise sous l'abri de jonc, sur une chaise de fer, une fois de plus totalement à l'écart derrière ses lunettes, avec son walkman. Ça paraissait bizarre, mais je me

342

suis dit qu'elle devait être perturbée et qu'elle tentait de se ressaisir. Kate prenait des poses pour le photographe du *News,* s'accroupissant avec un petit groupe d'enfants à qui elle demandait de lui mettre les bras autour du cou. Soudain, ils ont tous regardé dans la même direction et sont partis en courant vers Julian, l'environnant de toutes parts. Il se penchait, prenait une tête hilare de Père Noël, se mettait les mains sur les oreilles et poussait des braiments pour faire rire les gamins.

Il m'a regardé d'un air ravi :

— Ils sont super, non ? Merde ! Attendez ! Je n'en ai plus !

Et il a recommencé à imiter un âne.

Oliver était appuyé contre le capot d'une des Land Rover. Il avait l'air très mal en point. Il avait perdu au moins quatre kilos. Je suis allée vers lui.

— Est-ce que tu as bu quelque chose ?

— Non.

— Il faut boire. Je vais aller te chercher des sels.

— Non, non. Je ne veux pas de sels. Je ne veux pas boire.

— Il faut que tu boives, voyons. Tu as perdu beaucoup d'eau.

Il m'a regardée d'un air meurtrier :

— J'ai dit — que-je-ne-voulais — pas boire. C'est clair ?

Les Nambulans à proximité se sont mis à rire. Il leur a lancé son regard meurtrier et ils ont ri de plus belle. La mauvaise humeur était ici quelque chose de si grave qu'on voyait très rarement quelqu'un se mettre en colère. Il leur était impossible de comprendre pourquoi on pouvait se fâcher ainsi sans cause apparente.

— Bon Dieu ! a-t-il hurlé à leur intention.

Les Nambulans ont ri à gorge déployée, montrant qu'ils appréciaient.

— Putain de bordel !

Il a tapé du poing sur le capot de la Land Rover, provoquant encore un grand éclat de rire et des applaudissements ravis. Un petit groupe s'était rassemblé autour de lui, attendant avec impatience ce qu'il allait faire. J'ai jeté un coup d'œil inquiet en direction du reste de l'équipe, me demandant comment nous allions tenir le coup à Safila dans un camp aux prises avec la famine. Quelqu'un m'a tirée par la manche. C'était l'un des cuisiniers du restaurant.

— Homme très méchant, a-t-il dit. Très méchant.

Il désignait Vernon qui juste à ce moment tendait la main pour caresser les fesses d'une jeune Nambulane en purdah. Le cuisinier, qui était probablement le mari de la jeune femme, est reparti en courant vers Vernon. Kate était retournée s'asseoir dans la Land Rover et faisait de grands gestes en direction d'un groupe près de sa portière.

— Cessez de me regarder comme ça, disait-elle, en désignant ses propres yeux. Cessez de me regarder. On ne dévisage pas les gens.

— *Dévisagepasléjan,* répétait la foule.

— Arrêtez, disait-elle, pleurant presque à présent. Arrêtez de me dévisager.

Une grande clameur montait du groupe de gamins qui entouraient Julian, et les gens se sont mis à courir dans sa direction. Il était en train de distribuer des dollars. J'ai couru vers lui.

— Ne leur donne plus d'argent, lui ai-je crié.

— Pourquoi ?

S'il disait *pourquoi* une fois de plus, j'allais me ronger le poing.

— Parce qu'à chaque fois qu'un Occidental va arriver ici, ils vont se mettre à mendier. Donne l'argent au chef, discrètement.

Son visage s'est défait, ce qui m'a donné l'impression d'être une impossible mégère. Ils s'y étaient tous mis à présent. Les cameramen distribuaient des bonbons et des pièces. Le photographe du *News* prenait des photos polaroïd de tout le monde et les distribuait à la ronde.

— Putain de bordel, foutez-moi la paix ! hurlait Oliver, provoquant une autre salve d'applaudissements.

— *Dévisagepaléjan,* répétait la foule autour de Kate.

Le patron du restaurant se tenait un peu à l'écart, l'air hilare.

— Ces gens très drôles, m'a-t-il lancé. Ils font bien rire.

Je ne savais plus que faire. Inutile de demander aux villageois de les laisser tranquilles. C'était bien trop amusant. Je suis revenue vers Oliver, toujours appuyé sur sa Land Rover, la tête dans les mains. Il ne disait plus rien, et la foule attendait la suite avec espoir.

— Je crois que nous devrions réunir tout le monde et avoir une discussion avant d'arriver à Safila, ai-je dit. Ce sera plus facile pour tous si nous expliquons certaines choses.

— Ne me regarde pas, a-t-il dit. Je veux rentrer. Tout de suite.

J'ai donc décidé de tenter ma chance avec Vernon.

Il était en train de manger du ragoût de viande dans un plateau de métal, avec un morceau de pain. La sauce dégoulinait sur son menton et un morceau de cartilage était resté accroché dans les poils de la chatouilleuse.

— Je crois que nous devrions réunir tout le monde et leur dire ce qui les attend, avant d'arriver à Safila.

— Tu as vachement raison, a-t-il dit en repoussant le plateau. Vachement raison. Regarde-moi ça. Sacré douche ! Regarde-moi ce foutu intello couché sur sa Land Rover. Ils ont besoin de coups de pied au cul, tous autant qu'ils sont. La règle de base avec les Africains, c'est de leur montrer qui est le maître. Pas de conversations, sauf pour donner des ordres, jamais leur donner un sou. T'inquiète, mon chou, je vais leur dire comment s'y prendre, moi, ça va pas traîner.

— Tout bien réfléchi, ai-je dit en regardant ma montre, nous ferions peut-être mieux de partir tout de suite et de faire ça en arrivant là-bas. Oui, je suis sûre que ça vaut mieux. Parfait. Excellent. Je vais donner le signal du départ.

J'ai pris place dans la cabine du premier camion. Quand le village de Safila est apparu à l'horizon, j'ai arrêté le

345

convoi, fait sortir tout le monde et commencé à parler avant que Vernon ait eu le temps de dire ouf.

— Bon, récapitulons...

L'équipe me regardait d'un air mauvais.

— ... nous sommes dans une situation extrême et il faut nous préparer à voir des scènes particulièrement éprouvantes. Il y a peut-être cinq ou dix mille personnes qui meurent de faim dans le camp. Ils n'ont rien d'autre à manger que ce que nous leur apportons et vous allez peut-être assister à des bagarres au moment de la distribution, mais essayez de comprendre ce qui se passe. Leur sort est totalement suspendu au succès de notre émission. Mais nous devons nous rappeler que ce sont des êtres humains, des individus qui méritent de garder leur dignité. Ils attendent de vous que vous les traitiez avec le même respect que le personnel de SUSTAIN leur manifeste depuis des années. Les membres de l'équipe de SUSTAIN sont extrêmement sensibles et totalement épuisés, et je vous demande donc de faire votre possible pour les traiter avec délicatesse. Je vous remercie.

— J'attends avec impatience de faire la connaissance de votre équipe de néocolonialistes sensibles et épuisés, a murmuré Corinna avec un sourire au moment où tout le monde se dispersait. Ils vont peut-être réussir à me faire changer d'opinion.

— Rosie, ma vieille branche ! hurlait Henry en traversant le campement au galop, souriant d'une oreille à l'autre.

Kate, Corinna et moi avions devancé le reste du convoi.

— Vachement chouette de te revoir, continuait-il. Putain, ce coin manque d'attractions sans ton charme divin. Tout va à vau-l'eau dans le trou noir de Calcutta. Salut ! a-t-il ajouté en voyant Kate et Corinna. Dis donc, deux déesses de plus ! Bienvenue à Safila.

Corinna s'était arrêtée net et regardait Henry, les yeux écarquillés, l'air de ne pas y croire.

346

— Kamal ! a-t-il beuglé en direction de la cantine où Kamal était accroupi au-dessus du poêle. Prépare-nous à manger, mon vieux, s'il te plaît.

Kamal a eu un sourire épanoui en saluant de la main.

— Très bien, a-t-il crié. Je fais le déjeuner pour vous. Bienvenue, bienvenue.

Corinna a ôté ses lunettes de soleil, m'a regardée, a regardé Kamal puis est revenue à moi.

— Henry, ai-je dit précipitamment, voici Corinna Borghese et Kate Fortune. Kate, Corinna, Je vous présente Henry, notre administrateur adjoint. C'est Henry qui dirige le camp, ai-je ajouté, me rappelant soudain que je n'avais plus d'emploi.

— Absolument charmantes, je suis ravi, ravi, disait Henry en tendant la main à Kate, qui semblait ne pas le voir.

Elle fixait les cases d'un air hagard et ses mains voletaient dans tous les sens comme des papillons. Je voulais descendre immédiatement au camp, sans perdre de temps. J'avais à peine le courage de demander à Henry où en étaient les choses. Il faisait de son mieux pour afficher courageusement comme d'habitude un visage décontracté, mais je voyais qu'il avait du mal. Il avait des cernes sous les yeux, le teint pâle et les traits tirés.

— Comment ça se passe en bas ? ai-je demandé discrètement.

— Pas mal du tout, en fait, a-t-il répondu, l'air plus gai. Vachement mieux que quand tu es partie, finalement. Tu as appris qu'on avait eu une aide en nourriture de la Communauté européenne ?

Je l'ai dévisagé, bouche bée.

— Nous avons eu une grosse livraison il y a cinq jours. Juste au moment où nous commencions à manquer. Ils ont retrouvé ça dans un silo d'El Fayed. Alors nous avons donné des rations supplémentaires à tout le monde.

— Pourquoi ne pas nous l'avoir dit ? Pourquoi ne le savaient-ils pas à El Daman ?

347

— Parce que ça vient de quelque part dans le Nord. La radio est encore en panne. J'ai envoyé un message par la valise, mais...

— Les réfugiés ne sont pas arrivés ?

— Non. Vachement bizarre, en fait. On n'en a pas vu trace. Muhammad pense que c'est parce que dès qu'ils sont arrivés dans la plaine, les Aboutiens ont commencé à les bombarder. Alors ils sont restés planqués dans les montagnes. Au fait, vous avez l'appui de la Sécurité ?

— Ils nous ont collé deux gardes du corps. Pourquoi ?

J'essayais de donner un sens à ce qu'il m'avait dit. Quelque chose clochait. Je les avais vus moi-même, ces gens. Ils étaient trop nombreux pour se planquer. Peut-être qu'une aide étrangère avait réussi à les joindre par l'intérieur. Mais comment était-ce possible, si les Aboutiens les attaquaient ?

Henry parlait encore de la police.

— Leur avion a atterri tout à l'heure près du village. J'ai cru qu'ils venaient pour vous accueillir.

— Qu'est-ce que la Communauté européenne nous a donné ?

— Du lait en poudre, de l'huile, de la pâte de soja et des médicaments.

— Combien ?

— Nous devrions pouvoir tenir jusqu'à ce que le bateau arrive.

— Comment se fait-il qu'ils ne nous aient pas dit avant que ces réserves existaient ?

— Ils l'ignoraient. Erreur de stockage ou je ne sais quoi.

Corinna a eu un rire incrédule.

— Bon, a-t-elle lancé, on n'a plus qu'à faire demi-tour et rentrer à la maison ?

Kamal nous rejoignait avec un sourire épanoui.

— Soyez les bienvenus, disait-il. Votre déjeuner est prêt et vous attend.

Corinna a quitté ses lunettes de soleil et m'a fusillée du regard :

— Est-ce que ce type est votre domestique, par hasard ?

27

J'ai arrêté la voiture au sommet de la colline qui surplombait le camp. Des enfants couraient sur le sentier menant à la rivière. Des chèvres, éparpillées sur un tertre, broutaient les buissons. Des silhouettes traversaient la plaine sans hâte. Tout avait l'air exactement comme avant. J'étais contente qu'ils soient hors de danger, mais je me sentais ridicule.

J'avais laissé à Henry le soin de trouver une prise de courant pour le sèche-cheveux de Kate et la consigne stricte d'occuper sur le campement toute l'équipe des Acteurs de la Charité quand ils arriveraient pour qu'ils ne descendent au camp sous aucun prétexte. J'ai passé en première pour aborder la piste abrupte. Le camion dérapait un peu dans le sable. Quand je suis arrivée en bas, les gamins se sont précipités pour m'accueillir avec des acclamations et de grandes démonstrations de joie.

J'ai garé le camion et pris la direction de l'hôpital au milieu d'une nuée de gamins excités. Ils n'avaient pas encore repris leur poids normal, mais Henry avait raison, ils étaient bien mieux. Quand tout le monde mangerait correctement et recevrait les médicaments nécessaires, quand l'organisation aurait repris son cours, nous pourrions très vite recontrôler la situation. Henry avait fait du bon travail. Peut-être n'avait-il plus besoin de moi.

Betty est sortie de l'hôpital pour me recevoir. Elle portait son plus bel ensemble saroual rose — confectionné dans les souks.

349

— Bonjour, bonjour. Vous vous êtes bien amusée ? Si vous saviez, je ne peux pas vous dire à quel point ça a été terrible pour nous ici. Vraiment affreux. Nous avons travaillé vingt-quatre heures sur vingt-quatre, en nous arrêtant tout juste pour les repas. Vous avez une mine superbe. Vous vous êtes bien reposée ?

— Eh bien, pas exactement

— Vous avez merveilleusement calculé votre retour. Nous avons tout réglé, et les choses s'arrangent un peu, ça va être plus facile. Henry vous a parlé de l'aide alimentaire de la Communauté européenne ? Il a été parfait. Il a organisé un excellent programme de distribution dès que nous avons été approvisionnés. Il a travaillé jour et nuit, ce petit. O'Rourke a été très bien, lui aussi. C'est quelqu'un de solide et de compétent, croyez-moi. Alors, vous nous avez amené vos vedettes ?

— Oui, ainsi que quarante tonnes de nourriture.

— Bon, ça va nous être utile, sûrement, a-t-elle dit sans grande conviction. Ce sera super de faire la connaissance de nos célèbres amis. Vous allez voir l'accueil que nous leur réservons ! Nous allons leur faire goûter à la vie de la brousse. Kamal va nous préparer un pique-nique sur les bords de la rivière, comme au bon vieux temps.

Je me suis efforcée de ne pas imaginer Corinna participant à ces réjouissances.

— Comment va l'hôpital ? ai-je demandé en me dirigeant vers l'entrée.

— Oh, ça va beaucoup mieux.

Sharon et Sian se sont précipitées pour m'embrasser.

— On t'a dit, pour toute cette nourriture tombée du ciel ? a demandé Sharon.

— Oui, j'en ai entendu parler.

— Vous avez amené...

— J'ai amené les célébrités, oui. Et un avion de nourriture.

— Forcément, puisqu'on n'en a plus besoin ! Putain, c'est toujours comme ça ! a dit Sharon.

— Mais... bon... si nous n'avions pas eu l'aide de la Communauté européenne, ou si les réfugiés étaient arrivés, nous aurions été bien contents de l'avoir.

— Mais nous avons eu l'un, et les autres ne sont pas venus, alors on dirait qu'on n'en a plus besoin, ai-je dit d'une voix lugubre.

— Mais ... C'était quand même très gentil.

— Merci, ai-je répondu, m'efforçant d'avoir l'air reconnaissant.

— De toute façon, ce que nous avons va durer quinze jours. Tu as fait ce qu'il fallait, a dit Sharon.

Nous sommes allées toutes les trois faire le tour des lits. La crise était peut-être passée, mais il y avait encore des gens mal en point : des cas de diarrhée, de pneumonie, de malaria, de méningite, trois bébés gravement dénutris et quelques cas désespérés de malnutrition.

— Ils pourront au moins tourner leur film ici, a dit Sharon.

Nous avons échangé un regard ironique.

— C'est pire dans le service du choléra, a ajouté Sian, encourageante.

— Je vais aller voir.

On voyait l'abri de jonc du service réservé aux cas de choléra, à l'écart des cases, sur une petite éminence. J'étais sur le sentier quand j'ai vu O'Rourke. Mon cœur a fait un bond. J'aurais voulu courir vers lui.

J'ai continué à marcher le long du sentier. Il allumait une cigarette, plongé dans ses pensées, regardait vers la rivière, puis vers le camp, puis dans ma direction. Il a sursauté en m'apercevant, a éteint la cigarette sous son talon et a levé les bras au ciel. Je l'ai vu sourire et faire des gestes en me montrant la rivière. Il a commencé à descendre dans la direction qu'il indiquait, j'ai reconnu sa légère claudication. Le sentier devant moi bifurquait sur la droite dans cette direction. Je l'ai pris en courant presque. Les huttes le cachaient à ma vue à présent. Un grand monticule s'élevait à ma gauche, le sentier le contournait par le bas, vers les grands rochers rouges et la rivière. Je suis arrivée au tournant. Il m'attendait. Nous avons couru ensemble l'un vers l'autre et nous sommes arrêtés en même temps, embarrassés.

— Alors, tu as réussi... tu as ramené les célébrités ?

Nous remontions vers la partie principale du camp.

— Oui. C'est assez drôle, juste au moment où vous n'en avez plus besoin, j'amène quatre vedettes, quarante tonnes de nourriture, un journaliste, un photographe, une équipe de télé au grand complet, y compris deux dingues qui relèvent de l'asile et une antenne satellite.

— Bien, c'est très bien ! Bravo !

C'était sympa de sa part, compte tenu de sa réticence au départ.

— Où sont-ils ? Ils ne sont pas encore descendus, j'espère.

— Non. Henry les occupe au campement.

— Bon, c'est bien.

— Ne t'inquiète pas. Ils prennent ça très à cœur et ils sont bien préparés. Je ne crois pas qu'ils nous donneront trop de souci. Mais je me demande ce qu'on va faire d'eux maintenant qu'il n'y a plus de problème.

— Bah... nous avons besoin de bras pour creuser de nouvelles latrines, a-t-il dit avec son bref sourire, avant d'ajouter : mais en fait, le problème existe toujours, évidemment.

— Oui, je dois admettre que j'ai eu du mal..., ai-je commencé.

— Tu as vu comme moi l'exode à Tessalay. Où sont-ils passés ? Ils n'ont pas pu disparaître par enchantement. Je suis profondément inquiet à propos de ce qui se passe là-haut.

A ce moment-là, nous avons entendu juste devant nous le bruit d'une dispute.

— Ils ne meurent pas de faim, Mikey. Tu me dis, ton peuple meurt de faim, et je viens ici pour être avec mon peuple et voir mon peuple mourir de faim et mon peuple ne meurt pas de faim.

— Les gens sont maigres, Nadia. Les gens sont très maigres.

— Tu me dis les gens sont maigres. Je me regarde et je me dis : Nadia, tu es maigre. Tu es très maigre. Tu ne meurs pas de faim. Les gens ne meurent pas de faim, Mikey.

— Allons, mon chou, ne te mets pas dans tous tes états.

— Je suis dans tous mes états, Mikey. Je suis dans tous mes états. Mon peuple ne meurt pas de faim. Je suis dans tous mes états.

Nous arrivions sur un terrain vague entouré de cases. Nadia Simpson était chaussée de sandales de cuir souple lacées jusqu'aux mollets. Ses longues jambes brunes étaient nues. Elle portait un sarong très court fait de peaux de bêtes. Ses cheveux étaient ramenés sur le haut de sa tête et tenus par un os énorme.

— C'est l'une de tes vedettes ? a demandé O'Rourke en ouvrant des yeux horrifiés.

— Les gens ont faim, mon chou, disait Mike, encourageant. Ils ont très faim.

— Tu me dis que les gens ont faim, Mikey. Moi aussi j'ai faim. J'ai très faim. Je n'ai pas fait un repas correct depuis que nous avons quitté le bureau. J'ai faim, Mikey.

Nadia et Mike tournaient le dos au terrain vague. A l'autre extrémité, un groupe de Keftiens observaient Nadia avec curiosité. Une Européenne bien en chair portant d'énormes lunettes dorées et un ensemble kaki satiné était accroupie devant un enfant qu'elle photographiait. A côté d'elle, Abdul Gerbil, chef des forces de sécurité de Sidra. Ils avaient dû amener Nadia dans leur avion. Il portait son uniforme vert foncé au lieu de son habituelle djellaba mais arborait toujours les lunettes Blue Brothers et la coiffure à la Coco le Clown. Agressif, il faisait reculer la foule à coups de crosse de pistolet. L'air de s'ennuyer, une fille vêtue d'un collant et d'un tee-shirt moulant qui révélait son nombril était installée devant une mallette de maquillage.

La femme en ensemble de satin s'est relevée et a lancé à Mike et Nadia un sourire engageant.

— Nadia ? a-t-elle appelé. Nadia ?

Nadia s'est retournée, l'air boudeur.

— Vous éprouvez un sentiment particulier pour ces enfants, n'est-ce pas, Nadia ? Voudriez-vous en tenir un dans vos bras pour que je prenne une photo ? S'il vous plaît. Accepteriez-vous de donner à ces enfants les petits sacs à dos que nous leur avons apportés ?

Mike de Sykes a sorti un petit aérosol et a commencé à arroser Nadia en prévision de la photo.

Un éclat de rire est monté de la foule. Du coin de l'œil, j'ai repéré une silhouette en djellaba blanche aux cheveux hérissés qui observait les préparatifs avec un sourire jusqu'aux oreilles.

— Où allons-nous à présent, Mikey ?

— A l'hôpital, mon chou.

— A l'hôpital ? Ça va être dur, hein ?

L'ensemble du groupe, Nadia, Mike, Abdul Gerbil, la maquilleuse, la photographe du magazine *Hey !* et les spectateurs keftiens ont pris le sentier les uns derrière les autres. O'Rourke, Muhammad et moi fermions la marche.

— J'ai besoin d'un hôpital. Je ne me sens pas bien, Mikey. Je crois que je vais être malade.

— Tu ne vas pas être malade, mon chou. Pas question. Je ne te laisserai pas être malade.

— Tu dis que je ne vais pas être malade, Mikey. Mais attends une seconde. Attends... (La physionomie de Nadia s'est soudain éclairée.)... si je tombe malade, ça veut dire que beaucoup plus de gens vont entendre parler du Nambula.

— C'est exact, mon chou. Ils entendront parler du Nambula. Tu commences à t'y mettre, mon chou. Je sens que tu commences à t'y mettre.

— Tout ça me paraît réel, Mikey, tu sais ? Je trouve ça beaucoup plus réel qu'à Londres, tu sais, Mikey. Ça me paraît très réel.

— C'est bien, mon chou. C'est très bien.

Le sarong de Nadia se soulevait si bien que les rondeurs fermes de son fessier étaient visibles quand elle marchait. Muhammad marchait derrière elle, n'en perdant pas une miette. Il n'avait pas pris la peine de s'encombrer de ses béquilles et avançait très efficacement en s'appuyant sur son bâton.

— Je ne veux pas de cette femme dans l'hôpital, a dit O'Rourke comme nous suivions la troupe.

— Mais, docteur, vous avez dit vous-même que cela fait beaucoup de bien aux patients de se distraire et de s'amuser, a gloussé Muhammad.

— Pas de cette façon, a répondu O'Rourke en regardant droit devant lui. C'est une insulte à la dignité des réfugiés.

— Mais je suis un réfugié et je vous assure que ma guérison progresse à grands pas depuis que j'ai aperçu cette femme, et tout particulièrement l'os qu'elle a dans les cheveux. Je me sens un homme neuf.

— Je ne crois pas que nous ayons le choix, de toute façon, ai-je dit. Si la Sécurité a décidé qu'elle peut se promener à sa guise dans le camp, que pouvons-nous dire ?

— Tu as sans doute raison, a dit O'Rourke, l'air sombre.

— Je suis décidé à la suivre, a dit Muhammad, l'air ravi et le regard rivé à la croupe de Nadia.

— Vous n'êtes qu'un vieux dégoûtant, ai-je dit. Je vais vous donner le *Hamlet* que je vous ai ramené, ça vous remettra peut-être les idées à un niveau plus élevé.

— Vous y avez pensé, a-t-il dit en me prenant la main. Vous y avez pensé. Comme c'est gentil !

J'avais le livre dans mon sac. C'était une version complète, reliure cuir, mais je ne n'allais pas la lui donner ici. Une Keftienne m'a tirée par le bras et m'a tendu un morceau de tissu en me désignant Nadia du doigt, tout en se tapotant les cuisses et en portant la main à sa bouche en mimant la faim et la pauvreté. J'ai déplié le morceau de tissu. C'était une robe. La femme montrait à nouveau Nadia avec un air de compassion et a dit quelque chose en keftien que je n'ai pas compris. Muhammad a éclaté de rire.

— Elle croit que Nadia est si pauvre qu'elle doit porter des peaux de bêtes qui ne suffisent pas à lui couvrir le corps. Elle désire donner cette robe à Nadia. C'est sa plus belle robe et elle dit que si elle accepte de leur rendre visite chez eux, ils lui donneront à manger.

Il a dit quelque chose à la femme. Elle a écouté puis s'est mise à rire à son tour, hoquetant, se frappant le front, pliée en deux, et régalant les autres femmes de la plaisanterie, si bien qu'elles se sont toutes mises à rire.

— Je leur ai dit que Nadia était riche et que les femmes riches en Occident s'habillaient comme des réfugiées, et que c'est ainsi qu'elle pense que sont habillées les réfugiées, a dit Muhammad.

— Très amusant, a dit O'Rourke, mais je ne veux toujours pas qu'elle mette les pieds dans l'hôpital.

Il a pressé le pas pour rejoindre Abdul Gerbil. Je les ai entendus discuter avec colère tandis que le reste de la troupe continuait d'avancer.

— Birra belly bra. Wibbit.

— Dongola fnirra.

— Sinabat. Fnarraboot. Wop.

La fille du magazine *Hey !* commençait à s'inquiéter de la lumière. Il n'y avait pas de soleil couchant à cause des nuages et il allait faire nuit d'ici une heure. Comme nous approchions de l'hôpital, j'ai vu qu'une deuxième Land Rover de l'équipe des Acteurs de la Charité était garée près de la mienne. Pourvu que ce soit Henry ! J'espérais que les autres ne s'étaient pas échappés du campement. O'Rourke et Abdul Gerbil continuaient à se disputer en nambulan, devant l'entrée de l'hôpital.

— Les amis, je ne peux pas traîner davantage ici. Je n'ai plus de lumière, a déclaré la photographe en pressant le pas. Sharee, allez, ma petite. Vas-y, mets-lui de la poudre. Mets-lui de la poudre.

Nadia, Mike, la photographe et la maquilleuse se dirigeaient maintenant vers la porte de l'hôpital. O'Rourke et

Abdul Gerbil, toujours à leur dispute, ne les avaient pas vus. Je me suis précipitée pour les empêcher d'entrer.

— Mikey, qu'est-ce qu'elle fout ici ?

L'accent américain de Nadia lui avait échappé à la vue de Kate Fortune.

Kate était assise sur un lit de bois juste à l'intérieur, les cheveux enroulés dans un turban rose pâle. Elle tenait dans ses bras deux des bébés en état critique de malnutrition. Le photographe du *News* était couché par terre devant eux, l'œil collé au viseur. La mère du troisième bébé tenait l'enfant dans une position très incommode, juste au-dessus des genoux de Kate.

— Vous pourriez le soulever un peu, mon petit ? disait le photographe à la mère. Un peu plus haut. Non, c'est trop loin. Rapprochez-vous.

— SORTEZ D'ICI.

Silence total. Tous ceux qui étaient dans l'hôpital, Jane, Linda, Katerina, Sian, Kate Fortune, Nadia Simpson, les deux photographes, Sharee la maquilleuse regardaient O'Rourke, bouche bée.

— SORTEZ D'ICI. TOUS. IMMÉDIATEMENT.

— Hé, dis-donc, mon vieux, nous avons l'exclusivité..., a commencé le photographe du *News* en tentant de se relever.

O'Rourke s'est baissé, l'a pris par le col de sa chemise et l'a tiré vers la sortie. Il s'est retourné vers le reste de l'assemblée :

— Vous m'avez entendu. Dehors.

— Mais..., a commencé le photographe de *Hey !*

— Mikey..., a tenté Nadia.

— IL N'EST PAS QUESTION, a rugi O'Rourke, QU'ON UTILISE MES PATIENTS COMME ACCESSOIRES DE MODE. Et maintenant sortez. Tout le monde.

Les envahisseurs sont sortis l'un après l'autre, l'air outragé, et Kate Fortune a rendu les bébés à leurs mères inquiètes avant de suivre les autres en courant, rajustant son turban.

On avait réussi tant bien que mal à calmer tout le monde. Abdul Gerbil s'était laissé persuader que la situation était beaucoup plus grave à Wad Denazen, et Nadia, réconfortée par l'idée que son peuple souffrait davantage ailleurs qu'ici, avait accepté de partir avec lui. Kate et son photographe étaient rentrés au campement. Il faisait nuit à présent. Les grenouilles de la rivière avaient entonné leur étonnant concert de coassements assourdissants. Quelques lampes restaient allumées, mais les réfugiés commençaient à se coucher.

— Je ferais mieux de rentrer au campement, ai-je dit à O'Rourke.

Il était presque sept heures.

— Tu es très fatiguée, m'a dit O'Rourke. Pourquoi ne restes-tu pas un peu ici ? Si tu allais t'asseoir et discuter avec Muhammad ? Détends-toi.

— Il faut encore que j'organise tout. Il faut leur trouver des lits pour dormir et mettre les choses au point.

— Henry peut s'occuper du couchage. Les lits ne manquent pas.

— Mais il faut prendre des mesures pour les repas, les douches, tout.

— Garde ton énergie pour que cette émission reste dans les limites du bon goût. Je vais monter leur dire que tu as des choses à faire ici.

Je suis donc restée avec Muhammad. Tout était calme dans sa case. Un pot bouillait sur les braises, il avait fait brûler de l'encens et allumé plein de petites lampes à la flamme vacillante. Je lui ai donné son Shakespeare. Il était ravi. Des gens que je connaissais sont venus bavarder un peu avec nous.

Liben Alye est venu. Il a souri et hoché la tête en me prenant la main, mais ses yeux étaient morts et il semblait au bout du rouleau. Je lui avais rapporté une paire de tennis. Il a eu l'air content. Tous les réfugiés voulaient des tennis. Mais je me sentais minable en les lui offrant, quand la seule chose qui donnait un sens à sa vie lui avait été enlevée.

Nous sommes restés quelque temps sans rien dire, comme le voulait la coutume. J'ai demandé à Muhammad d'expliquer à Liben le projet d'émission et de lui dire que le but était de rappeler aux Occidentaux que la famine ne devait pas se reproduire. Ses yeux ont repris vie quelques instants, mais ensuite il a eu l'air de replonger dans le désespoir.

Après le départ de Liben, Muhammad a dit quelque chose à un gamin qui était dehors, puis est rentré en disant :

— Ça suffit à présent. Reposez-vous.

Mais il ne m'a pas laissée me reposer. Il a claudiqué vers une carte du Kefti qu'il avait épinglée aux nattes de jonc servant de cloisons.

— Ceux de mes concitoyens, pour qui j'ai sacrifié ma jambe..., a-t-il commencé mélodramatiquement.

Puis il s'est retourné pour juger de l'effet produit.

— Oui-i...

— Où sont-ils passés ? a-t-il chuchoté. (Il avait l'air très noir à la lueur des lampes. Un côté de son visage était coupé d'une ligne de lumière qui faisait ressortir sa pommette.) Les forces de sécurité nous disent qu'ils ont été dispersés par les bombes des méchants dictateurs marxistes.

— Dispersés ? Vers quel endroit ? Je croyais qu'ils n'avaient plus de réserves de nourriture, là-haut ?

— C'est la réalité. Il n'y a plus rien à manger.

— Que se passe-t-il, alors ?

— Je crois qu'ils se sont dispersés dans toute la plaine mais qu'ils voyagent encore la nuit. Leur progression est ralentie, quand ils atteignent le désert, par l'obligation de bâtir des structures de camouflage pour la journée.

— Quand vont-ils arriver ?

— J'attends des nouvelles.

— Vous avez des gens à leur recherche ?

— J'attends des nouvelles.

— Vous ne pouvez pas révéler vos sources, c'est ça ?

— Peut-être que votre équipe va avoir tous les bébés affamés qu'ils attendent, a-t-il dit, ignorant ma question. Et nous allons avoir une période difficile. L'émission est prévue pour mercredi ?

— Après-demain, oui. Je crois que je ferais mieux de remonter au campement.

— Et que je ferais mieux de commencer à préparer mon texte. Vous me laisserez parler ? Vous laisserez le peuple keftien s'exprimer ? Ou doit-on laisser faire ces Occidentales avec des os ou des turbans dans les cheveux qui ne comprennent rien ?

— Vous êtes injuste. Ils ont préparé leur intervention. Mais naturellement, vous pourrez parler... (Puis j'ai pensé à Vernon Briggs et j'ai perdu mon assurance :) ... enfin, du moins je l'espère, ce n'est pas moi qui suis responsable.

— C'est toujours, a-t-il dit, luisant dans la pénombre en me raccompagnant, en fin de compte, la femme qui est responsable.

— Je voudrais que ce soit vrai.

— Alors faisons en sorte que ce le soit, cette fois.

28

Il était très tard quand je suis rentrée au campement, mais les lumières de la cantine étaient toujours allumées et O'Rourke et Corinna étaient en train de discuter dehors à l'écart, dans la pénombre. J'ai ressenti un horrible pincement de jalousie. Il n'allait quand même pas se laisser draguer par Corinna ? Elle portait toujours ses lunettes noires, heureusement.

— Eh, faut pas *charrier,* disait-elle. C'est de l'impérialisme culturel sous sa forme la plus flagrante. En toute conscience, je ne peux pas rester ici.

— Je comprends parfaitement. Vous voudriez peut-être que je vous conduise au village ? a proposé poliment O'Rourke.

— Est-ce qu'il y a un hôtel ? a-t-elle demandé sèchement.

— Oui, petit. Complètement dénué de toute forme de colonialisme, néo ou autre, et pas du tout raciste. Vous avez une moustiquaire ? Et une lampe électrique ? Je vais vous chercher de l'eau. Prenez aussi vos draps, bien sûr. C'est à ciel ouvert, mais je crois que vous n'avez pas à craindre de pluie. C'est un dortoir, en fait. Il n'y a pas beaucoup de femmes, en général, mais ils ne pratiquent aucune politique de discrimination. Alors bien entendu, vous ne vous déshabillerez pas.

Il n'avait pas mis longtemps à prendre sa mesure.

— Bonsoir, m'a dit O'Rourke comme j'allais vers eux. Corinna ne souhaite pas rester ici.

— Oui, j'ai entendu. Vous allez au village, alors ?

Corinna a relevé le menton.

— Je crains de trouver totalement insupportable de me faire servir par des domestiques noirs.

— Kamal n'est pas domestique. Il est cuisinier.

— Oh, oui, facile de se cacher derrière la sémantique, hein ? C'est à ça que sert l'argent de l'aide internationale ? C'est pour ça que nous sommes ici ? Pour demander au public de payer afin que des gens comme vous se fassent servir ? Pour que vous n'ayez pas à lever le petit doigt ? Je dois dire que je suis scandalisée.

O'Rourke a commencé à allumer une cigarette.

— Je vous demanderai de ne pas fumer à côté de moi.

Il s'est éloigné de quelques pas et a tranquillement allumé sa cigarette.

— O'Rourke vous a expliqué pourquoi nous avions du personnel ?

— Non, a-t-il lancé de loin.

— Les gens du village ont besoin de travailler.

— Alors là, excusez-moi. Je me suis renseignée, je sais combien gagnent ces gens. Un salaire de misère. C'est de l'esclavage pur et simple.

— L'ennui, c'est que nous ne pouvons les payer plus que le tarif en cours sans risquer de compromettre l'économie locale.

— Oh, ça va bien ! Pourquoi ne pas faire votre vaisselle vous-même si vous ne voulez pas compromettre l'économie locale ?

— Il serait stupide de faire faire le ménage par des infirmières qui sont déjà débordées de travail au camp alors que d'autres ont besoin de cet emploi.

— Allons ! Voyons ! Ça ne demande pas tant d'effort de préparer un malheureux dîner !

— Parfait. C'est vous qui préparerez le poulet demain soir, a dit O'Rourke, ressortant de l'obscurité. Il faudra le tuer d'abord, évidemment. Ça vous va ?

— Comme vous le savez, je suis végétarienne, a sifflé Corinna.

— Est-ce qu'il vous arrive parfois de penser, a-t-il dit doucement, que l'arbre peut cacher la forêt ? Alors, je vous emmène au village ?

— Ne soyez pas ridicule. Je ne peux évidemment pas loger dans un endroit pareil.

Je n'étais pas sûre de vouloir qu'ils continuent ce genre d'affrontement. C'était juste un peu trop passionné à mon goût.

— Si nous rentrions ? ai-je demandé. Vous croyez qu'il reste quelque chose à manger ?

— Je vais me coucher, a dit Corinna. Avec Kate Fortune, apparemment.

— Alors, bonne nuit, a dit O'Rourke. Si j'ai bien compris, vous ne voulez pas qu'on vous apporte votre thé au lit demain matin ?

— Ça dépend qui l'apporte, a-t-elle dit d'une voix de gorge en lui lançant un long regard sans ambiguïté avant de s'éloigner d'un pas dansant.

Je suis restée bouche bée. Je ne l'avais jamais vue attaquer aussi franchement.

— Hum..., a dit O'Rourke après son départ. Tu as parlé avec Muhammad ?

— Oui.

J'avais envie de parler avec lui aussi, maintenant, mais une retenue inhabituelle me clouait le bec.

— Tu dois être fatiguée.

— Oui.

— Bon, alors repose-toi bien. (Il hésitait.) Bonne nuit.

Et il s'est éloigné dans la nuit. Je me suis demandé où il allait.

Presque tous les autres étaient allés se coucher. A l'autre bout du baraquement, Betty continuait à pérorer avec l'équipe de tournage, encore vêtue de son ensemble rose. Ils étaient attablés devant une bouteille de gin. Betty avait le visage presque aussi rose que son ensemble et elle gesticulait encore plus que d'habitude. Julian avait trouvé en Sharon une nouvelle victime pour écouter ses histoires avec Janey. Ils étaient tous deux penchés sur la table de la cuisine.

— Vous comprenez, je crois que j'ai eu peur quand Janey a eu Irony — c'est notre fille. Je ne pouvais pas accepter l'enfant parce que j'avais l'impression d'être encore un enfant moi-même.

— Certainement pas, a dit Sharon.

— Ah. (Il a souri en me voyant.) Je racontais à Sharon ce que j'ai ressenti avec les enfants aujourd'hui. Tu sais, j'ai eu l'impression pour la première fois de ma vie qu'on avait besoin de moi pour moi-même, pour ce que je suis, a-t-il dit en me regardant d'un air enthousiaste, oubliant de toute évidence le rôle joué par les dollars.

— Génial. Est-ce qu'il reste du ragoût ?

Après avoir mangé, j'ai cherché mon sac sans pouvoir le trouver. Ni dans la Land Rover, ni dans la cantine. C'est le genre de petites contrariétés stupides qui vous anéantissent complètement quand vous êtes fatigué. J'avais envie de hurler et de frapper avec un bâton à toutes les portes. Il allait falloir que j'aille me coucher sans me laver les dents. Je me suis dirigée vers ma case en m'efforçant de ne pas craquer. Je suis rentrée sans lampe et j'ai traversé la pièce à tâtons, cherchant les allumettes pour allumer la lampe tempête. Au moment où la mèche s'est enflammée, j'ai entendu bouger derrière moi. J'ai fait volte-face et poussé un cri.

Oliver était couché sur mon lit, nu comme un ver.

— Bonsoir, chérie, a-t-il dit avec un sourire languide.

— Qu'est-ce que tu fais ici ? ai-je hurlé. (Je pleurais presque. J'étais complètement crevée. J'ai ramassé une serviette sur la chaise pour la lui lancer.) Couvre-toi.

Il s'est mis debout, s'est noué la serviette autour de la taille et est venu vers moi.

— J'ai pensé que tu aurais envie d'un petit câlin. Non ?

— J'ai besoin de dormir, c'est tout.

Il s'approchait de moi, et la lampe derrière lui m'empêchait de voir son visage.

— J'ai pensé que tu aurais peut-être peur. Avec toute la pression accumulée pour l'émission, toute seule dans une case. Tu n'aimerais pas que je dorme avec toi ?

— NON. Non. Je veux seulement avoir la paix, et me reposer.

— Mais tu es toute seule, avec des insectes, des rats et des serpents dans tous les coins. (Sa voix chevrotait.) J'ai entendu des tambours, et quelque chose... on aurait dit, on aurait dit une hyène.

J'ai compris tout à coup. Je me suis retenue de sourire.

— Aurais-tu par hasard peur de dormir tout seul ?

— Non, non, bien sûr que non, a-t-il répondu trop vite. C'est juste que je trouve ça... bon, c'est un peu...

La porte de fer s'est ouverte bruyamment.

— ELLE A DIT NON.

O'Rourke était sur le seuil.

— Vous l'avez entendue. Elle a dit non.

O'Rourke, lui aussi, était nu, exception faite d'une serviette autour des reins. Je m'attendais à ce qu'Oliver pique une crise, se mette à injurier O'Rourke, mais il est resté indécis au milieu de la pièce.

— Quel genre de type êtes-vous donc ? a demandé O'Rourke en regardant Oliver d'un air incrédule. Qu'est-ce que c'est que ce comportement ?

Les deux hommes se sont dévisagés un instant, drapés dans leur serviette.

— Sortez, a dit O'Rourke.

Apparemment, c'était devenu une habitude chez lui.

Oliver a ramassé ses vêtements sur la table, tenant toujours la serviette d'une main, et a commencé à sortir en disant :

— Maintenant, je n'ai plus de place pour dormir.

— Vous pouvez dormir avec moi, a dit O'Rourke.

Le lendemain matin, nous avons organisé une visite gui-dée du camp en nous divisant en plusieurs groupes. L'équipe de tournage est restée au campement pour prépa-rer le matériel. Corinna aussi, disant qu'elle refusait d'aller reluquer des êtres humains comme s'il s'agissait d'animaux dans un zoo.

Les nuages avaient disparu et il faisait chaud — même pour Safila. Je me dirigeais vers l'hôpital avec Julian et Oliver. Oliver avait gardé un silence traumatisé toute la matinée. Il était pâle et bizarre, et refusait tout contact avec les réfugiés. J'avais cru au début qu'il boudait à cause de la scène de la veille dans ma case. Mais après, en l'observant, je me suis rappelé la première fois que j'avais vécu tout ça : la puanteur, les visages couverts de mouches, les yeux chassieux, les membres amputés.

En entrant dans l'hôpital, nous avons retrouvé le photo-graphe du *News* assis dans la position exacte où il était la veille, l'objectif pointé sur le visage d'une patiente.

Sian s'est précipitée vers nous, les yeux agrandis d'an-goisse :

— Je crois qu'il faut demander à ce type de partir, a-t-elle dit.

— Que fait-il ?

— Je crois qu'il attend qu'elle meure.

— Seigneur, a dit Oliver.

Il est ressorti prendre l'air, la démarche incertaine.

— Allons, voyons, chérie..., me disait le photographe. (Nous étions plantés devant l'hôpital, en plein soleil, au ris-que d'y perdre la peau du visage.) ... Vous ne voulez pas que je prenne de photos de Kate avec les gamins. Vous ne voulez pas que je prenne de photos dans l'hôpital. Qu'est-ce que je fous ici ? Nous avons un reportage à faire, mon chou. Il faut qu'on le fasse, d'une manière ou d'une autre.

Vernon montait le sentier vers nous, suant et soufflant, s'épongeant le front avec un mouchoir rouge.

— Pas de foutu reportage à faire, putain, c'est bien ça ! hurlait-il. Vous parlez d'un bordel ! Qu'est-ce que je fous avec cette bande de cons !

Kate et le cameraman le suivaient avec Muhammad et Henry. Betty fermait la marche en discutant avec l'ingénieur du son.

— Pourquoi est-ce qu'on lancerait un appel d'urgence, putain ! continuait Vernon. Tout baigne !

— Qu'est-ce que vous racontez ? a dit Oliver. Mais regardez-les, bon Dieu ! Ce ne sont pas des conditions de vie ! Regardez-les !

— N'essaye pas de me la jouer poétique, fiston. On voit ça tous les jours d'un bout à l'autre de cette putain d'Afrique. C'est pas une crise, ça bordel ! Pour eux, c'est du luxe !

— Je dois admettre que je suis un peu déçue, a dit Kate.

— Déçue ? C'est de la comédie, putain ! Les agences humanitaires sont juste bonnes à crier au loup, a dit Vernon.

— On ne crie pas au loup. Tout peut encore arriver.

— Pas dans les deux jours qui viennent, putain ! Ecoutez-moi, mignonne, je n'ai pas de temps à perdre avec des si, des mais ou des peut-être. On est en train de perdre beaucoup de temps et d'argent. On a fait venir ce putain de satellite de Nairobi. On a amené une équipe de tournage, une équipe technique, on a fait venir Kate Fortune, Julian Alman, Corinna Borghese, le directeur et le directeur adjoint de la programmation de CDT sur un projet à la con, avec couverture de presse internationale, une heure de grande écoute libérée mercredi soir, au risque de perdre le financement de mes programmes et ma crédibilité, et on n'a rien à passer. Si on n'était pas coincés au fin fond de nulle part, putain, je téléphonerais à Londres pour tout arrêter. C'est un désastre.

— Un désastre, vous dites ? (Muhammad était complètement immobile.) C'est un désastre parce qu'il n'y a pas de désastre ?

367

Vernon s'est retourné lentement. Le reste du groupe s'est arrêté.

— Vous êtes déçus. Pourquoi ? (Muhammad toisait l'ensemble du groupe d'un regard méprisant.) Vous êtes venus ici pour tirer votre succès de notre malheur ?

Après le déjeuner, à la suggestion de Muhammad, nous nous sommes rassemblés chez lui. Par la porte, on voyait la parabole satellite perchée sur la colline au-dessus du camp.

— La question est la suivante : un appel à soutien est-il nécessaire ? Avons-nous les bases suffisantes pour lancer un appel ? demandait Oliver.

— Oui, a répondu Muhammad.

— Vous êtes fou ? a dit O'Rourke. La question ne se pose pas. Est-ce que les gens doivent être sur le point de mourir pour mériter un soutien ?

— Un appel pour dire quoi ? a dit Vernon. Tout va bien ici. Ils ont toute la nourriture qu'ils veulent de la Communauté européenne. On leur en a apporté d'autre. Ils vont en avoir encore une cargaison des Nations unies. Ils n'en fichent pas une rame et attendent assis sur leur cul qu'on leur donne à manger. A quoi va rimer cet appel ? On va dire quoi ? Est-ce que vous pourriez nous envoyer un peu d'argent pour que ces mecs puissent s'acheter des stéréos portables, c'est ça ?

— Ceci est totalement injustifié, a dit Oliver.

— Oh, je t'en prie, je n'ai pas besoin de tes salades sentimentales. On met les couilles sur la table, fiston. C'est toi qui t'es déculotté.

— C'est vous qui vous déculottez, a dit Muhammad. Et vous avez de la chance que ce n'est pas sur ma table que vous mettez vos couilles.

— Oh, là, là ! Pas de ce petit jeu avec moi, Sambo.

— SILENCE, a rugi Muhammad. Vous êtes chez moi, ici, et vous allez m'écouter. Vous êtes venu ici, sans rien voir, sans rien entendre, sans rien comprendre et maintenant vous allez m'écouter.

Il s'est avancé au milieu du sol de terre battue, s'appuyant sur son bâton.

— Vous croyez que nous avons envie de mendier de quoi manger ? Vous croyez que nous n'avons pas de fierté ? a-t-il lancé. Quelle est la cause de cette situation qui nous réduit à la mendicité, d'après vous ?

— La sécheresse, la guerre et votre foutue paresse à attendre qu'on vous sorte de là, a dit Vernon, agressif.

— Avez-vous été obligés de mourir de faim en Angleterre quand vous vous êtes battus pour votre liberté ? Est-ce qu'ils meurent de faim en Arizona quand il y a une sécheresse ? Comprenez-vous ce que c'est que de vivre en équilibre sur le fil du rasoir ?

Kate Fortune a toussoté, gênée.

— Paresseux ? *Paresseux ?* Vous nous traitez de paresseux ? Savez-vous ce que c'est de faire huit kilomètres à pied pour trouver de l'eau, de faire huit kilomètres à pied pour la ramener chez vous sur votre dos dans un pot de terre ? De travailler tout le jour, depuis l'aube grisâtre et brumeuse jusqu'aux lueurs rouges du soleil couchant...

N'en faites pas trop, Muhammad, me disais-je, n'en faites pas trop.

— ... de triturer la terre de vos mains calleuses, usées jusqu'au sang, pour produire de quoi nourrir vos enfants ? D'écumer la montagne aride pour trouver du bois afin de permettre à votre famille de résister au froid mortel de la nuit, sachant que chaque branche coupée, chaque arbre mort va contribuer à détruire le sol et provoquer l'avancée du désert ? De vous réjouir quand les premiers tendres bourgeons pointent dans la poussière en sachant malgré tout que, si la pluie ne vient pas, vous mourrez de faim et que si la pluie vient, les insectes suivront peut-être et que vous mourrez quand même ?

— Bon, mais vous n'êtes pas obligés de déclarer une foutue guerre, encore en plus, hein ? a demandé Vernon.

— Le peu que nous avions a été englouti par les impôts. L'armée est venue avec ses tanks, ils ont pris nos enfants pour les forcer à combattre avec eux, ils ont violé nos femmes. Ils ont pris notre terre. On nous a persécutés pour nos croyances. Vous ne vous battriez pas ? Si vous étiez dans la même situation que nous, croyez-vous que nous vous refuserions notre aide ?

Muhammad s'est interrompu et s'est touché le front.

— Si on nous avait aidés, si on nous avait donné des semences, des insecticides, des outils, des médicaments... alors nous aurions pu rester dans nos villages et nous aurions survécu. Mais l'Occident n'a pas voulu aider le pays d'Abouti à se développer. Il était opposé aux marxistes. Il voulait enrayer leur progression. Nous aussi, nous étions opposés aux marxistes. Mais pour l'Occident, nous étions avant tout des Aboutiens.

— Mais maintenant vous êtes ici, non ? Tout va bien.

— Pour combien de temps ? Si les réfugiés arrivent, s'il n'y a plus rien à manger, alors nous mourrons en quelques semaines. Nous sommes semblables à des lampes dans le vent. Il suffit d'un souffle pour nous éteindre.

— Vous avez une rivière. En fait, vous en avez deux. Elles sont pleines de mauvaises herbes. Pourquoi ne vous bougez-vous pas un peu le cul pour cultiver la terre et faire pousser de quoi manger, au lieu de demander à tout le monde de vous aider ?

— Nous n'avons pas le droit.

— Qui vous l'interdit ?

— Le gouvernement du Nambula. Ils ne nous autorisent pas à cultiver, de peur que nous restions ici.

— Bon, c'est de leur faute alors, non ?

— Vous croyez ? Alors qu'ils ne peuvent même pas se permettre de nourrir leur propre peuple ?

— Le Nambula est largement aidé par l'Occident.

— Plus maintenant. Mais même avant Saddam, quelle sorte d'aide ? Une usine de tracteurs, pour fournir des contrats avec l'Allemagne. Une cimenterie de Hollande. Les gens ne se nourrissent pas de ciment.

— Tout ça c'est bien joli, mon gars, mais je te parle de télévision populaire. Personne n'a envie d'entendre une conférence sur l'économie. On n'a pas vocation à être une putain d'université du troisième âge.

— L'Occident est riche. Le tiers-monde est pauvre, a poursuivi Muhammad. C'est évident et c'est stupide. C'est la vérité évidente et stupide. N'est-ce pas assez simple à expliquer ?

— Rien à faire, Ça ne marchera pas, mon gars. Il faut qu'ils voient les mômes mourir de faim avant de sortir leurs chéquiers. On ne peut rien faire. On va juste passer pour des imbéciles.

— Ce n'est pas complètement..., a commencé Oliver.

Mais Muhammad regardait loin devant lui, comme s'il était seul. Il avait l'air désespéré et triste. Plus triste que je ne l'avais jamais vu.

— Je comprends, a-t-il dit. Je comprends. (Les larmes commençaient à lui monter aux yeux.) En ce qui concerne l'Occident, s'ils ne voient pas nos enfants mourir de faim en direct sur leur téléviseur, s'ils ne les voient pas essayer de tenir debout sur leurs membres squelettiques et s'écrouler, s'ils ne les voient pas tendre la main vers la caméra en demandant pitié, s'ils ne les voient pas se tordre quand leur estomac commence à se détruire, alors c'est que le problème n'existe pas. Mais nous, quand nous voyons nos enfants mourir de faim chez nous, alors il est trop tard.

Muhammad a jeté à l'assemblée un regard atroce puis a fait demi-tour et est sorti de la hutte en boitant, dans le plus grand silence.

— Dommage que la caméra n'était pas branchée, a dit Oliver avec colère en se frottant les yeux.

Je suis sortie retrouver Muhammad. Le dos tourné, il regardait le camp. Je ne savais pas quoi lui dire. Comment expliquer, m'excuser ? J'ai tendu la main, inquiète, pour lui toucher le bras.

Muhammad s'est retourné. Il a eu un sourire malicieux.

— J'ai été comment ? a-t-il demandé.

A neuf heures du matin le lendemain, des câbles couraient dans tout le camp, le long du sentier menant au centre de distribution, jusqu'au dépôt de nourriture sur la colline. La caravane technique était stationnée devant l'hôpital et les techniciens n'arrêtaient pas de rentrer et sortir pour régler les branchements. La parabole fonctionnait, mais sept heures avant la retransmission, l'équipe des Acteurs de la Charité était encore là-haut, dans le baraquement de la cantine, à discuter de ce qu'il fallait faire. Après la scène de Muhammad, Vernon avait décidé de se lancer à fond dans l'émission. C'était précisément là le problème.

Oliver essayait de prendre le contrôle de la situation :

— Chacun d'entre nous, Kate, Julian, Corinna et moi, animera une partie différente à partir d'un lieu différent, l'hôpital, le service choléra, le centre de distribution, en expliquant comment ça fonctionne et pourquoi ils ont besoin d'aide.

— Et Muhammad ? ai-je demandé. Il faut que nous lui donnions la parole.

— Attendez, une minute, une minute, a dit Vernon en se levant. Ne commencez pas à dire des conneries. J'ai dit qu'on continuait, mais on ne va pas faire n'importe quoi. Le public veut voir sur l'écran des gens qu'ils connaissent et en qui ils ont confiance. Pas question que tous les Abdul Machin du camp fassent leur numéro. Et pas question de foutue décision collective. C'est moi le responsable. Vous faites et vous dites ce que je vous dis. Point.

— Alors ? a demandé Oliver au bout d'un moment. Allez-y.

— On colle la caméra dans l'hôpital avec les gamins malades et elle y reste. On passe une musique de fond triste avec ces prises de vues et tout le monde aura la larme à l'œil. Garanti.

— Quelle musique ? a demandé Corinna.

— *Hello* de Lionel Ritchie, a dit Vernon. C'est génial. Une chanson superbe.

Il s'est raclé la gorge et s'est mis à fredonner.

— Seigneur ! a dit O'Rourke.

— Eh, faut pas *charrier,* a dit Corinna.

— On ne parle pas de l'aide de la Communauté européenne, a continué Vernon comme si personne n'avait rien dit. On passe un plan de nos camions et on leur dit que tout le monde dans ce camp crevait de faim avant notre arrivée. *Comprende ?*

— Ecoutez, mon vieux...

Il était onze heures, nous étions dans le camp et Henry essayait de rassurer O'Rourke.

— ... ça n'est pas de très bon goût, certes, mais c'est pour la bonne cause, la fin justifie les moyens, etc. Inutile de vous mettre dans cet état-là.

— IL N'EN EST PAS QUESTION.

O'Rourke n'était pas d'humeur à discuter. Je le respectais énormément quand il était comme ça, mais ça me donnait aussi envie de rire.

— La générosité, ça n'existe plus ? Regardez-moi ça : des banderoles pour Capital Daily Television, le logo de la compagnie Circle Line Cargo. Et quoi encore ? Ça ne s'appelle plus donner, c'est utiliser la misère du tiers-monde pour se faire de la publicité.

— VOS GUEULES ! criait Vernon à la foule de gamins qu'il avait rassemblés en tapant avec un bâton sur un bidon.

Ils le regardaient, les yeux écarquillés, sans rien dire.

— Allez, tenez-moi ça, disait-il en faisant de grands gestes. Tenez-la bien haut.

Un long rouleau de toile est monté de la foule.

— Levez-la bien haut, hurlait-il en levant les bras au-dessus de sa tête, révélant deux immenses auréoles de transpiration.

Le long rouleau rouge s'est déplié sous la forme d'une banderole portant l'inscription : MERCI À CAPITAL DAILY TÉLÉVISION.

— Putain de bordel de Dieu ! a dit O'Rourke.

— Et maintenant, vous acclamez, hurlait Vernon. Allez-y, acclamez : Hip hip hip hourra ! Hip hip...

— Hourra..., ont continué les gamins, sans conviction.

— C'est scandaleux, a dit O'Rourke. C'est obscène.

— Allons, allons, mon vieux, a dit Henry. C'est peut-être un peu choquant, mais pas obscène.

— Allez, hip, hip..., lançait Vernon.

— Hourra, répétaient les gamins.

A cet instant, Muhammad est arrivé.

— J'ai des nouvelles, a-t-il annoncé dramatiquement.

— Ah non ! Qu'est-ce qu'il y a encore ?

Vernon était furieux qu'on interrompe sa petite mise en scène.

— Si vous ne souhaitez pas connaître ces nouvelles, ce n'est pas nécessaire, a répliqué Muhammad.

— Oh, allez, Muhammad, a dit Henry.

— Accouche, fiston, a dit Vernon.

— Il semble que vos problèmes soient résolus et que les nôtres commencent. On me prévient que les réfugiés du Kefti se sont rassemblés dans les montagnes de Dowit.

Dowit était à environ quinze kilomètres de la frontière du Kefti. Les montagnes y avaient les mêmes formes rouges et découpées que celles qui se dressaient sur la route de Sidra à El Daman, mais à Dowit les parois rocheuses formaient en leur centre une sorte de cirque abrité. Cet endroit était parfois utilisé par les tribus nomades pendant les tempêtes de sable.

— Pourquoi précisément là-bas ? a demandé O'Rourke.

— C'était convenu. C'est un lieu facile à repérer, à l'abri des raids aériens, bien caché. Et il y a des sources dans les montagnes. Ils sont en très mauvais état parce qu'ils ont marché pendant beaucoup de nuits et de jours sans manger.

Ils se rassemblent à Dowit dans l'espoir d'y recevoir de l'aide, mais ils n'ont rien. Leur situation est catastrophique.

Ma première réaction a été de colère vis-à-vis des Nations unies. Qu'est-ce qu'ils avaient foutu en notre absence ? Nous les avions pourtant prévenus. Ils avaient vu les photos. Pourquoi n'avaient-ils pas surveillé la frontière ? Les réserves du Nambula étaient maigres mais pas encore épuisées, de toute évidence. Rien ne pouvait excuser qu'on ait laissé ces gens faire quinze kilomètres au-delà de la frontière sans leur porter secours.

— Ainsi, a poursuivi Muhammad froidement, il semble que vous aurez quand même vos bébés mourants, finalement.

Il était très calme. Je savais ce qu'il devait ressentir. Malgré tout, après tout ce que nous avions tenté, le pire était quand même arrivé.

— Dieu soit loué, a dit Vernon, emballé, l'œil sur sa montre. Combien de temps faut-il pour aller là-bas ?

— Deux heures, a dit Muhammad.

— Et ils meurent vraiment de faim ? Comme en Ethiopie ? Vachement super ! Bien joué, fiston. OK, bon, pliez-moi cette banderole et on va faire le tournage à Dowit. Remballez les câbles et embarquez la parabole. Que ça saute, tout le monde s'y met. On change de crémerie. Vachement génial.

J'étais soudain terrifiée. Cette émission était notre dernière chance. Il était déjà onze heures et quart. Comment allaient-ils pouvoir déménager tout l'équipement et le remettre en route à Dowit avant quatre heures ? Ça leur avait pris deux jours pour l'installer.

— Vous êtes sûr que nous aurons le temps ? ai-je demandé. Il ne faut pas recharger le satellite si on le change de place ?

— Ah non, ne commencez pas ! Vous allez prendre une claque, ma fille, a répondu Vernon.

A ces mots, O'Rourke a fait demi-tour et est parti à grands pas vers l'hôpital, furieux.

— On part immédiatement. Roulez-moi cette banderole. Que les filles en tenue safari se préparent à monter dans les camions. Kate Fortune peut prendre la tête du convoi, c'est elle qui passera la première pour apporter les vivres à ceux qui meurent de faim.

A ce moment-là, O'Rourke a réapparu avec trois bouteilles de bière américaine.

— Je crois qu'il faut arroser ça, non ?

— Où as-tu pris ça ? ai-je demandé.

— Ne t'occupe pas, m'a-t-il dit avec un sourire étrange. Pourquoi ne montes-tu pas au campement pour dire à tout le monde ce qui s'est passé ?

— Quoi ?

— Vas-y, je te dis, a-t-il soufflé.

J'ai obéi, le laissant avec Henry, Muhammad et Vernon. Ça m'inquiétait. Qu'est-ce qui se mijotait ? Mais je faisais confiance à O'Rourke. Ou du moins, je le croyais.

Je suis remontée en voiture en essayant d'imaginer ce qui nous attendait à Dowit. L'idée de Vernon s'emparant d'une vraie famine, d'un vrai désespoir, contenait en soi quelque chose d'atroce. La première personne que j'ai vue au campement était Oliver. Oliver avait toujours eu une double personnalité, mais ici c'était plus net que jamais. Il pouvait errer, pâle et renfermé, l'air complètement absent, puis soudain retrouver son ancienne morgue, son autorité et son charme professionnel. C'est le deuxième Oliver qui a accueilli la nouvelle concernant Dowit.

— Tu crois qu'on va réussir à mettre tout l'équipement en route à temps si nous y allons ? ai-je demandé.

— C'est possible, mon cœur. Je vais vérifier ça avec l'équipe. Ne t'inquiète pas. Rassemble tout le monde dans le baraquement le plus vite possible.

A onze heures et demie nous tentions de réunir l'équipe autour de la table. Je suis allée à la recherche de Kate.

Je l'ai trouvée dans sa hutte, à plat ventre sur son lit, sanglotante.

— Ça va aller, lui ai-je dit en m'asseyant à côté d'elle. Ce n'est peut-être pas si grave que nous le croyions tous, finalement. Ça va aller.

Je vivais en Afrique depuis quatre ans, j'avais déjà vu beaucoup de gens mourir de faim et, malgré tout, j'avais encore peur. J'imaginais ce qu'elle devait ressentir, elle.

— Ça ne va pas aller, non, a-t-elle dit avec un regard furieux en s'asseyant sur le lit. Ça ne va pas aller du tout, a-t-elle répété en tirant sur ses mèches de cheveux, les faisant bouffer puis les tirant à nouveau. Regardez ça ! Comment puis-je me montrer sur un écran comme ça ? Ça ne va pas du tout. C'est affreux, affreux, affreux.

Et elle s'est jetée sur le lit en sanglotant de plus belle. Je me suis levée sans un mot pour sortir.

— Rosie..., a-t-elle gémi.

Je me suis retournée.

— ... Pourrais-je vous emprunter le chapeau que vous portez ? Juste pour voir si ...

J'ai ouvert la porte, je suis sortie et j'ai respiré un bon coup. Puis je suis rentrée. Il ne s'agissait pas de simple vanité. L'image qu'elle avait d'elle-même avait été totalement anéantie par le coiffeur de l'hôtel.

J'ai quitté mon chapeau et le lui ai donné, et je l'ai regardée l'essayer.

— Ça vous va très bien, ai-je dit. Vraiment très bien.

— C'est vrai ? Vous trouvez ? Est-ce que vous avez un grand miroir où je pourrais me voir en entier ?

En revenant vers la cantine, j'ai vu Henry et O'Rourke décharger un sac de blé de la camionnette. En y regardant de plus près, je me suis rendu compte que ce n'était pas un sac de blé. C'était Vernon.

— Que s'est-il passé ?

Je me suis précipitée. Ils chancelaient sous son poids. O'Rourke le tenait par les épaules et Henry portait une jambe sous chaque bras.

— Je pense que c'est la bière, a dit O'Rourke, mal à l'aise.

— Il n'a pas l'air de tenir l'alcool, a dit Henry avec un sourire épanoui.

— Qu'est-ce que vous avez mis dedans ? ai-je demandé, sentant l'hilarité me gagner. Allez, qu'est-ce que vous avez fait ?

— Je crois qu'il ne nous causera pas d'ennuis dans les douze heures à venir, a dit O'Rourke d'un air faussement penaud.

Il était maintenant midi moins le quart. Nous disposions d'à peine plus de quatre heures avant la retransmission et nous étions encore dans le baraquement. Il fallait décider, maintenant que Vernon était hors de combat, si nous y allions ou non.

— Alors, du moment que rien ne se casse ou ne se détache, il n'est pas nécessaire de refaire le branchement ? Il suffit de l'installer et de le mettre en route ? demandait Oliver, perché sur le bord de la table, l'air calme et maître de lui.

Le spectacle de Vernon sans connaissance, ronflant la bouche ouverte avait merveilleusement restauré l'assurance d'Oliver.

— C'est exact, disait Clive, l'ingénieur chargé du satellite, qui s'exprimait toujours comme s'il parlait à la radio et n'avait le droit de dire ni oui ni non.

— Mais si quelque chose se casse en route, on est baisés ? a demandé Oliver.

— S'il y avait un dysfonctionnement ou si l'un des composants de la station venait à se casser pendant le transfert, il serait alors techniquement impossible de retrouver le contact satellite.

— Et il y a des chances que ça se produise ?

— Eh bien, comme je l'ai déjà dit, compte tenu des irrégularités du terrain...

— Allons, Clive... (Oliver l'a interrompu avec impatience.) C'est vous qui conduisiez pour l'amener. Quels sont les risques ? Est-ce qu'on tente le coup ou est-ce qu'on reste ici ?

Silence attentif, tous les regards fixés sur la barbe et les lunettes cerclées d'acier de Clive. Lui seul pouvait nous amener à la décision. Il ne faisait pas mine de parler.

— Est-ce que quelque chose s'est cassé quand vous êtes venu de Nairobi ? ai-je demandé.

— Il ne s'est produit ni dégât ni dérangement grave durant le voyage en question, a répondu Clive.

— Vous ne croyez pas qu'on ferait mieux de rester ici ? a demandé le cameraman. Si le satellite ne fonctionne plus après avoir été déplacé, nous ne pourrons rien transmettre. Et si nous allons à Dowit et qu'il n'y a rien, nous n'aurons rien à transmettre. Il faut absolument qu'il y ait une émission cet après-midi, sinon tout ça n'aura servi à rien. Pourquoi ne pas tout simplement rester ici et demander aux réfugiés de raconter ce qui se passe à Dowit ?

— Ecoutez, a dit O'Rourke, il nous reste exactement quatre heures et dix minutes avant la retransmission. Il faut prendre une décision.

— J'ai le sentiment que nous devrions y aller, a dit Oliver. Je sais que c'est vivre dangereusement, mais selon moi, il faut risquer le coup.

L'équipe technique s'occupait de la parabole satellite. Nous avons décidé d'emmener deux camions de vivres et un troisième chargé de réserves d'eau et de médicaments. O'Rourke, Henry et Sharon devaient nous accompagner. Betty était censée rester pour s'occuper de l'hôpital avec Sian et Linda, mais le plan ne lui convenait pas.

— Oliver, mon cher petit, je sais que c'est vous le responsable et que c'est votre décision qui compte, lui a-t-elle lancé. Mais je crois que je devrais vous accompagner. S'il s'agit d'une véritable urgence médicale, nous avons besoin de tous les médecins disponibles, vous ne croyez pas ? De plus, même si je ne suis qu'une vieille sotte, je travaille en Afrique depuis de longues, très longues années, et il est très possible que vous vous rendiez compte le moment venu que ma bonne vieille expérience pourrait vous être nécessaire.

— Je crois qu'elle a raison, a dit Roy, l'ingénieur du son.

Tout le monde l'a regardé, surpris. C'était un drôle de petit bonhomme efficace qu'on n'avait jamais entendu exprimer son opinion.

— Betty connaît mieux son boulot que tous ces jeunes blancs-becs réunis. Elle devrait participer à l'émission.

— Oh, non... je ne suis qu'une vieille sotte, a susurré Betty, roulant des yeux modestes.

— Il est une heure moins cinq, a lancé Oliver. Je me fous éperdument de qui vient ou pas, mais que ceux qui viennent montent dans les camions, et en route.

29

Il y avait à nouveau des nuages et quand nous sommes arrivés dans le désert le vent s'était levé, chargé de poussière. Kate et Corinna étaient côte à côte sur le siège avant de la Land Rover. O'Rourke conduisait. J'étais à l'arrière avec Oliver. Le reste du convoi suivait.

— Merde ! a lâché O'Rourke en freinant.

Une petite chèvre s'est éloignée en trottinant devant nous.

— D'où elle sortait, celle-là ?

Ça devenait de plus en plus difficile de voir clair. On avait l'impression de traverser un brouillard jaune et opaque.

— Le temps n'est pas avec nous, on dirait, a dit Oliver.

— Ça dépend. Parfois quand le soleil perce à travers cette purée, c'est assez impressionnant, a dit O'Rourke.

Il avait l'air de s'entendre plutôt bien avec Oliver, par moments. C'était peut-être parce qu'ils avaient couché dans le même lit.

— Ça ne me ravit pas de partir là-haut avec ces camions de vivres, a-t-il continué.

— Moi non plus, ai-je dit.

— Pourquoi ? a demandé Corinna. Qu'est-ce qui vous prend, vous ne pouvez pas vous pointer sur les lieux d'une famine sans apporter quelque chose à manger ?

— La façon de faire ne me plaît pas, a murmuré O'Rourke.

— Tout dépend du nombre de Keftiens que nous allons trouver, ai-je dit. Nous ne voulons pas créer une colonie.

— Est-ce que ça ne vaut pas mieux que de les laisser venir à Safila ? a demandé Oliver.

O'Rourke a émis un claquement de langue dubitatif.

— Non, ai-je dit. Les ressources en eau ne suffiraient pas et c'est trop près de la frontière.

— Mais vous pouvez leur donner de quoi survivre, a dit Oliver.

— Ouais... à condition de s'y prendre correctement. Je n'ai pas envie de provoquer une émeute, a dit O'Rourke.

— De toute façon, attendons de voir ce que nous allons trouver, ai-je dit. Ils ne sont peut-être que quelques douzaines. C'est peut-être une fausse alerte.

— Bon Dieu, j'espère que non, a dit Oliver.

— Qu'est-ce que c'est que ça ? a demandé O'Rourke en ralentissant.

— Oh ! Mon Dieu ! a gémi Kate Fortune en se redressant pour regarder devant. Oh ! Mon Dieu !

Elle avait devant les yeux un groupe de cadavres, gisant sur le bord de la piste.

Rien d'autre à faire que de les recouvrir. C'étaient des hommes jeunes qui étaient morts de faim, ce qui suggérait qu'ils avaient dû être envoyés en éclaireurs pour nous prévenir de la venue des réfugiés. Nous étions à environ un quart d'heure de route de Dowit. Nous avons laissé sur place deux camions de vivres. Nous savions maintenant que la situation qui nous attendait était dramatique et il nous fallait nous rendre compte sur place avant d'organiser un plan de distribution de nourriture. Tandis que nous repartions, j'ai jeté un coup d'œil derrière nous et j'ai frémi à la vue des camions de vivres venant d'Angleterre stationnés à côté de gens qui étaient déjà morts de faim.

Les formes rougeâtres des montagnes de Dowit se profilaient à l'horizon. Je me suis demandé si, en passant à côté comme d'habitude, j'aurais été capable de dire qu'un terrible drame avait lieu en cet endroit, ou si c'était seulement à cause de ce que je savais qu'elles avaient l'air aussi sinistre. L'air s'alourdissait de poussière, comme si une tempête de sable se préparait. Le soleil essayait de percer, mais la lumière semblait aqueuse et diluée.

Sur la gauche, une piste partait de la route en direction des montagnes et se faufilait entre les rochers par un couloir étroit avant de déboucher dans la plaine centrale. Le convoi s'est arrêté à la bifurcation. Le son d'un tambour arrivait de la montagne. Un unique battement lent, sourd.

Clive a suggéré de laisser la parabole et l'équipement satellite à cet endroit car il serait impossible de capter des signaux au milieu des montagnes. C'est alors que j'ai vu apparaître des silhouettes dans le brouillard. On aurait dit qu'elles se déplaçaient au ralenti parce que, malgré leur volonté de courir, leurs jambes, qui n'étaient plus que des os sous la peau, ne portaient plus le poids de leur corps.

Muhammad se précipitait déjà. La peau de leur visage était si tendue qu'on aurait dit qu'ils riaient. O'Rourke et moi nous sommes approchés à notre tour. L'expression de leurs yeux était atroce, tant elle était humaine, dans des corps rendus inhumains par la faim.

Un garçon d'environ dix-sept ans avait rejoint Muhammad et était en train de lui parler. Le garçon parlait lentement, s'efforçant de se concentrer, comme s'il était sur le point de s'évanouir. Ses dents paraissaient énormes et le sommet de son crâne anormalement saillant parce qu'il n'avait plus de cheveux, plus de muscles ni de graisse sur le visage, uniquement de la peau. Il était enveloppé d'une toile brune ressemblant à un sac d'où émergeaient ses clavicules saillantes.

— Il vient de ma région, a dit Muhammad. Il dit qu'il y a plusieurs dizaines de milliers de réfugiés dans les montagnes.

Le garçon s'est remis à parler, portant lentement deux doigts et le pouce à son front, comme s'il essayait de clarifier ses idées.

— Il dit qu'ils ont rien à manger depuis beaucoup des jours. Il demande si nous avons nourriture à leur donner.

Muhammad ne parlait plus l'anglais impeccable qui lui était habituel. O'Rourke et moi nous sommes regardés pour essayer de faire le point sur les décisions à prendre.

— On va voir, et ensuite on revient chercher les camions ? a suggéré O'Rourke.

— Oui, je crois que c'est ce qu'il faut faire, d'accord.

Nous avons donné aux gens venus à notre rencontre quelques biscuits énergétiques que nous avions apportés dans la Land Rover.

Oliver discutait avec l'équipe du satellite. Il nous a dit qu'ils allaient stationner entre la route et les montagnes et tenter d'établir la connexion.

En continuant sur la piste qui menait aux montagnes, nous avons croisé de plus en plus de gens, mais cette fois nous avons poursuivi notre chemin. Certains ont fait demi-tour pour suivre le camion en voyant que nous ne nous arrêtions pas. D'autres restaient immobiles, l'air effaré.

Kate Fortune s'était mise à respirer bruyamment et à émettre des sons divers. Elle a posé la main sur le bras d'O'Rourke qui conduisait, en lui disant qu'elle ne se sentait pas bien. Il a dit :

— Taisez-vous, OK.

Quand nous avons pénétré dans l'étroit passage entre les montagnes, l'atmosphère était de plus en plus étrange et irréelle : la poussière tournoyait entre les rochers et les gens continuaient à venir vers nous en portant les doigts à la bouche pour exprimer leur faim. Nous avons franchi un couloir très étroit, comme une fissure entre deux parois abruptes, puis après un virage, la piste a débouché sur la plaine au centre d'un cirque montagneux d'environ mille mètres de diamètre, au sol pentu et inégal, environné de hautes parois rocheuses. De la multitude de feux montait un nuage de fumée au-dessus de la plaine totalement recouverte de gens, assis sur le sol, par milliers. Il y avait très peu de mouvement mais le bruit était immense : c'était le bruit d'une foule de gens qui pleuraient. Je me rappelle que j'ai vu par la fenêtre de la voiture le visage d'une jeune fille. Je me souviens d'avoir été bouleversée par la taille de ses larmes parce que le reste de son corps semblait si desséché, racorni et épuisé qu'on se demandait d'où pouvait venir l'humidité de ces larmes.

Tout le monde a commencé à sortir des véhicules. Muhammad parlait avec un groupe d'hommes venus à sa rencontre. Ils avaient l'air de chefs de village, mais peut-être était-ce des représentants du RESOK. Le bruit du tambour venait de ma gauche et, très lentement, je me suis mise en marche à travers la foule dans cette direction.

Sur la gauche, dans une sorte de clairière qui s'élevait graduellement jusqu'au pied des montagnes, ils préparaient les morts. Vingt ou trente cadavres étaient alignés, entourés de gens qui pleuraient et, derrière, un groupe d'hommes creusaient une tombe à l'aide d'un pic. Les gens venaient de toutes les directions, portant des corps dans leurs bras. Quand je suis arrivée à l'endroit où les morts étaient allongés, un homme déposait le corps d'un enfant dans la rangée. L'enfant était enveloppé d'un sac et son corps était si frêle qu'on aurait dit qu'il ne pesait pas plus dans les bras de l'homme qu'un torchon roulé. Certains corps étaient posés sur des civières et ils étaient tous recouverts de quelque chose. L'un d'eux était enveloppé de sacs en papier portant l'inscription : « Don des habitants du Minnesota. » Plus loin, sous une couverture bleue, deux pieds de femme dépassaient de part et d'autre de deux autres pieds minuscules.

Au bout de la rangée, une femme était accroupie près du corps de son enfant. Elle avait ôté la couverture qui l'enveloppait et frappait dans ses mains au-dessus de sa tête comme si elle cherchait à le réveiller. On aurait dit qu'elle s'efforçait de faire tout ce qu'elle pouvait imaginer pour calmer sa douleur. Elle agitait les mains comme si elle essayait de les égoutter, puis se couvrait les yeux, se prenait la tête, puis celle de son fils, lui parlait, tentait à nouveau de le ramener à la vie en frappant dans ses mains, mais rien n'y faisait. En regardant le corps du petit garçon allongé devant elle, inutile et mort, je me rappelle que je me suis dit que c'était idiot qu'il soit mort de faim. Ça semblait absurde que tout ce chagrin soit causé, non pas par un accident brutal ou une maladie incurable, mais parce que l'enfant n'avait pas eu de quoi manger alors que le monde regorgeait de nourriture.

La plupart des gens étaient assis ou couchés par terre, par groupes. Ils étaient si faibles et si hébétés qu'ils ne réagissaient pas à notre présence. Je n'avais jamais vu des gens encore en vie dans un tel état de dénutrition. Je suis revenue lentement vers Muhammad, qui parlait toujours avec les chefs. Je me suis rendu compte que je pleurais et je me suis forcée à retenir mes larmes.

En passant à côté de la Land Rover, je me suis arrêtée parce que Corinna était appuyée contre la carrosserie. Les deux poings serrés et la tête dans les épaules, elle pleurait avec une violence qui déformait son visage sous les lunettes noires et convulsait tout son corps. Je l'ai vue pleurer et je n'ai pas essayé de la consoler. Je l'ai regardée gémir et sangloter, et j'étais contente qu'elle ne soit pas faite de ciment, de lycra ou de plexiglas comme je l'avais cru.

Elle a vu que je la regardais et, appuyant son visage contre la vitre arrière de la Land Rover, elle m'a demandé :

— Je peux avoir une cigarette ?

Je lui en ai donné une et la lui ai allumée. Kate était assise dans la Land Rover, la tête dans les mains. Julian et Oliver restaient debout, immobiles, chacun de son côté. Je ne voyais ni Henry, ni Betty, ni Sharon. O'Rourke était accroupi au-dessus d'un enfant. Il ne disait rien et avait exactement le même air que lorsqu'il soignait les enfants, sauf que des larmes ruisselaient sur son visage.

Je ne savais que faire. Je suis restée hébétée, comme les autres, à regarder fixement autour de moi. C'était une horreur si monumentale qu'on avait l'impression que rien ne devrait plus jamais être comme avant, que rien n'aurait dû continuer : il ne fallait plus parler, plus rien faire, le soleil aurait dû s'arrêter de tourner, le vent de souffler. Il semblait impossible qu'une chose pareille puisse se produire sans que le monde soit contraint de s'immobiliser pour réfléchir.

30

La seule façon de s'en sortir était de ne pas trop penser mais d'accomplir simplement les tâches les unes après les autres : faire une chose puis passer à la suivante.

O'Rourke, Henry, Muhammad, Betty et moi nous sommes regroupés vers les camions. Il y avait entre dix et vingt mille personnes dans la plaine. Le soleil perçait maintenant à travers la poussière, et d'épais rayons de lumière, comme des colonnes, éclairaient par endroits les gens assemblés.

— Conditions idéales pour une épidémie, a dit O'Rourke.

Nous avons décidé que Muhammad et moi commencerions la réhydratation et la distribution de nourriture pendant qu'Henry vérifierait la propreté des réserves d'eau et délimiterait des zones de défécation. Betty organiserait les vaccinations et O'Rourke et Sharon mettraient en place un hôpital de campagne pour les cas les plus graves.

— Et que fait-on pour l'émission ? a demandé Betty.

Il était une heure et demie. Nous devions passer sur les ondes à quatre heures.

— Ces quarante tonnes de nourriture ne vont pas durer longtemps, a dit O'Rourke.

Oliver et Julian restaient plantés devant la foule. Je me suis approchée d'Oliver.

— Allons, il faut que tu te mettes à organiser la retransmission. Il faut que ça marche. Prends la Land Rover et retourne à l'antenne satellite, tu leur diras ce que tu as vu.

Il m'a regardée, l'air hébété.

— Allez, Oliver, vas-y.

Corinna se dirigeait vers nous. Elle s'essuyait les yeux et on aurait dit qu'elle commençait à se ressaisir.

Oliver continuait à regarder autour de lui d'un air éperdu.

Muhammad est venu nous rejoindre. Il a posé la main sur l'épaule d'Oliver et l'a entraîné à l'écart. Il lui parlait.

— Je veux vous aider, a dit Corinna. Dites-moi ce que je peux faire.

Je lui ai demandé de retourner avec la camionnette à l'endroit où nous avions laissé les camions de vivres et de les ramener.

— Dites-leur d'attendre à l'entrée du défilé jusqu'à ce que nous soyons prêts. Vous savez conduire un quatre-quatre ?

— Je vais me débrouiller.

— Je peux demander à Henry d'y aller.

— Non, ça ira. Vous avez besoin de lui ici.

— Attends, je viens avec toi, a dit Julian.

— Tu restes ici, a-t-elle répondu. Pas besoin d'être deux.

— Dites-moi ce que je peux faire.

— Maintenant, il faut que nous organisions la distribution de nourriture, ai-je dit.

Au bout d'un moment, Muhammad et Oliver sont revenus. Oliver avait l'air mieux. Il a dit qu'il retournerait au satellite pour lancer ce qu'il y avait à faire.

Les chefs de village se rassemblaient autour de Muhammad.

— Ces gens peuvent-ils se charger d'organiser la distribution ? ai-je demandé à Muhammad.

— Oui, bien sûr.

J'ai regardé autour de moi en tentant de voir par quel bout commencer.

— Les gens sont-ils regroupés d'une manière ou d'une autre ?

— Oui, ils ont essayé de rester par village.

— Ça représente combien de villages ?

Il a posé la question aux chefs.

— Peut-être cinq cents.

— Nous allons commencer par les moins de cinq ans. Et les cas les plus graves. Nous allons installer un centre de distribution ici et les réhydrater en même temps. Et peut-être qu'ensuite nous pourrons commencer à distribuer la nourriture aux autres.

— Il faut également nourrir les mères, a dit Muhammad.

— Oui, nous donnerons à manger à la personne qui viendra avec l'enfant.

— Je vais parler aux chefs, a dit Muhammad. Ils vont s'organiser.

J'essayais de ne penser qu'à ce que j'avais sous les yeux, de ne pas imaginer que ça pouvait s'aggraver, de façon à ne pas me laisser submerger par la panique.

— Oui, bon, d'accord, disait Julian, se penchant pour soulever une grosse pierre. Je la mets ici ?

On aurait dit qu'il était prêt à toutes les déplacer lui-même.

— Il faut que nous trouvions de l'aide.

J'ai commencé à demander aux gens autour de moi, à ceux qui semblaient avoir encore assez de forces. Mais c'était difficile de faire comprendre ce que nous voulions faire.

— A quoi vont servir ces séparations ? a demandé Julian.

Je lui ai expliqué qu'il nous fallait des zones distinctes pour les vaccinations, la distribution des biscuits énergétiques et pour administrer la nourriture liquide pour les cas très graves.

— Les murets sont nécessaires pour garder le contrôle de la situation, ai-je dit.

Pourtant je n'étais pas sûre que ce soit possible, compte tenu du nombre de gens qui étaient dans un état désespéré et prêts à tout. Puis Julian a commencé à expliquer par gestes ce qu'il y avait à faire, ce qui a fait rire les gens malgré les circonstances tragiques. Ils ont compris et se sont mis à rassembler les pierres. L'un d'eux est arrivé, qui parlait un peu anglais, et ça nous a bien aidés parce qu'ensuite, les Keftiens pouvaient contribuer à l'organisation. Nous avions choisi le secteur situé immédiatement à droite en entrant dans le cirque, de façon à faciliter le déchargement des camions. Bientôt, environ trois cents personnes ramassaient des pierres pour construire les murets.

Je ne cessais de regarder en direction de l'endroit où étaient stationnés les camions, à l'extrémité du corridor rocheux. L'équipe de télévision s'agitait frénétiquement. Un énorme câble courait le long de la piste et ils s'activaient à le prolonger. Oliver faisait des allers-retours incessants entre l'entrée du corridor et l'antenne satellite. Ils avaient l'air d'un essaim de guêpes aux abords d'un nid.

A quatre heures moins le quart, les enclos étaient prêts et bourrés d'enfants et de malades, assis ou couchés par terre, attendant en lignes. Les chefs de village en amenaient sans cesse d'autres, les soutenant ou les portant. De temps en temps, un groupe se mettait à courir dans une direction, parce qu'un peu de nourriture avait été renversée sur le sol et tout le monde se précipitait pour ramasser ce qu'ils pouvaient pour le manger. A l'extérieur des murs, la foule se pressait pour regarder. Le son aigu des voix agitées dominait les gémissements. Il était difficile de rester calme parce que de l'autre côté des murets les gens s'agglutinaient par paquets, portant leurs enfants à bout de bras pour nous montrer qu'ils étaient en train de mourir et nous suppliant de les laisser entrer. Des bagarres éclataient : c'était tellement injuste d'être du mauvais côté du mur.

Je ne cessais de regarder ma montre, puis l'équipe des cameramen. La situation ne semblait pas évoluer. Les allers-retours dans le corridor continuaient. Je me disais que Julian et Corinna auraient dû être avec eux à présent, en train de répéter. Mais ils étaient dans l'enclos voisin du mien, occupés à distribuer les biscuits.

— Je crois que je ferais mieux d'aller voir ce qui se passe, ai-je dit à Muhammad.

Au moment où je remontais vers les véhicules, Oliver venait à ma rencontre.

— Ça ne marche pas, m'a-t-il dit dès que j'ai été à portée de voix.

Il fronçait les sourcils, comme un gamin vexé.

J'ai avalé ma salive.

— Pourquoi ?

— Il y a un problème avec la parabole.

— De quel genre ?

— Elle est cabossée.

— Cabossée ? (Mes paupières battaient à toute vitesse.) Qu'est-ce qui s'est passé ?

— Je n'en sais rien. Ils supposent qu'elle a dû être heurtée par une pierre pendant le transport.

— Ils peuvent faire quelque chose ?

— Ils sont en train de la marteler, mais c'est un travail délicat. Il faut qu'elle soit absolument lisse.

— Tu crois qu'ils vont y arriver ?

— Pour être honnête, Rosie, nous sommes dans la merde.

Je me suis frictionné le front frénétiquement. Nous n'avions pas suffisamment de vivres. Un second avion de la Circle Line attendait à Stansted. Il pouvait être chargé et acheminé dans les vingt-quatre heures. Nous pourrions avoir des livraisons tous les deux jours jusqu'à ce que la crise soit enrayée, à condition que l'émission ait lieu. La vie de milliers de gens dépendait totalement d'un élément technique qui était cabossé. Ça paraissait absurde mais c'était vrai. Et nous n'avions plus qu'une demi-heure.

— Est-ce que tu sais ce que tu vas faire pour l'émission, s'ils réussissent à réparer ?

— Oui, j'ai mis tout au point, de ce côté-là.

— Tu n'as pas besoin de Julian et Corinna ? Où est Kate ?

— Dans la Land Rover. Pas la peine de s'emmerder avec elle.

J'ai regardé dans sa direction. Elle sanglotait, assise, tiraillant ses cheveux.

— Oui, tu peux envoyer Julian et Corinna, tant qu'à faire. Mais continue ta distribution. Je crois que ça sera plus utile, pour être honnête. Nous t'appellerons si les choses s'arrangent.

Je me suis efforcée de continuer bien que ce fût difficile de penser à autre chose. Je savais que nous n'avions qu'une heure, entre cinq et six, pour bombarder cette horreur à la face du monde. C'était notre seule chance. Et je ne pouvais rien faire.

A quatre heures moins dix, un hurlement est monté de l'équipe de tournage. J'ai vu un cameraman pointer sa caméra sur Julian et Corinna. Corinna regardait dans ma direction, le pouce en l'air. J'ai levé le poing et je suis sortie de l'enclos pour foncer vers eux. Comme j'approchais, hors d'haleine, trébuchant sur les cailloux, la Land Rover d'Oliver a débouché du corridor à fond de train.

— Pas moyen d'obtenir le signal, bordel ! criait-il en descendant. Le satellite fonctionne mais nous ne pouvons pas capter le signal. Nous sommes trop près de cette putain de montagne. Putain de bordel ! Putain de Vernon ! Nous aurions dû rester là-bas.

Dans son impuissance, il frappait ses poings l'un contre l'autre, courait dans tous les sens. Il était maintenant quatre heures cinq. Le spectacle commençait en Angleterre, sans liaison avec le Nambula.

— Muhammad, a dit Oliver, tout à coup. Est-ce qu'il y a un moyen de monter plus haut avec un véhicule ?

— Oui, il y a un sentier, mais très escarpé. Si vous suivez le flanc de la montagne à votre gauche, vous le trouverez, à deux cents mètres.

— Où mène ce sentier ? Est-ce qu'il y a un endroit par où on pourrait descendre le câble ?

Muhammad a désigné les montagnes au-dessus des enclos, plissant les yeux à cause du soleil. Elles étaient presque lisses, vastes courbes de roche rouge.

— La route grimpe là-bas, derrière la crête, mais vous trouverez un endroit qui surplombe la plaine. Peut-être pouvez-vous faire descendre le câble par-là, au-dessus de l'emplacement où les enclos ont été bâtis.

— OK, a dit Oliver, se précipitant déjà vers les camions. Je vais monter avec quelques-uns des gars. Amenez la caméra dans le centre de distribution et nous vous enverrons le câble.

A quatre heures vingt, à quarante minutes de la fin prévue de la transmission, Julian et Henry guettaient au pied de la montagne, tenant l'extrémité du câble, le regard rivé à la cime, au milieu d'une foule de Keftiens. Nous attendions, à une centaine de mètres de l'autre côté du muret, dans l'enclos de distribution des rations liquides. Il fallait décider à quel endroit placer la caméra, et ce que nous devions faire. En regardant tous les gens dans la plaine, je ne cessais de penser à quel point nous avions redouté ce qui arrivait. Nous étions déjà arrivés trop tard avec nos caméras et maintenant voilà qu'il était en plus impossible de retransmettre l'émission. Un homme qui semblait ne pas tenir sur ses jambes s'est approché pour parler à Muhammad.

— Huda est ici, m'a dit ce dernier. Voulez-vous venir avec moi ?

Il s'agissait d'Huda Letay, la femme qu'il m'avait demandé de retrouver au Kefti. Muhammad s'est agenouillé près d'elle, lui a pris la main et a remonté la couverture sur sa poitrine jusqu'à l'endroit où les clavicules saillaient sous la peau. Elle n'avait plus que de rares touffes de cheveux crépus et rougeâtres, à cause de la malnutrition. De l'autre côté, la mère d'Huda portait ses deux bébés jumeaux. Ils hurlaient et la peau de leurs jambes formait des plis parce que leurs muscles avaient fondu. Deux petits garçons d'un an environ, avec des yeux immenses. Quand ils cessaient de pleurer, ils avaient une expression mécontente très touchante. Huda était allongée, la tête en arrière, ses yeux saillants fixés sur le ciel. Elle bougeait la tête de droite à gauche. Je crois qu'elle avait reconnu Muhammad parce quand il lui a parlé, elle a émis un faible son guttural.

Je me suis retournée pour voir où ils en étaient là-haut. Julian et Henry escaladaient les rochers au pied de la paroi, tenant leur extrémité du câble, sans cesser de regarder vers le haut. La paroi rocheuse au-dessus d'eux était nette et lisse. Plus haut, elle s'affaissait en éboulis rocheux avant de remonter en un épaulement rond parfaitement lisse jusqu'au sommet. Très haut, au-dessus du secteur des éboulis, on voyait Oliver et l'un des types de l'équipe. Deux autres sont sortis sur le côté de la paroi, portant un énorme rouleau de câbles sur une bobine métallique.

Il allait être difficile de descendre le câble jusqu'à la paroi lisse, à moins de le transporter à travers les éboulis, qui étaient escarpés et semblaient trop instables pour s'y aventurer. Oliver a rejoint les hommes penchés sur le câble et je les ai vus commencer à soulever quelque chose. Ils l'ont décollé du sol et se sont mis à le balancer, une fois, deux fois, trois fois, avant de le lancer. C'était un rocher dans un filet. Il a rebondi sur les éboulis, entraînant le câble qui y était attaché en direction de la paroi lisse. En tombant, il détachait des rochers qui tombaient à sa suite. A un mètre cinquante du rebord, il s'est immobilisé, coincé par un piton rocheux. Une avalanche de pierres dégringolait avec fracas dans le précipice, percutant les rochers en contrebas, les gens se dispersaient, affolés.

Oliver a commencé à descendre prudemment dans les éboulis vers l'endroit où le câble était coincé. Tout à coup, un pan entier a lâché prise sous ses pieds. Il s'est mis à glisser en direction de la paroi. Corinna a poussé un cri.

Les pierres continuaient à dégringoler, Oliver s'agrippait, cherchant une prise, il s'est jeté sur le côté pour s'accrocher au piton, lançant un coup de pied dans les rochers amoncelés. Il s'est accroché et les pierres ont dévalé la pente, entraînant le rocher fixé au câble, qui a commencé à descendre contre la paroi.

Oliver était toujours agrippé au piton. Je ne voyais pas ce qui se passait au pied de la montagne parce que les réfugiés se massaient autour. Soudain, il y a eu derrière nous un grand mouvement de foule. En me retournant, j'ai vu un cameraman se précipiter vers nous, caméra pointée. Corinna le suivait.

— On y va, on y va, criait le cameraman. On y va, on a la liaison. On y va, dans vingt secondes, c'est parti.

L'ingénieur du son me tendait un boîtier électronique et un écouteur. J'ai saisi le boîtier pour le passer à Muhammad et je lui ai mis l'écouteur dans l'oreille. Le cameraman a pointé la caméra sur lui, l'ingénieur du son a saisi la perche et l'a tendue vers Muhammad.

— Vous avez bien réglé sur le grand angle ? a demandé Muhammad au cameraman, avec le plus parfait sang-froid. Vous n'aurez qu'à lever la main quand vous serez prêt, je parlerai.

J'ai jeté un coup d'œil à ma montre. Cinq heures moins cinq.

— On passe dans dix secondes, a dit le cameraman.

— Commencez par un plan panoramique, a ordonné Muhammad, pour que les spectateurs voient la plaine tout entière.

J'entendais des voix furieuses sortir de son écouteur.

— Mais c'est moi le correspondant sur les lieux, disait Muhammad, indigné. Vous devez passer la musique pendant le plan panoramique puis faire un fondu quand vous me prenez en ligne. La musique est prête ?

Cris furieux en provenance de l'écouteur.

— Ils veulent une des personnalités, a dit le cameraman. Corinna, tu viens, mon chou, à toi.

— Laisse faire Muhammad, a répondu Corinna.

Le cameraman l'a regardée.

— Laisse faire Muhammad, a-t-elle répété.

— Oui, laisse-le faire, a renchéri Julian.

J'ai jeté un coup d'œil au sommet de la montagne. Oliver se hissait lentement à l'aide d'une corde pour rejoindre le reste de l'équipe.

Muhammad parlait à Huda et sa mère, en regardant la caméra du coin de l'œil. La caméra balayait le centre de distribution comme l'avait ordonné Muhammad. Huda était faible mais elle écoutait ce qu'il lui disait, hochant lentement la tête. Le cameraman a levé la main et Muhammad a regardé Huda en comptant jusqu'à deux puis s'est retourné posément pour faire face à l'objectif.

— Il y a presque vingt ans, a-t-il commencé, Henry Kissinger faisait une déclaration à la conférence de Rome dans le cadre du programme mondial d'aide alimentaire au tiers-monde. « Nous devons, a-t-il dit alors, proclamer un objectif ambitieux : nous nous fixons une échéance de dix ans pour qu'aucun enfant au monde n'aille se coucher avec la faim. Afin qu'aucune famille n'ait peur pour son pain du lendemain. Pour que plus jamais la malnutrition ne mette en péril l'avenir ou le développement d'aucun être humain. »

Il s'est interrompu et a aidé Huda à se redresser.

— Depuis maintenant six semaines, les Nations unies, la Communauté européenne, les agences humanitaires et les gouvernements occidentaux savent que des dizaines de milliers d'habitants des montagnes du Kefti n'ont plus rien à manger. Ils savaient tous qu'ils affluaient vers notre région pour chercher de l'aide, marchant nuit et jour avec l'estomac vide, voyant en chemin mourir leurs enfants et leurs vieillards. Le peuple du Kefti mourait de faim en marchant, mais il a continué dans l'espoir de trouver assistance ici, à la frontière du Nambula. Et qu'ont fait les Nations unies pendant ce temps ? Qu'ont envoyé les gouvernements occidentaux ? Qu'est-ce qui attend tous ces gens en arrivant ici ? Rien.

Il a fait un geste en direction de la plaine et la caméra a suivi son bras.

— Année après année vous avez vu — et vous verrez encore — des images comme celles-ci sur vos écrans. Année après année, vos gouvernements, vos organisations, avec leurs montagnes de céréales et leurs budgets colossaux, ne sont pas capables de nous aider à temps. Année après année, vous, les gens ordinaires comme nous, se voient demander de mettre la main à la poche pour nous sauver quand il est déjà trop tard. Et aujourd'hui nous vous demandons à nouveau de nous sauver. Pourquoi ?

Il s'est tourné vers Huda.

— Voici le Dr Huda Letay, qui était mon amie à l'université d'Esareb où nous étudiions ensemble les sciences économiques.

Il a attendu que la caméra la prenne dans le champ. La tête d'Huda roulait sur le sol. Elle avait la bouche ouverte, comme dans un cri.

— Elle a vingt-sept ans.

Muhammad lui a passé le bras derrière les épaules pour la soutenir. Il a fait signe au micro d'approcher. La mère d'Huda a couché les deux jumeaux à côté d'elle. Huda a levé la tête pour parler.

— Ce sont mes enfants, a-t-elle dit d'une voix qui n'était guère plus qu'un murmure. Il y a huit jours, leur sœur est morte de faim. Il y a quatre jours, leur frère.

L'ingénieur du son regardait la caméra et essayait de faire descendre la perche plus près de sa tête.

— Hier, leur père est mort.

Elle était toute proche de la caméra, regardant l'objectif bien en face.

Un mouvement a attiré mon regard. Kate Fortune était debout derrière la caméra, faisant de grands gestes, coiffée de son turban rose.

— La moitié du monde est riche et l'autre moitié est pauvre, continuait Huda. Je ne vous en veux pas, à vous qui vivez dans cette moitié riche, mais je regrette seulement que mes enfants et moi ne puissions y vivre aussi.

Une quinte de toux l'a interrompue. Les bébés s'étaient mis à pleurer et l'ingénieur du son tentait toujours d'approcher la perche le plus près possible.

— Je suis née dans la mauvaise moitié du monde, a-t-elle dit. (Sa voix était rauque à présent.) Je ne souhaite pas mourir. Et s'il faut que je meure, je ne veux pas mourir de cette manière, sans dignité, couchée dans la poussière comme un animal.

Elle s'est remise à tousser, a fermé les yeux en s'appuyant contre le bras de Muhammad. Il l'a aidée à se soutenir, lui parlant à voix basse.

Elle a ouvert les yeux et relevé la tête.

— Je suis née d'un côté de la ligne et vous de l'autre. Je mourrai ici. Mes enfants et mon peuple ont besoin de manger et je dois donc m'abaisser à demander la charité...

La toux l'a de nouveau interrompue.

— ... Nous avons besoin de votre aide, vous tous, où que vous soyez. Nous avons vraiment besoin de cette aide. Pas pour danser ou nous sentir... bien, seulement pour survivre.

Puis elle a fermé les yeux et s'est laissée retomber contre le bras de Muhammad. Elle toussait, puis elle a cessé de bouger, tandis qu'il lui caressait la tête.

31

— Absolument indéniable...

Nous entendions encore la voix rayonnante du directeur des programmes, à plus de trois mille cinq cents kilomètres de là, dans les studios londoniens.

— ... une mort en direct, c'est extrêmement émouvant.

Le soleil était couché à présent, et le désert rouge. Oliver et moi étions dans la camionnette technique stationnée à l'extérieur du cirque montagneux, au pied du sentier conduisant à la parabole satellite. L'émission était terminée depuis une heure et demie. Les dons par carte de crédit affluaient, les félicitations aussi. La chemise d'Oliver était déchirée dans le dos et il avait les avant-bras couverts d'écorchures.

— Oliver, je crois que tu devrais lui dire qu'Huda est dans le coma. Elle n'est pas encore morte, ai-je soufflé.

— ...Vernon est avec vous ? a grésillé la voix du directeur sur la sono.

Oliver a appuyé sur un bouton et parlé dans le micro :

— Pas en ce moment. Vernon a eu un petit malaise.

— Dites-lui que la commission des programmes de ITC a envoyé un message de félicitations pour CDT. Ça se présente bien. Très bien.

Silence pendant que la ligne crépitait.

— Je viens d'avoir un appel téléphonique de Stansted. L'avion de la Circle Line a décollé il y a cinq minutes. Il devrait être chez vous d'ici... une douzaine d'heures. Oh ! ne quittez pas. Nouveau total : deux millions trois cent quatre-vingt-dix-sept mille livres et ce n'est pas fini...

Bruit d'un bouchon de champagne qui sautait.

— Oh ! Ne quittez pas. Attendez, attendez...

Oliver a eu un large sourire :

— Deux millions trois cent quatre-vingt-dix-sept mille livres, a-t-il annoncé au groupe massé à la portière.

— Eh ! J'ai le *News* en ligne..., a dit la voix du directeur.

— ... ils veulent les jumeaux par le prochain avion. Les jumeaux de la femme qui est morte.

Crépitements.

J'ai saisi le micro et appuyé sur l'interrupteur.

— Pouvez-vous confirmer qu'ils veulent évacuer deux bébés sur vingt mille personnes ?

Nouveaux crépitements sur la ligne.

— Affirmatif, a dit le directeur.

— Il faut obligatoirement que ce soient ces deux-là ?

— Affirmatif. Les jumeaux de la morte.

— Et s'ils sont déjà morts ? Est-ce qu'ils en prendront deux autres ?

— Je confirme que ce doit être les enfants de la femme qui est morte pendant la retransmission. Les jumeaux...

Crépitements.

— Mais elle n'est pas encore morte.

— OK... Le correspondant du *Daily News* est avec nous dans le studio et veut parler à leur photographe... Le photographe est avec vous ?

Quelque part dans le sable, au loin, on a entendu le cri d'un animal. Le photographe est apparu à la portière et a escaladé le marchepied. Oliver a appuyé sur le bouton pour qu'il puisse parler.

— Ici Steve Mortimer, a dit le photographe, en se tournant d'un grand mouvement d'épaule, frappant Oliver au visage avec le sac qu'il portait en bandoulière.

Instant d'attente avant d'obtenir le retour de la liaison.

— Steve ! Salut, c'est Rob, a lancé une voix différente. Comment ça va, mon vieux ? Ecoute ! Il nous faut absolument les gamins. Tu as les clichés ? Celui de la mort en direct ?

— Sûr.

— Mais..., a commencé Oliver.

— OK, c'est bon. La liaison est terminée dans cinq secondes. Merci à tout le monde. Vous avez fait du bon boulot. Fantastique. D'un autre monde. Oh ! Ne quittez pas. Une dernière chose... le type qui parlait à la fin, celui qui tenait la femme morte. Ils veulent que vous le rameniez... (La ligne se perdait en grésillements.) ... une vraie nature... (nouveaux crépitements.) ... ils veulent lui faire un contrat sur CDT. Ramenez-le avec vous ou envoyez-le avec les gamins. OK. C'est fini, nous quittons le Nambula. Encore bravo, et ...

Puis plus rien. Plus que la note unique du tam-tam et le silence absolu du désert.

Les montagnes se silhouettaient en masses sombres sur fond cramoisi. Une jeep arrivait. Claquements de portières qui s'ouvrent et se referment. Voix qui résonnent dans le crépuscule. Julian, Muhammad, Betty et Henry émergeaient.

— Rosie ! (Julian se précipitait vers moi, le visage préoccupé.) Rosie, je sais ce que je veux faire.

— Et c'est quoi ?

— Bon, d'abord, je veux donner autant d'argent que je peux. Et je vais faire tout mon possible en rentrant pour poursuivre la campagne de soutien. Mais je veux faire plus : je vais adopter ces bébés. Les petits jumeaux, tu sais, les orphelins. Tu sais que la mère est morte, maintenant ?

J'ai cherché Muhammad du regard. Il s'éloignait des véhicules, seul.

— Je veux aider la famille, continuait Julian. Je vais les ramener pour vivre avec Janey, Irony et moi.

402

— C'est moi qui prends ces bébés, a coupé Kate Fortune.

— Mais tu as déjà un bébé roumain ! a répliqué Julian, indigné.

— Désolé, mes chéris, c'est le *News* qui les prend, a lancé le photographe.

— Eh ! Je ne voudrais pas avoir l'air d'enfoncer des portes ouvertes, a dit Henry, mais vous ne croyez pas qu'il y a assez de bébés pour tout le monde ? Je veux dire, même si vous tenez à avoir des orphelins, il y en a sûrement pas mal de disponibles depuis tout à l'heure. Pas de raison que tout le monde s'arrache les mêmes. Ou est-ce que je suis vraiment bouché ?

Corinna était appuyée contre la caravane, fumant une cigarette. Elle a croisé mon regard et m'a fait un sourire complice. Tout l'après-midi, totalement différente de la femme que je connaissais, elle avait été chaleureuse avec moi, fraternelle, encourageante. Elle s'est approchée de moi, s'est penchée pour essuyer quelque chose que j'avais sur la joue et m'a demandé :

— Pas trop fatiguée ?

Pourvu que la famine ne l'ait pas transformée en lesbienne !

Betty s'efforçait de réunir tous les véhicules en un cercle convivial.

— Allons, venez, disait-elle. Il faut manger. Personne n'a rien mangé depuis le petit déjeuner. Une armée ne peut pas avancer le ventre vide. Ce n'est pas ce qui aidera les réfugiés, si nous ne sommes plus capables de tenir le coup. J'ai vérifié avant de partir que Kamal nous avait bien mis du pain et du corned-beef. Il devrait y en avoir assez pour tout le monde, je pense. J'ai même pris un tube de moutarde. Mais attention, c'est de la moutarde anglaise. Je la préfère moins forte, personnellement.

— Quelle femme vous faites ! Heureusement que nous avons Betty pour s'occuper de nous, a dit Roy, l'ingénieur du son, béat d'admiration.

A cent mètres de là, dans l'obscurité qui gagnait, Muhammad, appuyé sur son bâton, regardait au loin vers le Kefti, là où les nuages se détachaient comme des charbons ardents sur le ciel rougeoyant. Je me suis aventurée dans la rocaille pour le rejoindre.

— Je suis désolée, ai-je dit quand j'ai été près de lui.

Au bout d'un instant, il a dit :

— C'est très dur à supporter.

Puis il a ajouté :

— Mais elle a été merveilleuse, n'est-ce pas ?

— Oui, c'est vrai.

— Et s'il y a un moment où l'on peut dire qu'une personne n'est pas morte en vain...

— C'était le cas.

— Malgré tout, c'est très dur.

Nous étions dans l'obscurité totale à présent. C'était l'obscurité tiède et enveloppante de ces nuits-là. Depuis quelques instants, on voyait des phares approcher en provenance de Safila et le véhicule arrivait. Dans le cercle des jeeps de Betty, les visages étaient éclairés par les torches et la lumière du feu. Le groupe était au complet, à l'exception d'O'Rourke, encore avec les réfugiés. Les portières du véhicule se sont ouvertes, livrant passage à la silhouette grotesque de Vernon, postérieur rebondi en premier. On entendait le son de sa voix sans distinguer ce qu'il disait. Il avait l'air furibard.

— Savez-vous de quoi j'ai peur ? a dit Muhammad.

— Dites-le-moi.

— C'est que même après tout ça, tout sera très vite pour tout le monde comme si rien n'avait jamais eu lieu.

— Je sais.

Nous sommes restés silencieux quelques instants.

— Vous saviez qu'ils veulent que vous repartiez avec eux, les gens de la télé ?

— Non.

— Est-ce que vous accepteriez ?

— Pour collaborer à cette pourriture corrompue ?

— La pourriture corrompue n'est pas réservée à l'Occident, comme nous le savons tous les deux.

— Je veux parler de la pourriture de l'élite. Je méprise ce partage injuste du monde, la répartition inéquitable des richesses, alors quand j'ai la chance d'être choisi parmi la foule anonyme des déshérités pour être transporté dans la cour des privilégiés, quand on se prépare à m'inonder de bienfaits, dois-je accepter, ou dois-je refuser ?

— Que gagnerez-vous en refusant ?

Il a réfléchi un moment, puis a dit :

— Je préserverai ma richesse spirituelle.

— Bon, alors tout est dit, sans doute.

Il a hoché la tête.

Au bout d'un instant, j'ai ajouté :

— Si vous allez à Londres maintenant, vous pourrez peut-être faire quelque chose. On vous invite à entrer au Club des Célébrités. Vous allez être traité comme un roi par les médias et vous allez y gagner un certain pouvoir. Si vous réunissez la masse des gens ordinaires derrière vous, vous arriverez peut-être à faire changer un peu les choses.

— Vous le croyez vraiment ? Depuis ma naissance, c'est la troisième famine que je vois s'abattre sur nous et rien n'a changé. Après, les caméras et les journalistes viennent, puis les officiels font des plans et promettent que cela n'arrivera plus jamais. Alors tout va bien pendant un certain temps, puis l'intérêt retombe et tout recommence.

— Peut-être qu'il faut persévérer. Peut-être que ça s'améliore un tout petit peu à chaque fois, que le développement progresse légèrement et que vous devenez de moins en moins vulnérables. Il faut peut-être que vous alliez à Londres pour aider à faire avancer les choses.

— Et que je me sacrifie ?

— Ce n'est pas un vrai sacrifice. Vous aurez une vie facile. Vous y gagnerez un peu d'argent. Vous auriez la certitude de ne plus jamais risquer de mourir de faim.

— Non, mais de soif. De soif spirituelle. J'accepterais l'inégalité du système. En Grande-Bretagne, je serais le réfugié africain, l'unijambiste apprivoisé, le phénomène, l'alibi. Je ne serais plus moi-même.

Quelqu'un du groupe se dirigeait vers nous. Impossible de voir de qui il s'agissait, mais on l'entendait trébucher dans les cailloux. Le sol était très accidenté.

— Bonsoir.

Oliver a émergé de la nuit. Il avait l'air très amaigri.

— Bravo, mon ami, a dit Muhammad. Vous vous êtes conduit en héros.

— Tout le monde s'en va, a dit Oliver. Nous rentrons à El Daman.

— Immédiatement ? ai-je demandé.

— Oui. Ils veulent voyager de nuit pour être là-bas dès ce soir.

— Je vais vous laisser, a dit Muhammad.

Oliver et moi sommes restés face à face dans le noir.

— Tu as été formidable, ai-je dit.

— J'ai fait un geste héroïque. Tout le monde peut faire ça une fois. Ça ne dure pas longtemps, tout le monde le voit, cette impression d'être exceptionnel.

— Tu aurais pu te tuer.

— Bon, mais je m'en suis sorti. Ce sont les O'Rourke de ce monde, les vrais héros, ceux qui bossent en toute humilité, dans la merde jusqu'au cou. Il y est encore, non ?

— Tout ça n'aurait pas pu se passer sans toi. Tout le travail du monde n'aurait rien changé si on n'avait pas obtenu d'aide en nourriture.

— Ne sois pas ridicule.

Puis, après un instant de réflexion, il a ajouté :

— Mais c'est vrai, ça n'aurait rien changé, hein ?

— Non. C'est toi qui as tout rendu possible.

— Je me sens... très... oh, je ne sais pas. Merci quand même. Merci de m'avoir... Je veux dire... Merde, on dirait Julian... Je pense...

— A quoi ?

— Je crois... Je ne sais pas. Excuse-moi d'avoir... Tout ça a été super pour moi. J'ai l'impression d'être... Seigneur !

d'être comment ? J'ai l'impression d'être meilleur. Meilleur que je ne l'ai jamais été. Peut-être que je serai différent maintenant. Peut-être que tout sera différent.

Pendant un instant, nous nous sommes sentis vraiment proches. Je me disais que nous avions beaucoup appris tous les deux.

— Rosie, je voudrais te demander quelque chose.

— Oui ?

— Je voudrais te demander de rentrer avec moi.

Je lui ai jeté un regard anxieux.

— Allons, tu sais très bien que je ne peux pas.

— Je te demande de rentrer avec moi.

— Je ne peux pas. Je dois rester ici.

— Rosie...

Il commençait à hausser le ton. Bruit de pas dans les cailloux. Quelqu'un s'approchait.

— ... Je te DEMANDE de rentrer avec moi.

— Ce n'est pas vraiment ce que tu veux. Tu n'as pas besoin de moi. Tu le sais parfaitement.

— C'est à cause d'O'Rourke, hein ?

— J'ai un travail qui m'attend.

— Rosie, je te demande de rentrer avec moi.

— Non.

— J'ai fait ce truc et nous avons sauvé la situation et maintenant JE TE DEMANDE...

— Evidemment que je ne rentrerai pas avec toi, merde ! ai-je éclaté. Tu as vu ce qui se passe ici ?

— Tu aimes O'Rourke, c'est ça ?

— Eh, faut pas *charrier,* Oliver... (Corinna est sortie de l'ombre.) Tu ne vois pas que cette petite a autre chose en tête que ces putains de mecs ! Tiens, ma chérie, je t'ai apporté un sandwich.

— Je retourne près du feu, a dit Oliver.

— Oliver, ai-je dit, saisissant son bras : Merci.

— Tu sais, m'a dit Corinna une fois qu'il a été parti, je crois que nous avons tous beaucoup plus gagné que donné dans cette histoire. Je crois que nous allons en être tous profondément transformés.

Je n'ai rien répondu.

— Tu ne crois pas ? Tu n'as pas été complètement changée quand tu es arrivée ici la première fois ?

— D'une certaine façon. Pourtant je crois que, au fond, les gens restent toujours les mêmes.

Longtemps après que le bruit du convoi s'est éteint, on distinguait encore au loin les feux arrière. Betty, Henry, Sharon et moi les regardions s'éloigner, sans savoir trop quoi faire. J'essayais d'imaginer ce que la vie allait être à Safila sans Muhammad. Il avait finalement décidé de partir avec eux.

— Mes chères petites, il faut que je vous annonce une merveilleuse nouvelle, a dit Betty.

Silence durant lequel nous tentions de nous sortir de nos pensées.

— Et c'est quoi, ma bonne Betty ? a demandé Henry, un tout petit peu trop tard. Ne me dites pas que vous avez l'intention d'adopter les jumeaux, vous aussi ?

— Mais non, vous êtes bête, a dit modestement Betty. Eh bien, c'est Roy. Roy, vous savez, l'ingénieur du son ?

— Quoi, celui avec qui vous discutiez derrière la caravane avant leur départ ? a dit Sharon.

— Charmant garçon, a ajouté Henry. Un peu du genre raseur agaçant sur les bords de temps en temps, mais somme toute, absolument charmant.

— Il m'a demandé de l'épouser.

— C'est merveilleux, ai-je dit.

— Je ne voudrais pas avoir l'air de jouer les trouble-fête, a dit Henry. Vachement génial, et tout et tout, je suis absolument ravi. Mais dites-moi, vous n'êtes pas déjà mariée, ma petite vieille ?

— Oh, oui, naturellement, je sais. Mais quand tous les problèmes de famine seront arrangés ici et que le

Dr O'Rourke aura pris le relais, je rentrerai en Angleterre, je lancerai la procédure de divorce et je recommencerai ma vie avec Roy.

— Qu'est-ce que c'est ? a dit Henry.

Devant nous on apercevait à peine une djellaba blanche qui s'approchait en boitant.

— C'est vous, Muhammad ? ai-je appelé.

— Non, c'est une apparition, a répondu sa voix.

— Je croyais que vous partiez à Londres pour défendre la cause de votre peuple ?

Il se propulsait vers nous sur son bâton.

— J'ai décidé qu'il valait mieux rester ici avec mon peuple, a-t-il dit, la respiration haletante. Il faut lutter de l'intérieur, il faut insister pour obtenir le droit de cultiver, exiger que des réserves de nourritures soient stockées dans les montagnes pour que, quand le prochain désastre s'abattra, nous n'ayons pas à quitter nos villages.

— Putain de bordel ! Muhammad, a lancé Henry. Vous voilà métamorphosé en saint ! Vous abandonnez vos chances de devenir riche et célèbre pour défendre le droit de cultiver des tomates.

— La nature superficielle et irrévérencieuse de votre caractère n'a jamais cessé de m'atterrer, a dit Muhammad en se joignant à notre cercle et posant un bras sur l'épaule d'Henry.

Les autres se sont mis en route pour rentrer au camp et je suis retournée chercher O'Rourke avec la camionnette. Au moment où, à l'extrémité du corridor rocheux, je débouchais sur la plaine centrale du cirque, la lune se levait au-dessus des montagnes, inondant la scène de lumière blanche. Sur l'éminence, à ma gauche, on continuait à amener les morts, à préparer les corps et à creuser les tombes. La lampe était encore allumée dans l'hôpital de campagne d'O'Rourke. Il travaillait toujours. Je suis allée le rejoindre.

— As-tu bientôt fini ?

— Fini ?

Il pouvait à peine tenir les yeux ouverts.

— Allons, viens. Il vaut mieux que tu dormes un peu. Il va falloir remettre ça demain.

Je l'ai laissé finir et je suis allée jeter un coup d'œil aux centres de distribution. A mon retour, il rangeait son équipement dans des caisses. Je l'ai aidé à les charger dans la voiture.

En sortant du corridor rocheux, quand nous avons pris la grand-route, on distinguait encore dans le lointain les lumières du convoi se dirigeant vers El Daman.

— Je me fais l'effet d'être un vrai tas de merde, de partir en laissant ça derrière moi, a dit O'Rourke.

— Au moins tu reviens demain matin, toi.

— Alors, finalement, ça a marché, ton émission, hein ? a-t-il dit avec son bref sourire.

— Oui. Un peu tard. Mais ça a marché.

Après l'émission, nous avons eu trois mois de travail incroyable. La population du camp avait doublé et on avait sans arrêt des journalistes et des caméras dans les jambes. Des rumeurs fréquentes se répandaient : Fergie allait nous faire une visite éclair de bienfaisance pour apporter de la gelée royale et du ginseng, Elizabeth Taylor venait avec Michael Jackson et une mini-fête foraine, Ronnie et Nancy Reagan projetaient de passer le réveillon de Noël avec nous. La plupart se sont révélées sans fondement, mais c'était quand même éprouvant pour les nerfs du personnel du camp autant que pour ceux des réfugiés.

Toute cette publicité, aussi usante qu'elle soit, a eu toutefois pour effet de poser publiquement les questions. Les gouvernements américain et européens et les Nations unies ont pris une volée de bois vert. Nous avions nous-mêmes largement sous-estimé l'ampleur du désastre dans les montagnes : pendant deux mois, les gens ont continué à affluer en nombre inimaginable. La scène dont nous avions été témoins à Dowit a été rejouée je ne sais combien de fois tout le long de la frontière.

La situation à Safila était meilleure que dans la plupart des camps, grâce aux dons des Acteurs de la Charité et parce que nous avions attiré l'attention depuis le début. Les journalistes venaient toujours ici en premier. Nous étions sous le feu des projecteurs de tous les médias et les responsables ne pouvaient se permettre de laisser notre situation se détériorer. Partout ailleurs, c'était catastrophique.

Safila a accueilli toutes sortes de dignitaires politiques et de discussions ayant pour objectif d'empêcher le désastre de se reproduire. Le dernier plan dont j'ai entendu parler prévoyait des réserves de céréales réparties tout le long de la frontière, ainsi qu'un accord avec l'Abouti pour que les agences humanitaires puissent acheminer la nourriture au Kefti en cas de nouvelle menace contre les récoltes. Comme le disait Muhammad : « Si jamais ça réussit, alors j'épouserai Kate Fortune et je deviendrai son coiffeur. » On a vu des choses plus bizarres, évidemment.

Betty est restée deux mois pour nous aider jusqu'à ce que le plus dur soit passé, puis elle est partie à Londres où elle a retrouvé un travail administratif, et Roy le preneur de son. Nous avons commencé à recevoir avec une régularité touchante des colis d'écorces d'orange confite et de cakes aux dattes et aux noix, réduits en miettes. Linda a demandé à retourner au Tchad et est partie il y a six semaines. Henry s'est comporté en adulte sérieux pendant au moins un mois, mais est de nouveau revenu à ses anciennes préoccupations : le contenu du frigo et du soutien-gorge de Sian.

Et O'Rourke ? Il dort en ce moment, en fait, dans mon lit sous la moustiquaire. Je l'observe depuis mon bureau, à la lueur de la lampe tempête. Il ronfle un peu, mais je commence à m'y habituer.

*La composition de cet ouvrage
a été réalisée par Nord Compo,
l'impression et le brochage ont été effectués
sur presse Cameron
dans les ateliers de **Bussière Camedan Imprimeries**
à Saint-Amand-Montrond (Cher),
pour le compte des Éditions Albin Michel.*

Achevé d'imprimer en avril 1999.
N° d'édition : 18225. N° d'impression : 991769/4.
Dépôt légal : avril 1999.